BASTEI
LÜBBE

Bisher sind im BASTEI-LÜBBE Taschenbuchprogramm von JESSICA SALMONSON nachstehende Bände erschienen:

24 023 Amazonen!
20 052 Neue Amazonen-Geschichten

Aus der Taschenbuchreihe FANTASY sind nachstehende Romane erhältlich. Fragen Sie im Buch- oder Zeitschriftenhandel nach diesen Titeln:

20 040 Richard Kirk
Raven –
Göttin des Todes
20 041 Randall Garrett
Mord und Magie
20 042 Poul Anderson
Ein Mittsommernachts-Sturm
20 043 Michael Moorcock
Die ewige Schlacht
20 044 Michael Moorcock
Der Phönix im Obsidian
20 045 Tanith Lee
Sabella oder:
Der letzte Vampir
20 046 Brian Stableford
Der blinde Wurm
20 047 M. John Harrison
Die Pastell-Stadt
20 048 Roger Zelazny
Wechselbalg
20 049 Robert Asprin
Drachenfutter
20 050 Tanith Lee
Das Lied des Exorzisten
20 051 Poul Anderson/
Mildred D. Broxon
Die Schlange von Scattery
20 053 Piers Anthony
Chamäleon-Zauber
20 054 Roger Zelazny
Sieben Statuen
20 055 Jörg Weigand (Hg.)
Vergiß nicht den Wind
20 056 Andre Norton
Die Krone der Hexenwelt
20 057 William Morris
Die Zauberin jenseits der Welt
20 058 M. John Harrison
Das Rauschen dunkler Schwingen
20 059 Piers Anthony
Zauber-Suche
20 060 Tanith Lee
Cyrion
20 061 Piers Anthony
Zauber-Schloß
20 062 Thomas Ziegler
Sardor
20 063 John Myers Myers
Die Insel Literaria

FANTASY

Jessica Amanda Salmonson

Tomoe die Samurai

SCHWERT UND MAGIE

BASTEI LÜBBE

BASTEI-LÜBBE-TASCHENBUCH
Science Fiction Fantasy
Band 20 064

Deutsche Lizenzausgabe 1984
Bastei-Verlag Gustav H. Lübbe GmbH & Co., Bergisch Gladbach
Originaltitel: Tomoe Gozuen
Ins Deutsche übertragen von Waltraud Götting
Titelillustration: Michael Whelan
Umschlaggestaltung: Quadro-Grafik,Bensberg
Druck und Verarbeitung:
Elsnerdruck GmbH, Berlin
Printed in Western Germany
ISBN 3-404-20064-0

Der Preis dieses Bandes versteht sich einschließlich
der gesetzlichen Mehrwertsteuer.

Prolog
Das zauberkundige Volk

In jenem Inselreich, das in unserem Universum bekannt ist und das der Westen Japan, der Osten dagegen Nippon nennt, gingen Jahrtausende ins Land, in deren Verlauf die Gottesfürchtigen eine Vielzahl von Göttern verehrten, obgleich niemals jemand eine Gottheit über die Erde wandeln sah. Dieselben Menschen glaubten an gewaltige Ungeheuer; und doch hatte es niemals auch nur den Hauch eines Beweises für ein solch absonderliches Bestiarium gegeben. Diese Leute hielten auch Wundertaten für erwiesen, obwohl jedes Wunder sich als Trick oder natürliches Ereignis erwies. Und wenn ein Widersacher mit einem Fluch belegt wurde, konnte es geschehen, daß so sehr daran geglaubt wurde, daß die fluchbeladene Person sich hinlegte und unter eingebildeten Qualen starb; oder die Familie des Fluchbeladenen mochte im voraus ein Grab vorbereiten und voller Kummer die Erfüllung des Fluches betreiben, obwohl die Tatsache bestehenblieb, daß keine wirklich feststellbare Beeinflussung stattgefunden hatte.

Doch dann kam eine Zeit in Japan, in der diese Widersprüche bemerkt wurden und Leute zu fragen begannen: »Wenn es Götter, Dämonen und Ungeheuer gibt, wo halten sie sich verborgen?« Denn die stoffliche Beschaffenheit des bekannten Universums ließ keine Lücke, in der das Unbekannte hätte weilen können. Gottlose Menschen spotteten über die gemeinsten und verderbenbringendsten Flüche und waren nicht überrascht, wenn sie ungeschoren davonkamen, denn sie wußten, daß Worte kein Unheil anrichten können.

In jener Zeit hatte die Gewehrmündung die Schwertklinge verdrängt. Das Leben, das einst den Glanz von Stahl besessen hatte und voller Gefahren gewesen war, war nicht weniger gefährlich geworden, dafür aber matt und klein und bleiern. Der Tod hatte damals keine Bedeutung mehr, und wenn auch der Krieg nicht weniger grausam war, so war er doch zumindest weniger heilig.

In Japan wie in der übrigen Welt dieses furchtbaren zuletzt erwähnten Zeitalters geschah es schließlich, daß die Wunderkraft versiegte.

Aber in einer anderen, der unseren benachbarten, Dimension gibt es eine Welt, die unserer Erde sehr ähnlich ist. Auf dieser Welt existiert ein Inselreich mit Namen Naipon, das eine verblüffende Ähnlichkeit mit dem alten Japan hat; denn Japan ist ein magisches Land, das in allen menschlichen Zeitaltern auf jeder Erde unter dem Schutz Amaterasus, der Strahlenden Göttin, liegt. Im Japan dieser anderen Welt, Naipon genannt, pflügten die Götter die Städte unter, wenn sie verärgert waren, und wenn sie wohlgesonnen waren, füllten sie die Brunnen und Flüsse mit Sake und die Ackerfurchen der Bauern mit Gold. In Naipon fanden mächtige Samurai den Tod durch die Klauen und Hörner von Ungeheuern, oder aber deren entsetzliche Häupter schmückten die Lanzen von Samurai, die noch mächtiger waren. Geheimnisvolle Geschehnisse waren die Würze des Alltags, und schrecklicher Zauber entsprang den Fingerspitzen verruchter Magier. Und ganz sicher, dessen kann man gewiß sein, wurde kein Fluch leichthin ausgesprochen; denn er ging nicht einfach in Erfüllung, sondern war voller Überraschungen, so daß es geschehen konnte, daß derjenige, der die Verwünschung ausgesprochen hatte, ebenso wie der Verwünschte ein unvorhergesehenes Ende fand.

In Naipon würden die Wunder niemals versiegen.

So erweist sich also, daß Dinge, von denen man in Japan nur aus der Gewohnheit des Glaubens heraus überzeugt war, in Naipon vorbehaltlos bezeugt wurden. Selbst Amaterasu, die Strahlende Göttin, war nicht sicher, worin dies begründet lag – ob in Naipon die Hoffnungen und Ängste Japans zu einer anderen und seltsameren Wirklichkeit verschmolzen oder ob sich in Japan Ruhm und Schrecken von Naipon in den Träumen der Japaner widerspiegelten.

Teil 1
Der Weg des Kriegers

Es lebte in Naipon, wie im Japan unserer Erde, eine Frau namens Tomoe. Sie folgte dem Bushido, dem Weg des Kriegers, und nur ein einziges Mal im Leben wich sie von dessen Grundsätzen ab. Dies ist die Geschichte, auf welche Weise Tomoe Gozen durch Zauberei verführt wurde, dem Bushido die Treue zu brechen, und was sie unternahm, um ihre Ehre zurückzugewinnen.

Ushii brachte seinen knieenden Freund mit einem Stoß aus dem Gleichgewicht, so daß er den Schulterharnisch, den er gerade anlegen wollte, fallen ließ. »Das war aber nicht nett!« beklagte sich Madoka, um dann mit einer schnellen Bewegung des Fußes Ushii seinerseits zum Straucheln zu bringen. Tomoe Gozen schüttelte den Kopf und warf dem vierten Anwesenden, einem ernsten und kraftvollen Mann namens Goro Maki, ein flüchtiges Lächeln zu. Goros Augen leuchteten auf, wenn er auch das Lächeln nicht erwiderte. »Sie sind wie kleine Jungen«, sagte Tomoe. Sie unterdrückte ein Lachen, als Ushii Madoka einen Hieb neben die Wange setzte, wie um seine Reflexe zu prüfen.

Goro Maki erwiderte mit seiner tiefen, eindringlichen Stimme: »Sie sind seit der Kriegsschule zusammen, seit der Zeit, als sie sechs oder sieben waren. Ich beneide sie um ihre Liebe.«

Sie benahmen sich nur dann wie Kinder, wenn sie unter sich waren, fern der Blicke von Dienern oder Herren. Ansonsten waren Ushii Yakushiji und Madoka Kawayama fast ebenso ernsthaft wie Goro Maki.

Diese vier Samurai – drei Männer und eine Frau – vollzogen das Ankleidezeremoniell und das Ritual, die Waffen Stück für Stück anzulegen. Goro und Tomoe hatten diese Handlungen als erste beendet. Sie hockten auf den Knien, ihre Hände ruhten auf den Oberschenkeln, und sie beobachteten Ushii und Madokas launenhaftes Treiben. Aus der Mitte von Goros *Obi*-Gürtel ragte der Griff eines Kurzschwertes, und sein Langschwert lag neben ihm auf dem Boden. Auf waagerechten Gestellen unweit der Wand lagen zwei ähnliche Paare von Lang- und Kurzschwertern. Die beiden Schwerter Tomoes waren von ungewöhnlicher Form, gleich lang und jedes in einer Scheide an ihren Hüften, anstatt in ihrem *Obi.* Goro wandte den Kopf, bis sein Blick an diesen Schwertern hängenblieb. Tomoe bemerkte seine Mißbilligung.

»Du glaubst noch immer, daß sie mich in Schwierigkeiten bringen werden, mein Freund?«

Goro wirkte auch knieend gewaltig. Er sank auf Tomoes harmlose Herausforderung hin sichtbar in sich zusammen. Dann erwiderte er mit rauher, verhaltener Stimme: »Du hast Krieger, so stark wie ich, getötet, weil sie dem Metall von Schwertern, die auf fremdem Boden geschmiedet waren, mißtrauten. Es steht Goro Maki nicht an, zu sagen, Tomoe Gozen hätte sich seit ihrer Rückkehr von den himmlischen Königreichen von Ho verändert.«

»Du bist zu förmlich«, sagte Tomoe, noch immer in heiterer Stimmung. »Bitte rede offen heraus. Solltest du es ungehörig finden, daß ich fremde Klingen trage, wenn wir unserem Lehnsherrn die neuen Diensteide entgegenbringen, dann halte nicht mit Kritik zurück.«

»Deine Schwerter sind sehr gut.« Aber sein Ton ließ das Gegenteil vermuten. »Spring nicht mit mir um wie Ushii mit Madoka; ich bin zu stolz – zu stolz, um durch ein Schwert zu sterben, das nicht in Naipon gefertigt wurde.«

Tomoe war betroffen. Noch nie hatte einer zu sagen gewagt, daß er sich schämen würde, durch ihre Schwerter zu sterben, obwohl sie, wie Goro gesagt hatte, jene getötet hatte, die ihren Kampfstil und ihre Waffen für minderwertig hielten. Sie drang in dieser Sache nicht weiter in Goro. Er war ein Eiferer, wenn es um die Gesetze der Kriegskunst ging; er würde ihre fremde Klinge niemals völlig billigen, selbst wenn es der Wahrheit entsprach, daß der Waffenschmied in Ho aus Naipon stammte.

Es waren Schmetterlingslangschwerter, gefertigt von einem aus Naipon verbannten Schmied. Tomoe war zwei Jahre zuvor nach Ho gereist und hatte den Verräter aus Naipon getötet, der fremden Mächten diente und für andere Schwerter schuf, deren Scheide und Härte von den Göttern den Samurai allein vorbehalten waren. Es war ein besonderer Auftrag gewesen, der unter der Leitung eines Beauftragten des Mikado ausgeführt worden war. Sie war angewiesen worden, jedes verdächtige Schwert von naiponischer Kunstfertigkeit und fremder Form aufzuspüren und zu vernichten. Sie hatte die ruchlosen Bewohner des Festlandes in überwältigender Eile bekriegt und ihren Auftrag erteilt; aber die andersartige und verführerische Philosophie von Ho hatte Spuren in ihr hinterlassen. Denn das Schwert des Samurai ist die Seele des Samurai, und das zweite Schwert war zu allen Zeiten ein kurzes, das dem Langschwert als wahre Seele niemals nahekommen konnte. Das Kurzschwert wurde als der »Wächter der Seele« betrachtet. Entgegen dieser Vorschrift glichen Tomoes Klingen einander wie Spiegelbilder und erlaubten niemandem zu erraten, in welchem ihre Seele lag.

Das Volk von Ho hatte sie die Doppelnatur der menschlichen Seele und des Universums insgesamt gelehrt; und es schien Tomoe, daß diese Denkweise keine Beleidigung für Amaterasu, die Sonnengöttin, sein konnte. Tatsächlich kam Tomoe nach reiflichem Überlegen zu der Überzeugung, daß sie immer zwei Seelen besessen hatte und daß sie nicht länger im Streit miteinander liegen würden, wenn sie beide anerkannte. Als sie die Schwerter des verräterischen Schmiedes vernichtete, hatte sie zwei beiseite geschafft und hatte es bisher noch nicht bereut. Die fremdartigen Schwerter kamen ihrer neuen Einstellung entgegen, standen aber ihrer Treue zum Bushido in keiner Weise im Wege.

Diese Schwerter wurden schon bald zu ihrem Erkennungszeichen. Bei der Rückkehr in ihr Heimatland hatten sie ihr, selbst in den Augen anderer Samurai, ebenso Respekt verschafft wie ihre Geschicklichkeit. Aber sie würde Goro Maki nie davon überzeugen können, daß ihre

Schwerter rein waren. Da sie seine Freundschaft schätzte, ließ sie das Thema fallen.

Ushii war noch immer scherzhaft gestimmt. Er grinste Tomoe von der Seite an und sagte: »Ein guter Tag, nicht wahr, Tomoe? Wir sind die vorzüglichsten Samurai des Herrn Shigeno! Unsere Gefolgschaftsdienste hätten heute nacht beendet sein können, aber man hat uns aufgefordert, unser Gelübde zu erneuern. Seitdem der Zauberer Huan aus seinem Lande vertrieben wurde und sich in diesem Tal niedergelassen hat, ist eine starke Verteidigung vonnöten. Wir vier sind eine gute Truppe! Gemeinsam wird keiner von uns je sterben, selbst angesichts des fremden Zaubers nicht. Einzeln, *hai!*, wären wir nicht halb so stark.«

»Sprich lieber nur von deiner eigenen Stärke«, unterbrach Madoka Kawayama seinen gesprächigen Freund. »Tomoe und Goro sind stärker als du oder ich!«

»Hai! aber wir haben ihnen das Leben ebensooft gerettet wie sie uns! Stimmt es nicht, Tomoe?«

»Es ist wahr, Ushii. Gemeinsam sind wir vier unbesiegbar. Das haben wir oft bewiesen.«

»Dann ...« Ushii hatte den letzten Teil seines Harnischs befestigt und rutschte auf den Knien auf Tomoe Gozen und Goro Maki zu. Er blickte weniger schelmisch als noch vor einem Augenblick. Sehr ernst sagte er: »Dann laßt uns einander Treue geloben. Wenn wir heute abend vor Shojiro Shigeno treten, dann laßt es uns als ein einziger Samurai tun, nicht als vier!«

Tomoes Blick wurde nachdenklich. Das war nicht Sache eines übereilten Entschlusses. »Das hat es schon gegeben«, sagte sie.

Inzwischen hatte auch Madoka Kawayama das Anlegen der Rüstung beendet und eilte herbei. Er sagte: »Ushii und ich haben uns Bruderschaft geschworen, als wir noch Kinder waren. Niemals hat einer von uns seit dieser Zeit einem anderen ähnliches gelobt. Aber wir vier sind etwas Besonderes! Ich stimme Ushii bei. Wir sollten Lord Shigeno Treue bis zum Tod schwören und auf immer beieinander bleiben.«

Goro Makis Gesicht blieb ausdruckslos. Er hielt die Arme über der Brust verschränkt.

»Du schweigst, Goro«, sagte Tomoe. »Behagt dir der Vorschlag unserer Freunde nicht?«

Er erwiderte lange nichts, eine Eigenart, an die sie sich alle gewöhnt hatten. Ushii zeigte jedoch mehr Ungeduld als gewöhnlich und warf aufmunternd ein: »Lord Shigeno würde mit Freude seine Zustimmung geben und uns öffentlich durch sein Siegel binden. Selbst wenn der Zauberer Huan keine Gefahr für die Sippe bilden würde, wäre Shojiro Shigeno dennoch froh, uns zu halten. Er ist ein großer Kriegsherr, und wir sind große Samurai.«

Goro Maki legte beide Hände vor sich auf den Boden und beugte sich nieder, bis seine Stirn die Tatamimatte berührte, auf der er kniete. Als er sich erhob, sagte er in tiefstem, ernsthaftestem Ton: »Wie ihr wißt, bin ich der Letzte meiner Familie. Wenn ich ohne Erben sterbe, wird keiner mehr dasein, die Tafel meiner Vorfahren zu hüten. Weil ich eine Waise bin, habe ich euch alle als meine einzige Familie hochgeschätzt, obwohl ihr vielleicht findet, daß ich das selten zeige. Da ich der Letzte meines Geschlechts bin, begrüße ich auch den Schutz, den wir einander bieten, so daß ich lange genug leben mag, um viele Kinder zu zeugen, wenn mich je ein Mädchen haben will.«

Ushii neigte sich in endlosen Verbeugungen vor Goro, wie es vielleicht ein aufgeregter Bauer getan hätte. Auch Madoka unterzog sich diesem unvermeidlichen Höflichkeitsritus. Madoka sagte: »Du bist keine Waise, Goro! Du hast uns! Wir werden die Tafeln deiner Familie hüten, da es auch unsere Familie ist!«

»Das Wort eines Samurai darauf!« gelobte Ushii.

Tomoe Gozen war von dem Geschehen berührt, obwohl sie das Gefühl hatte, ein wenig abseits zu stehen. So wie ihre Schwerter unterschied sich auch ihre Denkweise von der ihren. Sie erkannte etwas allzu Sentimentales in der Art der gegenseitigen Beteuerungen ihrer Freunde; aber sie wußte, daß diese Männer aufrichtig waren, und sie liebte sie.

Goro Maki, der sich niemals Gefühlswallungen anmerken ließ, war diesmal tief gerührt. Das Sprechen fiel ihm nicht leicht. Seine Augen glänzten feucht.

»Danke«, brachte er hervor. »Vielen Dank. Mit Freude werde ich Herrn Shigeno mein Gelübde ablegen, nicht für die gewöhnliche Dauer einer Gefolgschaft, sondern für das ganze Leben und im selben Atemzug mein Leben mit dem euren verbinden!«

Die drei Männer umarmten sich stürmisch und stießen ein freudiges Geheul aus. Ushii öffnete den Kreis der Umschlungenen, um Tomoe Gozen herbeizuwinken.

»Wirst du dich uns anschließen, Tomoe? Willst du unsere einzige Schwester sein?«

Ihre gemeinsame Liebe zog sie an wie ein Magnet. Tomoe näherte sich ihren Freunden, aber eine Papiertür glitt beiseite, und eine Dienerin unterbrach ihr Tun. Sie rutschte auf Knien in den Raum und trug einen zusammengefaltenen Brief bei sich. Schüchtern legte sie ihn auf den Boden und schob ihn Tomoe Gozen entgegen. »Von meiner Herrin, der Tochter des Kriegsherrn«, sagte sie leise. Dann glitt sie rückwärts aus dem Raum und war ebenso schnell verschwunden, wie sie erschienen war.

Als Tomoe den zusammengefaltenen Brief aufnahm, erkühnte sich Ushii zu scherzen: »Sie hat dich gern, Tomoe! Dame Toshima hat dich sehr gern!« Aber Tomoe Gozen runzelte die Stirn, und Ushii verstummte.

Madoka Kawayama beugte sich vor und sagte: »Du lebst dein Leben auf eine für eine Frau ungewöhnliche Weise. Die Schwärmerei eines Mädchens ist etwas vollkommen Natürliches. Du solltest immer darauf gefaßt sein.«

Tomoe Gozen verneigte sich so schnell und knapp wie möglich und erhob sich, indem sie die Stirn mit dem Brief berührte, um sich rasch fortzumachen. Ushii und Madoka schmunzelten jungenhafter denn je, aber Goro Maki machte die gute Laune zunichte. Sein Ton hatte wieder tiefe Ernsthaftigkeit angenommen, als er mit tiefer, kehliger Stimme sagte: »Sie hat nicht gesagt, sie würde unsere Schwester sein. Sie hat es nicht gesagt.«

Die Fröhlichkeit fiel sofort von seinen beiden Freunden

ab. Sie kannten Goro Maki gut genug, um hinter seinen finsteren Blicken den Kummer zu erkennen.

Tomoes weißer Hengst Raski war ebenso sorgfältig gepflegt und gerüstet wie die Samurai. Um seines Kampfgeistes willen würde auch das Pferd auf die Gefolgschaft eingeschworen werden. Tomoe begab sich zu einem kleinen, schmalen Übungshof. Es war noch über eine Stunde bis zur Dunkelheit und den Gelübden, die sie dem Kriegsherrn ablegen mußten. Tomoe wollte Raski in der Zwischenzeit noch einmal seine Schritte durchlaufen lassen. Oder vielleicht suchte sie nur bereits im voraus eine Ausrede, sich zu verabschieden, für den Fall, daß das Zusammentreffen mit Toshima unbehaglich werden würde.

Am Sattel des Pferdes hingen eine Anzahl von Waffen, und an seiner Stirn waren drei spitze Hörner befestigt. Trotz alledem wirkte es gutmütig. Tomoe tätschelte seine Nüstern und flüsterte ihm Schmeicheleien zu. Wenn man es so schnauben hörte und sah, wie es die Frau umschmeichelte, die ihn vom Fohlenalter an aufgezogen hatte, fiel es schwer, zu verstehen, was ihm den Beinamen »Menschenfresser« eingebracht hatte. Doch im Kampf war der Hengst ein anderes Tier, wild wie ein Tiger aus den Himmlischen Königreichen.

Plötzlich schaute Raski von Tomoe fort, zog eine Runde durch einen Winkel des Übungshofes und kehrte dann mit seltsam verdrehten Augen zurück. »Bist du unruhig, mein tapferer Freund?« fragte Tomoe, die das Benehmen ihres unerschrockenen Tieres ungewöhnlich fand. »Kannst du es auch nicht erwarten, unserem Herzen zu begegnen?«

Das Tier straffte sich. Donner rollte vom wolkenlosen Himmel herunter über das Tal.

»Das sieht dir nicht ähnlich!« rief Tomoe aus. »Der Donner ist dein Element!«

Das unheilvolle Grollen verhallte. Raski senkte den Kopf, als schäme er sich seiner unerklärlichen Furcht. Da sie ihr wachsames Tier zu gut kannte, um zu glauben, daß es grundlos gezittert hatte, fühlte sich Tomoe beunruhigt, konnte aber nichts Ungewöhnliches im Hof entdecken.

»Da ist etwas, um das ich mich noch kümmern muß«,

sagte Tomoe. »Ich komme bald zu dir zurück.« Sie wandte sich von dem Hengst ab und strebte auf einem mit flachen Steinen gepflasterten Pfad dem Garten des Kriegsherrn zu. Sie verdrängte Raskis kurzes Unbehagen aus ihren Gedanken. Als sie die Teegärten betrat, nahm sie den Eindruck von Frieden in sich auf und sog die Blumendüfte ein.

Eine mit Schnitzwerk verzierte Fußbrücke spannte sich in hohem Bogen über das Kieselsteinbett eines Baches. Auf dieser Brücke verweilte Tomoe und ließ den Blick über das Tal schweifen. In der Ferne konnte man einen diesigen Wasserfall erkennen, dessen donnerndes Rauschen kaum hörbar war. Hinter den bewirtschafteten Feldern, über den Hügeln, braute sich rasch ein Sturm zusammen. Aber auf die Teegärten des Kriegsherrn fiel noch immer Amaterasus Lächeln.

Die Kriegerin bildete einen scharfen Gegensatz zu der anmutigen Umgebung. Jeder Teil ihres Harnischs war aus Bambusstreifen gefertigt, die mit starkem Faden verbunden und mit vielen dunkelbraunen Lackschichten gehärtet waren. Die Teile wurden mit roter Schnur zusammengehalten und mit einem Stoffgürtel dicht an ihren Körper gepreßt. Von ihrem Hinterkopf spreizte sich ein stählerner *Kabuto* oder Schlachthelm, von dessen Spitze eine Mondsichel aufragte. Ihre gebogenen Schmetterlingslangschwerter krümmten sich von den Hüften nach hinten.

Als ihr Blick über das Tal fiel, dauerte es einen Augenblick, bis Tomoe erkannte, was ihr an der sonst so vertrauten und angenehmen Landschaft fremd erschien: kein Mensch pflügte oder pflanzte auf den Feldern. Das Fehlen der *Heimin* war merkwürdig, aber Tomoe gehörte einer anderen Klasse an und kannte ihre Gewohnheiten nicht. Vielleicht war es ein ländlicher Feiertag, von dem sie keine Kenntnis hatte.

Das Wohnhaus des Kriegsherrn streckte sich in den Gärten aus wie ein behäbiges Tier – es war kein hoch aufragendes Gebäude, sondern breitete sich mit vielen Terrassen, Fenstern und geschnitzten Bogengängen aus. Die Säulen, auf die sich die Terrassendächer stützten, bestanden aus dicken Bambusstäben, die in ungewöhnliche Formen gebogen waren.

Hinter einem Reispapierfenster erblickte Tomoe die Umrisse von Toshima, der Tochter des Herrn Shojiro Shigeno, die sich mit zarter Anmut in ihren Gemächern bewegte. Ein bescheidenes Dienstmädchen schob eine Tür beiseite, und nun stand Toshima in ihrer ganzen Herrlichkeit da und spähte in den Sonnenschein des frühen Abends.

Toshimas langes Haar war mit Perücken verflochten, so daß es zu einem kunstvollen Gebilde von beträchtlichem Gewicht wurde, das mit silbernen Nadeln am Kopf zusammengehalten und mit langstieligen Blumen geschmückt war. Ihre Stirn war gelb geschminkt, ihre Lippen in leuchtendem Orange, und ihre Zähne waren karmesinrot gefärbt, wie es unter heiratsfähigen Frauen gerade Sitte war (schwarz tönende Farben waren den Verheirateten vorbehalten). Das übrige war porzellanweiß.

Ihr weich fließender Kimono aus Seidenbrokat war farbenfroh, kostbar und sittsam. Ihre Hände und Füße waren von vollkommener Zierlichkeit. Die sehnsuchtsvollen Blicke der Schönen huschten über die kühlen, feuchten Gärten, als sie mit kleinen Schritten über einen moosbewachsenen Pfad lief. Als ihr Blick auf Tomoe fiel, die auf der Brücke stand, teilten sich Dame Toshimas leuchtende Lippen zu einem flüchtigen Lächeln und erinnerten Tomoe an Pfirsichblüten, die sich im Sonnenlicht öffnen. Sie winkte Tomoe mit dem Fächer zu und sah der näher kommenden Kriegerin aus den Augenwinkeln entgegen.

»Du bist zum Krieg gerüstet, Samurai?«

»Nein, Herrin. Heute schwören meine Kameraden und ich deinem Vater erneut die Treue. Andernfalls würden unsere Dienste heute nacht bei Mondaufgang beendet sein. Ich bin für die Feierlichkeit gekleidet.«

»Dann ist es also wahr, daß ihr bleibt?«

»Wie könnte ich anders handeln, Dame Toshima? Einem Herrn, der aus seinem Heimatland vertrieben wurde, ist durch Vertrag gestattet worden, seinen Wohnsitz auf naiponesischem Boden zu nehmen, und er verfügt über geheimnisvolle Kräfte aus den Himmlischen Königreichen. Der Mikado ist allwissend, ich weiß, aber dieses Abkommen bedroht das Wohl unseres Landes, und dein Vater braucht wachsame Helfer.«

»Reichere Kriegsherren als Shigeno haben ein ebenso dringendes Verlangen danach.«

»Es gibt keinen würdigeren Herrn als deinen Vater«, entgegnete Tomeo ein wenig erstaunt.

»Aber du bist eine berühmte Samurai von hohem Adel. Viele halten nach dir Ausschau, um größere Siege zu erringen. Du hast dich in der Vergangenheit durch Heldentaten als würdig erwiesen, und selbst der Mikado kennt deinen Namen. Ginge es nach dem Recht, müßtest du selbst eine Kriegsherrin sein.«

»Es ist die Bestimmung des Samurai, zu dienen«, sagte Tomoe.

»Du könntest ganz Naipon dienen, wenn du einen hohen Rang im Shogunat einnehmen würdest.«

»Das hat es nie gegeben, Dame Toshima, daß eine Frau zur Herrin ernannt wurde.«

»Du irrst dich, Tomoe Gozen. Frauen haben im Shogunat gedient und in dem einflußreichen Amt des Shikken. Vor gar nicht langer Zeit hat sich die Witwe Masa Hori zum eigentlichen Shogun gemacht. Sechsmal im Laufe unserer Geschichte war selbst der Mikado eine Frau.«

»Ah, du bist klug«, sagte Tomoe. Toshima senkte bescheiden und, wie es schien, unschuldsvoll den Blick. Vornehme Frauen waren die gebildetsten und belesensten Persönlichkeiten des Landes. Toshima selbst war eine sehr bekannte Romanschriftstellerin. Gelegentlich befaßte sie sich auch mit Ränkespielen. Tomoe fragte: »Versuchst du, mich davon zu überzeugen, daß ich deinem Vater nicht dienen soll? Oder ist meine Treue so zweifelhaft, daß du dich gedrängt fühlt, mich auf die Probe zu stellen?«

»Tomoe Gozen! Du verletzt mich mit deiner Anschuldigung!« In ihrem Blick lag der Schmerz der Betrogenen. »Und ich hatte die Absicht, dich in einen meiner Romane einzuflechten.«

»Ich erflehe untertänigst Dame Toshimas Vergebung.«

Tomoe verneigte sich unterwürfig und fragte sich gleichzeitig, ob die kluge Dame nicht bereits im Begriff war, ein Schauspiel in Szene zu setzen.

»Gewährt«, erwiderte sie ohne Zögern, und ihre Stimmung hob sich augenblicklich. Sie blickte, die Schulter Tomoe zugewandt, vielsagend hinter ihrem geöffneten Fächer hervor und fügte hinzu: »Ich will dir erklären, warum ich dich zu höherem Erfolg dränge. Du bist Samurai, und ich bin durch das Blut meiner Mutter mit dem Mikado selbst verwandt. Unsere Gesellschaftsschichten dürfen sich nicht offen miteinander einlassen – es sei denn ... es sei denn, Tomoe Gozen steigt in einen hohen Rang auf. Dann würde ihre Stellung der meinen gleich sein, und sie könnte mich, sollte sie sich dazu herablassen, häufig besuchen.«

»Bitte, meine Dame.« Tomoe war bestürzt. »Meine Liebe ist der Kampf.« Sie zog die Ausrede bezüglich Raski, die sie sich bereits zurechtgelegt hatte, in Erwägung, aber etwas hielt sie in Toshimas Nähe.

Toshima senkte den Blick, sie war der Inbegriff vornehmer Damenhaftigkeit, gleichermaßen bescheiden und stolz. Ihr Ausdruck verriet kein Mißfallen an der vorsichtigen Zurückweisung, aber in ihren kühlen Worten lag eine Andeutung von Traurigkeit: »Du besitzt zwei Seelen, Samurai. Das macht dich einzigartig. Sicher ist in einer deiner Seelen Raum für ein wenig Zuneigung zu mir.«

»Beide dienen dir auf ewig, Dame Toshima!« sagte Tomoe, bemüht, den verwundeten Stolz zu beschwichtigen. »Wem auch immer ich im Leben diene – deinem Vater oder einem anderen –, vergiß nicht, daß Tomoe Gozen gelobt hat, dir ebenfalls zu dienen.«

Toshima verneigte sich anmutig, als sei Gozen die höhergestellte Dame; und es kam Tomoe in den Sinn, daß dieser Schwur vielleicht das einzige war, wonach Dame Toshima in Wahrheit verlangt hatte! Wenn es so war, bedauerte Tomoe nicht, in diese Falle gegangen zu sein.

Aus dem Inneren des Hauses ertönte eine Glocke. Toshima sagte: »Du darfst nicht zu spät zum Hofe meines Vaters kommen, aber uns bleibt genügend Zeit, dem *Kami* dieses Tales ein Opfer zu bringen.« Toshima zog einen flachen Gegenstand aus den Falten ihres Obi. Es war ein kleines Floß aus trockenem, gelbem Schilfrohr. »Komm mit mir zum Bach, Samurai.«

Tomoe folgte Toshima zum Rand des gewundenen Bächleins. Sie knieten Seite an Seite an dem Wasser nieder. Toshima setzte das Floß am Land des Baches nieder und zog dann farbige Papierblätter aus der Ärmeltasche.

»Was willst du dem *Kami* darbieten?« fragte Toshima, indem sie der Samurai ein quadratisches Blatt Papier reichte.

»Was wirst du ihm geben?« fragte Tomoe zurück, nahm das Papier entgegen und begann sofort, es zu falten.

Toshima antwortete nicht. Ihre flinken Finger falteten ein rotes Papier zu einem Origamifuchs. Als er fertig war, sagte sie: »Ich will dem Tal meine Klugheit geben.« Sie stellte den Fuchs auf das Floß. Tomoe hatte einen blauen Kranich gefaltet und steckte eines seiner Beine zwischen die Schilfhalme des kleinen Floßes, so daß der Vogel aufrecht stand. Sie sagte:

»Ich will dem *Kami* meinen Mut geben.«

»Du bist großmütig«, bemerkte die Dame, indem sie sich vor Tomoe verneigte. Dann setzte sie ein quadratisches, buntes Segel auf das winzige Boot. Ein Windstoß trug es den Bach hinunter. Die beiden Frauen verneigten sich zum Wasser hin, als ihre Opfer davonschwammen. Der Fuchs und der Kranich standen sich Auge in Auge gegenüber und entschwanden dort, wo der Bach eine Biegung machte, ihren Blicken.

Unvermittelt schob sich am Horizont etwas vor die Sonne. Tomoe hob den Kopf, um die plötzlich heraufziehenden Wolken zu betrachten. Der Wind frischte zu einer stürmischen Brise auf.

Ein schwarzer Regentropfen fiel auf Toshimas helle Hand. Ein ebenso dunkler Tropfen traf Tomoes Harnisch.

»Was ist los?« fragte Toshima, bemüht, sich keine Furcht anmerken zu lassen. Das Tageslicht hätte noch eine Stunde andauern müssen, aber verdunkelnde Sturmwolken fegten mit unnatürlicher Geschwindigkeit von den Bergen herunter. Tomoe hörte Raskis Wiehern vor dem Tor der Gärten. Es klang unruhig, wie immer vor einer Schlacht.

»Tomoe!« rief eine Männerstimme. Sie und Toshima traten vom Bachrand zurück. »Tomoe!« Es war Ushii Yakushiji. Er eilte zur höchsten Stelle der Bogenbrücke und rief: »Horch, Tomoe! Hör doch!«

Bevor ihre Aufmerksamkeit darauf gelenkt worden war, hatte sie nicht bemerkt, daß das undeutliche Rauschen des fernen Wasserfalls lauter wurde. Jetzt, da sie aufmerksam lauschte, wurde ihr klar, daß das, was sie hörte, kein niederstürzendes Wasser war, sondern Stimmengewirr.

»Ein Aufstand, Tomoe! Bauern rebellieren in den nördlichen Gebieten!«

Das schien unmöglich. Lord Shigeno war anders als viele Lehnsherren. Er beschützte die Klasse der *Heimin* und nahm ihnen nicht so viel von der Ernte, daß sie Hunger litten. Aber Ushii war kein Lügner. Ohne zu zögern, bat Tomoe Toshima, sich entfernen zu dürfen und eilte auf die Brücke, um sich zu dem anderen Samurai zu gesellen. Sie wandte sich nur ein einziges Mal um und sah Toshima im Inneren des Hauses verschwinden.

Die Dunkelheit hatte sich vor der Zeit über den Tag gesenkt.

Sturmwolken brodelten am Himmel. Donner rollte über das Schlachtfeld und vermischte sich mit dem Klirren von Metall, dem Aufeinanderprasseln von Stangen und den Schreien der Gefallenen und der Wahnsinnigen. In regelmäßigen Abständen tauchten Blitze den Schauplatz des Gemetzels in einen platinfarbenen Schein, dann war es wieder vollkommen dunkel. Die Bauern waren in das Tal und in das Anwesen des Kriegsherrn Shojiro Shigeno, ihres Lehnsherren, eingedrungen. Es ergab keinen Sinn.

Shigenos Fußsoldaten, die geschickt waren, aber einen Augenblick lang von der Vielzahl überwältigt wurden, waren ihnen entgegengetreten. Tomoe war sicher, daß dies kein gewöhnlicher Bauernaufstand war, denn Shigeno war ein guter Schirmherr. Die Augen der Bauern waren schwarz wie die Augen von Hunden. Als ein Fußsoldat einen der Bauern erkannte und beim Namen rief, erhielt er keine Antwort. Die Bauern waren nicht bei Sinnen.

In dieses blutige Gewirr hinein ritt Tomoe auf ihrem weißen Hengst Raski. In der Hand hielt sie eine Stahlpeitsche – Kettenglieder aus zweischneidigen, scharf geschliffenen Messern –, die einen Kreis um sie und Raski zog. Sie hatte auch diese Waffe aus den Himmlischen Königreichen mitgebracht – und sie hatte gelernt, damit umzugehen.

Die kreisende Peitsche zischte wütend, während sie nach Armen und Gesichtern aushieb und einen Weg für den Anmarsch der Samurai bahnte. Drei Männer folgten Tomoe: Madoka Kawayama, Goro Maki und Ushii Yakushiji. Sie waren zu Fuß, und ihre Schwerter glänzten in der übernatürlichen Dunkelheit. Shigenos Truppe wurde durch das Eintreffen dieser edlen Krieger ermutigt und kämpfte um so tapferer. Die Samurai würden dem Herrn den Sieg sichern.

Tausend Feinde umringten die drei Schwertträger, die sich auf dem Pfad, den die Reiterin gebahnt hatte, in das Gewoge drängten. Diese Samurai konnten, im Gegensatz zu den anderen Soldaten nicht überwältigt werden: niemand konnte die Ketten der Frau oder die flinken Schwerter der Männer durchbrechen. Zu keinem Zeitpunkt konnten sich mehr als ein Dutzend Bauern den drei Männern nähern, ohne sich gegenseitig, anstelle der drei Samurai, zu verwunden; und für die langen Klingen der Samurai war es ein leichtes, vier Leiber mit einem Schlag zu durchbohren. Körper fielen wie Reis unter der Sense zur Erntezeit.

Mit ihren Rücken ein Dreieck bildend, weiteten Madoka, Goro und Ushii langsam ihre Stellung aus und boten den Bauern keine Möglichkeit, einzudringen. Die Bauern, die mit Stangen, Harken und althergebrachten Waffen, deren Gebrauch ihnen kaum vertraut war, gewappnet waren, konnten diese hervorragenden Kämpfer nicht einmal durch das Gewicht ihrer zahlenmäßigen Überlegenheit in Bedrängnis bringen.

Ein Bauer stürzte sich unter Opfer seines Lebens, Tomoes Messerkette in den Weg. Sie schlang sich um seinen Körper und schlug ihm hundert tödliche Wunden. Er fiel, und die Finger wurden ihm abgetrennt, als er nach der fürchterlichen Stahlpeitsche griff. Aber es war der Samurai unmöglich, die Waffe wieder an sich zu reißen. Eine Horde fauchender, schwarzäugiger Bauern umdrängte sie. Der Hengst sprang, mit allen vier Hufen ausschlagend, in die Höhe und zerschmetterte die Knochen der Bauern. Er riß mit machtvollen Kiefern an ihren Kehlen und Köpfen.

Mit starken Schenkeln umklammerte Tomoe den Sattel. Mit ihren Schmetterlingslangschwertern in den Händen schlug sie tödliche Bögen von dünnem, spiegelblank poliertem Stahl um sich, trennte Kehlen durch und ließ zur rechten und linken Seite Köpfe rollen. Blut vermischte sich mit Regen in der sturmgepeitschten Finsternis.

Hätten sie die Gewalt über ihre Körper besessen, die Bauern wären niemals weiter vorgerückt auf diesem Feld des Gemetzels – aber sie strömten immer weiter voran. Besessenheit sprach aus ihren Bewegungen. Hinter den Wolken mochte die Nacht bereits hereingebrochen sein; Tomoe wußte es nicht. Sie war nicht sicher, wie lange der Kampf im Gange war. Die Augen der Heimin glänzten wie Sterne um sie herum. Ihr Heulen tobte gegen den Sturm an. Eine alte Frau mit wirrem Blick stürzte sich in selbstmörderischem Angriff auf Raski, um seine Fesseln zu durchtrennen. Das Pferd zerstampfte sie, ebenso wie einen Mann, der fast noch ein Knabe war.

Tomoes Geist schien sich von dem Kampfgeschehen zu lösen, ihr geübter Körper handelte völlig unabhängig. Ihre Gedanken wandten sich von dem Gemetzel ab und durchdrangen den prasselnden Sturmregen, und sie sprach bei sich: Diese Menschen sind unschuldig! *Diese Menschen sind unschuldig!* Aber sie hatte den Schwur getan, die Ländereien ihres Herrn zu schützen; und selbst wenn die Bauern das unschuldige Werkzeug des Zauberers von Ho waren, so mußten sie dennoch sterben. Vier hervorragende Samurai hätten, auch ohne die Soldaten des Kriegsherrn, diese ungeübten Tausend besiegen können. Die Kriegskünste der Samurai bestanden seit altersher und wurden sorgsam gepflegt. Ebensowenig konnten tausend Bauern Samurai töten, wie es tausend Samurai unmöglich war, guten Reis zu ziehen. Es erforderte kein Heldentum, aber sie hatte Shojiro Shigeno bei ihrer Ehre Treue geschworen. Um ihres Herrn willen mußten jene sterben.

Inmitten des Donnergrollens, das auf jeden blendenden Blitz folgte, inmitten des prasselnden Regens, des Klirrens von Waffen und Stöcken, der Flüche kämpfender Soldaten und der höllischen Schreie besessener Feinde ertönte ein neuer und furchtbarer Klang:

Kriegstrommeln.

Auf der Spitze des Hügels erschien ein stärkeres Heer und stieg in das Tal hinab. Es waren die Soldaten des Herrn Huan, des mächtigen Vertriebenen und Zauberers aus den Himmlischen Königreichen. Auch die gedungenen Truppenführer stammten aus diesem furchtbaren Land, in dem Tomoe einst gekämpft hatte. Selbst viele der Soldaten waren Fremde, andere jedoch entstammten den niederen Rängen der Samuraiklasse.

Sie wurden an den Flanken von Schwertträgern begleitet, in der Mitte marschierten Bogenschützen und in vorderster Reihe – *Drachenmeister!* Die Drachenmeister waren feuerspeiende Krieger aus den Himmlischen Königreichen mit braunen Gesichtern und kahlgeschorenen Köpfen, ebenso furchteinflößend wie die Drachen, deren Kampfstil sie nachahmten. Ihr Anblick ließ Tomoe vor Haß schaudern.

Aber die Drachenmeister mischten sich nicht in das gegenwärtige Kampfgeschehen. Sie umgingen das Schlachtfeld und führten das neue Heer einem anderen Auftrag entgegen.

Tomoe warf einen Blick hinüber, nicht mehr. Sie mußte das eigene Kampfgeschehen im Auge behalten. Ushii, Madoka und Goro waren unüberwindbar, wenn sie weiterhin eine Einheit bildeten, sie durfte also nicht zulassen, daß sie sich trennten, nur weil sie Hilfe benötigen mochte. Es würde ihren Angriff schwächen, und die Schlacht würde länger andauern.

Raski schnellte herum; mit den Hufen um sich schlagend beschrieb er einen ganzen Kreis in der Luft. Seine breiten gelben Zähne zerfetzten das Gesicht eines Bauern. Tomoes Schwerter blitzten im Kreis, aber neben ihrem Kummer war sie nicht mehr nur von Zuversicht erfüllt. Gewiß, die Bauern würden sterben, aber diejenigen, die vom Hügel herab kamen, waren eine andere Sache. Es waren echte Kämpfer, würdigere Gegner. Aber der Zauberer Huan hatte tausend Unschuldige vorausgeschickt, um die Samurai abzulenken, während die eigentlichen Soldaten des Feindes auf den Palast zu marschierten, wo sie nur auf ein kleines privates Gefolge stoßen würden, das zwischen dem Tod und der Familie des Herrn Shigeno stand.

Tomoe begab sich an das mühsame Unterfangen, sich einen Weg durch das Meer von Leibern zu bahnen, in das die Stahlpeitsche und Raski sie geführt hatten. Sie mußte dieser Horde entrinnen und sich dem wahren Feind entgegenstellen. Ein Viertel der Bauern war bereits niedergemäht, und ihre drei Gefährten konnten den Rest mit Hilfe des kleinen Heeres vernichten. Nur Tomoe war zu Pferde, daher hatte nur sie allein die Möglichkeit, das feindliche Heer und die Drachenmeister, die gegen Shojiro Shigenos Haus anrückten, aufzuhalten. Der Gedanke ließ sie frösteln: den Anmarsch »aufhalten«. Konnte selbst ein Samurai, auf sich allein gestellt, hoffen, das Voranschreiten eines Heeres aufzuhalten, das von Drachenmeistern unterstützt wurde?

Die feindlichen Soldaten zogen unbehelligt an dem Gemetzel vorüber. Tomoe hätte sie mit einem Steinwurf erreichen können, aber ihr Pferd konnte die Masse der Bauern, die den Weg versperrten, nicht durchbrechen. Überdies begannen Raskis Hufe im Schlamm zu versinken. Der Sturm war angeschwollen, obwohl das noch einen Augenblick zuvor unmöglich erschienen war. Tomoe sah die Soldaten vorüberziehen und in der Dunkelheit und den dichten Regenschleiern verschwinden. Sie zogen auf das Haus zu. Vor Zorn und Hilflosigkeit schrie sie laut auf.

Raski bäumte sich auf und wieherte in tierischer Kampfeslust auf. Tomoe hob beide Schwerter in den drohenden Himmel.

Dann schlug der Blitz zu!

Ein gezackter Pfeil schoß, von dem hoch erhobenen Metall angezogen, in ihre beiden Klingen. Sie spürte ihn in ihrem Körper, eine mörderische Kraft, die sich niemandem beugte. Sie spürte, wie Raski zusammenbrach und unter ihr starb, und sie betrauerte den Tod des Hengstes tiefer als den Verlust des eigenen Lebens.

Doch irgendwie war Leben in ihr. Sie war mehr als lebendig. Mit geschärftem Sinn konnte sie voraussagen, welche Bauern fallen mußten, lange bevor sie sie mit raschen, anmutigen Streichen niedermähte. Sie hieb sich einen Pfad zum Rand der stumpfsinnigen Horde frei. Sie war von übernatürlicher Kraft erfüllt, als wäre die Kraft aus Raskis Gliedmaßen und Muskeln in dem Augenblick seines Todes in die Reiterin übergegangen.

Ihre Schwerter leuchteten von dem Zauber und der Macht des elektrischen Schlages. Sie konnte die Lider nicht senken. Sie konnte den Mund nicht schließen. Ihr Gesicht war zu einer entsetzlichen Teufelsmaske erstarrt. Die Zähne leuchteten weiß in der Dunkelheit ihres Gesichts und schienen irgendwie schärfer und länger zu sein. Sie war verwandelt. Nicht länger war sie Tomoe: aus der Vermählung von Himmel und Erde geboren, war sie zum Satansweib geworden. Im Orgasmus des Blitzschlags wurde ein ungeheurer Krieger aus den Elementen geboren.

Sie tötete. Bevor sie sich besinnen konnte, befand sie sich außerhalb des Schlachtgetümmels. Mit unglaublicher Geschwindigkeit fiel sie den Soldaten in den Rücken. Sie wandten ihre gesamte Truppe ihrem Ansturm entgegen, als spürten sie im voraus, daß sie ihre ganze Kraft benötigen würden, um sie zu besiegen.

Die Drachenmeister kamen zuerst. Selbst inmitten des Sturmes loderten ihre Fackeln. Sie füllten den Mund mit einer leicht entflammbaren Flüssigkeit und spieen sie mit der Treffsicherheit von Bogenschützen durch die Flammen ihrer Fackeln. Eine Feuerwand bäumte sich vor Tomoe auf, aber sie hielt nicht inne.

Die Flammen leckten an ihrer Rüstung aus lackiertem Holz und hätten sie wohl entzündet, aber sie war zu schnell und zu sehr mit Schlamm, Regen und dem Lebensblut der Bauern bedeckt.

Die Drachenmeister trugen, abgesehen von dem Feuer, keine Waffen. Sie kehrten um und liefen davon, als sie das Satansweib ihre Abwehrreihen durchbrechen sahen, die sie für undurchdringlich gehalten hatten. Wie ein Ungetüm aus der Hölle schritt sie durch das von ihnen selbst entfachte Höllenfeuer, und nur ihr Haar stand in Flammen. Verstört flohen die Drachenmeister, und die Bogenschützen hinter ihnen hielten unentschlossen inne. Tomoe hieb sie zu beiden Seiten nieder, ihre wundersam leuchtenden Schwerter flogen schneller, als der Blick ihnen folgen konnte; sie zuckten wie der Blitz selbst – oder wie fremdartige, huschende, schimmernde Falter, die in einem tödlichen Tanz den Blick gefangennahmen.

Trotz ihres Entsetzens sammelten sich die feindlichen Soldaten um ihre Toten und Sterbenden. Ein Pfeilregen richtete sich auf eine Stelle – aber selbst Pfeile konnten die Deckung ihrer wirbelnden Schwerter nicht durchbrechen!

Sie wandte sich nicht um nach dem, was in ihrem Rükken auf sie zukam. Die geheimnisvolle Klarsicht umgab sie noch immer, und sie spürte jede Bewegung, bevor sie ausgeführt wurde. Die Bögen ihrer Schwerter deckten ihren Rücken ebenso mörderisch wie ihre Seiten und ihre Brust.

Mit ungeheuer gesteigerten Sinnen hörte sie jeden Schritt im Schlamm und kannte die Stellung eines jeden Soldaten, selbst derjenigen, die sich außerhalb ihres Blickfeldes befanden. Sie hörte jeden ihrer Atemzüge und Seufzer und würde sie für alle Zeit an ihren Stimmen wiedererkennen – wenn sie ewig hätten leben können, um Gebrauch davon zu machen.

Bald war sie von einer Mauer von toten und sterbenden Leibern umgeben, und sie setzte in einem unglaublichen Sprung darüber und stand wieder sicher auf den Füßen, als die Soldaten des verbrannten Herrschers sie umringten. Sie stürmten wirkungslos gegen sie an und starben einer nach dem anderen. Sie versuchte, einen Samuraischwur auszustoßen, aber in der Erstarrung ihres Gesichts entrang sich ihrer Kehle nur ein entsetzlicher, ungeheurer Ton, der eher

Raskis Stimme als der ihren glich, furchterregend und hallend – und es schien den Soldaten, als habe sie gottgleich befohlen: »Ergebt euch!«

Sie konnten dem halb nur erahnten Befehl nicht widerstehen. Sie senkten ihre Schwerter und alle anderen Waffen, fielen auf die Knie und flehten um Gnade und gelobten ein besseres Leben für die Zukunft, während Tomoe durch ihre Reihen schritt und sie paarweise enthauptete.

Mit dem Feind erstarb auch der Sturm. Der natürliche Himmel zeigte sich wieder, und Sterne erschienen, als die Wolken sich auflösten. Der Mond schien deutlich umrissen über das Tal. Tomoe kehrte mit schleppendem Schritt zu ihren Kameraden zurück. Sie konnte die Arme nicht mehr heben, und ihre Gesichtszüge waren schlaff und aschfahl geworden. Das Leuchten verließ ihre Schwerter, die Wärme ihren Körper.

Madoka hatte den letzten Bauern vom Schädel bis zu den Leisten in zwei Hälften gespalten. Als die beiden Hälften zu Boden fielen, wandte er sich um und sah, was Ushii und Goro bereits erblickt hatten: Tomoe stand entkräftet vor ihnen. Sie sah weder aus wie ein Dämon noch wie eine Samurai, sondern wie ein Leichnam. Sie war bleich, ihre Augen glänzten weiß, und unter dem Schlamm und dem geronnenen Blut war ihre Haut straff gespannt. Sie hatte an mehreren Stellen Verbrennungen erlitten, wiewohl sie es in ihrer Raserei zuvor nicht wahrgenommen hatte – schwere Verbrennungen: an den Händen, in denen sie die vom Blitz erfüllten Schwerter gehalten hatte, am Körper vom Flammenatem der Drachenmeister.

Sie sagte: »Meine Freunde, ich bin tot«, dann stürzte sie mit steifem Körper zu Boden. Ushii war im selben Augenblick an ihrer Seite und drehte sie um, damit sie nicht im Schlamm erstickte. Aber sie schien nicht zu atmen. Sie war so kalt wie Eis, ihr Körper vollkommen steif, und jedermann hätte vermutet, daß sie schon eine geraume Weile tot war. Madoka fiel auf die Knie und stimmte inmitten der tausend Gefallenen einen Klagegesang an. Die Fußsoldaten, die noch am Leben waren, zogen sich, zu sehr von Achtung erfüllt, um diesem traurigen Schauspiel beizuwohnen, in die Nacht zurück. Goro Maki wandte das Gesicht dem Mond zu und verbarg seine Tränen vollkommen. Ushii Yakushiji hob den starren Körper auf und schritt auf die entfernten Berge zu, fort von Shojiro Shigenos Besitz.

»Wohin gehst du mit ihr, Ushii?« fragte Goro.

Ushii wandte sich um und warf seinen zwei Freunden einen Blick zu. Tomoe in den Armen, sagte er: »Ich bin jetzt ein freier Mann, Goro. Wie ihr gesehen habt, fand der Angriff statt, bevor ich mich erneut verpflichtete. Jetzt, um Mitternacht, bin ich frei, mir eine neue Aufgabe zu suchen.«

»Unser Herr ist gut!« rief Madoka, der nicht zwei Freunde auf einmal verlieren wollte. »Wir haben immer gemeinsam gekämpft, Ushii!«

»Unsere Kameradin ist krank«, sagte Ushii.

Goro Maki trat einen Schritt vor und verbesserte Ushii, ohne daß seine Stimme seinen eigenen Verlust verraten hätte: »Sie ist tot.«

»Hast du schon einmal erlebt, daß der Tod so plötzlich eintritt? Oder die Leichenstarre? Nein, sie ist nicht tot. Aber vielleicht ist sie es bald, wenn kein Zauber zu Hilfe kommt, um sie wieder zum Leben zu erwecken.«

Madoka, der Ushiis Entschluß kannte, senkte den Kopf. Aber Goro konnte es nicht glauben. Zornig sagte er: »Es gibt in diesem Tal keinen Zauber außer dem, der von Shojiro Shigenos ärgstem Feind ausgeht.«

»Das ist wahr«, erwiderte Ushii, während er sich langsam entfernte.

»Ushii!« rief Madoka auf Knien.

Ushii setzte seinen Weg unbeirrt fort.

»Ushii!« Madoka stieß die Fäuste in den weichen, blutigen Schlamm. Voller Verzweiflung rief er: »Geh nicht dorthin, Ushii! Tomoe würde lieber sterben, als sich durch Schwarze Künste wieder zum Leben erwecken zu lassen!«

Ushiis Stimme wehte zu ihnen zurück: »Wir werden bald wieder Seite an Seite stehen. Nur zu bald, fürchte ich. Auf dem Feld der Ehre.«

Madoka barg sein Gesicht in den Armen. Goro Maki

legte stützend die Hand auf die bebende Schulter seines Freundes.

»Lebt wohl, meine Freunde!« sagte Ushii, und die Dunkelheit verschlang ihn.

Tomoe Gozen erwachte auf einer schneebedeckten Ebene auf halber Höhe eines Berges. Sie war unbekleidet und hielt in jeder Hand eine ihrer Seelen. Langsam bewegte sie sich, duckte sich zuerst und blickte sich nach allen Seiten um und richtete sich dann gerade auf, ihre beiden Schwerter an den Hüften. Sie spürte die Kälte des Schnees nicht an ihrem nackten Leib.

Der Tod erfüllte diesen Ort. Tomoe empfand Furcht.

Obwohl es nicht die richtige Jahreszeit dafür war, herrschte leichtes Schneegestöber. Schneeflocken legten sich in ihr versengtes Haar, rannen die Schultern hinunter. Die Bergstraße war mit Felsbrocken aller Größen übersät, auf die der Schnee niederwirbelte. Nirgendwo wuchsen Bäume oder Gräser.

Ein Ungetüm trat hinter einem Felsblock hervor. Schleim rann ihm aus allen Poren, und es war widersinnigerweise mit einer offenstehenden blauen Jacke und sonst nichts bekleidet. Sein plötzliches Erscheinen erstaunte Tomoe, aber sie blickte ihm ohne Abscheu entgegen. Es kam ihr mit gespreizten Krallen entgegen. Jedes ihrer Schwerter zuckte einmal, und die Klauenhände wurden abgetrennt, bevor sie ihre Brüste zerfetzen konnten. Das Ungetüm heulte auf und rannte in das Schneegestöber davon. Von seinen Armen tropfte gelbes Blut.

»Goro!« rief Tomoe, als sie sich der Menschen erinnerte, die sie zuletzt gesehen hatte. »Ushii! Madoka!«

Ihre Rufe hallten von den Bergen wider.

Tomoe konnte sich nicht vorstellen, wie sie an den Ort ihres Erwachens gelangt war. Verwirrt begann sie, den Berg hinaufzusteigen. Sie war sich nicht darüber im klaren, warum sie sich aufwärts wandte. Der Pfad wäre weniger beschwerlich gewesen, hätte sie den Schritt abwärts gelenkt, aber es erschien ihr zwingend erforderlich, den schwierigeren Weg einzuschlagen.

Als sie sich einem verborgenen Gipfel näherte, hüpften plötzlich zwei krötenartige Wesen von der Oberfläche des Berges, um ihr den Weg zu versperren. Sie richteten sich auf krummen, dürren Beinen auf und glotzten sie drohend mit ihren hervorstehenden Augen an. Ohne zu zögern, ohne zu denken, ließ Tomoe ihre Schwerter niedersausen, und sie durchdrangen die Haut der beiden aufgeblähten Kreaturen. Luft entwich aus den Wunden, begleitet von einer grünen Flüssigkeit. Ihre Glubschaugen drückten Überraschung aus. Lautlos, nur vom Zischen der Luft begleitet, die aus ihren Leibern entwich, sprangen die Krötenwesen vom Berg hinab ins Vergessen.

Für einen Augenblick fegte ein Windstoß den Schnee vom Himmel, und für die Dauer dieses Augenblicks erkannte Tomoe eine Heerschar grotesker Mißgestalten, die ihren Pfad säumten. Es waren hungrige Wesen, halb Mensch, halb Tier, von erbärmlicher Erscheinung und mit drohenden Gebärden.

Fünf dieser seltsamen Gestalten kamen auf plumpen Beinen den Weg herunter. Sie trugen an Stangen befestigte Messer. Ihre Leiber waren pockennarbig und grindig. Tomoe wehrte ihre Speere eine Zeitlang ab, wurde es aber dann müde und beförderte einen nach dem anderen ins Jenseits. Ihre schrillen Todesschreie verursachten ihr Übelkeit. Unter Flüchen setzte sie ihren mühsamen Weg über den Gebirgspfad fort, immer auf der Hut vor dem nächsten Angriff.

Es war ein mühseliges Vorankommen, aber die Schwierigkeiten wurden nicht von den Kreaturen verursacht, die sie mit Leichtigkeit überwältigte. Denn obwohl der Weg nicht steil war, zog er sie an, als sei er es. Ihr Atem ging stoßweise. Ihre Beine waren schwer. Nur ihre Arme waren unbeeinträchtigt, so daß ihre Schwerter ihren Tribut nehmen konnten.

Trotz der kalten Luft schwitzte sie. Schneeflocken schmolzen auf heißer Haut.

Es war ein Tag ohne Sonne und Mond, und Tomoe wurde von dem furchtbaren Gefühl ergriffen, ein Land in einem Kosmos betreten zu haben, der nicht für menschliche Bewohner geschaffen war. Sie fragte sich, ob sie sich nicht mehr in dem Universum befand, das sie vor der Schlacht auf Shojiro Shigenos nördlichen Besitztümern gekannt hatte.

Ununterbrochen stürmten mißgestaltete, halbmenschliche Wesen gegen sie an. Wie Windmühlenflügel wirbelten ihre Schwerter und spalteten die Ungeheuer zur Rechten und zur Linken. Manche stürzten auf den Pfad nieder, andere über den Wegrand. Einige kletterten verwundet die Bergwand hinauf.

Viele schrien entsetzlich, während sie unter ihren wirbelnden Klingen starben, aus Schmerz oder Angst, von grausamem Haß erfüllt oder unter inständigem Flehen um Gnade. Ihre Todesqualen verdienten kein Mitleid, und es war gefährlich, ihren Haß zu teilen; sie würde ihre Kraft an sie verlieren, wenn sie sich von ihnen positiv oder negativ beeinflussen ließ. Ihre mannigfachen Schreie fochten ihre Ohren und Empfindungen mehr an, als ihre Existenz als solche ihrem Körper gefährlich werden konnte. Sie war denjenigen dankbar, die keinen Laut von sich gaben.

Die Mehrzahl kämpfte wie Tiere, mit Fängen und Klauen. Einige wenige waren mit rostigen Schwertern und Eisenhämmern bewaffnet. Sie traten ihr jetzt in so großer Zahl entgegen, wie sich vor ihr drängen konnten, ohne sich gegenseitig vom Weg zu stoßen. Tomoes Schmetterlingslangschwerter wüteten unter ihnen mit unverminderter Wucht.

Sie versuchte den Weg hinter der ungeschlachten Armee zu erkennen. Das Schneegestöber war nicht dicht, aber beständig und schränkte ihre Sicht ein. Sie blickte nur ein einziges Mal zurück. Zu ihrem Entsetzen sah sie weder Ungeheuer noch deren Leichen, keinen Schnee und keine Felsbrocken, die den Weg bedeckten. Der Weg hinab war einladender. Wenn sie denselben Weg nähme wie die Ungeheuer, würde sie nicht weiter zu kämpfen haben. Unter großen Schwierigkeiten richtete sie den Blick wieder nach oben. Danach blickte sie nicht mehr zurück.

Ein riesiges Ungeheuer baute sich vor den anderen auf. Es hatte Arme, die so lang und knorrig waren wie Äste und aus mehreren Gliedern und Ellbogen bestanden. Es knirschte mit den Zähnen und fauchte und legte ein solches Gehabe des Selbstvertrauens an den Tag, daß Tomoes Fuß zögerte, obwohl sie nicht zurückwich.

Die langen Arme des Ungeheuers hielten die anderen zurück, als wollte es damit sagen: »Sie gehört mir! Ich werde sie eigenhändig töten!« Sie war überrascht, als sie feststellte, daß es genau diese Worte gesagt hatte, und es sagte noch mehr: »Diejenigen, die zur Hölle gefahren sind, steigen diesen Pfad nicht mehr hinauf! Der einzig sichere Weg führt hinunter!«

Seine Arme streckten sich nach ihrer Kehle, Spinnenfinger krümmten sich. Obwohl Tomoes Schwerter der Reichweite des Ungeheuers nicht gleichkamen, war sein Selbstvertrauen nicht gerechtfertigt. Es war zu linkisch, um seine Bewegungen in Einklang zu bringen. Es fiel ihr nicht schwer, sich unter den Armen des Ungetüms hindurchzuducken und im Sprung seinen Bauch zu durchbohren.

Es schlang in dem kraftlosen Versuch, sich zu schützen, seine vielgliedrigen Arme um sich, wich aber nicht aus ihrem Weg. Sie durchbohrte es noch einmal, zog das linke Schwert aus seinen Eingeweiden, stach mit dem rechten zu, zog es wieder heraus und stach erneut mit dem linken zu. Es stand da und bot weder Angriff noch Abwehr, während sie seine Gedärme, die Milz, die Leber und den Magen herausriß. Sein Herz fiel in das Loch, das sie geschlagen hatte, und sie schnitt auch das heraus. Wieder erhob das Ungetüm die Stimme:

»Oh, Tomoe Gozen, von allen Ungeheuern auf diesem Weg bist du das furchtbarste.« Dann kippte es zur Seite und stürzte in die Unendlichkeit.

In dem Bewußtsein, daß sie sich aus der Hölle hinaufkämpfte, beschleunigte Tomoe ihren Schritt. Aber der Entschluß hatte die entgegengesetzte Wirkung zur Folge. Je notwendiger es ihr erschien, den Gipfel zu erreichen, desto unerreichbarer wurde er. Die Ungetüme standen aufgereiht an der Felswand und ließen sie unbehelligt vorüberziehen. Sie lachten sie aus, johlten, spien und schlugen sich auf die Schenkel. Sie war kaum fähig, sich zu bewegen.

»Ich kann nicht weiter!« schluchzte sie, und Tränen liefen ihr über die Wangen.

Der Haufen der Bestien grölte; sie sprangen auf und nieder und rissen Possen wie eine applaudierende Menge. Tomoe war zumute wie einem Clown, der vor den Niedrigsten aller empfindenden Wesen seine Späße treibt – Wesen, die einst menschlich gewesen sein mochten wie sie selbst.

»Ich werde dir helfen, Tomoe!«

Es war eine vertraute Stimme. Über ihr auf dem Weg stand Ushii in vollem Harnisch. Seine Rüstung hatte sich in Gold verwandelt. Die Bestien verhüllten ihre Gesichter und verdeckten die Augen. Sie fielen winselnd und schluchzend auf die Knie. Ushii Yakushiji streckte Tomoe die Hand entgegen.

»Ich kann dich nicht erreichen!« klagte sie.

Das Schneegestöber lichtete sich unter Ushiis Glanz. Er schrie ihr fast zornig zu: »Doch, das kannst du!«

Sie hob einen bleischweren Fuß und machte einen Schritt. Ushii machte einen ebenso großen Schritt zurück. Sie hob den anderen Fuß, um ihm näher zu kommen, aber er trat wieder zurück, so daß sich die Entfernung nicht verringerte.

»Warte auf mich, Ushii!«

Fast fiel sie auf das Gesicht, fing sich aber wieder und taumelte drei Schritte den Berg hinauf. Ushiis Füße schienen sich nicht zu bewegen, und doch war er noch immer nicht näher. Er glitt zurück wie ein Geist; und Tomoe sah, daß seine Füße eine Handbreit über dem Boden schwebten.

Eine lange Zeit war sie keiner Bewegung fähig. Ushii verblaßte im Schneegestöber, das seine vorherige Dichte wieder angenommen hatte. Tomoe rief ihm zu, er solle zurückkommen.

»Folge mir, Tomoe. Folge mir zum Gipfel.«

»Ich kann dich nicht sehen«, stieß sie verzweifelt hervor.

»Folge meiner Stimme.«

»Ushii!«

»Komm zu mir.«

»Wo bist du?«

»Du bist mächtiger als der Weg zur Hölle, Tomoe.«
»Ushii, ich kann deine Stimme nicht hören!«
»Doch, du kannst sie hören, und du wirst kommen.«
Sie taumelte einen weiteren Schritt voran. »Nein. Du irrst dich. Ich kann dich nicht hören. Ich kann mich nicht bewegen.«

So ging es weiter, Schritt für Schritt. Die Ungeheuer wurden weniger, und sie stellten sich ihr nicht länger in den Weg. Als sie den Gipfel fast auf Armeslänge erreicht hatte, schloß sich die bedrückende Atmosphäre dichter um sie. Sie fiel und konnte nicht mehr weiter.

Wieder tauchte Ushii auf. Er lag auf dem Bauch und streckte vom Gipfel die Hand nach der Stelle aus, an der sie gestürzt war. »Nimm meine Hand«, sagte er. Sie reichte hinauf, bis ihre Finger sich fast berührten.

»Du bist zu weit fort, Ushii.«

Er erwiderte: »Ich stehe hinter dir und schiebe dich hinauf.«

In diesem Augenblick spürte sie ihn hinter sich, und er schob sie hinauf; plötzlich konnte sie seine Hand erreichen, und er faßte sie an den Gelenken. Er zog sie auf den Gipfel und verschwand. Tomoe Gozen rollte sich zu einer Kugel zusammen und weinte sich in den Schlaf.

Als sie das Bewußtsein wiedererlangte, öffnete Tomoe nicht die Augen, sondern versuchte, ihre Umgebung mit den anderen Sinnen zu erfassen. Ihr erster Eindruck war der eines riesigen Raumes. Wärme umfing sie. Seltsamerweise stand sie fest auf den Füßen und spürte das Gewicht der vollen Rüstung auf den Schultern. Sie fühlte sich gebadet, ausgeruht und auf der Höhe ihrer Kraft. Allein eine merkwürdige Trägheit hinderte sie daran, die Augen zu öffnen.

Ein süßer und doch abstoßender Duft erfüllte ihre Nase und gebot Entspannung. Ihre Schultermuskeln lockerten sich unwillkürlich. Ein kurzes Zucken durchlief ihre Kinnlade. Sie nahm an, daß es ihr keine Schwierigkeiten machen würde, sich in Bewegung zu setzen, aber es schien kein Anlaß dazu zu bestehen.

Es befanden sich noch andere mit ihr im Raum. Eine vertraute Stimme fragte, von ungewohnter Demut erfüllt: »Lebt sie? Geht es ihr gut?« Es war Ushii, und er klang so eingeschüchtert, wie sie ihn niemals erlebt hatte. Seine Anwesenheit hätte ihr Mut machen müssen, denn sie waren die engsten Freunde; sein Ton dagegen hätte sie beunruhigen müssen, denn sie hatte ihn nie so verzagt erlebt. Aber sie konnte kein Gefühl der Freude oder Besorgnis aufbringen. Was auch immer Ushiis Geist gebrochen haben mochte, sie verspürte keine Anteilnahme dafür.

Es war, als sei ein Teil von ihr auf dem Bergpfad aus der Hölle zurückgeblieben und habe sie verhärtet und gefühllos zurückgelassen, bar jeder Sorge. Doch spürte sie das unabdingbare Gewicht ihrer Seelen, die an ihren Seiten hingen wie übereinstimmende Schalen einer Waage und wußte, daß sie unversehrt war. Es bedurfte keines weiteren Trostes als der düsteren, schweren Gegenwärtigkeit ihrer Schwerter.

Eine Stimme, so honigsüß und abstoßend wie die schwere Luft, antwortete Ushii. »Sie lebt, Samurai, und es geht ihr gut.«

Ein eigenartiges Gelächter folgte, wie das eines alten Weibes. Dann ertönte ein Befehl, und Tomoe wußte, daß er ihr galt. »Öffne deine Augen.«

Es war nicht der Befehl eines Herrn, denn sie hatte keinen Schwur geleistet. Sie war ein Samurai ohne Herren und verspürte keinen Drang, ihn zu befolgen. Aber die Höflichkeit gehörte zu den Grundsätzen des Bushido, also gehorchte sie. Vor ihr stand Ushii, nicht in Gestalt des goldenen Kriegers, der ihr auf diesem Weg aus einer anderen Welt beigestanden hatte, sondern als ein geduckter, ausgezehrter Mann mit Ringen unter den Augen, der furchtsam war wie ein kleines Tier.

Er rang nach Atem, wich vor ihr zurück und schrie auf: »Ihre Augen! Was habt Ihr mit ihren Augen getan!«

Hinter Ushii, an der gegenüberliegenden Wand des kostbar tapezierten Raumes, saß ein knochendürrer Mann auf einem reichverzierten Thron aus Gold und Jade. Der Thron war sehr groß und verlieh dem Alten ein noch schmächtigeres Aussehen. Wenn er stand, mochte er größer sein als jeder Samurai, aber im Sitzen wirkte er durch seinen hageren Körperbau klein und zerbrechlich wie ein Sperling. Sein Kopf, der zu groß war, um von einem Körper mit so wenig Muskeln getragen zu werden, wackelte merklich. Er hatte einen langen, dünnen Bart. Seine Augen blickten fröhlich. Die hervorstehenden gelben Zähne wirkten unansehnlich und lustig. Vor seinem zu großen Thron brannte eine Feuerschale, die auf drei in Form von Falkenklauen gegossenen Füßen ruhte. Von dieser Schale strömte der süße Duft aus.

Der dünne, graue Mann ließ sich noch einmal herab, Ushii einer Antwort zu würdigen: »Hast du nicht anderswo schon solche Augen gesehen, Samurai?« Seine Stimme war die eines alten Weibes, die Ushii neckend auf die Erkenntnis stieß, welches Los Tomoe erwartete.

»In der Schlacht der vergangenen Nacht«, sagte Ushii, »in den Gesichtern mordgieriger Bauern.«

Der Blick des Zauberers wurde noch fröhlicher.

Tränen rannen über Ushiis Wangen, und Tomoe betrachtete ihn ungerührt und bar jeden Mitgefühls.

»Oh, grausamer Herr!« ergriff Ushii das Wort. »Ihr habt mich hinters Licht geführt! Ich habe meine Dienste gegen ihr Leben gegeben, aber welch ein Leben habt Ihr da geschaffen?«

Rauchfäden, so dünn wie der Bart des Zauberers, stiegen aus der Feuerschale auf. Hinter diesem dünnen Schleier hub er mit belehrender Stimme an: »Man hat mir gesagt, daß ein Samurai ohne Herrn nicht viel mehr gilt als ein Samurai ohne Ehre. Es ist mir ein Vergnügen, Tomoe Gozen als Herr zu dienen und auf diese Weise ihre Stellung zu sichern.« Sein Scherz gefiel ihm, und er verzog den Mund zu einem entsetzlichen Grinsen.

»O weh!« rief Ushii und zerkratzte sich das Gesicht, bis es blutete. »Es ist zu grausam, um wahr zu sein!«

»Wie?« fuhr der klapperdürre Alte auf. Er deutete mit einer Hand, die aussah wie die eines Skeletts, auf Tomoe. Die Hand wand sich wie eine Schlange. Er sagte: »Ihr wird das Leben eines Kriegers bleiben, und das ist das einzige

Leben, nach dem sie je gestrebt hat. Ich hätte ein Tingeltangel-Mädchen aus ihr machen können – eine Geisha, wie du es nennen würdest. Ich hätte sie zwingen können, Laute zu spielen und vor den Gästen meines Hofes gespenstische Verse aufzusagen. Aber ich schätze an ihr die Tapferkeit und freue mich, daß du sie zu mir geführt hast. Selbst in den Himmlischen Königreichen von Ho ist sie als mutige Kämpferin bekannt, und sie hat eine große Anzahl der besten Soldaten von Ho erschlagen, um zu einem Waffenschmied aus Naipon vorzudringen und seiner Laufbahn ein Ende zu setzen. Wenn ich mit Tomoe Gozen als General in mein Land zurückkehre, um die alte Dynastie zu stürzen, so entbehrt das nicht der Ironie. Weine nicht mehr, Ushii Yakushiji, denn Tomoe ist am Leben und mächtig, während du lediglich am Leben bist.«

Ushii sank in sich zusammen und schlang die Arme um die Knie. Dem Befehl seines neuen Herrn gemäß hörte er auf, zu weinen.

Der Zauberer rief mit lauter Stimme: »Tomoe Gozen.«

Wie ein gewaltiger Krieger aus Stein, der zum Leben erwacht, wandte Tomoe langsam den Kopf und sah dem, der sie gerufen hatte, gerade in die Augen.

»Tomoe Gozen, du hast Schande über dich gebracht. Was schickt sich für eine Samurai?«

Obwohl Tomoe sich nicht erinnern konnte, was sie getan hatte, um in Schande zu fallen, hatte sie das unbestimmbare Gefühl, daß es der Wahrheit entsprach. Sie zog ein kurzes Messer aus einer Scheide an ihrem Schenkel und hob es zur Kehle. Unter Männern schrieb *Seppuku* vor, daß sie sich den Bauch bis zu den Eingeweiden aufschlitzten, bei den Frauen bestand der rituelle Selbstmord aus *Jigai*, dem Durchbohren oder Aufschlitzen der Kehle. Ushii schrie auf.

»Das ist nicht wahr! Tomoes Ehre ist ohne Schimpf!«

Der Zauberer winkte mit seiner unruhigen Hand ab und sagte: »Ich habe mich geirrt, ehrenwerte Tomoe!« Seine Heiterkeit fand auf abstoßende Weise Ausdruck, als er die Lippen zurückzog und schwarzes, eingefallenes Zahnfleisch enthüllte. Tomoe steckte das Messer in die Scheide zurück und nahm wieder ihre reglose Stellung ein. Während der kurzen Versuchung hatte sich ihr Gesichtsausdruck nicht verändert.

Entzückter denn je über seine Marionette, begann der Zauberer ein neues Spiel: »Tomoe!« sagte er. »Ein schlechter Mann sitzt auf diesem Thron. Er ist dürr wie ein Stecken und leicht zu überwältigen. Wie würde ein starker Samurai handeln?«

Schmetterlingslangschwerter flogen aus den Scheiden. Tomoe schritt steifbeinig voran. Ushii schwankte zwischen Furcht und Freude. Tomoe hielt ihre Schwerter zu beiden Seiten ausgestreckt. Sie waren lang genug, ein Ziel hinter der Feuerschale zu erreichen. Der knochendürre Zauberer wandte sich mit ruhiger Stimme an Ushii:

»Wenn ich dir befehlen würde, sie aufzuhalten, müßtest du es versuchen.« Wieder entblößte er mit häßlichem Grinsen sein Zahnfleisch. »Habe ich recht?«

»Ich stehe durch meinen Schwur in Euren Diensten«, erwiderte Ushii einfach.

»Dieser Befehl würde mir nicht einfallen«, rief der Zauberer und setzte sein grausames Spiel mit Ushiis Gefühlen fort. An Tomoe gerichtet sagte er: »Warum zögerst du?«

Ihre Schwerter trafen sich so schnell, daß es fast unmöglich war, der Bewegung zu folgen.

Der Zauberer zuckte nicht mit den Lidern. Die Schwerter hielten um Haaresbreite zu beiden Seiten seines Halses inne. Selbst Tomoe hatte keine Ahnung, was den zweifachen Schlag aufgehalten hatte. Einen Augenblick lang spürte sie in ihrem Inneren, wo immer ihre Gefühle verborgen sein mochten, Besorgnis aufsteigen. Der Zauberer mußte die Veränderung im Gesicht der Frau bemerkt haben, denn sein heiteres Lächeln verschwand, und er sagte hastig:

»Tomoe, vergiß, daß Schwerter, die in den Himmlischen Königreichen geschmiedet sind, mir kein Leid zufügen können! Vergiß mein Spiel auf der Stelle und fühle dich vollkommen ruhig.«

Die Frau trat von der Wärme und dem süßen Ekel der Feuerschale zurück, ihr Geruchssinn war von den Rauchschwaden betäubt. Die Furcht, die sie fast aufgerüttelt hatte, war vergessen. Sie sah Ushii Yakushiji, der auf den Knien neben ihr lag und sein Leid beklagte. Warum er so entmutigt war, wußte sie nicht, und sie konnte ihre Kräfte nicht sammeln, um darüber nachzusinnen.

»Welches Unheil habe ich über dich gebracht, Tomoe?« klagte Ushii. »Was habe ich getan?«

»Ehrenwerte Kriegerin«, sagte der Zauberer, einen knöchernen Finger auf Tomoe gerichtet. »Wenn du sprechen kannst, gelobe mir deine Dienste.«

Ushii duckte sich noch tiefer auf die Knie und kroch flehend zum Throne des Zauberers hin. »Herr Huan, verlange nicht ihren Schwur! Meine Dienste waren der Preis für die Wiederbelebung, nicht die Tomoes Gozens.«

Er beachtete den flehenden Samurai nicht und wartete auf Tomoes Antwort. Obwohl sich ihr Mund öffnete, konnte sie keinen Laut hervorbringen. Es war, als klebte ihre Zunge am Gaumen fest.

»Wie ich vermutet habe«, sagte Herr Huan mehr zu sich selbst. »Unwichtig!« Er legte in gelangweiltes Gebaren an den Tag, während er ein wenig Zauberpulver in die Schale vor seinem Thron stäubte. Er fuhr fort: »Sie wird mir in jedem Fall gehorchen, ob sie nun durch ihr eigenes Wort gebunden ist oder nicht. Aber ich bin fasziniert von diesem Samuraikodex, der Ehre, die mehr zählt als das Leben. Er liefert den Rahmen für geradlinige Logik und Handlungen, aber die Zwecke sind nicht immer moralisch. Das macht die Samurai so wertvoll für jemanden wie mich, denn auch ich schätze treue Ergebenheit höher als die Moral.«

Er beugte sich in seinem riesigen Thron vor und klammerte sich dabei an die Armlehnen des Sitzes, als sei er so schwach, daß er zu fallen drohte und fuhr fort: »Wie alle Samurai bist du überzeugt, daß die Mikados seit Anbeginn über Naipon herrschten, nur weil sie die göttlichen Nachkommen eurer Sonnengöttin sind. Aber es ist diese unerschütterliche Treue der Samuraiklasse, die ihnen die Macht erhält. In den drei Königreichen, die Ho bilden, kommen und gehen die Dynastien, und manche herrschen länger als andere – aber in Naipon regiert dieselbe Familie fortdauernd. Ob es nun starke Führer oder dekadente Strohpuppen sind, ob sie mit Tyrannenfaust oder milder Hand regieren ... die Mikados bleiben. Euretwegen. Eines Tages werde ich die Staaten von Ho beherrschen. Und um eine fortdauernde Dynastie zu sichern, möchte ich die Tugenden der Samurai in den Himmlischen Königreichen einführen.«

Ushii saß auf den Knien und starrte auf die Hände in seinem Schoß. Sein Glaube ließ keinen Raum für die Überlegungen des Herrn Huan, das wußte Tomoe. Abgesehen von ihrem gegenwärtigen, leidenschaftslosen Zustand, wäre sie ebenso taub gewesen wie Ushii. Für Ushii waren die zugleich ehrenhaften und unmoralischen Grundsätze der Samurai nicht übertragbar. Die Vorstellung, daß sich die Macht der Mikados von anderswoher als vom Shinto-Pantheon herleiten sollte, war im höchsten Maße gotteslästerlich. Dennoch wußte Ushii, daß er im Dienste eines bösen Herrn stand; und es war nicht notwendig, daß ein Diener die Beweggründe irgendeines Meisters kannte, insbesondere nicht die des Herrn Huan.

Tomoe war jedoch berührt, obwohl sich das in keiner Weise zeigte.

Der Huan ließ sich zurücksinken, als würde ihn das Reden ermüden, aber wenig später nahm er seine Kräfte zusammen und fuhr fort: »Es fasziniert mich, daß du mir eine solche Boshaftigkeit zuschreiben und doch mit blinder Ergebenheit dienen kannst. Ich glaube, ihr nennt es *giri:* Lehenstreue und Pflichterfüllung eurem Herrn gegenüber. Sie hat selbst vor eurer Familie Vorrang. Ihr seid ehrlos ohne sie. Ohne Ehre sind die Tugenden der Gerechtigkeit und Wohltätigkeit bedeutungslos. Ich verstehe deinesgleichen, Ushii, oder ich beginne es zu verstehen. Im Augenblick unterwirfst du dich mir, aber du bist kein Feigling. Ich könnte deinem Schwert hilflos wie ein Säugling ausgeliefert sein, aber es würde sich niemals gegen mich richten, denn ich habe dein Wort. Nur durch einen Herrn können die sieben Tugenden der Samurai Bedeutung erlangen und erfüllt werden. Nur ich kann darüber richten, ob du höflich, mutig, wohltätig, wahrhaftig, gerecht, treu und ehrenhaft bist. Ist es nicht so, Samurai?«

Ushii nickte kaum merklich, hob den Blick und flüsterte: »Ihr vergeßt mein *ninjo*, Herr Huan. Es erlaubt mir, selbst darüber zu urteilen, was wohltätig und gerecht ist, ungeachtet der Befehle meines Herrn. Das *ninjo* ist mein Gewissen. Wenn es mir sagt, daß ich durch Euch meine Ehre verwirkt habe, muß ich sterben.«

Der Zauberer klatschte erfreut in die Hände. »Ach Ushii, du begreifst die Weisheit der Gründer eures Landes nicht! Selbst entehrt mußt du deinem Herrn noch die Treue halten. Du würdest dich umbringen, um dich von mir zu befreien, während in den Himmlischen Königreichen ein Herrscher, der sich verächtlich gemacht hat, stets vor Verrat auf der Hut sein muß. Oh, glorreich waren die Tage, als ehrwürdige Herrscher die Samurai den Weg der Krieger lehrten. Indem ich ihnen nacheifre, werde ich auf dem Himmelsthron, dem Thron der Himmlischen Königreiche, dessen Glanz meinen eigenen kleinen Sitz in den Schatten stellt, zu Ruhm und Ehre aufsteigen. Niemals wird meine Dynastie fallen!«

Der Zauberer blickte zur Decke auf, von Ehrfurcht für seine eigene Person erfüllt, deren verherrlichtes Leben in dem Relief über ihren Köpfen dargestellt war. Als sein Blick wieder auf Ushii fiel, sagte er:

»Wem dienst du, Samurai?«

Ushii richtete sich auf, berührte seinen Schwertgriff und erwiderte: »Ich habe mein Wort auf die Verteidigung des Herrn Huan gegeben!« Kraft und Stolz schlichen sich in seine Stimme zurück. Auch wenn der gesamte Kosmos unterging, so würde sich Ushii Yakushiji noch immer vollkommen finden, denn der hatte den Bushido, der ihn zusammenhielt. Das glaubte er zumindest. Tomoe, wenngleich unfähig oder nicht willens, zu handeln, war dennoch in der Lage, klare Gedanken zu fassen. Sie wußte, daß Ushii, um zu überleben, sein *giri* von seinem *ninjo* trennen mußte. Durch das erstere würde er seine Ehre erhalten, durch das zweite seine Selbstachtung verlieren. Diese Spaltung des Ichs würde zum Wahnsinn führen, und wenn sich keine Lösung fand, würde Ushii den Verstand verlieren.

Diese Erkenntnis hätte Tomoe tief erschüttern müssen, aber sie spürte nichts als das einfache Verstehen.

Der Zauberer lachte laut und hämisch, dann brach sein Gelächter unvermittelt ab. »Tomoe!« rief er. »Komm und stell dich zu meiner Rechten. Ushii zu meiner Linken.« Ushii straffte die Schultern, als sei er der gleiche wie früher, und nahm seinen Platz ein. Tomoe stapfte wie ein Moloch zur rechten Seite des Vertriebenen. Er sagte: »Gestern habe ich bedeutende Reserven meiner Zauberkraft aufgewandt, um den Sturm heraufzubeschwören, die Dorfbevölkerung zu beeinflussen und Ushii die Pforte zu öffnen, damit er Tomoe Gozen zu Hilfe kommen konnte. Diese Manöver haben mich geschwächt. Aber ich brauche keine Angst zu haben, denn ich habe zwei hervorragende Yojimbo: Samuraileibwächter. Shigeno durfte sich einen Sieg vorgaukeln, aber er ist vernichtet – denn ohne die Bauern, die die Felder bestellen und ihm den Tribut abliefern, ist er Herr über nichts.

Ich muß bald schlafen, um meine Zauberkräfte wiederzuerlangen. Vor meinem Erwachen wirst du die Drachenmeister für ihre Feigheit im Kampf hinrichten, Ushii. Sie haben die gestrige Schlacht als einzige überlebt, weil sie davonrannten, und ich werde sie durch ein schlagkräftigeres Heer ersetzten. Tomoe, du wirst mich in mein Schlafgemach tragen, da ich im Augenblick zu entkräftet bin, um zu gehen. Du wirst bei mir Wache stehen und dafür sorgen, daß mir keine Gefahr droht. Ich werde drei Tage lang schlafen. Am vierten Tag werde ich zu meinem Thron zurückkehren und die Huldigung aller Kriegsherren entgegennehmen. Sie wissen nicht, daß meine Zauberkraft im Augenblick wirkungslos ist, daher treffen sie bereits jetzt Vorbereitungen, mir die Ehre zu erweisen, damit sie nicht das gleiche Schicksal ereilt wie Shojiro Shigeno.«

Er sah erst Tomoe, dann Ushii an, und es schien, daß dieser schlechte Mann so etwas wie Hochachtung für die beiden empfand. Er schloß: »Ich vertraue euch beiden.«

Dann lachte er so laut, wie Tomoe sein Lachen noch nie

vernommen hatte. Es war eine boshafte Heiterkeit, die nicht zu besiegen ist.

In dieser Nacht wachte Tomoe an dem seidenbeschlagenen Sofa des dunklen Zauberers von Ho. Seit sie ihn zwischen die Decken gelegt hatte, hatte er sich nicht mehr gerührt. Er lag zusammengerollt wie ein Embryo, ein Kind, so alt wie die Zeit; und das Böse war schließlich uralt und dennoch nie ganz gereift.

Tomoes schwarze Augen glitzerten im schwachen Schein einer einzigen, fast niedergebrannten Kerze. Ushii lag auf einer Bambusmatte am Boden. Er beobachtete seine verwunschene Freundin und den schlafenden Herrn Huan, und in seinen Augen war ein wilder Ausdruck, unterstrichen durch die Kratzer in seinem Gesicht, die er sich selbst beigebracht hatte. Er fragte: »Warum schläfst du niemals, Tomoe?«

Sie konnte nicht antworten.

Ushii schauderte: »Wie furchtbar du dich verändert hast.«

In seinem wiederbelebenden Tiefschlaf wäre Huan ohne seine aufmerksame Wächterin eine leichte Beute gewesen. Selbst wenn Ushii wahnsinnig genug gewesen wäre, seinen eigenen Herrn anzugreifen, hätte Tomoe ihn mit der geringstmöglichen Anstrengung aufgehalten. Ihr war nicht klar, warum sie das kümmern sollte; denn der Zauberer verdiente ihre Besorgnis nicht. Vielleicht würde sie Ushii aufhalten, damit er seine Ehre nicht verspielte, aber auch das schien ihr von geringer Bedeutung. Ebensowenig wußte sie, warum sie kein Verlangen spürte, Herrn Huan selbst zu töten, außer, daß sie Shojiro Shigeno nicht länger diente und keinen persönlichen Groll gegen Shigenos Feind hegte. Sie stand bewegungslos und nahezu gedankenlos über dem gebrechlichen Zauberer. Nicht einmal ihre feuchten Augen zwinkerten.

Ushii sagte: »Indem er Gefahr über die *Heimin* gebracht und ein Heer aufgestellt hat, hat Herr Huan den Vertrag mit dem Mikado gebrochen. Es mag sein, daß die Kriegsherren Vorbereitungen zur Huldigung treffen, wie man uns gesagt hat, aber wenn dem so ist, so gilt das nur für den Augenblick – nur bis zur Verstärkung aus Kamakura oder Kyoto eintreffen kann. Eine große Zahl von Samurai, vielleicht auch *Jono*priester und -priesterinnen, werden den Kampf gegen die Zauberkunst aufnehmen. Es wird ein gewaltiger Krieg werden, Tomoe.«

Ein gewaltiger Krieg schien Tomoe unwahrscheinlich, denn sie selbst hatte Herrn Huans Soldaten niedergeschlagen, und bald würde Ushii die am Leben gebliebenen Drachenmeister hinrichten, weil sie so feige geflohen waren, als Tomoe ihre Flammen durchbrochen hatte. Allerdings war es viel wahrscheinlicher, daß sie aus dem Wege geschafft werden sollten, weil sie nicht in den nächsten Teil von Herrn Huans Plan hineinpaßten. Wie auch immer Huans Plan aussehen mochte, ohne ein Heer von vergleichbarer Stärke würde der unvermeidliche Zusammenprall vollkommen unbedeutend sein. Dennoch ruhte der Zauberer unbeschwert auf seinem kostbaren Lager. Wer konnte sagen, über welchen Zauber er verfügen würde, wenn er wieder im Vollbesitz seiner Kräfte war.

»Wenn es zum Krieg kommt«, sagte Ushii, »muß ich um der Ehre willen dem Feind dienen; und auch du wirst ihm dienen. Ich würde mich umbringen, dann hätte ich mit all dem nichts mehr zu tun, aber in dem Wissen, daß ich dich in diesem Zustand allein gelasen hätte, würde meine Seele niemals aus der Hölle zum nächsten Leben aufsteigen. Ein Zauber beherrscht dich, Tomoe, obwohl es dich nicht zu bekümmern scheint; und schuld daran ist meine gedankenlose Ergebenheit. Goro und Madoka haben mich gewarnt, aber ich wollte nicht auf sie hören. Nun muß ich warten, bis du frei bist, bevor ich mich auf die Kraft meiner eigenen Ehre besinnen kann.«

Als Ushii eingeschlafen war, bemerkte Tomoe aus der Tiefe ihres unbewegten Blicks, daß der Zauberer hinter seinem Bartschleier lächelte. Selbst im Zustand der Trance hatte er gelauscht.

Drei Nächte lang wachte Tomoe bewegungslos, nahm weder Nahrung noch Flüssigkeit zu sich und zeigte dennoch keine wahrnehmbare Erschöpfung. Ushii kam und ging, wie es ihm gefiel; er regelte die Angelegenheiten des Palastes von Herrn Huan. Die Dienstboten gehorchten ihm widerspruchslos, sie hatten mit angesehen, auf welch schnelle Weise er sich der Drachenmeister entledigt hatte und fürchteten seine finstere Laune. An jedem der drei Abende kehrte er wie ein folgsamer Hund zu seiner Matte zurück und blickte die steinerne Kriegerin an, bis er zu müde war, um die Augen offenzuhalten.

Am vierten Morgen erwachte Huan wie aus einem Mittagsschläfchen, erfrischt und gutgelaunt. Er war in der Lage, aus eigener Kraft zu laufen, wenngleich mit ungelenken, spinnenhaften Schritten.

Diener eilten mit frischen Kleidern, Essen und Trinken herbei. Huan schickte, während er mit Tomoe schmauste, Ushii fort, wie man einen Hund verjagen würde. Die Boten der Kriegsherren trafen bereits ein, beladen mit Gaben wie Pferden, Korn, Gold und münzengefüllten Truhen; aber der Zauberer ließ sie warten, um sie nach seinem Gutdünken zu empfangen.

Während sie aßen, beobachtete Herr Huan Tomoe mit einer Aufmerksamkeit, wie nur Ushii sie in den vergangenen Nächten gezeigt hatte. Tomoe fühlte, daß Ushii sie nur widerwillig mit dem erwachten Zauberer allein gelassen hatte. Vielleicht glaubte er, Herr Huan sei altersschwach genug, zu vergessen, daß Tomoe Gozen eine Kriegerin war. Tatsächlich war es nicht zu leugnen, daß die Achtung des Zauberers vor der Klasse der Samurai eher vernunftbedingt als wörtlich zu nehmen war. Aber Herr Huan starrte sie lediglich eindringlich an und beobachtete, wie sie mit bedächtiger, penibler Genauigkeit aß und trank. Es war, als sei sie der Preis in einem Wettbewerb, eine Lieblingsprovinz, ein Ding wie ein Jadetempel oder eine goldene Stadt, die man besitzen, aber niemals berühren kann. Aber Tomoe konnte Ushii nicht sagen, wie wenig sich ereignete, wenn sie mit Huan allein war. Es wurde offenkundig, daß Ushii von düsteren Vorstellungen in bezug auf diese Zusammenkünfte gequält wurde. Diese Besorgnis machte Ushii reizbar, und seine Reizbarkeit machte ihn gefährlich.

Ein Kriegsherr brachte einen Tribut von fünfzig shirakischen Sklaven, die Kriegsbeute einer Landschaft an der nördlichen Küste. Ushii mißhandelte sie aufs gröbste, bis Huan sie aus seiner Willkür befreite. Er gab ihnen die scheinbar sinnlose Beschäftigung, auf dem Anwesen Steine zu sammeln, und Tomoe fragte sich im Geiste, welchem Zweck die Steine dienten. Ganz gewiß übertrug ihnen der frevlerische Herr Huan nicht aus bloßer Besorgnis um ihr Wohlergehen oder wegen Ushiis Art, sie zu behandeln, eine unsinnige Aufgabe.

Ushii Yakushiji wurde ein boshafter Mann. Seine ungerechten Taten setzten sich über sein Gewissen hinweg. Er ertränkte den Ekel vor sich selbst im Blut der anderen. Von denen, die mit Gaben kamen, gingen viele mit Verwundungen wieder davon. Sein reizbares Temperament kostete der Hälfte der Dienerschaft des Herrn Huan das Leben, und diejenigen, denen ein plötzlicher Tod erspart blieb, zogen sich in den Schatten zurück, wenn Ushii durch die Hallen streifte.

In Ushiis Innerem hielten sich sein *giri* und sein *ninjo* in einem tödlichen Kampf umschlungen, und Tomoe wurde schließlich klar, daß Ushii wahrhaftig den Verstand verloren hatte.

Selbst die Erkenntnis von Ushiis Wahnsinn weckte kein Mitgefühl in Tomoe Gozen. Aus ihrem leidenschaftslosen Blickwinkel beobachtete sie, wie sich all diese Dinge ereigneten, immer an Herrn Huans Seite, da er es liebte, sie in seiner Nähe zu haben. Sie hatte das Gefühl, daß alles weniger wirklich war als ein aufs äußerste stilisiertes No-Spiel. Sie betrachtete die Welt aus leblosen schwarzen Augen, und nichts berührte sie wirklich.

Nur die Aussicht auf Krieg stachelte Tomoes abgestumpften, gefühllosen Geist an. Sie wußte, daß es zu einem Krieg kommen mußte. Ushii hatte zwei Botschafter des Shogun selbst erschlagen, und das Ergebnis war, daß sich verschiedene Kriegersippen zusammenschlossen. Der Mikado mochte gebrochene Verträge unbeachtet lassen, aber der Shogun war zu stolz. Die Würmer und Heuschrekken selbst waren Herrn Huans Spione, und er fand Gefallen an den Neuigkeiten, da ihm die Aussicht auf eine Schlacht willkommen war.

Tomoe machte sich beiläufig Gedanken, warum der Zauberer nicht nach dem Festland um Verstärkung seiner Truppe geschickt hatte, wenn nicht die Zahl der Verbündeten dort bereits erschöpft war. Er hatte viele Diener, aber nur zwei Krieger. Gewiß glaubte er nicht, Tomoe und Ushii könnten allein gegen die vereinten Kräfte der Sippen bestehen, die dem Shogun ergeben waren, Herrn Huans Irrtümer erfüllten Tomoe jedoch nicht mit Besorgnis. Die Sorge eines Samurai galt niemals dem Tode, sondern der Tapferkeit. Sie würde mit Mut und Geschicklichkeit kämpfen. Jede Bewegung eines Samurai spiegelte die Vollkommenheit der Götter selbst wider. Siegreich oder unterlegen, war der Weg der Krieger doch immer der Weg der Götter und genügte sich selbst. Tomoe Gozen war bereit zu kämpfen, ungeachtet der Gefahren. Ob nun Ushiis Behauptung, daß sie von einem Zauber besessen sei, der Wahrheit entsprach oder nicht, in dieser Sache würde sie immer das gleiche empfinden: der Krieg selbst war heilig.

Viele Tage lang bestand das Seltsamste an Herrn Huans Hof darin, daß er die Shiraki damit beschäftigt hielt, Steine aus jedem Winkel des Tales zusammenzutragen. Vor dem Palast wurden die Steine höher und höher aufgeschichtet und bildeten eine lockere, grobe Pyramide. Täglich begutachtete Huan den wachsenden Haufen und lachte und tanzte wie ein unbeholfenes, aufgeregtes Skelett um die Steine herum. Dann pflegte er zu seinem Thron zurückzukehren, um erneut Räucherwerk in die Messingschale zu werfen und die Gaben der Kriegsherren der Umgebung entgegenzunehmen, mit Ausnahme Shigenos, der nichts mehr besaß, das er hätte geben können.

Es kam der Tag, an dem die Kriegsherren keine Gaben mehr brachten, keine Reichtümer mehr für die Truhen des Zauberers, der in rauchgeschwängerten Träumen vor Eroberung und Macht schwelgte. Anstatt dessen sandten die Kriegsherren eine Kriegserklärung. Ushii enthauptete den feindlichen Botschafter mit einem einzigen Schwertstreich und entriß die Schriftrolle der Hand des niederstürzenden

Leichnams. Herr Huan klatschte in die Hände, kicherte und sprang auf seinem Thron auf und ab. Ushii kreischte in seinem Wahn mit den Zähnen und händigte Huan das Schriftstück aus. Tomoe stand zur Rechten des Thrones, ihr Gesichtsausdruck blieb unbewegt.

Herr Huan las das Schriftstück nickend und grinsend durch, dann rollte er es fest zusammen und reichte es einem verschreckten Diener, der es fortbringen und verbrennen sollte. »Der Angriff wird im Morgengrauen stattfinden«, sagte er und ließ dabei seine Finger mit den langen Nägeln durch seinen weißen Bart streichen. Sein Gebaren war das eines Herrschers, der mit sich selbst zufrieden ist und ebenso überzeugt wie jeder Bauer, daß diejenigen, die herrschen, Götter sind.

»Herbei, Ushii!« befahl er eilig, während er tief in den Falten seines Gewandes kramte, wie ein Geizhals, der nach einer verborgenen Münze sucht. Ushii fiel mit gesenktem Blick neben der großen Feuerschale auf die Knie und erwartete Befehle seines Herrn. »Oh, gehorsamer Samurai, im Morgengrauen wird deine Kraft auf die Probe gestellt werden. Obgleich du noch nicht weißt, wie, werden die Vorteile auf deiner Seite liegen. Einmal bereits war ich meinem Ziel so nah, wurde aber überwältigt und von der gelben Erde von Ho vertrieben. Diesmal kann es nicht schiefgehen. Nimm dieses Fläschchen.«

Ushii erhob sich und nahm das orangefarbene, kristallene Gefäß entgegen. Sein Korken war mit braunem Wachs versiegelt. In dem durchscheinenden Glas brodelte eine schäumende Flüssigkeit.

»Es enthält dein äußerstes Mittel, Ushii Yabushiji. Ich glaube nicht, daß es notwendig sein wird, es zu trinken – aber wenn sich die Schlacht gegen dich wendet, so enthält dieses Fläschchen einen Trunk, der weit größere Kräfte verleiht als jene, die Tomoe Gozen innewohnten, als ihre Schwerter vom Blitz getroffen wurden. Sein Genuß ist tödlich. Aber wie mir gesagt wurde, ist ein Samurai, der dem Bushido treu ist, bereit, für seinen Herrn zu sterben.«

Ohne eine weitere Bemerkung in bezug auf sein Schicksal zu machen, barg der Samurai das Fläschchen in seinem Harnisch.

»Und Tomoe?« fragte er mit einem schwachen Anflug von Berechnung in der Stimme.

»Sie ist unzerstörbar«, sagte Huan. »Ich könnte sie nicht einmal opfern, wenn es mein Wunsch wäre.«

Ushii verneigte sich erfreut.

Dann erhob sich Huan von seinem Thron und schritt über dicke Teppiche, eine hohe, hagere Gestalt. Er befahl den beiden Samurai, ihm zu dem Steinhaufen vor dem Palast zu folgen. Dort hieß er Ushii, die versammelten Shiraki zu töten, und das war eine bessere Belohnung, als sie hätten erwarten können.

Als die Toten den Boden bedeckten, wies er mit einer theatralischen Bewegung seines knöchernen Armes auf den Steinhaufen und verkündete: »Dies ist meine Verteidigung!«

Ushii warf ihm einen erstaunten Blick zu. »Ihr wollt Euch mit Steinen gegen die vereinigten Kräfte der Kriegssippen zur Wehr setzen, Herr Huan? Wenn dem so ist, wer soll sie werfen? Ihr habt kein Heer. Wie können wir hoffen, Widerstand zu leisten?«

»Du wirst sehen!« erwiderte der Zauberer. Er zog eine Glaskugel aus dem Ärmel wie ein gewöhnlicher Straßengaukler und warf sie in die Luft, um zu zeigen, wie leicht sie war. Tomoe und Ushii konnten erkennen, daß sie hohl, zerbrechlich und mit Rauch gefüllt war. Herr Huan schleuderte diesen Gegenstand an die Spitze des Steinhaufens, wo er zerbrach und den Hügel mit violettem Rauch überzog.

Augenblicklich begannen sich die Steine mit ohrenbetäubendem Knirschen in Schwerter, Dreschflegel, Hämmer, Äxte, Messer, Knüppel und Beile zu verwandeln. Sie waren nicht von Handwerkern gefertigt, sondern grobschlächtig und häßlich. Sie schienen von entstellten Händen gefertigt und für solche bestimmt. Bald blickten die beiden Samurai nicht mehr auf Steine, sondern auf ein Sammelsurium von Zerstörungswerkzeugen, die Zerrbilder wirklicher Waffen zu sein schienen.

»Ein beeindruckender Trick«, sagte Ushii aufrichtig, »aber derartig grobe Waffen werden schon seit dem Steinzeitalter nicht mehr verwendet. Dennoch will ich annehmen, daß die Steinwaffen gegen Stahl bestehen können, da sie von einem großen Zauberer geschaffen sind. Aber selbst wenn es so ist, welches Heer soll diese Waffen tragen?«

Herr Huan führte, ganz außer sich vor Erregung, einen ungelenken, affenartigen Tanz auf. Er blickte zu dem Kämpfer auf und sagte: »Du hast meine Heerscharen bereits gesehen, Ushii! Auf dem Bergpfad, der aus der Hölle führte! Stell dir das Entsetzen der Sippen vor! Stell dir den Schrecken des Mikado selbst vor, wenn Dämonen auf seine Stadt herabsteigen! Eine einstmals unsterbliche Dynastie wird schließlich doch fallen, und ich werde die Reichtümer Naipons an mich bringen und die Himmlischen Königreiche vor mir in die Knie zwingen! Lach, Ushii, lach!«

Gehorsam fiel Ushii in Herrn Huans Gelächter ein, aber sein Lachen klang falsch und leer. Selbst in seinem Wahnsinn konnte Ushii kein Vergnügen daran empfinden, ein Heer von gespenstischen Ungeheuern anzuführen. Er hatte an der Pforte zur Hölle gestanden, und es hatte ihn gebrochen und Herrn Huans Willen unterworfen. Nun würde er die Schreckensgestalten, die er erblickt hatte, zu seinen Kampfgefährten machen müssen.

Was Tomoe betraf, so empfand sie weder Furcht noch Achtung vor den Ungeheuern, die sie zuvor mit Leichtigkeit überwältigt hatte. Sie zitterte nicht, als der Haufen von Steinwaffen zu wanken begann und die Hand des ersten Ungeheuers mit einer unförmigen Klinge bewaffnet wie aus einem Grabhügel hervortauchte. Es wand sich aus den Steinen, und ein zweites erschien, mit einer Axt bewehrt, hinter ihm. Sie würden, eines nach dem anderen, aus der Nacht emporsteigen, bis die letzte Waffe ergriffen war, und im Morgengrauen würden Tomoe Gozen und Ushii Yakushiji sie alle in die Schlacht führen.

Sie stand neben Ushii und dem Zauberer, dessen Gelächter ihren Geist erfüllte. Wie so oft, zuckten ihre Kinnmuskeln, und vielleicht war ein helleres Glitzern in ihren dunklen, dunkeln Augen zu erkennen. Ushiis Blick lag voller

Entsetzen auf den geifernden, schleimigen Bestien, die hervorkrochen und sich gierig über die erschlagenen Shirakisklaven hermachten. Aber Tomoe Gozen wirkte so unberührt und leidenschaftslos wie am Tage ihres Aufstiegs aus der Hölle.

Die Morgendämmerung überzog den Himmel mit blutrotem Schein. Kriegsherren auf geharnischten Pferden erreichten mit achttausend Samurai zu Fuß in wohlgeordneten Reihen das Tal, das sie für Shojiro Shigeno zurückzufordern gedachten. Shigeno selbst führte die vier vereinigten Sippen an. Er war furchterregend anzuschauen. Man sah ihm den Zorn über seinen Verlust und das Niedermetzeln seiner Bauern an und die Begierde, seine Ehre wiederherzustellen und Rache zu nehmen. Langes Haar quoll unter seinem Helm hervor. Sein Harnisch war zu Ebenholzglanz poliert. Er saß aufrecht auf einem Hengst, der derselben Zucht entstammte wie Tomoes betrauerter Raski.

Zur Rechten und Linken Shigenos ritten zwei zauberkundige Ninja, ein Mann und eine Frau. Es waren *Jono,* und sie waren nicht mit gewöhnlichen Ninja zu verwechseln, die zwar Klugheit besaßen, aber keine Zauberkraft. Die geheimnisvollen Jono waren Abkömmlinge einer vornehmen Seitenlinie der alten Klasse der Kundschafter, einer Seitenlinie, die sich zu einer nicht ganz so heimlichen Gemeinschaft von äußerst todbringenden Priestern und Priesterinnen entwickelt hatte, die in der Kunst der Kriegszauberei bewandert waren. Sie ritten auf Pferden, die zu schmächtig zum Kämpfen waren, aber die Tapferkeit der Reiter war nicht zu unterschätzen. Der Priester und die Priesterin waren Shintokrieger und standen in der Gunst der unzähligen Shintogottheiten. Weder Samurai noch gewöhnliche Ninja konnten sich mit ihnen messen.

Was die Kriegsherren, die beiden Jono und zahlreiche Samurai in dem Tal vortrafen, waren zwei Samurai zu Pferde – eine Frau mit unnatürlichen Augen und ein Mann, dem der Wahnsinn Schaum auf die Lippen trieb –, die ein wirres Heer von geifernden Mißgeburten befehligten. Die Kreaturen standen gebeugt und, von einigen Ausnahmen abgesehen, nackt da und schwenkten aus Stein gefertigte Hämmer, Sicheln, Dreschflegel und Schwerter. Sie knirschten mit ihren krummen Zähnen und heulten wie ein verwunschener Sturm nach Blut.

Die zwei unglaublichen Samurai ritten langsam und stetig voran, und die gespenstischen Heerscharen warteten auf den Befehl zu folgen. Tomoe Gozen hob den Arm in einer abgezirkelten Bewegung, wie ein Traumkrieger es vielleicht getan hätte, um das Zeichen zu geben. Die heulenden Bestien stürmten mit unerwarteter Schnelligkeit los. Sie schlurften, krochen, hüpften und krabbelten mit ungelenken Schritten voran. Blutdurst lag in den unmenschlichen Gesichtszügen.

Ushii und die Frau zogen ihre Schwerter und trieben die Pferde an.

Ihre Gegner, die nicht gewußt hatten, daß sie Dämonen gegenübertreten würden, waren einen Augenblick lang wie erstarrt.

Die beiden unterschiedlichen Heere stießen aufeinander, und das rote Blut der Samurai vermischte sich mit dem grünen und gelben Saft der Ungeheuer. Die Bestien waren unbeholfen, aber dennoch keine leichten Gegner. Sie konnten Gliedmaßen verlieren und doch weiterlaufen; sie konnten sogar kopflos noch kämpfen, auch wenn sie nicht erkannten, auf wen sie blindlings einschlugen. Selbst ihre abgetrennten Gliedmaßen kämpften weiter: ein körperloser Arm bearbeitete den Boden mit seinem Hammer, vereinzelte Finger krochen an den Rüstungen von Samurai hinauf. Nur die zauberkundigen Ninja konnten überhaupt Schläge von dauerhafter Wirkung austeilen, und selbst die Dämonen, die von diesen beiden niedergestreckt wurden, erwachten wieder zum Leben, wenn sie von einem aus ihren eigenen Reihen berührt wurden.

Scheinbar aus dem Nichts, eher wohl aus ihren Ärmeln, zogen die Zauberninja Wurfpfeile hervor und schleuderten sie den Ungeheuern in Brust und Augen. Beim Aufprall explodierten die Pfeile und sprengten Brustkästen und Hirnschalen. Die Opfer der Zauberninja heulten wütend und hämmerten auf den Boden, und einige schienen zu sterben – aber keinem Samurai im Dienste der Kriegsherren gelang es, ihnen vergleichbare Wunden zuzufügen.

Unter Aufopferung vieler Menschenleben wurde Ushii vom Pferd gezerrt. Sein Hengst floh voller Entsetzen vom Schlachtfeld, und Ushii stand allein da und fegte wild mit seinem Schwert durch die Luft. Diejenigen, die ihn umstanden, achteten sorgfältig auf ihre Fußstellung, das Gleichgewicht ihrer Hüften und ihr Blickfeld, während der Wahnsinnige unter ihnen wütete. In den Händen eines geübten Kriegers konnte ein Schwert einen Baum fällen oder den Leib eines Menschen vollständig durchtrennen. Der Boden war daher übersät mit halbierten und gevierteilten Männern, die Ushii zum Opfer gefallen waren.

Dämonen begannen von hinten an den Samurai zu zerren, die Ushii nicht selbst hatte zurückdrängen oder niederschlagen können. Er hatte seinen Helm verloren, sein Haar hatte sich gelöst. Er glich mehr einem wilden Ainu als einem Samurai, wie er fauchte, um sich schlug und mordete.

Schließlich stand nur noch ein Samurai vor ihm, und Ushii betrachtete seinen Gegner sorgsam abschätzend. Ushii kannte jede Stärke und Schwäche Madoka Kawayamas, mit dem er seit Kindertagen geübt und seine Liebe geteilt hatte und an dessen Seite er bis zur letzten Nacht seines Dienstes unter Herrn Shigeno viele Male gekämpft hatte. Madoka kannte Ushiis Kampfstil ebensogut, darum war es ihm möglich, Ushiis ersten stürmischen Angriff abzuwehren.

»Halt ein, Ushii«, rief Madoka. »Das muß nicht sein!«

Er wehrte Ushiis beharrliche Schläge ab, ging aber seinerseits nicht zum Angriff über. Er versuchte, mit dem Wahnsinnigen zu reden; denn er konnte nicht glauben, daß sein Freund aus Kindertagen ihn töten würde. »USHII!« flehte er, aber Ushiis Gesicht verzerrte sich in noch wilderer Wut. Madoka weinte und wußte, was er zu tun hatte; er hob das Schwert, um Ushii einen tödlichen Schlag zu versetzen. Sein Schlag war zu langsam. Ushiis Schwert sauste so schnell durch die Luft, daß niemand gesehen haben konnte, wie er ihm die haarfeine Wunde zugefügt hatte. Es war kein Blut zu sehen, bis Madoka zu Boden gestürzt war. Erst dann zeigte sich eine dünne rote Linie an seiner Kehle.

Ushii empfand keine Reue. Er wandte sich ab, um sich dem nächsten entgegenzustellen.

Tomoe war nahe genug herangeritten, um das kurze Drama zu verfolgen, erkannte jedoch nicht dessen ganze Tragweite. Sie hatte den undeutlichen Eindruck, Ushii sei nicht der großartige-wenn-auch-wahnsinnige Krieger, sondern ein geducktes, ausgezehrtes Ungeheuer, das sich nicht wesentlich von den Dämonen unterschied, an deren Stelle er kämpfte. Ihr fiel ein, daß sie dieses Bild schon einmal gesehen hatte, in dem Augenblick, als sie die Augen geöffnet hatte nach ihrem Weg über den Höllenpfad; damals war ein häßlicher kriecherischer Ushii vor dem Anblick ihrer verdunkelten Augen zurückgefahren.

Sie hatte keine Zeit, tiefer über diese Eindrücke nachzudenken, denn sie war vollauf damit beschäftigt, Samurai niederzuschlagen. Pfeile trafen Tomoes Hengst in die Flanken und die Brust, aber sie trieb das bedauernswerte Tier noch lange an, bis es so viel Blut verloren hatte, daß es taumelte und mehr Belastung als Hilfe war. Das Pferd wieherte von Wut und Schmerz erfüllt, und die Reiterin sprang ab, bevor es starb. Sie wirbelte ihre Waffen durch die erdrückende Masse von Leibern. Samurai blieben tot auf der Strecke, als sie langsam tiefer in das Handgemenge eindrang.

Sie kämpfte sich von Ushii fort, der gerade Schulter an Schulter mit einem wilden zweiköpfigen Ungeheuer focht, das geschickter zu sein schien als die anderen. Ein Kopf war zur Hälfte abgetrennt und hing schlaff und finster herunter. Dann fiel er, von Stößen und neuen Schlägen getroffen, vollständig ab. Er rollte den Abhang hinunter und schnappte im Fallen nach Schienbeinen und Fußgelenken. Der einstmalige Besitzer dieses Kopfes kämpfte ungerührt weiter.

Die Samurai, denen Tomoe entgegentrat, bewegten sich mit würdiger Anmut, waren ihr aber nicht gewachsen. Sie benutzten als einzige Waffe den traditionellen *Daito;* wenn sie auf Tomoe trafen, war es, als ob sie gleichzeitig gegen zwei Fechter kämpften. Sie ließ sie, einen nach dem anderen, die Parade ihres linken Schwertes durchbrechen, während das rechte zustieß und die Milz durchbohrte. Sie war zur Maschine geworden, die eine Bahn von Toten hinter sich ließ.

Ein berittener Kriegsherr von vollkommener Schönheit bedrängte Tomoe. Sie wirbelte herum. Ihr rechtes Schwert trennte den Kopf des Pferdes mit einem Schlag ab, Blut ergoß sich über ihren Harnisch. Ihr linkes Schwert nahm dem Kriegsherrn das Leben. Das geköpfte Schlachtroß galoppierte blindlings voran, stürzte dann und schleuderte seine Bürde von sich. Erst als der Kriegsherr zu ihren Füßen lag, erkannte sie, daß sie Herrn Shigeno getötet hatte. Aber sie konnte nicht wehklagen, sie fühlte nichts. Sie konnte nur niedermetzeln, so schritt sie über den Toten und begab sich an ihr Werk, die Zahl ihrer Opfer zu erhöhen.

Die zauberkundigen Ninja hatten sich im Laufe der Schlacht in Shigenos Nähe gehalten. Jetzt trieben sie ihre schlanken Reittiere auf Tomoe Gozen zu. Ihr Vorrat an explodierenden Pfeilen schien unerschöpflich zu sein, und sie fügten den Ungetümen, die sie umringten, wahllos scheußliche Wunden zu. Die beiden Klingen Tomoes beschrieben einen sich wiederholenden Doppelbogen in der Luft und lenkten einen für sie bestimmten Wurfpfeil ab. Die Explosion raubte ihr einen Augenblick lang die Sicht. Als die Funken vor ihren dunklen Augen verblaßten, erblickte sie die beiden zauberkundigen Ninja, die auf ihren schlanken Pferden vor ihr aufragten.

Sie näherte sich ihnen, ohne zu zögern. Aber der Jonopriester hob die Hand, und plötzlich kam Tomoe nicht mehr weiter. Ihre Schwerter bewegten sich wie Strohhalme in Sirup, als sie versuchte, einen Schlag gegen den Priester und die Priesterin zu führen. Die andere Hand des Jonopriesters fuhr, wie es schien, in eine Falte seines Gewandes. Tomoe erkannte einen Wurfpfeil in seiner Hand.

Die Jonopriesterin sagte: »Nein, mein Bruder. Tu ihr nichts.« Ihre Stimme wurde von den Tüchern, die ihren Kopf und die untere Hälfte ihres Gesichtes bedeckten, gedämpft, aber Tomoe hörte die Worte so deutlich, als seien sie ihr geradewegs ins Ohr geflüstert worden. Der Priester verneigte sich leicht, als sei die Priesterin im Besitz der größeren Macht. Dann wirbelten ihre Rösser herum und verschwanden im Getümmel.

Wohin ihr Auge fiel, gewahrte Tomoe Schrecken, die andere Samurai vor Fucht wahnsinnig machten, aber sie war unbeeindruckt. Die abgetrennten Körperteile der Geisterwesen begannen sich wieder zusammenzusetzen, um zu noch abscheulicheren Ungeheuern zu werden. Die abgetrennte Hand eines Ungetüms rannte wie eine Spinne über den Boden, bis sie auf ein abgetrenntes Bein traf. Die Hand wuchs mit dem Fußgelenk zusammen und zog dann ihre neue Last auf ein Ungetüm zu, das im Sitzen kämpfte, da es auf einem noch verbliebenen einen Bein nicht stehen konnte. Das Geisterwesen nahm das neue Bein, das zu lang war, an und bot nun einen ganz absonderlich widerwärtigen Anblick, als es so dastand und kämpfte. Die Hand, die den Fuß ersetzte, schwang eine Steinkeule, mit der sie den Samurai die Zehen zerschmetterte. An einer anderen Stelle lief ein Kopf auf zwei Händen herum und kämpfte mit einem Hammer in der dritten. Am schrecklichsten waren die Ungeheuer, die mit Hilfe von Körperteilen der gefallenen Samurai kämpften. Sie versetzten die Männer der Kriegsherren in Schrecken, die die Hand eines gewappneten Freundes an einem entsetzlich entstellten Körper erkennen mochten.

Der Himmel glänzte in strahlendem Blau. Die Sonne hatte den höchsten Stand des Jahres erreicht und brannte erbarmungslos auf das Schauspiel nieder. Die Kräfte der Kriegssippen ließen nach, aber die Schlacht konnte noch den ganzen Tag dauern, bevor sie endgültig entschieden war.

Die Standhaftigkeit des Feindes wurde noch weiter geschwächt durch den Anblick von Geisterwesen, die bei den Gefallenen verweilten, um sich an Herzen, Eingeweiden und Gehirnen der Samurai zu laben. Aufrechte Samurai fürchteten den Tod nicht – aber diese abscheuliche Verstümmelung und Leichenfledderei ging über ihr Begriffsvermögen. Erprobte, kühne Krieger ließen ihre Schwerter fallen oder flohen. Andere fochten, mehr um ihr Leben zu schützen, nicht um Sieg oder Ehre.

Die zauberkundigen Ninja hatten die Reihe der Ungeheuer ein wenig gelichtet, und einige Samurai hatten gelernt, die Geisterwesen in so kleine Stücke zu hacken, daß sie einander nicht mehr finden konnten; aber insgesamt schienen die Geisterwesen noch ebenso stark und zahlreich wie zu Beginn des Kampfes zu sein.

Ushii mochte leicht geschwächt sein, aber der Wahnsinn verlieh ihm unerschöpfliche Kraft. Tomoe verspürte keine oder nur geringe Wirkung von der lang andauernden Schlacht, denn da sie nicht mit dem Gefühl beteiligt war, konnte sie ihre Kraft mit mechanischer Präzision einsetzen. Ushii verausgabte sich in einem Wirbelwind des Kämpfens und Mordens; Tomoe tötete unerbittlicher – wie die Pest, wie der Hunger, langsamer, aber nicht weniger wirkungsvoll und daher schrecklicher.

Unerwartet stand sie vor Goro und bereitete sich auf einen würdigen Gegner vor. Aber er wandte sich um und wich zurück und schob dabei zwei in Lumpen gekleidete Frauen vor sich her, die auf irgendeine Weise in dieses Entsetzen geraten waren. Er versuchte, sie zu retten, obwohl das nicht seine Angelegenheit sein konnte. Tomoe beschleunigte den Schritt, damit er ihr nicht entkam. Sie wußte, daß er der Letzte seines Geschlechts war, daß er nicht willens war, durch eine fremde Klinge zu sterben. Ebensowenig jedoch, wie Ushiis elende Verfassung sie berührte, kümmerte sie Goros Schicksal. Sie wollte ihm einen Schlag über den Rücken versetzen, aber er wirbelte herum und wehrte den Schlag ab, der jedoch so machtvoll geführt war, daß er das Gleichgewicht verlor und seitwärts zu Boden fiel.

Ihr nächster Schlag würde ihn töten, wenn er sie nicht, was im Bereich des Möglichen lag, mit einer Finte überraschte. In diesem Augenblick jedoch trat eine der Bauersfrauen dazwischen und rief: »Tomoe! Halt ein!«

Eine Bäuerin konnte einer Samurai keine Befehle erteilen, aber Tomoe wandte sich langsam um, und ihre dunklen Augen ruhten auf der jüngeren der beiden zerlumpten Frauen.

»Tomoe!« rief sie. »Wer ist dein Herr?«

Während der vergangenen Monate hatte Tomoe in der Überzeugung gelebt, eine Samurai ohne Herr und ohne Lehnsverpflichtung zu sein. Aber die Stimme erinnerte sie an einen Tag in einem Garten, einen Tag, der jetzt ein Menschenalter zurückzuliegen schien, an dem sie durch eine List dazu gebracht wurde, einen Schwur zu tun, und froh darüber war. Tomoe erwiderte: »Wem ich auch immer dienen mag, ich diene auch Toshima.«

Toshima sagte: »Dann verlaß dieses Feld jetzt, Tomoe. Geh in die Berge und denk darüber nach, was du am heutigen Tag und an vielen Tagen zuvor getan hast.«

Goro Maki kam wieder auf die Füße und führte Toshima und ihre Mutter, die beiden verkleideten Frauen, fort von dem Schlachtfeld. Zweifellos war es Herrn Shigenos letzter Befehl an seine Versallen gewesen, seine Familie aus dem Tal fortzuführen, wenn die Schlacht einen ungünstigen Ausgang zu nehmen drohte oder das Haus in Gefahr geriet.

Tomoe blinzelte, und die Schwärze ihrer Augen verwandelte sich in Wolkengrau. Irgendwie stand sie unvermittelt allein auf einem kleinen Hügel inmitten des Schlachtfeldes, und sie konnte erkennen, daß sich fünf verschiedene Gefechte im Tal abspielten. Von ihrem günstigen Standpunkt aus konnte sie den unvermeidlichen Ausgang wesentlich besser voraussehen als die Kämpfenden selbst. Wieder zwinkerte sie mit den Augen, und um jede Iris tauchte das Weiß auf.

Tomoe Gozen war erschüttert über das, was sie erblickte und woran sie sich erinnerte. Sie überflog das Schauspiel vor ihren Augen und hielt nach Ushii Ausschau, aber er befand sich in diesem Augenblick an keinem Ort, an dem sie ihn hätte sehen können. Armer Ushii! Aus Liebe zu einer Kameradin hatte er seine Ehre und seine Gesundheit aufs Spiel gesetzt, und er hatte beides verloren! Und bis zu diesem Augenblick war es ihr gleichgültig gewesen. Was sagte das über ihre eigene Ehre aus? Sie hatte gehandelt wie eine herrenlose Samurai, wie ein zügelloser Strolch ohne Bindungen; sie hatte Herrn Shigeno ebenso herzlos getötet wie Ushii Madoka – und doch hatte sie die ganze Zeit über einen Herrn gehabt und hatte es vergessen. Sie hatte ihrem Bushido die Treue gebrochen; und wenn sie nicht auf irgendeine andere Weise ihre Ehre wiederherstellen konnte, blieb ihr nur das Messer, das an ihrem Schenkel steckte ...

Im Osten stand Shojiro Shigenos Haus in Flammen. Im Westen war eine Ecke des unbeschädigten Palastes von Huan, dem Zauberer von Ho, zu erkennen. Auf drei Seiten tobte gnadenlos die Schlacht. Nördlich in die Berge hinein stand der einzige Fluchtweg offen, den ein Feigling oder ein ernüchterter Mensch einschlagen konnte. Dort schimmerte einladend ein hoher, schmaler Wasserfall in der Nachmittagssonne.

Zum ersten Mal in ihrer Laufbahn kehrte Tomoe Gozen auf Geheiß ihres Herrn einer Schlacht den Rücken, die noch nicht entschieden war.

Hinter dem Wasserfall befand sich eine kleine Höhle. In der Dunkelheit dieses Ortes saß Tomoe Gozen mit gekreuzten Beinen und war in Betrachtungen über ihre Handlungsweise versunken. Der Wasservorhang stürzte vor ihr hinunter wie eine übernatürliche Flut, und sein Tosen erstickte den Klang der entfernten Schlacht und ließ sie in ein Gefühl der Vergessenheit versinken. Der Wasserfall war ein lebendes, diamantenes Fenster, das den Anblick der Bäume und glatten Felsen verwischte, so daß ihr schien, als blicke sie in eine fremdartige Landschaft, blicke von einem höllenfinsteren Ort in ein leuchtendes Paradies.

Sie verlangte schmerzlich danach, durch dieses Fenster zu springen, das sich vor ihr teilen würde – um sich wahrhaftig in einer anderen Welt wiederzufinden, einer Welt, in der Tomoe Gozen niemals gelebt hatte, in der sie sich nie ihrer Ehre beraubt, nicht den großen Mann Shojiro Shigeno erschlagen noch dazu beigetragen hatte, aus Ushii Yakushiji einen geduckten, abgehärmten Geist im starken Körper eines Samurai zu machen.

Hätte sie nie gelebt, vielleicht hätte dann der Zauberer Huan nicht danach gestrebt, die mächtigsten Kriegsherren von Naipon zu vernichten. Ohne Tomoe Gozen wäre das Geisterheer vielleicht nicht so siegesgewiß gewesen und bereit, wie Huan angekündigt hatte, bis zur kaiserlichen Hauptstadt selbst weiterzustürmen.

Vor ihrem geistigen Auge sah sie Tausende von Samurai im Tal, die das Land bedeckten. Ihre Schädel, Zähne und Gesichter waren von grobschlächtigen Steinwaffen eingeschlagen. Die grausigen Sieger jubelten. Sie stöberten unter den Toten nach Kleidungsstücken. Sie ersetzten ihre abgetrennten Glieder durch Körperteile von Samurai. Vielleicht war sogar Herrn Shigenos Kopf abgerissen worden und leistete nun dem zweiköpfigen Ungeheuer Gesellschaft. Vielleicht hatte die Bestie auch beide Köpfe verloren und nicht nur Herrn Shigenos Haupt auf seine Schultern gesetzt, sondern auch das seines Pferdes.

Tomoe schauderte vor Entsetzen, schüttelte das Bild von ihren Gedanken ab. All die Erfahrungen, die ihr in den vergangenen Monaten entgangen waren, stürzten in Wellen auf sie ein, die wilder waren als der rauschende Wasserfall, und sie erbebte unter dem Gewicht dieser Erinnerungen.

Die Kriegerin erhob sich aus ihrer sitzenden, versunkenen Haltung und ließ sich dann feierlich auf dem Boden der kleinen Höhle auf die Knie nieder. Sie ergriff das Messer, das an ihrem Schenkel befestigt war, entfernte die Scheide, legte es hinter ihren Rücken und benutzte die Befestigungsschnur, um sich die Beine zusammenzubinden, damit ihr Leichnam nicht in unwürdiger Haltung gefunden würde. Sorgsam, mit entschlossenem Gesichtsausdruck, legte sie die scharfe Spitze der Waffe an ihre Halsschlagader.

Sie bedauerte diesen Schritt nicht, nur die Handlungen, die zu dieser letzten Tat geführt hatten. Es war das Vorrecht der Samurai, durch Selbstmord ihre Ehre wiederherzustellen. Ihr Geist würde wieder rein sein, bereit für ein anderes und vielleicht besseres Leben.

Das Rascheln schwerer Gewänder ließ ihre Hand einen Augenblick lang zögern. Es befand sich noch eine andere Person in der Dunkelheit der Höhle. Tomoe blickte sich um, um herauszufinden, wer in ihren heiligen Zufluchtsort eingedrungen war, wer sich in die feierliche Zurückgezogenheit des selbstgewählten Todes drängte.

Im Schatten stand die zauberkundige Ninja, obwohl Tomoe sich nicht vorstellen konnte, wie die Jonopriesterin hatte eindringen können, ohne ein Geräusch zu verursachen.

Die Augen der Priesterin leuchteten in der Dunkelheit und versengten Tomoes gepeinigten Geist. Sie trat aus dem Schatten und wurde zu einem Schattenriß vor der schimmernden Wasserwand. Sie richtete das Wort an Tomoe, und trotz des brüllenden Wasserfalls hallte ihre Stimme voller Klarheit durch den Raum, und sie klang, als käme sie von einem anderen Ort in der Zeit.

»Es ist nicht deine Bestimmung, Jigai zu begehen, Tomoe Gozen!« Die Priesterin hob die Hand; die Klinge entglitt Tomoes Griff, wurde gegen die Höhlenwand geschleudert und zerbrach, obwohl ihr Stahl gehärtet war. Eine weitere Bewegung der schlanken Hand, und die Schnur um Tomoes Beine zerriß wie verrotteter Bindfaden. Die Zauberninja sagte: »Glaube nicht, daß du deine Ehre wiedererlangen kannst, indem du diesem Leben entfliehst, während du deine Aufgaben erst zur Hälfte erfüllt hast. Es mag der Weg der Samurai sein, aber es ist nicht der Weg Tomoe Gozens.«

Die Kriegerin verharrte auf den Knien, der Zorn trieb ihr das Blut in die Wangen. Sie sagte zu dem Eindringling: »Tomoe Gozen *ist* eine Samurai.« Sie hegte nicht mehr Sympathie für die Jono als für gewöhnliche, hinterhältige Ninja. Priester oder nicht, hatten sie doch die gleiche Abstammung – manche hielten sie für die Kinder von besonders wählerischen, fliegenden Menschenfressern. Die ursprüngliche Kultgemeinschaft war vor Jahrhunderten entstanden und hatte sich nicht immer aus Zauberern zusammengesetzt. Begonnen hatte es als ein formeller Zusammenschluß von Spionen – gerissen, aber ohne wirkliche Zauberkraft. Diese Gruppe erlangte ihre Stellung durch Erpressung und Unterdrückung. Als diese Gruppe von Kundschaftern auf die Geheimnisse der Magie stieß und ihrem Wirken echte Zauberkraft hinzufügte, kam es zu einer Revolution unter den Ninjasippen; jedoch war eine Revolution unter den Kundschaftern für die übrige Welt nicht sichtbar. Später nahmen die gewöhnlichen Agenten ihren hinterhältigen Lebenswandel wieder auf, während die vornehme Klasse der Jono ihrem düsteren Glauben Tempel errichtete. Die Ehre der Jono wurde für ebenso unantastbar gehalten wie die der Samurai. Dennoch waren sie verschlagen.

Die Augen der Zauberninja glänzten wie der Wasserschleier hinter ihr. Tomoe glaubte, daß die geheimnisvolle Frau hinter ihren Schleiern das Gesicht verzog. Vielleicht hatte sie Tomoes haßerfüllte Gedanken erraten.

»Du bist eine Samurai«, sagte die Priesterin, als sei dies ein feierliches Zugeständnis. »Aber Jigai ist nicht dein Vorrecht. Du kannst deine Ehre auf diese Weise nicht wiedererlangen, denn kein Herr hat dir die Erlaubnis erteilt, und vor dir liegen Prüfungen. Ich drohe dir nicht, ich warne dich: wenn du aus dem Verlangen nach Ehre stirbst, wirst du in der Hölle danach suchen und sie niemals finden.«

Der Hochmut der Zauberninja brachte Tomoes Blut zum Wallen, denn sie kannte die Vorrechte der Samurai weit besser als diese Nachfahrin von Spionen, die in der Dunkelheit umherschlichen und die entsetzlichsten Geheimnisse der anderen verrieten, während sie ihre eigenen wie ein Kleinod hüteten. Tomoe sprang auf die Füße, zog ihre beiden Schwerter im selben Augenblick und hieb zweimal nach der Priesterin, der dunklen Shintokriegerin. Aber die Jono war so unberührbar wie Rauch, so irdisch wie eine Sonnenfinsternis. Tomoes Schwerter durchbohrten die Zauberninja und fanden weder Fleisch noch Knochen.

Die Worte einer Zauberninja waren für Tomoe ohne Bedeutung. Sie kreuzte beide Schwerter hinter dem Hals, bereit, sie kraftvoll nach vorn zu ziehen, um sich selbst zu enthaupten.

»Tu es nicht! Ich bitte dich. Verwirf deinen Entschluß.«

Aller Hochmut war aus der Haltung der Zauberninja gewichen. Sie fiel auf die Knie, ihre grauen Gewänder umflossen sie, und ihr Kopf war gebeugt wie zur Ehrerbietung oder zur Unterwerfung. Sie sagte: »Der einzige Besitz der Jono *und* der Ninja ist unser Name und unser Gesicht.«

Sie hob den Blick zu Tomoe, nestelte an dem Tuch, das ihr Gesicht bedeckte und zog es herab. Tomoe erblickte eine Schönheit, dergleichen sie noch nie geschaut hatte, gleich dem Antlitz von Amaterasu selbst, blendend in seiner glänzenden Vollkommenheit. Tomoe wandte den Blick ab und rang nach Atem, und die Zauberninja sagte: »Mein Name ... mein Name ... ist Noyimo.«

Dann war die glänzende, in Dunkelheit gehüllte Dame verschwunden, und Tomoe blieb ausgebrannt und von Schuld gereinigt zurück. In ihr war Leere und die Erinnerung an ein Gesicht. Sie steckte ihre Schwerter in die Scheide und trat in das Licht. Die Wand aus Wasser verschaffte ihr Kühlung für die Erinnerung an Noyimos Feuer.

Im Tal fochten einige hundert standhafte Samurai ohne Hoffnung. Die letzten der vereinigten Sippen mochten erst fallen, wenn die Sonne unterging, aber Tomoe sah keinen Grund, sich wieder in die Schlacht einzumischen. Sie fühlte sich angesichts Huans Zauberkraft hilflos. Es war schwer, sich zu entscheiden, welche Richtung sie einschlagen sollte. Sie wollte nicht nachdenken, keine Fragen stellen, nicht in die Zukunft blicken. Das waren nicht die Pflichten einer Samurai.

Eine Samurai war dazu bestimmt, zu dienen; und Tomoes Herrin war Toshima. »Ich werde Toshima suchen und um ihren Befehl bitten!« sagte sie sich, und sie kannte den Weg, auf dem Goro Maki die Frau und die Tochter Shigenos in Sicherheit geführt haben mußte.

Tomoes Absicht war vorhersehbar, und jemand hatte sie durchschaut. Ein unerwarteter Feind schritt ihr über den Pfad jenseits des Tales entgegen.

»Ich habe dich gesucht, Tomoe Gozen«, sagte er. »Man hat mich gesandt, die Gerechtigkeit des Mikado zu vollziehen.«

Die Rüstung des prachtvollen Kriegers war mit Smaragden und Rubinen besetzt, sein Helm mit Diamanten gesäumt. Das Holz des Harnischs war in prächtigen Farben lackiert, so daß er in Emaille gekleidet schien, glänzend wie die Flügel eines Käfers, stark wie der Panzer einer Schildkröte. Der Glanz des Kriegers war verwirrend, und Tomoe fragte sich, welche ruhmreiche, wohlhabende Familie dieser edle Samurai vertrat.

»Ein Rachekampf?« fragte Tomoe. »Wer hegt Feindschaft gegen mich?«

»Kein Rachekampf, Tomoe Gozen. Du wirst mich am Namen erkennen: Ugo Mohri.«

Tomoe fuhr auf und trat einen Schritt zurück. Laut stieß sie hervor: »Der Scharfrichter des Mikado.«

Er trat auf sie zu. Ehrenhaft wäre es gewesen, den Kopf zu beugen und die Todesstrafe entgegenzunehmen; aber die Zauberninja hatte gesagt, es würde Tomoe *keine* Ehre verschaffen, zu sterben, bevor ihre Aufgaben erfüllt waren. Sie eilte den Pfad zurück, dem Wasserfall entgegen. Wie ein verängstigtes Tier hüpfte sie fort, auf der Suche nach einem Winkel, in dem sie sich verkriechen konnte. Sie hätte sich wohl zu einem entfernten Zufluchtsort geschlichen, um dort zu verharren, aber schon bald wurde sie gegen den blanken Felsen zurückgedrängt, von dem das Wasser hinunterstürzte.

Mit Furcht im Gesicht kletterte Tomoe unter Aufbringung erstaunlicher Kräfte die Felswand hinauf und klammerte sich dort fest, hoch genug, daß die Klinge des Scharfrichters sie nicht erreichen konnte. Im ganzen Leben war sie noch keinem Ebenbürtigen im Schwertkampf begegnet, aber Ugo Mohri war bereits eine sagenumwobene Gestalt, und selbst wenn er es nicht gewesen wäre, konnte ein niedrigerer Samurai je daran denken, den Scharfrichter des Mikado zu besiegen?

Sie war nicht überrascht, daß der Tag ihrer Hinrichtung gekommen war. In den vergangenen Wochen hatte sie sich zweifelhaften Beschäftigungen hingegeben; und wenn sich auch ein großzügiger Richter entschließen mochte, ihre Taten im Einklang mit dem Bushido zu finden, ungeachtet ihrer Beeinflussung durch Herrn Huan, so war doch die Saat, die nun geerntet wurde, seit langem gesät.

Ihr Auftrag in Ho, bei dem sie zwei der besten Schwerter

des getöteten Schmiedes an sich genommen hatte, anstatt sie alle zu vernichten, hatte sie in vieler Hinsicht verändert, das war ihr klar. Sie verband den Kampfstil der Samurai mit dem Kung Fu des Festlandes. Keine Schule unterrichtete den einzigartigen Gozenstil, und es würde auch keine je tun, wenn nicht Tomoe selbst Leiterin einer Schule wurde, und selbst dann mochte es sich als schwierig erweisen, Schüler zu gewinnen. Niemand eiferte ihr nach, denn da waren einige, die flüsterten: »Gozens Stil ist die Kampfweise des Bösen.« Doch Tomoe war den sieben Tugenden und allen Zielen des Bushido vollkommen ergeben, so daß niemand zu behaupten wagte, sie sei abtrünnig, denn das war sie nicht. Beleidigte man ihren Kampfstil, so führte das unvermeidlich zu einem Ehrenhandel, einem Kampf ohne Gnade, und so ereilte Tomoes Verleumder der sichere Tod. Diese Getöteten sicherten ihre Ehre und die Ehrhaftigkeit ihrer Kampfweise, so daß sie fortfuhr, mit zwei Schwertern zu kämpfen. Dennoch wußte Tomoe, daß es ihr weniger leicht verziehen würde, wenn sie je vom Weg abirren sollte; denn nicht alle Samurai waren frei von Mißgunst, und so mancher würde ihr, wenn er die Gelegenheit dazu hatte, etwas Böses nachsagen.

Die letzten Monate hatten den Verleumdern viele Gelegenheiten in die Hände gespielt.

Aber Tomoe kam nicht einen Augenblick lang der Gedanke, daß ihre Feinde gleichermaßen von der Wahrheit wie von der Mißgunst geleitet sein mochten. Sie wußte, daß das, was sie während ihrer Zeit in Ho gelernt hatte, ihr zu mehr Macht verholfen hatte. Die böse Nachrede ihrer Feinde erreichte das Ohr des Mikado, das war offenkundig, und obgleich der Mikado allwissend war, konnte sie nicht glauben, daß ihre Kampfweise ehrlos war.

»Ich bin ohne Schuld!« rief Tomoe von ihrer Deckung herunter. Sie hielt sich nur an einer dünnen Wurzel fest, so daß sie sich in einer höchst gefährlichen Lage befand. Ugos Langschwert pendelte hypnotisch hin und her, in der Erwartung, daß sie fiel.

»Es gibt einige, die behaupten«, begann Ugo Mohri, »daß Tomoe Gozen in Wahrheit zwei Seelen besitzt – ihre eigene und die der sagenhaften Amazone Jingo. Darum verlangt das Schicksal, daß sie zwei Schwerter führt, um die Last ihrer Macht zu tragen. Eine wundervolle Geschichte!«

Er machte sich über sie lustig.

Die Wurzel, an der sie sich festklammerte, gab ein wenig nach, und Tomoe zog ihre Füße an, damit der Scharfrichter ihr nicht die Sehnen durchtrennen konnte.

»Du glaubst, du hättest die Kraft deines Geistes verdoppelt, aber du hast sie lediglich gespalten.« Um seiner Behauptung Nachdruck zu verleihen, schwang er seine blitzende Klinge. »Du bist der Meinung, die Philosophie von Ho habe dich gestärkt, aber das hat sie nicht.«

»Niemand hat mich je übertroffen!« sagte sie, aber ihr Selbstlob klang in Anbetracht ihrer Lage einfältig.

»Komm herunter und kämpf mit mir.«

Als leiste sie seinem Befehl Folge, brach die Wurzel in ihren Händen. Er trat beiseite, um sie sicher aufkommen zu lassen. Die Schwerter schnellten in ihre Hände, bevor sie den Boden berührte.

Sie führte ihre mörderischen Schläge in einem wildbewegten Wirbel, aber Ugo Mohri wich ihren Streichen aus und lachte wieder über sie. Sein Schwert fuhr nur einmal durch die Luft und durchtrennte treffsicher ihren Schulterharnisch, so daß er lose herunterhing.

»Deine Seele ist geteilt, nicht verdoppelt«, sagte er wieder. »Du besitzt noch immer eine einzige Seele, aber sie ist wie die Augen eines Vogels. Ich kann mich dir durch die Mitte nähern. Du kannst mich nicht sehen.«

Es versetzte sie in Wut, daß er sie belehrte wie ihr Lehrmeister in der Samuraischule. Ein weiterer Angriffswirbel blieb wirkungslos, und die Frau stieß zornig hervor: »Niemand besiegt Tomoe Gozen!«

Ugo erwiderte: »Ugo Mohri besiegt Tomoe Gozen.«

Stolz auf die Verbindung von Schwerthieben, die sie erfunden und eingeübt hatte, konnte Tomoe nicht glauben, daß sie einen schlechten Stil kämpfte. Die Ehrhaftigkeit ihrer Waffen stand auf dem Spiel, und sie kämpfte mit verbissener Wut, während sie sagte: »Auch du hast zwei

Schwerter! Ich sehe eines in der Scheide auf deinem Rücken!«

»Ich habe jenes nie gezogen«, gab er geheimnisvoll zurück, und sein Schwert fuhr auf sie zu und trennte ihren Gürtel durch, so daß er lose herunterpendelte.

»Dein Auftrag in den Himmlischen Königreichen hat dich verdorben«, sagte Ugo. »Du bist gegangen mit dem Gleichgewicht eines Samurai, stark wie ein Turm. Zurückgekehrt bist du mit dem Gleichgewicht einer Waage. Was geschieht mit einer Waage, die eine Schale verliert? Sie fällt! Ein Samurai fällt nicht.«

»Ich bin Samurai!«

»Du hast im Namen der Ehre viele erschlagen, um diese Stellung aufrechtzuerhalten. Aber hätte der Zauberer von Ho einen wahren Samurai für die Dauer eines Monats beherrschen können? Du trägst Stahl, der in einem fremden Land geschmiedet ist. Er bindet dich an dieses Land.«

»Diese hier sind von einem Waffenschmied aus Naipon geschmiedet!« rief sie und schwenkte die Schwerter in einer halbherzigen Drohung.

»Der sich gegen sein Land verschworen hat!« Der Scharfrichter war klug und zornig. »Dein Auftrag lautete, ihn zu töten und seine schmählichen Waffen zu vernichten. Du hast nicht gehorcht, so groß war die Anziehungskraft der fremden Klingen auf dich. Dort liegt die Wurzel des Zaubers, der auf dir liegt, des Zaubers, auf den Huan bauen konnte, um dich zu beherrschen. Mit einer unversehrten Seele hättest du nicht so gefesselt werden können. Mit einem reinen Schwert könnte nicht einmal der Scharfrichter des Mikado über dich lachen.«

Sie hatten sich eine Zeitlang drohend gegenübergestanden. Ugos Fußarbeit und sein Blick waren ein vollkommenes Beispiel ausgeglichener Wachsamkeit. Er hielt sein Schwert, dessen aufwärts gerichtete Spitze zur linken Seite zeigte, fest in beiden Händen, und schnellte mit dem linken Fuß vor, um Tomoe zum Angriff zu reizen. Sie hielt eines ihrer Schwerter über den Kopf erhoben, das andere zur Seite ausgestreckt.

Sie prallten aufeinander, fielen zurück, prallten wieder

aufeinander und standen dann wie erstarrte Tänzer Rücken an Rücken. Ugos Schwert fuhr unter seinem Arm hindurch nach hinten, aber Tomoe war vorgesprungen, um der Spitze auszuweichen und wandte Ugo nun wieder das Gesicht zu. Er wandte sich langsam und mit vollkommener Sicherheit um und hielt das Schwert hoch über den Kopf, als wolle er Tomoes Kampfweise mit zwei Schwertern allein durch seine unvergleichliche, aufrechte Haltung verdammen.

Seine Bestimmtheit erfüllte sie mit flammendem Zorn, und sie wußte, daß sie seine Selbstsicherheit besiegen mußte, die sich in Ugos Gesichtszügen mit gelassenem Stolz abzeichnete. Selbst wenn sie gemeinsam sterben mußten, würde sie doch nicht allein sterben. So schrie Tomoe Gozen wütend auf und setzte ohne Rücksicht auf ihr Leben zum tödlichen Stoß an.

Obwohl ihre Bewegung von flinker Anmut erfüllt war, schien sich alles langsamer abzuspielen, so daß sie genügend Zeit hatte, jeden Schlag und Gegenschlag zu beobachten. Sie hatte den Blick auf Ugo geheftet, aber für den Bruchteil eines Augenblicks schien er aus dem Stein zu schwinden, sich in einem blinden Fleck in ihrem Sichtfeld zu bewegen. Als er wieder auftauchte, wußte sie, daß ihr Angriff das Ziel verfehlen würde, seiner dagegen nicht. Sie hob die Schwerter und kreuzte sie über dem Kopf und fing einen Schlag auf, der sie in zwei Hälften zerteilt hätte. Die Macht des Schlages zwang sie in die Knie. Sie verzog das Gesicht und versuchte, das Schwert des Scharfrichters mit ihren beiden fortzustoßen, so daß sie sich erheben konnte. Schweiß brach auf ihrer Stirn aus, aber der juwelenglänzende Ugo war nicht von der Stelle zu bewegen, mehr noch, es war ihm keine Anstrengung anzumerken.

Mühelos sprach er zu ihr: »Ich kann dich schonen, Tomoe Gozen. Ich habe den Befehl, dich freizulassen, wenn du deine Schwerter fortwirfst und zum Weg der Krieger zurückkehrst.«

Mit zusammengebissenen Zähnen verlangte sie zu wissen: »Wie kann ich ohne meine Schwerter ein Krieger sein?«

Er sprang so schnell zurück, daß sie beinahe zu Boden gestürzt wäre, und in diesem Augenblick hätte er sie ohne weiteres enthaupten können, hätte er den Entschluß gefaßt. Er steckte sein Schwert vorsichtig in die Scheide, dann löste er die verhüllte Klinge von seinem Rücken und sagte: »Du wirst ein anderes Schwert bekommen.«

Sie sah ihn verächtlich an.

»Ein Schwert, das für einen Samurai gefertigt ist.«

Tomoe lachte noch immer höhnisch.

Ugo sagte: »Nur eine Hand hat dieses Schwert gezogen, seit Okio, der Meisterschmied der Kaiserlichen Stadt, es in die Scheide gesteckt hat.«

»Wessen Hand hat dieses Schwert gezogen?« fragte Tomoe halb geringschätzig, halb neugierig.

»Keine Hand, die die Seele beschmutzt«, erwiderte Ugo. »Es hat den Segen des Mikado, der verkündet, daß Tomoe Gozen seine Samurai sein wird, wenn sie verbotene Waffen fortwirft und diese hier annimmt. Du wirst den Mikado niemals sehen, aber du wirst ihm treu und ergeben dienen.«

Tomoe errötete, und sie sprach zornig: »Ich habe ihm zu allen Zeiten durch die Kriegsherren gedient. Alle Samurai sind seine Diener.«

»Beides birgt mehr und gleichzeitig weniger Wahrheit, als du verstehen wirst. Du hast dem Mikado bereits größere Dienste erwiesen als andere Samurai.«

»Wie das?« Sie lauschte mit wachsendem Interesse.

»Weit größere. Du befindest dich zu weit vom Mittelpunkt der Intrigen in Naipon entfernt, um die Tragweite des inneren Konfliktes zu erfassen. Der Shogun strebt nach der Macht des Mikado ...«

»Das ist nicht wahr!« Sie konnte sich einen solchen Verrat der höchststehenden Persönlichkeit der Samuraiklasse nicht vorstellen.

Ugo schleuderte das eingehüllte Schwert mitsamt der Scheide zu Boden und machte Anstalten, sein eigenes zu ziehen. »Es ist wahr! Wenn du mich ein zweites Mal einen Lügner nennst, werde ich dich um nichts anderes als meiner Ehre willen töten! Der Shogun untergräbt die Macht des Mikado, möchte ihn zu einer hochgeehrten Strohpuppe degradieren. Aber ohne seine ergebenen Kriegsherren und kämpfenden Samurai kann sich der Shogun nicht behaupten. Heute hast du dazu beigetragen, die Macht des Shogun um mehr als achttausend jener Samurai zu schwächen, die seinem Willen unterworfen sind, und du hast vier mächtige Sippen auf einige Dutzend nunmehr machtlose Mitglieder vermindert.«

Dies ergab einen entsetzlichen Sinn für Tomoe, und sie sagte: »Darum also hat der Mikado einen Vertrag mit dem Zauberer Huan geschlossen! Damit Samurai vernichtet werden!«

Der Scharfrichter erwiderte nichts.

Tomoe erhob sich, ihre beiden Schwerter noch immer in den Händen, von den Knien. »Wenn der Mikado Samurai tötet, wie soll ich ihm die Treue halten? Wie könnte ich zwei gute Schwerter gegen ein unerprobtes verschleudern?«

Ihre Worte bargen Gotteslästerung und Hochverrat, denn der Zauberer Huan hatte ihrem Geist ketzerische Gedanken eingegeben: der Weg der Krieger diente nicht der Ehre der Samurai, sondern der Macht dessen, der herrschte, sei es nun Shogun oder Amaterasus gottgleiches Kind.

»Du hast die Wahl«, sagte Ugo und zog sein Schwert zu voller Länge. Er hielt es seitlich aufwärts gerichtet und glitt näher an die Frau mit den zwei Schwertern heran.

Zorn übermannte Tomoe, aber sie wußte, wie die Wahrheit lautete: der Mikado war Naipon, der fleischgewordene höchste Urvater. Was immer Tomoe in ihrem Leben begann, sie tat es für Naipon, das Göttliche Inselreich, und somit für den Mikado. Selbst wenn der Bushido eine Lüge war, mußte sie doch dem lebendigen Fleisch von Naipon dienen. Auch wenn ein Shogun sich die Macht eines Mikado erschlich, so mußte er die gestohlene Macht doch nutzen, um Naipons höchstem Herrn zu dienen.

Sie warf ihre Schwerter von sich und verharrte abwartend, ob der Scharfrichter sie dennoch töten würde.

Ugos Schwert fuhr in die Scheide zurück, und er stand

regungslos da und beobachtete sie. Tomoe hob das neue Schwert auf, prüfte seine Scheide, zog es und wog es in der Hand, dann steckte sie es in die Scheide zurück.

»Du wirst dich eine Zeitlang nicht im Vollbesitz deiner Fertigkeit fühlen«, sagte Ugo, »da du zu viele Einflüsse von Ho in deinen Kampfstil aufgenommen hast – Kung Fu anstelle von Jiu Jitsu, zwei Schmetterlingslangschwerter anstelle eines Daito. Aber wenn du deinen Samuraigeist vollständig wiedererworben hast, wirst du deine frühere Kraft wiedererlangen und noch mehr. Bis zu diesem Zeitpunkt wirst du vielleicht das Gefühl haben, dir seien die Gliedmaßen gebunden, denn der verbotene Kampfstil ist ein Teil von dir geworden und wird dich bei deinen Übungen verlocken, wird dich mit seinen scheinbaren Vorzügen verführen. Traue ihm niemals! Werde niemals schwach. Mache nie wieder Gebrauch davon! Du wirst erkennen, daß die Fähigkeiten, die aus Naipon hervorgegangen sind, die besten sind, die sich für Samurai ziemen.«

Wirklich hatte sie das Gefühl, aus dem Gleichgewicht zu geraten, als sie zwei Scheiden löste und eine andere an einer Seite befestigte. Aber sie wußte, daß dies eine Verwirrung war, die sich mit der Zeit legen würde, wenn sie wieder lernte, ihr Gleichgewicht in der Mitte zu finden, anstatt in der Reichweite ihrer Arme.

»Du kannst deine Ehre durch eine Tat wiedererlangen«, begann Ugo. »Nun, da du eine Waffe trägst, die in Naipon geschmiedet, gehärtet und gesegnet wurde, wird der Zauberer von Ho keine Macht mehr über deinen Geist besitzen. Huan hat, ohne es zu wissen, dem Mikado gedient, wird aber nunmehr zu einer Bedrohung werden, wenn du nicht eingreifst. Keiner außer dir kann ungehindert die Mauern von Zauberei durchdringen, die er um seinen Palast errichtet hat.«

»Ich bin nicht die einzige«, warf Tomoe ein. »Auch Ushii hat ungehinderten Zugang zu Huans Palast.« Doch sie wußte, daß Ushii einen Treueid geleistet hatte und Huan nichts anhaben konnte. Tomoe allein hatte die Möglichkeit, zu handeln.

»Ushii erfüllt eine andere Aufgabe«, sagte der Scharfrichter. »Noch immer gibt es das Heer von Ungeheuern, das durch eine Tür eindrang, die Ushii aufgrund einer List aufgestoßen hat, um dich aus der Hölle zu retten. Die Zauberninja haben gesagt, daß nur Ushii die Geisterwesen an ihrem Ansturm auf die Kaierliche Stadt hindern kann. Selbst wenn sie im Augenblick von Huans Tod von diesem Ziel ablassen, würden sie doch Zerstörung und Entsetzen über Naipon bringen, wenn sie bleiben und die Erde der Lebenden heimsuchen.«

Tomoe fühlte sich zumindest teilweise verantwortlich für Ushiis Wahnsinn, und es widerstrebte ihr, ihn jetzt so mißbraucht zu sehen. Sie fragte: »Wie ist es möglich, daß Ushii das allein vollbringen kann?«

»Du wirst sehen. Du mußt über das Schlachtfeld zum Hause Huans zurückkehren. Der Kampf wird beendet sein. Verweile dort, wenn es dir gefällt, und beobachte die Tat, die Ushii vollbringen wird.«

»Wird diese Tat seine beladene Seele reinigen?« fragte sie.

»Er hat sein Schwert in das Blut des Wahnsinns getaucht. Er wird nie wieder vollkommen sein. Wenn er jedoch diesen letzten, bedeutenden Auftrag erfüllen kann, wird man in den Tafeln der Samurai von Ushii Yakushiji als einem hochverehrten und ehrenwerten Diener des Mikado sprechen.«

Tomoe verneigte sich, sie fühlte Kummer, aber auch Befriedigung und darüber hinaus Erleichterung, daß sie überhaupt fähig war, etwas zu fühlen. Eilig begab sie sich in das Tal zurück.

Der Scharfrichter rief sie noch einmal an, und sie wandte sich um und erblickte ihn unter dem abendlichen Regenbogen des hohen Wasserfalls, mit dessen Farben sein prächtiger Harnisch wetteiferte. »Wenn du die Kraft in deiner Mitte gesammelt hast, Tomoe Gozen, wäre es interessant, wieder zu dir gesandt zu werden. Ich bin nicht sicher, ob mir dieser Tag gefallen würde.«

Die Geisterwesen waren damit beschäftigt, zu schmausen. In der drückenden, brütenden Abenddämmerung kämpfte

Ushii ohne Unterstützung. Er focht ohne Gedanken und Gefühle, sein langer Schatten überragte alle anderen. In seinem Kampfstil war kaum noch etwas von Gleichgewicht zu erkennen, da er nach der langen Schlacht des Tages erschöpft und müde, wenn auch rasend und unaufhaltsam, war. Dennoch lag eine Art Anmut in der unbeholfenen Weise, in der er strauchelte, hüpfte und herumwirbelte. Zu allen Seiten war der Tod sein Wächter.

Als die Sonnengöttin ihre letzten Strahlen sanft über dem Fels spielen ließ, waren von den achttausend Samurai nur noch fünf übrig. Sie umringten ihren einen wahnsinnigen Gegner. Ushii Yakushijis Schwert schnellte in einem Regen von Blut aufwärts und fällte einen von ihnen. Es fuhr nach rechts und trennte einem anderen Samurai die obere Hälfte des Kopfes ab. Das Hirn des Kriegers fiel zu Boden, während er selbst noch aufrecht stand. Das Schwert sauste auf einen neuen Angreifer herunter und spaltete ihm Nase und Zähne, so daß der getroffene Samurai zurücktaumelte und fiel. Es fuhr nach hinten und durchbohrte einen Brustkorb, dann wand es sich frei, schlitzte den Bauch des letzten Mannes auf, so daß seine Eingeweide hervorquollen.

Es gab keine Angreifer mehr, aber Ushii konnte das hinter dem roten Nebel seiner Blutgier nicht erkennen. Er fuhr fort, zu kämpfen, wiederholte seine letzten Schlachtzüge; das rot besudelte Schwert schnellte aufwärts, fuhr nach links, sauste herunter, fuhr nach hinten und wirbelte herum – alles in der Luft, alles im Nichts. Er hieb und schlug und mühte sich ab, den Geist zu töten, der ihn verfolgte, den Geist des Ushii Yakushiji, der er einst gewesen war.

Ein Zauberninja trat zwischen den Leichnamen hervor. Vielleicht hatte er sich fallen gelassen und vorgegeben, tot zu sein. Mit erhobenen Armen, von denen das graue Gewand herabgeglitten war, versperrte er Ushii den wahnerfüllten Weg. Ein helles Licht blitzte zwischen seinen Händen auf, und Ushii riß den Arm schützend vor die Augen.

»Ushii Yakushiji«, sagte der Priester, »ich befehle dir, zu sein wie vor deinem Wahnsinn.«

Als Ushii den Arm von den Augen sinken ließ, blickte er um sich und sah die achttausend Toten und die halblebendigen Zerrbilder, die sich labten. Er bedeckte die Augen wieder und weinte.

»Mein Zauber wird nicht von langer Dauer sein, du kannst also hoffen, daß du deine Qualen bald wieder hinter der Mauer des Wahnsinns vergraben kannst. Ich bin gekommen, dir zu sagen, daß Tomoe Gozen frei ist, und nun wirst du tun, was du tun mußt.«

Ein zweiter Zauberninja trat hinter dem ersten hervor, als hätte er sich verdoppelt, aber dieses Abbild war eine Frau. Sie deutete auf den Boden unweit ihrer Füße und sagte: »An dieser Stelle befand sich in alten Zeiten ein Brunnen.«

Zwischen den beiden zauberkundigen Ninja teilte sich der Boden und gab ein tiefes, schwarzes, vollkommen rundes Loch frei. »Einst gab dieser Brunnen frisches Wasser, er wurde jedoch verwunschen, so daß er bis zum heutigen Tag verborgen bleiben mußte. Seine Wasser waren zur Hölle geflossen.«

Der Priester wandte sich an Ushii: »Du allein, Ushii Yakushiji, bist in der Lage, die Ungeheuer wieder in ihr eigenes Land zurückzubringen.«

Ushii zog das versiegelte Fläschchen aus seiner Rüstung und hielt es den letzten Strahlen der untergehenden Sonne, Amaterasu-auf-dem-Berge, entgegen. »Hiermit?« Es war eher ein Ausruf als eine Frage. Ein gelber Lichtstrahl fiel über sein Gesicht. Der heilige Mann und die heilige Frau nickten im selben Atemzug.

Ushii durchbiß das braune Wachs, zog den Korken mit den Zähnen heraus und goß den Inhalt in den Mund. Er wußte, daß der Zaubertrank den Tod bedeutete, denn Herr Huan hatte ihn als letztes Hilfsmittel bereitgestellt, wenn der Sieg in Gefahr geraten sollte. Der Sieg war auf Huans Seite; Ushiis Auftrag war ohne diesen zusätzlichen Zauber erfüllt. Und nun, da Ushii bei Verstand war, erkannte er, daß es für ihn keine Ehre zu gewinnen gab, ob er Herrn Huan die Treue hielt oder nicht. Wenn Tomoe in Sicherheit war, so dachte er, dann mußte sich Ushii Yakushiji keine

Sorgen mehr um die Ehre seines Giri, die Pflichterfüllung seinem Herrn gegenüber, machen. Anstatt dessen konnte er mit Rücksicht auf die Ehre seines eigenen Ninjo handeln, des Gewissens, das ihm sagte, daß er nicht Huans Befehlen, sondern den Anweisungen der Zauberninja Folge leisten sollte.

Die beiden Ninja beobachteten ihn, und sie waren gleichzeitig sein Ninjo; wie Spione sprachen sie immer die Wahrheit, eine Wahrheit, die andere unausgesprochen lassen würden. Ein Jonopriester oder eine Priesterin durchschauen Lügen und Trugbilder, Wahnsinn und Leid. Ihre Blicke drangen bis in Ushii Yakushijis Herz – und er wäre glücklich gewesen zu wissen, daß sie dort etwas Gutes fanden.

Er spürte die Kraft des Trankes durch seine Adern fließen, noch bevor er ihn ganz geschluckt hatte. Der Jonopriester nahm das geleerte Fläschchen an sich und steckte es in sein Gewand. Vielleicht hatte er die Absicht, die Zusammensetzung zu untersuchen. Ushii erlebte ein aufregendes Gefühl wachsender Stärke, spürte, wie durch sie jeder Knochen und Muskel sich erst anspannte und dann locker wurde. Er sah seine Hände und sein Schwert an und erkannte, wie sehr er sich verändert hatte.

Er machte kehrt und schritt durch die Kadaver und die daran Zehrenden hindurch, stieß rauhe Befehle mit kehliger, eintöniger Stimme hervor. Die Geisterwesen verneigten sich vor ihm, als sei er ein teuflischer Gott, und die meisten von ihnen gehorchten, denn er war in strahlendes Gold getaucht.

Folgendes nun ist das, was Tomoe erblickte:

Derselbe goldene Krieger, der Tomoe aus der Hölle gezogen hatte, schritt jetzt unter einem hellroten Himmel einher, der sich ins Bronzene färbte. Er trieb die Geisterwesen um sich zusammen, als seien sie seltsame, grobschlächtige Ziegen und er ihr heiliger Ziegenhirte. Er schwenkte sein glänzendes Schwert wie das Fähnchen eines Ziegenhirten, und die Geisterwesen wurden auf ein Loch zugetrieben, das aussah wie der schwärzeste Schatten einer sternlosen Nacht ohne Hoffnung auf einen Morgen.

Einer nach dem anderen verschwanden sie in diesem Loch, aber nicht etwa widerspruchslos. Sie flehten und winselten in abscheulicher Weise, warfen sich Ushii, dem Goldenen, zu Füßen. Einige von ihnen waren gewalttätig.

Der goldene Krieger trieb sie voran und den Schacht hinunter. Wenn ihm keine andere Wahl blieb, hieb er mit dem Schwert auf sie ein, und sie sammelten ihre Teile zusammen und setzten ihren Weg fort.

Dort kam das zweiköpfige Ungeheuer, und einer seiner Köpfe war derjenige Shojiro Shigenos, wie Tomoe es sich in der Höhle vorgestellt hatte – wenn auch der andere Kopf nicht der seines Pferdes war, wie sie es sich weiter ausgemalt hatte. Ushiis Schwert berührte kaum den Hals des gestohlenen Kopfes, und auf Herrn Shigenos Gesicht zeichnete sich ein Ausdruck von Dankbarkeit ab, als sein Kopf zu Boden fiel und liegenblieb.

Es schien harte Arbeit, sie alle zusammenzutreiben, aber keiner konnte entkommen, denn Ushii konnte blitzschnell an jedem Ort sein und sie zurück zu dem Loch drängen.

Einige waren verbittert und zornig, denn sie hatten nach Kräften gekämpft und verdienten reiche Belohnung. Sie knurrten und knirschten mit den Zähnen und versuchten, mit dem goldenen Krieger zu ringen. Einer ergriff einen Teil seines Harnischs und zerriß die Lederriemen, und das Ungeheuer hielt das Armstück in den verkrümmten Händen.

Ein anderer zerrte an Ushiis Beinen, und es gelang ihm, ein weiteres Stück seiner Rüstung abzureißen, während Ushii ungerührt voranschritt und das Ungeheuer seiner Verdammung entgegentrieb.

Obgleich sie an ihm rissen wie Hunde an einem Knochen, wirkte Ushii, der Glänzende, unbesorgt. Die Geisterwesen konnten ihn nicht überwältigen. Aber jedesmal, wenn ihn eines berührte oder ein Stück seiner Rüstung abriß, verblaßte Ushii Yakushijis goldenes Leuchten ein wenig.

Die Geisterwesen nahmen alle Beute, derer sie habhaft

werden konnten, an sich. Ihre eigenen Waffen hatten sich in Stein zurückverwandelt, aber jene, die Hände hatten, sie zu halten, schleppten Stahlschwerter davon. Einige nahmen Jacken und andere Kleidungsstücke, die nicht zu ihren grobschlächtigen Gliedmaßen paßten. Einer riß den Samurai die Zöpfe ab und sammelte sie auf, bis Ushii die Bestie packte und sie zwang, die Beute fortzuwerfen.

Ihre Anzahl verringerte sich, als sie sich, kreischend und brüllend, vor dem Schwert in das Loch retteten, wo sie verschwanden wie Wasser in der Erde. Einer jammerte mitleiderregend, aber es war ein Betrüger, der den Krieger ansprang und an Rüstung und Wäsche zerrte, in dem Verlangen, Ushiis Herz herauszureißen. Seine Klauen konnten der entblößten Brust mit den kraftvollen Muskeln nichts anhaben, und Ushii stieß das Ungeheuer ohne Anstrengung von sich. Von seinem goldenen Herrn getreten, kroch es auf das Loch zu.

Zum Schluß kamen die Stärksten, und sie sprangen auf und nieder, heulten und jammerten und wehrten sich dagegen, in die tiefe Erde getrieben zu werden. Ushii kämpfte mit ihnen. Sie konnten seinen Glanz nicht ertragen und ihn nicht lange genug ansehen, um ihn zu treffen. Sie warfen Steine nach ihm, Steine, die einst Waffen gewesen waren, und dort, wo sie ihn trafen, verdeckten kleine, dunkle Flecken das Gold. Dennoch zeigte Ushii keinerlei Anzeichen von Ermüdung. Er kannte keine Gnade, dieser gezeichnete, aber goldene Mann, der langsam verblaßte, aber noch immer in der herabsinkenden Dunkelheit schimmerte. Er war erbarmungslos und von stählener Kraft. Sein einstmals ergebenes Heer wehrte sich bis zum letzten, mußte aber schließlich beigeben.

Die Zauberninja hatten nicht ausgeharrt. Tomoe hatte nicht gesehen, wie sie verschwunden waren, weder auf welche Weise noch in welche Richtung. Am Ende blieb kein Geisterwesen mehr auf dem dunkel gewordenen Feld des Todes. Nur Ushii stand noch da. Sein Harnisch war fortgerissen, sein Gewand hing in Fetzen, das Gold an seinem Körper war verblaßt. Ein dünner Mondstreifen stieg auf und legte den Schein des bleichen, weißen Todes auf das Bild. Ushii war bleich wie ein Gespenst, nackt bis auf sein Schwert.

Von ihrem entfernten, günstigen Beobachtungspunkt aus schien es Tomoe, als krümme sich Ushii mit verschränkten Armen und seltsam verdrehtem Kopf im Wahnsinn. Er blickte sich um. Er sah sie nicht auf dem nächtlichen Hügel, fern dem schwachen Schein des Mondes, obwohl er das ganze Tal der toten Samurai mit den Blicken absuchte.

Mit einem letzten Siegesgeheul warf der entstellte und wahnsinnige Ushii seine Seele in den Brunnen und sprang ihr nach. Der Brunnen schloß sich hinter ihm, und Tomoe rang entsetzt nach Atem.

Sie hatte länger als einen Monat in diesen trostlosen Räumen geweilt und den Todeshauch nicht bemerkt, der darüber lag.

Modrige Wandschirme säumten die Eingangshalle. Finstere, fremdartige Gottheiten aus schwarzer Jade sandten grimmige Blicke aus rubinroten Augen und hockten überall, wo die Wandschirme eine Lücke ließen. Die Zellen zu beiden Seiten waren dunkel wie Höhlen oder von flachen, runden Kerzen schwach erleuchtet. Der Ort war wie ein Spukhaus, besonders jetzt, da die Dienerschaft geflohen und niemand mehr da war, den schleichenden Duft der Zauberei zu zerstreuen.

Tomoe schritt bis zum Rande der düsteren Halle. Sie vernahm kein Lebenszeichen aus den wenigen Zellen, an denen sie vorüberging. Am Ende der Halle blieb sie stehen und blickte um sich. Vor ihr lag ein großer Raum, dessen Deckenrelief Huans erfundene Taten zeigte, heldenhafte Bilder, die seinem Selbstgefallen schmeichelten. Dicke Teppiche und Wandbehänge schluckten alle Geräusche, ob sie nun von drinnen oder von draußen kamen. Dieser vollkommen lautlose Ort war zugleich vertraut und fremd – denn Tomoe hatte ihn viele Male betreten und ihn doch nie mit klarem Blick gesehen.

Vor einer Wand stand ein Sessel, der zu groß war, um Bequemlichkeit zu bieten, aber er war reich verziert, aus

Jade geschnitzt und goldbeschlagen. Auf dem Thron saß der Zauberer der Himmlischen Königreiche in seinen Kleidern zusammengesunken. Eine einzige Rauchschlange erhob sich aus der Flammenschale vor ihm.

Trotz dieses einen Bewohners vermittelte der Raum den Eindruck von Leere, das Gefühl räumlicher, ja sogar ewiger Einsamkeit.

Huan war in eine verzehrende Trance versunken; er atmete langsam und schwer. Ungeachtet der Tatsache, daß er sich nicht bewegt hatte, war er geschwächt von dem langen Tag des Krieges. Er träumte seinen Traum von Sieg und Macht, und eingehüllt in die silbrigen Schatten dieser Träume lächelte er in seinem Schlummer.

Die Samurai trat auf den Zauberer zu. Er rührte sich nicht. Von den Wandbehängen, Teppichen und von dem Deckenrelief streckten sich Schutzzauber nach Tomoe Gozen, tasteten sie ab, erkannten, wer sie war, und ließen sie gewähren. Sie hob den alten Mann in ihre Arme; er war langgliedrig und leicht wie ein Storch. Wie sie es schon viele Male getan hatte, trug sie Huan zu seiner eigenen Zelle. Dort ließ sie ihn sanft auf das schmale Sofa gleiten. Seine Augen öffneten sich einen winzigen Spalt, seine Pupillen waren groß und von unterschiedlicher Farbe. Er sah sie mit kindlichem Vertrauen an, dem Vertrauen eines Säuglings zu seinem liebsten und vertrautesten Spielzeug. Dann schloß er die Augen wieder.

Wenn er neben seinen eitlen Träumen überhaupt etwas dachte, so mußte er glauben, die Frau sei da, um ihn jene drei Nächte hindurch zu bewachen, die er brauchen würde, um seine Kräfte wiederzuerlangen.

Sie bedauerte ihn, diesen Meister der Hexenkünste, der die ganze Welt wie einen reifen Pfirsich zu pflücken gedachte. Sie glaubte sich mächtig, aber er war von einer größeren Macht bewegt worden wie ein unbedeutender schwarzer Stein auf einem Spielbrett. Der Stein wurde gegen den Shogun eingesetzt, ohne je zu begreifen, auf welcher Seite er stand.

In seinem gegenwärtigen Traum stellte sich Huan vielleicht vor, wie er den Mikado absetzte. Vom Kaiserlichen

Palast in Kyoto aus konnte er über das Meer von Naipon nach der Küste von Ho greifen, um sie zu verwüsten, sie wie ein Schakal zu zerfleddern und mit den ganzen Mitteln Naipons die Himmlischen Königreiche schließlich zu einer gewaltigen Provinz des vergleichsweise kleinen Inselstaates zu machen.

Träume von deiner Macht und deinen unbesiegten Zauberkünsten dachte Tomoe. *Träume von deiner unsterblichen Dynastie. Schlafe unbesorgt, armer Herr Huan, o trauriger und böser Mann. Träume dir einen Marionettenkrieger an deiner Seite, wenn du in einer Kutsche aus Gold und Eisen in dein Land zurückkehrst, du Bezwinger von Naipon und Ho.*

Er schmiegte sich in das Polster und seufzte. Wie so oft klang er wie eine alte Frau, sah aus, als sei er für niemanden eine Gefahr, und er wußte nicht, daß sein Schlaf bald traumlos und endgültig sein würde. Er zog die Knie bis zum Bauch hoch. Seine Spinnenfinger mit den langen Nägeln falteten sich an seinem Hals. Tomoes Schwert erhob sich über ihren Kopf, genau in der Mitte, völlig im Gleichgewicht ruhend, unsichtbar in der Dunkelheit.

Fühler der Zauberei streiften sie, nicht bedrohlich, sondern liebevoll. Diese Zärtlichkeit band ihre Hände fester, als es der Versuch vermocht hätte, sie mit Gewalt zurückzuhalten. Herr Huan liebte sie auf seine egoistische Art, das wußte sie; sein Zauber konnte ihr nichts anhaben, und wenn er noch so furchtbar gewoben war, um andere fernzuhalten.

Wenn sie ihn ganz und gar verantwortlich machen konnte für Ushiis grausames Schicksal und die Ermordung der Sippen, dann würde sie seine Liebe als abstoßend empfinden, und ihr Schwert würde leicht und mit Wonne niedersausen. Aber der Nachkömmling der Leuchtenden Amaterasu war der Herr über dieses Spiel, und er saß sicher in der Kaiserlichen Stadt. Tomoe war nicht sicher, ob sie nicht unter den nächsten Steinen war, die vom Brett gefegt würden, und sie war von gotteslästerlichen Gedanken erfüllt: sie stellte sich den Mikado vor, der in seinem schmucklosen Palast thronte, ein Kind des Lichts in einem Haus der Dunkelheit und Ränke schmiedete, die Augen verschloß vor dem Unrecht und mit der Militärverwaltung in Kamakura um den Erhalt oder die Wiedererlangung der Macht kämpfte.

Aber sie mußte dem Mikado die Treue halten und beten, daß die Pflichterfüllung einem göttlichen Kaiser gegenüber sie nie wieder mit ihrer Ergebenheit für den Shogun in Konflikt bringen würde. Vielleicht konnte sie nach Beendigung ihres Auftrages an die nördliche Grenze fliehen und dort beiden Mächten gleichermaßen dienen, indem sie gegen die boshaften Ainus kämpfte, die aussichtslos gegen Tomoes herrschende Rasse anstürmten. Vielleicht würde sie sich vollständig von der Welt zurückziehen und abgeschieden in irgendeinem Gebirgsort leben. Oder sie konnte ihr Schwert fortwerfen und Wandernonne werden.

Klein wie ein Säugling schien Huan, schrumpelig wie ein Neugeborenes, zusammengekrümmt, als sei der Mutterschoß die Erinnerung an etwas eben Erlebtes. Tomoe hatte Erbarmen. Ein einziger schneller Schlag, und das lächelnde Gesicht zuckte nicht einmal, obwohl der Kopf vollständig abgetrennt war. Noch schlafend und mit verblassenden Träumen, quoll Huans Herzblut hervor und versickerte im Sofa und in der Decke. Die Fühler der Zauberei verblaßten wie der Traum; der Zauber war vorüber, und Tomoe Gozen war allein.

Teil 2
Der Fluch des Bakemono

Etwas folgte den Spuren der wandernden Samurai, etwas oder jemand, wachsam und unsichtbar. Ein anderer hätte es vielleicht für Einbildung gehalten, nachdem er sich mehrmals schnell umgedreht und nichts entdeckt hätte. Aber Tomoe neigte nicht zu derartigen Wahnvorstellungen. Sie wußte, daß sie eine genaue Wahrnehmungsfähigkeit besaß und daß sie beobachtet wurde.

Gegen Abend, als sie an ein Bauernhaus kam, begann es zu regnen, und sie klopfte an die Tür. Eine zerlumpte fünfköpfige Familie lief am Eingang zusammen und betrachtete sie von Kopf bis Fuß. Tomoe war gut gekleidet, und sie war noch nicht so lange unterwegs, daß ihr kostbarer Kimono oder ihre Hakamahosen zerfetzt oder verschmutzt gewesen wären; noch waren die leuchtenden Muster auf ihrer Kleidung von der Sonne verblichen oder unter dem Staub der Wanderung verdeckt. Samurai mit ungetrübtem Stolz waren nur zu wählerisch. Das Langschwert wurde von ihrem Obi, den sie um die Taille geschlungen hatte, eng an der Hüfte festgehalten. Ihr großer Strohhut war schwarz lackiert, das Gesicht darunter lag im Schatten.

Sie gab ein prächtiges Bild ab, wie sie so vor der Tür stand, das wußte sie, denn es spiegelte sich in ihren Augen.

Die Samurai hob sich vor den letzten Strahlen des Tageslichts ab, wie ein Bote des Unheils, aber sie lächelte sie an, und das beruhigte sie und gefiel ihnen. Der Vater sagte: »Tretet ein, Samurai. Tretet ein und seid unser Gast.«

Angenehme Essensdüfte waren ihr zuvor auf der Straße entgegengeweht. In dem schmucklosen, aber freundlichen Bauernhaus war der Duft eines einfachen Mahles verführerisch und überwältigend. Es war sicherlich eine arme Familie, der es nicht leichtfiel, Fremde zu bewirten; aber dieser Landstrich war von Herren oder Samurai nicht heimgesucht oder ausgeplündert worden, so daß die Familie den höheren Klassen eher Bewunderung als Mißtrauen entgegenbrachte und sich geehrt fühlte, das zu teilen, was sie besaß.

Es war ein dürftiges Mahl, aber Tomoe empfand es als vollkommen ausreichend. Sie lobte Mutter und Tochter, die es zubereitet hatten, erklärte aber, daß sie satt sei, als man ihr größere Mengen anbot. Tomoe hatte dem Mahl ihren ärmlichen Teil in Form von Trockenfrüchten und gepökeltem Fisch hinzugefügt, das war alles, was sie viele Tage lang auf ihrem Weg zu sich genommen hatte. Besonders der Fisch mundete der Familie, denn in diesem Binnenlandstrich gab es nur Sümpfe, keine Seen und kein Meer, so daß nahrhafter Fisch selten war.

Zwei der drei Kinder waren noch sehr klein. Sie spielten auf Tomoes Schoß wie Kätzchen mit einem bestaunten, geduldigen Wolf. Tomoe streichelte diese Kleinen und scherzte mit ihnen, bis es spät wurde und sie in eine Nische kletterten, wo sie Schlaf vortäuschten und heimlich über die Brüstung lugten. Tomoe blieb mit den Eltern und der ältesten Schwester sitzen und lauschte mehr ihren Worten, als daß sie sprach, aber als sie gedrängt wurde, gab sie einige ihrer Abenteuer preis.

Es war eine freundliche Familie, in deren Gebräuchen weniger Falschheit schwang als in den Sitten wohlhabenderer Familien. Die Wärme ihres Feuers und ihrer Nähe beruhigten sie und spendete ihr Trost; denn sie hatte in den letzten Tagen tote oder ferne Kameraden schmerzlich vermißt, und die Straße war ein einsamer Ort der Wanderschaft geworden.

Wenige Monate zuvor hätte sie es nicht für möglich gehalten, daß eine Bauernfamilie einen solchen Mangel an Freunden ersetzen konnte, aber die Straße veränderte die Sicht eines Samurai, brachte manchmal eine gefährliche Verbitterung, manchmal tiefere Erkenntnis, immer aber Ernüchterung mit sich. Die Familie erzeugte in ihr das Verlangen nach einem einfacheren Erbe – aber in ihren Adern floß das Blut der Samurai, und sie war, wenn nicht an einen Herrn, dann doch zumindest an ihre Herkunft gebunden.

Aber selbst die Freundschaft war nur eine Täuschung. Für diese freundlichen Menschen war sie eine Fremde, ein bewunderter, flüchtiger Gast – nicht artverwandt, nicht einmal derselben Klasse angehörend.

Die Blicke der ältesten Tochter hingen an Tomoe mit Bewunderung, fast Anbetung. Auf das beharrliche Bitten des stolzen Vaters hin (und unter Erröten und vorgegebenem Widerstreben), brachte das Mädchen an einer angemessenen Stelle der Unterhaltung eine schöne ererbte Hellebarde herbei. Es war eine für Mädchen und Frauen gebräuchliche Waffe, die einen Krieger leicht vom Pferd werfen konnte und oftmals dem Schwert überlegen war. Die Tochter hielt sie vorsichtig in den Händen. Sie hatte offenbar in irgendeinem nahe gelegenen Tempel gelernt, sie mit Geschick zu handhaben.

Nach einiger Zeit begab sich die älteste Tochter zu ihrem Platz auf dem Boden und rollte ihre Matte zum Schlaf aus. Der alte Vater ließ nicht ab, Tomoe um mehr Worte zu bitten, und die Mutter hörte wohlgefällig zu und lächelte. Wie die kleineren Geschwister täuschte die Tochter Schlaf vor, aber die Kleinen waren inzwischen von Müdigkeit übermannt worden. Jetzt lauschte nur noch das älteste der Kinder heimlich, und später würde sie vielleicht von ihrer Hellebarde oder einem Schwert träumen.

Nur wenige Samurai betraten diese Gegend, einige reiche gelegentlich, die mit ihren Herren oder ohne sie grußlos vorüberzogen und niemals in diesem armen Landstrich verweilten, nur manchmal ließ sich einer herab, einem vorwitzigen Kind oder einem staunenden Erwachsenen, die in gebührender Entfernung von der Straße standen und schauten, eine Münze von geringem Wert zuzuwerfen. Tomoes Bereitschaft, sich bei Bauern niederzulassen, schmeichelte ihnen, hob ihre Selbstachtung und die Achtung für Tomoe, obgleich sie eigentlich eine Bettlerin war (was ihnen nicht in den Sinn kam).

Das Feuer wurde nicht mehr genährt und brannte herunter, der Regen trommelte anheimelnd auf das Dach; Tomoe sehnte sich danach, sich dem Schlaf überlassen zu können. Sie war im Begriff, dieses Verlangen zu äußern, als an die Haustür geklopft wurde. Auf das Klopfen hin eilte die Mutter zur Tür und schob sie beiseite. Tomoe und der Ehegatte blickten auf und fragten sich, wer zu so später Stunde noch kam.

Dort in der regnerischen Nacht stand ein dunkler, schmutziger Wanderpriester, ein Rokubu, der einen schweren hölzernen Buddha auf dem Rücken trug. Der Priester ging gebeugt unter seiner Last und sah aus, als habe er viele Provinzen durchwandert, ohne sie jemals abzusetzen. Es war fast ein Teil von ihm, der Buddha, der dem gekrümmten Rücken eines Buckligen so ähnlich ist.

Der Rokubu war grobschlächtig, ungewaschen und seine Anwesenheit beunruhigend. Trotz seiner Wanderungen und der Körperbewegung, die das Herumziehen mit sich bringt, war er beleibt. Sein gelbes Gewand hatte sich unter der dicken Schmutzschicht braun gefärbt. Mit einer Hand hielt er das Seilende umklammert, mit dem er den Buddha am Hals über seinem Rücken trug, die andere Hand hatte er ausgestreckt wie ein Bettler, so wie alle Rokubu – ein weniger geschätzter und weniger gern gesehener Bettler als Tomoe Gozen.

Die Bewohner dieses Landes waren einfache Leute, den Shintogottheiten gläubig ergeben. Die verwirrenden Wege der Buddhisten kümmerten sie wenig. Eigentlich mochten sie nicht einmal saubere Buddhisten, die Mutter jedoch zeigte einen Anflug von Mitleid und war geneigt, eine Kleinigkeit zu geben.

Tomoe fühlte sich unbehaglich unter den scharfen Blikken des Priesters, die das Innere der schmucklosen Bauernhauses durchforschten und einen Augenblick lang ohne Zeichen der Überraschung auf der Samurai verweilten.

Um den Eheleuten weitere Auseinandersetzungen und die Schmälerung ihres geringen Besitzes zu ersparen, zog Tomoe eine kleine, längliche Silbermünze hervor und warf sie ihm zu. Die schmutzige Hand des Priesters fing sie geschickt in der Luft auf, und er segnete das Haus mit harter Stimme, wandte seinen scharfen Blick ab und verschwand in der regennassen Nacht.

Am nächsten Morgen verabschiedeten die Kinder die Samurai mit einigen vorsichtigen Worten. Sie wünschten, sie würde bleiben, und fast wünschte sie es auch. Sie hob die Kleinen hoch und drückte sie in ihre Arme, dann stellte sie sie auf die Füße und scheuchte sie zum Haus zurück. Vor der ältesten Tochter verneigte sie sich leicht, eine Hand ans Schwert gelegt, und das erfüllte das Mädchen mit Stolz, da es der Willkommens- oder Abschiedsgruß einer Samurai für eine Samurai war, nicht der einer Samurai für ein Bauernmädchen. Augenblicklich fühlte Tomoe Schuldbewußtsein in sich aufsteigen, denn das Mädchen, das einer niedrigen Klasse angehörte, war seiner Geburt ebenso verpflichtet wie Tomoe der ihren, und die vorwitzigen Träume des Mädchens sollten nicht auf grausame Weise ermutigt werden.

Die Mutter kam eilends den Weg heraufgelaufen, und sie bot Tomoe einen bohnengefüllten Kloß für die Reise – aus den Händen der Armen eine kostbare Gabe. Tomoe überließ ihnen zum Dank den Rest des Pökelfisches. Dann, nachdem sie dem Mann, der in der Tür stand und seinen eigenen Gedanken nachhing, zum Abschied gewunken hatte, setzte Tomoe ihren Weg auf der Straße fort.

Die kurze Zeit bei der Familie hatte wie ein Reinigungszeremoniell auf sie gewirkt. Tomoe war zumute, als habe sie einen sauberen, kühlenden Bach zugunsten eines verdorrten Landes verlassen – obwohl der Boden noch feucht war vom Regen der Nacht und die Wirklichkeit, die sie umgab, ihr Gefühl Lügen strafte.

Nicht lange, da bemerkte sie, daß sie, wieder oder immer noch, verfolgt wurde. In Wahrheit hatte sie die ganze Nacht über Augen in den Ritzen des Bauernhauses gespürt. Sie wirbelte nicht mehr herum, um zu sehen, wer ihr folgte, denn sie wußte, daß einer, der in der Kunst des Verbergens, dem *Inpo,* geübt war, sich unter keinen Umständen würde sehen lassen. Die hartnäckige Dreistigkeit ihres Beschatters oder ihrer Beschatter (denn sie vermutete, daß es mehr als einer waren), ließ sie immer verärgerter werden.

Bevor die Sonne im Zenit stand, hatte sie eine beträchtliche Entfernung zurückgelegt. Der Boden war unter der warmen Sonne ausgetrocknet, ging dann aber in den feuchten Saum eines Sumpfes über. Gegen Mittag wurde die Luft dunstig und der Geruch unangenehm. Der Weg blieb verhältnismäßig trocken, aber zuerst zu einer, dann zu beiden Seiten tauchten Frösche, zwischen dem Schilf in dem schlammigen Wasser auf, das ihren Pfad säumte.

Weiter vorne verdichteten sich die Ginkgobäume mit ihren fächerförmigen Blättern, und verdunkelten selbst in dieser Mittagsstunde den breiter werdenden Sumpf.

Irgendwo an dieser Stelle wurde Tomoe von Zorn gepackt, teils deshalb, weil die schwüle Feuchtigkeit unter dem Dach der Bäume ihre Langmut beeinträchtigte. Sie wirbelte herum und lief den Weg zurück, den sie gekommen war. Auf ihrem Gesicht lag ein unheilverkündender Ausdruck. Nachdem sie einige Schritte zurückgelegt hatte, blieb sie stehen und rief: »Ninja! Schleichender Spion! Meuchelmörder! Tritt ehrenvoll vor mich oder jage an einem anderen Ort!«

Sie erhielt keine Antwort. Wenn es Ninja waren, die sie verfolgten, was sie vermutete, konnte man nicht erwarten, daß sie eine Herausforderung wie ein ehrenhafter Samurai beantworten würden. Vielleicht lag der boshafte Verfolger in diesem Augenblick im Schlamm und Schmutz des Sumpfes, über und über mit grünem, schleimigem Wasser bedeckt, und stieß den Atem durch ein hohles Sumpfgras oder gar durch eine Schwertscheide. Oder der elende, hinterhältige Spion mochte, unsichtbar für das Auge, in einem Baum sitzen, als Ast getarnt – vielleicht auch in einen engen Dachsbau gedrückt, wenn es in diesem sumpfigen Boden solche Löcher überhaupt gab.

Jedoch zu ihrer Überraschung hörte sie etwas, und es ließ sie zwischen zwei Möglichkeiten schwanken: war es eine Falle, oder war es jemand, der weniger geschickt war als ein Ninja, der ihr folgte?

Sie wandte sich jäh dem Geräusch zu und sah kleine

Wellen, die sich in dem düsteren Schimmer vom Weg fort kräuselten.

Tomoe raffte ihr langes Gewand hoch und watete, indem sie ihre Pantoffeln fortschleuderte, auf die Quelle des anhaltenden Geräusches zu. Das Wasser war seicht und hatte ungefähr die Temperatur von Urin, war aber nicht gelb, sondern von schillerndem Grün. Ihre Füße versanken in widerwärtigem Schlick, in dem sich irgendwelches Gewürm wand und sich an ihr festzusaugen drohte, wenn sie an einer Stelle zu lange verharrte.

Nach einer kurzen Strecke erhob sich im Sumpf zu einer Seite ein schmaler trockener Pfad, und sie stieg hinauf, dem Geräusch entgegen, das jetzt ziemlich laut geworden war. Klatschen und gedämpftes Fauchen waren zu hören; dann stand Tomoe plötzlich vor einem wasserbedeckten freien Platz, auf dem sich erstaunliche Dinge abspielten.

Tatsächlich war da ein Ninja, der sich zweifellos lautlos wie ein Geist in die Sümpfe geschlichen hatte, so daß Tomoe ihn vielleicht niemals entdeckt hätte, nur war der Ninja geradewegs einem anderen schlauen Wesen in die Falle gegangen: einem Bakemono – einer Spezies der menschenfressenden Oger.

Der Ninja hing kopfüber an einer starken Ranke und schwang eine grausame, mit Widerhaken versehene Waffe nach dem schnaufenden Oger, der die Beute in seiner Schlinge umtanzte und das Wasser aufspritzen ließ und der schwingenden Waffe auswich, während er mit seinen scharfen Klauen nach ihm schlug. Der Ninja war mit einem schwarzen Hemd, einer schwarzen Hose und einem schwarzen Hut bekleidet, der Oger war von einem Schuppenpanzer und Schleim bedeckt.

Tomoe, die bis zu dem äußersten Rand des trockenen Pfades vorgetreten war, stand mit gezogenem Schwert da und rief: »Oger! Fliehe zurück in deine dunkle Behausung, sonst spaltet dir Tomoe Gozen das Rückgrat!«

Der Oger wandte sich um, knietief im Wasser und dennoch groß. Schwielige Wucherungen traten über seinen Augen und auf den Wangen hervor, und sein Kinn war von wulstigen, krallenartigen Warzen bedeckt. Sein Maul war auf einer Seite zu groß und reichte fast bis zu dem herabhängenden Ohr, ein Zug, der selbst bei dieser häßlichen Rasse nur selten vorkam. Seine Arme waren sehr lang und dick, und die Schuppenhaut war grün und schleimig wie der Algensumpf, in dem er hauste. Es schien geschlechtslos, mochte aber männlich sein; vielleicht lagen seine Geschlechtsorgane unter den Schuppen verborgen. Der Oger erwiderte mit rauher, schrecklicher Stimme: »Ich habe den Ninja auf ehrliche und anständige Weise gefangen. Eine seltene Beute! Und ich bin stolz darauf! Er gehört mir, und ich werde ihn in Stücke reißen und auffressen.«

Tomoe blickte den Oger gleichmütig an und sagte: »Nun ist mir aber heute ritterlich ums Herz, und ich würde gern einem Ninja das Leben retten.«

Der Oger war erzürnt. Er ballte die riesigen Fäuste mit den drei Klauen, ließ seinen Gefangenen nicht aus dem Auge und stieß mit seinem schiefen Maul heiser hervor: »Ein Fluch wird dich treffen, Samurai, wenn du mich um mein Mahl betrügst!«

»Ich fürchte nicht den Fluch eines Bakemono«, erwiderte Tomoe in scherzhaftem Ton. »Die Flüche deiner Rasse haben nur in den Sümpfen Gültigkeit.«

»Dennoch«, widersprach der Oger, »mag ein Zeitpunkt kommen, an dem du, wie am heutigen Tag, aus irgendeinem Anlaß einen Sumpf oder ein Moorland betrittst. Ich bin ein umherziehender Oger, so wie du eine wandernde Samurai bist, und wir könnten immerhin unter günstigen Umständen wieder aufeinandertreffen. Und selbst wenn wir uns niemals wiedersehen, wird mein Fluch in jedem Sumpf und zu jeder Zeit gelten, bis er erfüllt ist.«

»Dann verfluche mich nur, du schleimiges Biest, denn heute abend gehst du hungrig schlafen.«

Dann watete Tomoe schnell zur Mitte des Schlammloches hin und trennte dem hastig davoneilenden Oger den Schwanz ab. Er ergriff sein blutleeres Anhängsel und beklagte den Verlust seines kurzen Fortsatzes, dann, aus sicherer Entfernung, wandte er sich um und brachte seinen Fluch hervor:

»So wie ich um einen guten Bissen gebracht worden bin,

sollst du um einen guten Freund gebracht werden – denn ich weiß, daß Samurai ihre Freunde höher schätzen als ihre Mahlzeiten, so wie Oger ihre Mahlzeiten höher schätzen als ihre Freunde. Darüber hinaus belade ich dich für den Verlust meines Schwanzes, der die einzige Zierde ist, deren wir Oger uns rühmen, mit einem vergleichbaren Verlust: die Schönheit deines Gesichts wird einen Makel erfahren.«

Obwohl der Fluch Tomoe beunruhigte und ihr bewußt war, daß sie sich für alle Zeiten vor Sümpfen in acht nehmen würde, wenn ihr Gesicht und ihre Freunde ihr etwas bedeuteten, verhöhnte sie die davoneilende Bestie. Sie nannte sie einen Narren und einen Feigling, besonders aber einen Narren, da sich Flüche als ebenso grausam gegen denjenigen erweisen konnten, der die Verwünschung aussprach. Sie glaubte, ein Flüstern zu vernehmen: *ja, ja, ich bin ein Narr und ein Feigling,* aber sein Tonfall ließ vermuten, daß Tomoe vielleicht etwas noch viel Schlimmeres war in ihrer Ritterlichkeit und Verwegenheit.

Bevor er sich gänzlich entfernt hatte, rief er, eher verbittert als zornig, unsichtbar von einer dunklen, verborgenen Stelle aus: »Samurai sind knurrende Hunde! Ninja sind Affen in den Bäumen! Der Shogun ist ein dämonisches Wildschwein, und der Mikado nicht einmal als Schoßtier eines Oger zu gebrauchen! Menschliche Wesen stehen niedriger als Bakemono!«

Als es seine Beschimpfungen beendet hatte, rannte das Wesen im aufspritzenden Wasser davon.

Tomoe wandte sich dem Ninja zu, der noch immer wie eine reife Pflaume im Baum hing. Er starrte die Samurai an, und unter seiner enganliegenden Kappe waren nur die Augen zu erkennen. Er hielt noch immer das mit Widerhaken versehene Gerät in Händen, mit dem er jetzt hinaufreichte zu der Ranke und sich abschnitt. Er fiel kopfüber in das faulige Wasser. Tomoe lachte bei diesem Anblick laut auf und wartete darauf, daß der Ninja auftauchte, um Luft zu schnappen.

Nach einer Weile wurde Tomoe zornig, denn der schlaue Ninja tauchte nicht auf, sondern war ungesehen entflohen. Sie rief: »So ist es also wahr, daß Ninja keine Ehre besitzen!

Du schuldest mir dein Leben und darum auch deine Treue! Komm heraus, Mann des Schattens! Beuge dich deinem neuen Herrn!«

Aber sie erhielt keine Antwort und stapfte, alle vertrauensseligen Samurai verhöhnend, auf den trockenen Landstrich zu, um zur Straße und in helleres Licht zurückzukehren. Hinter einem Ginkgo jedoch wurde sie aufgehalten. Dort erwartete sie der Ninja auf den Knien und sagte: »Auf unsere Art sind wir eine ehrenhafte Klasse. Ich bin einem anderen die Treue schuldig, aber du hast einen Wunsch frei, und wenn es in meiner Macht steht, ihn zu erfüllen, werde ich meine Schuld zurückzahlen.«

»Geh hin und erschlag deinen Herrn«, forderte sie.

»Eher würde ich mich selbst töten«, lautete seine Antwort, die sie gekannt hatte, bevor sie die Frage gestellt hatte.

»Dann sag mir, wer dich schickt.«

»Einen anderen Wunsch«, erwiderte er. »Nicht diesen.«

»Du weist mich zweimal zurück? Es muß dieser sein; ich äußere keinen anderen Wunsch. Es ist kein Vergnügen, von hartnäckigen Ninja verfolgt zu werden, die nur darauf warten, mich im Schlaf zu ermorden, ohne mir je zu erklären, warum sie geschickt wurden. Es ist nur gerecht, wenn ich erfahre, wer mich so geringschätzt, daß er mir den ehrlosen Tod eines Hundes wünscht. Sag mir also, wer es ist, dann werde ich dich gehen lassen, oder du wirst mir ohnehin entwischen, und ich werde auf dich erwarten, um den Namen meines wahren Feindes zu erfahren.«

»Es ist gegen meine Ehre, dir das zu verraten«, sagte er. »Aber es ist nicht ehrlos, deinen Wunsch zu erfüllen. Du sollst also wissen, daß der Shogun und kein anderer Ninja ausschickt, dich zu töten, und du mußt wissen, warum, denn ich ...«

Plötzlich schwankte er und stürzte zu Boden. Als er von den Knien auf den Bauch fiel, fuhren seine Hände zum Gesicht. An seinen Fingernägeln waren Messerklingen befestigt, und er riß sich die Maske und mit ihr die Gesichtshaut ab, so daß sein wahres Gesicht für alle Zeit ein Geheimnis bleiben mußte. Er lag tot am Boden mit einem Wurfpfeil im Genick.

In dem Augenblick, als Tomoe das Zischen des Pfeils in der Luft gehört hatte, war sie zur Seite gesprungen, in dem Glauben, er sei für sie bestimmt. Sie duckte sich und suchte die Bäume mit den Augen ab. Blätter schwankten in schmalen Lichtstreifen. Viele Schatten bewegten sich. Sie sah nichts, niemanden, keinen weiteren Ninja.

Sie wußte nicht, was beunruhigender war: daß Ninja einander wegen des geringsten Verrats töteten, oder daß der Shogun glaubte, sie verdiene den ehrlosen Tod eines Hundes.

Später auf der Straße spürte sie keinen Verfolger mehr hinter sich. Vielleicht war ihr Ziel so offenkundig, da diese Straße durch so wenige Städte führte, daß der Ninja, der seinen Gefährten getötet hatte, es für klüger hielt, sie zu erwarten, als ihr zu folgen. Ohnehin würden sie nicht aufzuhalten sein, auch wenn sie einen oder eine ganze Anzahl von ihnen tötete, und irgendwann würde sie nicht schnell oder wachsam genug sein, und die Ninja hätten ihr Ziel erreicht – zu Tomoe Gozens Bedauern.

Nach einiger Zeit vergaß Tomoe den Fluch des Bakemono. Auf welche Weise das geschah, ist schwer zu sagen, da Verwünschungen doch entsetzlich und nicht zu unterschätzen sind. Aber nachdem sie sich aus der Hölle herausgekämpft, den Blitzschlag überlebt und Seite an Seite mit Dämonen der Unterwelt gefochten hatte, war ein Bakemono mehr oder weniger im Vergleich dazu höchst nebensächlich und kaum der Rede wert.

Vielleicht war es auch eine Art von Eitelkeit, von Selbstverherrlichung, die Tomoe Gozen zu der Annahme trieb, daß die Gottheiten der oberen, mittleren und unteren Erde den Verwünschungen eines Oger weniger Beachtung schenkten, als denen eines menschlichen Wesens. Darüber hinaus hatte Tomoe in den vielen Monaten ihrer Wanderung so viele Wunder in rascher Aufeinanderfolge erblickt – eines Händlers riesiges Dromedar, das Straßenräuber mit Säure bespie; einen seltsamen, abscheulichen Fisch, der des Nachts aus einem See gekrochen kam und die Glut eines Lagerfeuers verschlang; einen Fuchs, der sich aufgeschreckt in eine rote Drossel verwandelte und der Sonne entgegenflog; ein rasselndes Knochengerippe, das seit Urzeiten in einem bernsteinernen, durchscheinenden Grabmal eingeschlossen lag; die Schuppe eines Drachen, die sich, von einem Zauberer in eine Wasserschale geworfen, für dessen kleines Töchterchen in einen Goldfisch verwandelte; und ähnliches mehr –, so daß sie übersättigt war mit den Bildern und Erfahrungen, die eine Wirklichkeit mit der nächsten verbinden und keines der Ereignisse sie dauerhaft berührte, manche ihr nicht einmal in Erinnerung blieben. Neben all dem nahmen sich die Verwünschungen eines besiegten Orgers wirklich sehr gering aus.

Und doch ist zu bemerken, daß Tomoe in den vielen Monaten – sei es durch Zufall, sei es aus einem unbewußten Bestreben heraus – niemals den Fuß in einen Sumpf setzte und keine Freundschaft schloß, sondern einsam und allein dahinzog. Es mag daher sein, daß ein Winkel ihres Gehirns im Rückblick die Beschimpfungen des Sumpfunholdes in Erwägung zog und für glaubhaft hielt. Vielleicht waren auch ihre Träume von Dingen getrübt, die ihr wacher Verstand aus den Gedanken verdrängte; aber wenn dem so war, wurden auch diese furchtbaren Träume, die nicht in ihr Bewußtsein drangen, immer seltener, bis sie sie nicht mehr behelligten.

Schließlich war in keinem Winkel ihres Geistes noch etwas zu finden, das dem Tod eines Freundes oder der Verunstaltung ihres Gesichts entgegengesehen hätte.

Am Ende begab es sich, daß Tomoe nichts mehr bekümmerte, abgesehen von der Einsamkeit der Straße und manchen Dingen, die die Regierung betrafen, von denen sie im Vorübergehen erfahren hatte. Und wer würde, alles in allem ausschließen wollen, daß Tomoe diese Erinnerung falsch einschätzte, weil irgendeine Gottheit den Fluch nicht vergessen hatte und Tomoe in einem Augenblick verminderter Wachsamkeit treffen wollte.

Die Ninja dagegen konnten nicht in Vergessenheit geraten, da sie in den Momenten auftauchten, in denen sie am wenigsten erwartet wurden, was ihnen paradoxerweise eine gewisse Voraussagbarkeit verlieh. Sie hatte vier von ihnen in ebenso vielen Monaten erschlagen, und sie war seit einiger Zeit nicht mehr verfolgt worden, obwohl ihr klar war, daß irgendwann wieder einer ihre Spur aufnehmen würde. Aber sie war selbst in dieser Hinsicht überheblich geworden, es war schließlich zum Spiel für sie geworden, einem Spiel, das sie zu gewinnen gedachte.

Zwischen einem tödlichen Winter und einem knochentrokkenen Sommer lag wie immer seltsamerweise ein grüner, sinnlicher Frühling. Der Frühling war vergangen, und Tomoe wanderte wieder über eine staubige Straße, neu und doch vertraut; es gab deren viele. Ihr Strohhut hing auf dem Rücken, und die Sonne schien heiß auf ihr langes schwarzes Haar, das in einem tiefhängenden Pferdeschwanz zusammengehalten wurde. Sie konnte eine gute Strecke des Weges überblicken, auf dem sich neben ihr nur noch ein Wanderer befand.

Zuerst glaubte sie, der andere Samurai sei weit entfernt. Es gab nur trockene Reishalme, die Bauernhäuser lagen weit ab vom Weg, und es waren keine Bäume zu sehen – sie konnte die Entfernung also nicht an der Perspektive messen. Es dauerte eine Weile, bis ihr klar wurde, daß die Gestalt, die vor ihr lief, sich nicht in weiter Ferne befand; sie war eher nah, aber sehr klein.

Es war ein Kind, das aufgrund seines jugendlichen Alters nicht länger als zwei Jahre im Soldatendienst stehen konnte. Die Wahrscheinlichkeit, daß er entlaufen war, schien in diesem Augenblick gering, denn der Jüngling schritt voll Stolz und Würde aus, wie ein Samurai im Vollbesitz seiner Ehre. Währe er einem Dojo davongelaufen, hätte er voller Scham daherschleichen müssen. Seine einsame Anwesenheit auf der Straße war daher ein Rätsel.

Als Tomoe näher herankam, weil ihre Schritte länger waren, bemerkte sie, daß das Gewand des Jungen dem ihren glich, nur die Farben leuchteten heller. Sein Hut war, ebenso wie der ihre, in den Nacken geschoben. Sein Haar war zu einem Pferdeschwanz zusammengebunden und nach Art der Männer hochgesteckt, und er trug ein Kurzschwert oder ein langes Messer, das, gemessen an seiner Größe, dem langen Daito, den Tomoe trug, nicht unähnlich war. Jeder Zoll seiner Erscheinung wies ihn als Samurai aus. Tatsächlich bestand der Unterschied zwischen ihm und Tomoe hauptsächlich in der Größe, zumindest für einen oberflächlichen Betrachter.

Er hatte eine Faust auf die Hüfte gelegt, die andere Hand hing frei schwingend herunter, und seine Haltung verriet Entschlossenheit und Geradlinigkeit.

Als er sich den Hut auf den Kopf setzte, beschloß Tomoe, es ihm gleichzutun, da die Gluthitze des Tages ihr Hirn auszudörren drohte. Auf Tomoes Rücken wurde ein Familienwappen sichtbar, das sie als einzige Entlohnung für eine unlängst abgeleistete, kurze Dienstzeit aufgestickt bekommen hatte. Das runde Wappen zeigte zwei wilde, sich aufbäumende Wellen, die einander gegenüberstanden und in der Mitte einen Hohlraum bildeten. Es war auf weibliche Art phallisch wie viele Familienwappen.

Auf dem langen Hemd des Knaben war ein Hahn mit ausgebreiteten Schwingen zu sehen, die klauenbewehrten Füße seitwärts gestemmt, die Zunge eine Flammenlohe.

Als sie ihn eingeholt hatte, sagte sie: »Einen guten Tag, Samurai. Mein Name ist Tomoe Gozen aus Heida.«

Er nickte höflich, die Hand an das Kreuzschwert gelegt und setzte seinen Weg unbeirrt fort. Er beschleunigte seinen Schritt ein wenig, damit die größere Samurai den ihren nicht zu sehr verlangsamen mußte. Dann stellte er sich vor: »Ich bin Yabushi'take Issun'kamatoka aus dem Dorfe Ogmya.«

Tomoe war beeindruckt, obwohl sie noch nie von dem Dorf Ogmya gehört hatte. »Das ist ein sehr langer Name für einen so kleinen Samurai.«

Yabushi'take Issun'kamatoka errötete verlegen und gab widerstrebend zu: »Manchmal ... werde ich Kleiner Bushi genannt.«

»Ah, gut.« Tomoe klatschte erleichtert in die Hände. »Nun, Kleiner Bushi, was hat dich auf diese Straße verschlagen?«

»Ich bin ›Soldat auf Abruf‹«, sagte er. »Ich bin ein *Ronin.*«

Wehmutsvolles Verstehen zeigte sich auf Tomoes Gesicht. »Ach, auch ich bin eine herrenlose Samurai, obwohl ich im vergangenen Jahr hier und da eine unbedeutende Stellung gefunden habe. Ich sehe an deiner Kleidung, daß es uns beiden nicht allzu schlecht ergangen ist, oder vielleicht waren wir nicht so lange herrenlos. Ich würde dir gerne meine Geschichte erzählen.«

Weder aus Höflichkeit noch in Wahrheit konnte Yabushi vorgeben, daß er die Geschichte nicht hören wollte. Doch wenn er sie anhörte, würde das bedeuten, daß auch er verpflichtet war, die seine zu erzählen. Nach kurzer Überlegung sagte er: »Ich wäre erfreut, an deiner Geschichte teilzuhaben.«

Tomoe blickte niedergeschlagen vor sich hin und bekannte: »Es hat nicht immer so um mich gestanden. Einst diente ich einem guten Herrn, dann war ich einem schlechten verpflichtet, und seit dieser Zeit habe ich nur noch armen Herren jeweils für kurze Zeit gedient und stand häufiger auf der Straße als in Diensten. Ein bedeutender Mann verkündete mir, ich sei ein Samurai des Mikado selbst, aber ich habe seither nichts mehr davon gehört und habe also keinen Vorteil davon gehabt. Selbst ein großer Herr könnte nicht in den Kaiserlichen Tempel des Mikado hineinmarschieren und sagen, ich bitte um meine Anweisungen. So habe ich also harte Zeiten durchgemacht.

In letzter Zeit sind mir Gerüchte zu Ohren gekommen, daß der Shogun das meistgeschätzte Kind Amaterasus in die Verbannung auf eine Insel im Meer von Naipon schickt, fernab von seinen Anhängern in Kyoto. Das hat böse Folgen für mich, die man mich zum Gefolge des Mikado zählt. Leider werde ich von den Ninjabeauftragten des Shogun wie eine Verbrecherin gehetzt, obwohl er es nicht wagt, mich offen herauszufordern, da ich nicht vom Weg abgewichen bin.«

Der kleine Samurai war ebenso entsetzt wie beeindruckt von der Geschichte.

»Der Shogun ist ein ehrenwerter Mann!« widersprach er ohne große Überzeugung.

»Wir Ronin lernen nur zu schnell«, sagte Tomoe, als teilten sie ein entsetzliches Geheimnis, »daß man Ehre, ebenso wie Macht, für Gold kaufen und sich durch Ränke erhalten kann. Als Ronin verlieren wir viele Privilegien der Samurai; man sagt uns, wir besäßen weniger Ehre. Aber sind wir weniger stolz als zuvor, kleiner Bushi? Lächelt uns Amaterasu weniger huldvoll zu?« Sie schloß die Augen und wandte das Gesicht der Wärme der Sonne entgegen.

Überlegungen wie diese wurden *kikenshiso* genannt, Zweifel oder gefährliche Gedanken. Yabushi war zutiefst berührt, aber aus irgendeinem Grund nicht abgestoßen.

»Nun«, sagte Tomoe und sah wieder auf ihn hinunter, »wie kommt es, daß du dich in dieser Lage befindest?«

»Das kam so«, begann er und versuchte, ebenso wirkungsvoll zu erscheinen wie Tomoe, und wirklich sah er sehr niedergeschlagen aus. »Obwohl ich aus einer stolzen Familie mit großer Vergangenheit stamme, ist sie doch sehr arm. Nun trug es sich zu, daß viele Töchter geboren wurden. So wurde eine an ein Geishahaus in Ikiki verkauft, damit ein Dojolehrer für den Unterricht und meine Unterkunft bezahlt werden konnte. Das war vor zwei Jahren. Ich habe mich täglich bemüht, alles sehr schnell und besonders gut zu lernen. Ich war ein beispielloser Schüler, denn ich möchte nicht, daß das Opfer meiner Schwester sinnlos ist.

Ich weiß noch, daß ich sie sehr liebte, und es ist bedrückend für mich, daß ich außer der Zuneigung kaum noch eine Erinnerung habe. Mir ist aufgefallen, daß die Erinnerung der Jungen der Erinnerung der Alten gleicht, das heißt, ich fürchte, daß ich mich nicht mehr an meine Schwester erinnern kann, aber die Liebe, die ich für sie empfand, bleibt wie ein verlorener Schmetterling zurück, der nach einer fortgeworfenen oder abgerissenen Blüte sucht. Obwohl man mir versicherte, daß es grundlos sei, empfinde ich Scham für die elende Lage meiner vergessenen und doch noch immer geliebten Schwester. Also habe ich den Dojo verlassen und gehe nun, meine Schwester aus dem Geishahaus zu erlösen.«

»Und dein Dojolehrer war erfreut, dich ziehen zu sehen?«

Es dauerte eine Weile, bis Bushi seinen Mut soweit zusammengenommen hatte, zu erwidern: »Er wird es erst jetzt entdeckt haben.«

»Dann ... sind wir also beide verfolgte Samurai.«

Er zeigte unverhohlene Beschämung. »So ist es.«

»Aber aus edlem Anlaß!« sagte Tomoe, um ihn aufzumuntern. »Nur ... wie kannst du deine Schwester befreien? Was hast du zu bieten?«

Kleiner Bushi blieb stehen. Tomoe ging zwei Schritte weiter, dann drehte sie sich um und sah ihn an. Der kleine Samurai faßte in seinen Kimono und zog ein Halstuch hervor, dessen vier Ecken um ein Päckchen geschlungen waren. Er schüttelte das Tuch, und es klimperte. »Zweihundert Ryo«, sagte er.

Das überraschte Tomoe, und sie verlieh ihrem Erstaunen Ausdruck, indem sie sich ruckartig aufrichtete. »Und wie ist der Sohn der armen Hahnenfamilie an dieses kostbare Bündel gekommen?« Kaum verbarg sie ihre Gefühle des Zweifels und der Vermutungen.

»Auf ehrliche Weise«, erwiderte er entrüstet und richtete sich ebenfalls hoch auf. Er steckte das goldgefüllte Tuch in das Versteck an seinem Herzen zurück und ging an ihr vorüber. Sie gesellte sich wieder zu ihm, und er erklärte:

»Es wurde mir geschickt, als meine Großmutter zu Beginn dieses Monats starb. Sie hatte heimlich viele arbeitsreiche Jahre hindurch gespart und zusammengetragen. Es war ihr letzter Wunsch, daß diese Mittel meine Mitgift sein sollten, mit deren Hilfe ich mich bei einem landbesitzenden Herrn in Omgya verdingen sollte, wenn ich aus der Schule zurückkehren würde. Ich habe zu meiner Großmutter, die nun meine ehrwürdigste Vorfahrin ist, um Rat und Vergebung gefleht. Ich glaube, sie versteht, was ich tun muß und heißt es gut. Ich werde nicht als Herr, sondern als Ronin mein Leben fristen, aber meine Schwester wird frei sein.«

Lange gingen sie schweigend nebeneinander her. Einmal hielten sie an, um ihre Notdurft zu verrichten. Yabushi an einem Baum, Tomoe in ein Feld geduckt. Später machten sie Rast, um zu essen. Tomoe gab ihm etwas von ihren Bohnenklößen, die, in eine Bambusröhre gesteckt, zusammen mit all ihren Habseligkeiten in einer kleinen Tasche aufbewahrt wurden. Yabushi gab ihr von seinen getrockneten Pflaumen.

Die Straße führte sie über eine Anhöhe. Terrassenförmig angelegte Reisfelder wichen einem Wald. Unweit einer Stelle, an der sich die Straße gabelte – zur Linken nach Ikiki, zur Rechten, wo die Straße eine scharfe Rechtskurve beschrieb, um in irgendeine andere Stadt zu führen –, sagte Tomoe: »Kleiner Bushi, ich glaube, wir sollten uns dort drinnen verstecken.« Sie deutete auf ein Loch in einem lebenden Baum.

»Warum?« erkundigte er sich. »Noch verbleibt ein wenig Tageslicht, und ich werde sogar im Dunkeln laufen, um meine Reise abzukürzen.«

»Aber es folgen uns zwei Gestalten, die sich immer außer Sichtweite halten.«

Er fuhr herum und sah nichts. »Bist du sicher?«

»Vielleicht sind es Ninja, die meine Fährte verfolgen, aber ich habe sie zu oft gehört, darum glaube ich, daß es weniger geübte Beobachter sind. Vielleicht hat dich dein Dojolehrer früher vermißt, als du glaubtest.«

Sie duckten sich in die Baumhöhle und wurden von den Schatten und der heraufsteigenden Abenddämmerung verdeckt. Nach einer Weile kamen zwei grobschlächtige Männer auf der Straße in Sicht. Tomoe flüsterte Yabushi zu: »Kennst du sie?«

Er legte die Lippen an ihr Ohr und erwiderte: »Mein Lehrer schickt sie hinter den schlimmsten Schülern her. Er muß sehr enttäuscht sein von mir, daß er derartige Strolche nach mir schickt.«

Die Strolche hielten an, da sie das Kind und seinen Freund, die sie noch vor sich wähnten, nicht einholen wollten.

»Ich habe unseren Herrn sagen hören«, begann einer der beiden, »daß der Balg eine Tasche mit geerbtem Geld bei sich hat. Was hältst du davon, Kobaro?«

Der andere bohrte mit der Spitze seines schmutzigen Messers zwischen den Zähnen und sagte: »Ich glaube, wir können unserem Herrn erzählen: ›Armer Yabushi, wir haben nur diese durchbohrte Leiche gefunden! Ein Wegelagerer muß ihn umgebracht haben.‹«

Yabushi war drauf und dran, voller Zorn mit gezogenem Schwert (das eher ein Messer war) aus dem Loch hervorzustürzen. Aber Tomoe packte ihn am Kragen und bedeutete ihm zu schweigen.

»Was war das?«

Die beiden waren jetzt auf der Hut und spähten in den Wald. Sie entdeckten Spuren eines Durchganges und stellten fest, daß ihre Beute den Weg verlassen hatte.

»Sei vorsichtig, Kobaro! Wir wissen nicht, wer der Samurai, ist, der den Balg begleitet.«

Tomoe trat wie ein Geist aus dem Baum hervor. Ihr Schwert mähte den ersten Burschen um, während die Augen des zweiten tellergroß wurden und er sich zum Fliehen wandte. Yabushi verstellte ihm den Weg, aber der Grobian war nicht beeindruckt von einem so winzigen Bündel Wildheit. Er rannte dicht an Yabushi vorüber und schaffte den Weg bis zur Straße, bevor er feststellte, daß das Kind ihn verwundet hatte. Der Burschte legte die Hand an seine blutüberströmte Seite, dann blickte er zurück zu der großen und dem kleinen Samurei, die Seite an Seite zwischen den Bäumen standen und im Schimmer der frühen Nacht wie übernatürliche Wesen erschienen. Er brach zusammen und rührte sich nicht mehr.

Tomoe ging zu dem Toten hinüber und setzte sich neben seinem Kopf nieder. Aus ihrem Ärmel zog sie ein Stück Reispapier, einen Pinsel und eine winzige Tintenflasche hervor. Damit begann sie kleine Zeichen zu schreiben.

»Was tust du da?« fragte Kleiner Bushi.

»Es bedeutet: ›Zwei schlechte Männer versuchten, Yabushi zu töten, der in einer wichtigen Sache unterwegs ist. Yabushi wird in seinem Dojo für ihre Seelen beten, wenn sein Auftrag erfüllt ist.‹ So!« Sie befestigte die Nachricht am Kragen des Burschen. »Wenn dein Herr ein guter Mensch ist – und ich glaube, daß er das ist, trotz der Gestalten, die er beschäftigt, denn er hat dich gut unterrichtet –, wird er niemanden mehr nach dir schicken. Er wird wissen, daß du zurückkehrst.«

Yabushi ließ sich auf ein Knie nieder, legte die Handfläche auf den Schwertschaft und senkte den Kopf tief. Er sagte: »Ich stehe in deiner Schuld.«

»Wir sind durch die Freundschaft verbunden, Kleiner Bushi. Nicht mehr. Und jetzt muß ich die andere Straße einschlagen, die von Ikiki fortführt. Denn du wirst nicht mehr verfolgt, ich dagegen wohl ... meine Gesellschaft bringt dich also in Gefahr. Nimm dich in acht, mein tapferer Freund, und halte das Gold geheim.«

Bevor er widersprechen konnte, war Tomoe Gozen dort verschwunden, wo die zweite Straße abzweigte. Eine einsame Nachtigall schmeichelte noch den Blättern. Der Kleine Bushi verharrte regungslos.

Nachdem sie nun fast ein Jahr allein auf der Straße verbracht hatte, hatte sich Tomoe an die Einsamkeit gewöhnt und trauerte selten einer Freundschaft nach. Aber der Tag, den sie mit Yabushi zusammen verbracht hatte, erinnerte sie an frühere Zeiten, bessere Zeiten, als Freunde keine Seltenheit gewesen waren. Als sie ihn verließ – um seiner Sicherheit willen, nicht, weil ihr die Unabhängigkeit so viel bedeutete –, schloß sich die Niedergeschlagenheit wie ein Handschuh um sie, greifbarer als die Nacht. Sie hatte das Gefühl, ihre Füße zögen sie zu Boden. Ihre Schultern wogen zuviel. Ihr Kopf schwankte wie eine Laterne auf ihrem Pfahl.

Ein Stückchen weiter die Straße hinunter traf sie auf ein Heiligtum, das sie betrat, um Schutz für Yabushi zu erflehen, dann schlief sie die Nacht über im Freien. Am nächsten Morgen fühlte sie sich ein wenig besser, aber nicht viel.

Drei Tage hielt sie sich an der heiligen Stätte auf. Sie war lange vernachlässigt worden, daher bearbeitete sie die grasüberwachsenen Gärten zwischen dem Eingangstor und dem Tempel in der Mitte, brachte die Anlage ein wenig in Ordnung und tat, als sei sie eine Bäuerin, während sie der Shintogöttin dieser Gegend diente. Während dieser Zeit befand sie sich in Sicherheit, da nicht einmal ein Ninja ein Heiligtum mit Blut besudeln würde. Aber das war es nicht, was sie an diesem Ort hielt. Zum ersten Mal in den Monaten ihrer Reise schien es ihr, als habe die Straße die vor ihr lag, nichts anderes zu bieten, als die, die sie zurückgelegt hatte oder die Stelle, auf der sie stand. Es gab keinen Grund, weiterzuziehen.

Es gab dennoch einen Grund, weiterzuwandern, wenn auch keinen, der ihrem geistigen Bedürfnis entsprang. Sie hatte nur wenig pflanzliche Nahrung finden können und einen zähen Hasen, den sie zubereitete und weitab von dem Heiligtum verzehrte. Bei dieser kargen Nahrung würde sie sicherlich zu schwach werden. Um ihres Magens willen verließ sie die heilige Stätte am dritten Tag.

Bevor sie ein Dorf erreichte, fand sie sich vor den Toren von zwei voneinander getrennten Anwesen am Wegesrand. Beide waren einmal wohlhabend gewesen, aber das war jetzt nicht mehr so. In beiden Häusern wurde ihr gesagt, der Landbesitzer habe keine Verwendung für Gefolgsleute, und das bedeutete, er konnte sich keine leisten, oder aber man erkannte in ihr die Überlebende der Schlacht im Shigenotal und wollte sie nicht in der Nähe dulden. Immerhin gaben sie ihr kleine Münzen und wünschten ihr Glück an einem anderen Ort.

Zu Beginn ihres Wanderjahres war sie zu stolz gewesen, Geld ohne Gegenleistung anzunehmen. Aber im Laufe des Jahres hatte sie den feinen Unterschied zwischen Stolz und Dummheit gelernt.

Als die Ortschaft in Sicht kam, verweilte sie lange auf der Anhöhe und versuchte, das Gefühl der Niedergeschlagenheit abzuschütteln. Das schmucklose, altmodische Aussehen der Gehöfte im Umkreis des Dorfes trug nicht zur Verbesserung ihrer Stimmung bei. Das Dorf selbst war farbenfreudiger als gewöhnlich, es war für einen flüchtigen Augenblick geschmückt, weil eine Festlichkeit im Gange war.

Um zu verhindern, daß jemand das Zeichen, das auf ihren Rücken gestickt war, erkannte, zog sie die Jacke aus und kehrte das Innere nach Außen. Bei ihrer Ankunft schlug ihr eine Fröhlichkeit entgegen, die ihr wie eine Beleidigung ihrer eigenen düsteren Stimmung erschien. Menschen drehten die Köpfe nach ihr um und dachten, sie müsse eine Berühmtheit sein, da sie andernfalls ihr Hemd nicht als Zeichen der Unerkanntheit tragen würde. Es kam ihnen nicht in den Sinn, daß sie unerkannt bleiben wollte, weil sie eine in Ungnade gefallene Heldin war. Die Leute gingen ihr aus dem Wege, nicht etwa aus einem Gefühl der Furcht heraus, sondern um zu verhindern, daß ihr bedrückter Geist ihre Festfreude dämpfte.

Überall sah man bunte Fahnen und Zelte, und Kinder rannten schreiend und Fahnen und Papierspielzeug schwenkend herum. Es gab Buden, in denen vom Schwert bis zum Festgebäck alles verkauft wurde. Spiele wurden veranstaltet: Wettläufe, Bogenschießen, Jiu Jitsu. Wahrsager und Glücksspieler gingen in kleinen oder großen Zelten ihrem Gewerbe nach. Die Geschäfte an der Straße hatten ihre Türen weit geöffnet, und die Inhaber lehnten mit breitem Lächeln aus den Fenstern.

Es gab Musik in jeder erdenklichen Form, Tanz und Akrobaten – und, von besonderem Verdienst, ein No-Spiel, das von vier maskierten Schauspielern frei auf einer Bühne aufgeführt wurde. Das Spiel war ein Geschenk eines ungenannten Herrn an alle Dorfbewohner und Besucher. Das Stück hieß: »Der erste buddhistische Einwohner von Naipon, und Shintogötter, die ihn bestraften«. Das Thema war grausig und ungewöhnlich, Tomoe fand es noch langweiliger als die meisten anderen dieser Schauspiele, dafür aber so furchteinflößend, daß sie nicht lange zuschaute.

Über allem lag ein gewaltiger Lärm.

»Was ist das für ein Festtag?« fragte Tomoe einen Vorübergehenden, denn sie war nicht vertraut mit den örtlichen Schutzpatronen und Gottheiten.

Der Mann blieb stehen, verneigte sich mehrmals und sagte: »Das Fest des Großen Herrn, der Schreitet.« Er eilte davon, bevor Tomoe noch fragen konnte, wer dieser »Große-Herr-der-Schreitet« sein mochte, oder was es bedeutete.

Shinto- und Buddhistenpriester nickten sich freundlich zu. Herren lächelten Bauern an. Kinder durften mit Samurai auf Pferden reiten. Die Hände der Bettler erhielten freizügige Gaben, und Geishas waren freundlich zu armen Bauern. Vorgetäuschter Reichtum wurde zur Schau gestellt, wenn nicht gar wirklicher Reichtum, und überall herrschte Freude.

Tomoe wäre vielleicht von dem ganzen vergnügten Treiben angesteckt worden, und die Schwermut ließ von ihr ab, aber diejenigen, die sie an die Last ihres Schicksals erinnern sollten, waren nah. Sie entdeckte einen Schatten, der über die Dächer der Läden und Häuser huschte. Ninja befanden sich in der Nähe.

Sie spürte einen weiteren auf. Es war, als wollten sie von ihr gesehen werden, als hätten sie aus einem Gefühl der Achtung heraus den Wunsch, sie wissen zu lassen, daß ein Entscheidungskampf bevorstand. Gewiß hatte sie ihre Achtung verdient, da sie zuvor einige Ninja getötet hatte. Aber vielleicht wurden sie auch von anderen Motiven getrieben. Sie mußten durch die Berichte und das Schicksal der anderen wissen, daß sie Wurfscheiben durch die Luft sausen hörte und daß sie sie im Flug mit der flachen Seite ihres Schwertes ablenken konnte. Aber hier, auf einer belebten Straße, würde sie das nicht wagen, denn es konnte geschehen, daß Kinder von den abgelenkten Stahlsternen getroffen wurden. Und wenn die Spitzen vergiftet waren, was sicher der Fall war, konnte schon ein kleiner Kratzer einen unschuldigen Bauern töten.

Sie tat, als habe sie sie nicht bemerkt, obwohl sie sicher wußten, daß sie sie gesehen hatte. Wenn sich zwei gezeigt hatten, mußten es vier sein. Sie begann zu lächeln, nicht aus wahrem Vergnügen, sondern, um sie irrezuführen und weil sie sich als irgendwie verschlagen empfand. Die Ninja arbeiteten mit Listen, also mußten sie sich einer wirksameren List bedienen. So tat sie, als bereite ihr das Fest Vergnügen und blieb vor einer Bude stehen, in der armselige Waffen feilgeboten wurden.

»Wieviel kostet dieser Speer?« fragte sie, und der Verkäufer fuhr erschrocken auf. Niemals sahen Samurai seine einfach gefertigte Ware auch nur an. Er nannte einen niedrigen Preis, was er noch für keinen getan hatte, und dennoch bedurfte es aller Münzen, die sie besaß. Sie verneigte sich wie aus Dankbarkeit, und der Verkäufer war geschmeichelt. Später machte er großes Aufhebens davon, daß »jeder Samurai« seine Waren kaufte.

Sie schlenderte zu einem Platz, auf dem Wettspiele veranstaltet wurden. In der Hoffnung auf einen Preis zahlten Leute dafür, Pfeile auf ein Ziel abzuschießen. Sie waren sehr schlecht. Tomoe wandte sich an die Frau, die die Pfeile austeilte:

»Ich bin heute mittellos, und ich würde ohnehin nicht um irgendwelcher Preise willen an dem Wettbewerb teilnehmen. Aber es würde mir ein Vergnügen sein, Euer Geschäft mit einer Darbietung zu heben.«

Erfreut gab die Frau der Samurai einen Bogen und drei Pfeile und hielt aus Gefälligkeit Tomoes kürzlich erworbenen Speer.

Tomoe nahm sich kaum Zeit zu zielen und traf ins Schwarze. Sofort sammelten sich einige Leute um sie und sahen zu, wie sie den zweiten Pfeil sehr sorgfältig auflegte. Sie erwarteten, daß sie den ersten Pfeil spalten würde, ein seltenes Kunststück. Aber sie setzte sie in Erstaunen, indem sie sich rasch nach links drehte und mit einer schnellen Bewegung in eine scheinbar völlig zufällige Richtung schoß.

Ein Ninja schrie auf und stürzte vom Dach eines nahe gelegenen Gebäudes.

Die Hälfte der Anwesenden warf sich nieder und drückte das Gesicht auf den Boden. Die übrigen blickten sich um, ohne zu verstehen, was vorging. Tomoe wirbelte herum und schoß den dritten Pfeil ab, aber der Ninja sprang auf, schlug einen Salto und landete mit den Füßen auf dem benachbarten Gebäude. In der Hand hielt er den Pfeil. Alle, die es gesehen hatten (eingeschlossen Tomoe), waren beeindruckt, obwohl selbst Bauern die Ninja nicht mochten.

Ein berittener Samurai saß aufrecht auf seinem Pferd, er wußte genug über Ninja, um zu erkennen, daß *ihm* keine Gefahr drohte. Er trug sein Schwert auf seltene, altmodische Weise: auf dem Rücken. Und es blieb in seiner Scheide. Er mischte sich nicht ein, sondern sah nur zu.

Sie hing den geliehenen Bogen über die Schulter, dann riß sie der staunenden Frau den gekauften Speer aus der Hand und stieß sie aus dem Gefahrenbereich. Auf den Dächern standen zwei Ninja, ein dritter saß in einem Baum. Von jedem von ihnen surrte eine sternförmige Wurfscheibe auf Tomoe zu. Alle drei trafen den hölzernen Griff des Speeres und blieben stecken.

Sie hatten geglaubt, sich ihre Rücksichtnahme, ihre Unfähigkeit, Pfeile und Sterne in eine Menge abzulenken, zunutze machen können. Sie hatte sie überlistet.

Augenblicklich folgten drei Wurfpfeile. Tomoe riß den Speerschaft hoch und nieder. Die Pfeile durchschlugen ihn, ihre Spitzen waren schwarz von schnell wirkendem Gift. Inzwischen war die Straße übersät mit zu Boden geworfenen, zitternden Körpern. Die Menschen, die eben noch Späße getrieben hatten, sahen ängstlich auf, halb neugierig, halb furchtsam. Der fröhliche Lärm war verstummt. Tomoe lief durch die hingestreckten Körper, und sie führte einen seltsamen Tanz auf, um nicht auf die Liegenden zu treten, während sie sich nach rechts und links drehte, um die Vielzahl von kleinen, vergifteten Waffen mit dem Speerschaft aus weichem Holz aufzufangen. Sie kamen in rascher Folge von drei Stellen aus geflogen, aber sie fing sie alle, Geschosse von unterschiedlicher Form, die meisten aber sternförmig, Wurfsterne, bis der Speergriff so voll war, daß er keine mehr aufnehmen konnte. Mittlerweile war der Vorrat der Ninja erschöpft, und Tomoe war auf einem kleinen Platz zwischen zwei Gebäuden angelangt und verschwand.

Der Ninja im Baum gab den anderen durch Winken und Pfeifen Zeichen. Sie sprangen von den Gebäuden zu Boden und rannten auf die Stelle zu, an der Tomoe verschwunden war. Sie trat aus einer Gasse hervor, wieder hatte sie sie an der Nase herumgeführt. Ihre linke Hand war mit Wurfscheiben gefüllt, die sie von dem Speer abgezogen hatte, mit der Rechten ließ sie sie, einen nach dem anderen, über den Kopf und zur Seite sausen.

Der erste Ninja wurde im Gesicht, am Bauch und am Knie getroffen. Einige Scheiben steckten in dem Baum, wo der Anführer der Ninja ihnen entkommen war. Als der erste Ninja verwundet zu Boden fiel, war der hinter ihm stehende bereits mit einem erstaunlichen Satz auf einen Zaun und von da aus wieder auf ein Hausdach gesprungen.

Der Ninja im Baum hatte sich inzwischen von einem Ast auf ein Haus und von da auf ein anderes Haus geschwungen, so daß sich die beiden aus verschiedenen Richtungen näherten. Tomoe konnte sie von der engen, von Mauern umsäumten Gasse aus nicht sehen.

Eine Rauchbombe wirbelte durch die Luft und fiel hinter ihr zu Boden. Sofort war das Gäßchen von giftigem Rauch erfüllt. Hustend taumelte sie heraus, taumelte absichtlich, um sich den Anschein zu geben, daß sie verwundbarer sei, als es in Wirklichkeit der Fall war. Sie sah aus, als würde sie jeden Augenblick vornüberstürzen, aber sie riß ihren Körper unerwartet herum und verhinderte so nicht nur den Sturz, sondern verschaffte sich auch eine günstige Ausgangsposition, um den Speer nach dem näher stehenden Ninja zu schleudern.

Er sprang so schnell zur Seite, daß der Speer ihn nicht in die Brust traf, aber er durchbohrte dennoch die Muskeln seines Unterarmes. Er bohrte sich so tief hinein, daß giftgetränkte Splitter von dem pfeilbesetzten Holzgriff in seine Wunde gelangten. Unter der Wirkung des starken Giftes verdrehte er die Augen und fiel bewegungslos auf ein Vordach.

Der letzte Ninja war zu weit entfernt, um gezielt mit Scheiben zu werfen, sofern er noch Wurfscheiben zurückbehalten hatte, und das war immerhin möglich. Tomoe besaß selbst noch zwei, die sie von dem kraftvoll geschleuderten Speer abgerissen hatte. Außerdem hatte sie noch den Bogen vom Wettschießen. Es war eine armselige Waffe, und es standen ihr keine Pfeile zur Verfügung, aber sie hatte einmal auf einem Schlachtfeld ein Kunststück beobachtet, das im Augenblick ihre einzige Hoffnung zu sein schien. Der Ninja war im Begriff, eine Art Blasrohr anzusetzen, und sie befand sich sicherlich in seiner Reichweite.

Tomoe rollte auf den Rücken, stemmte die Füße gegen den Bogen und hielt die Schnur in beiden Händen. Mit jeder Hand hielt sie eine Wurfscheibe in die Schnur gespannt. Als sie losließ, schnellte die Schnur vor und traf ihre Füße, aber die Scheiben sausten auf den Ninja zu. Sie wären auf beiden Seiten an ihm vorübergeflogen, hätte er sich nicht bewegt, aber das konnte er nicht wissen. Hätte er sich nach links geworfen, so hätte ihn die linke Scheibe getroffen. Aber er zuckte nach rechts, und die rechte Wurfscheibe bohrte sich zur Hälfte in seinen Hals.

Er stand lange taumelnd da, unter seiner Stoffmaske waren nur Augen und Lippen zu erkennen. Er kämpfte gegen das Gift und die Verwundung an und hob das Blasrohr an die Lippen. Aber seine Lungen waren mit Blut gefüllt, so tief war die Scheibe eingedrungen, und als er den Pfeil blies, flog er nur ein kurzes Stück. Das Blut, das durch das Röhrchen schoß, hatte ihn gehemmt.

Über Tomoe, die noch auf der Straße lag, fast, als wolle sie sich ausruhen, stand der berittene Samurai. Er blickte mit freundlichem Gesicht auf sie herab, in seinem Blick lag vielleicht ein wenig Schwermut oder Leere. Er schien wohlhabend zu sein. »Ich bin beeindruckt«, sagte er. »Ich hatte erwartet, daß du sterben würdest.«

Tomoe erhob sich und klopfte sich den Staub ab. Ein in der Nähe stehender Bauer nahm sich die Freiheit, ihren Rücken zu säubern, er hatte den Wunsch, eine Heldin zu berühren, wer sie auch sein mochte. Der berittene Samurai fuhr fort: »Wenn du einen Freund oder eine gute Stellung suchst, so folge mir.« Er lenkte sein Pferd herum und blickte in der Erwartung, daß sie ihm folgen würde, zurück. Sie rührte sich nicht. »Komm«, sagte er mit einem herrischen Anflug in der Stimme. Er rechnete nicht damit, daß ein Ronin sich ihm widersetzte.

Wahrlich, Tomoe konnte eine gute Stellung gebrauchen, aber sie erwiderte: »Ich brauche keinen Freund, der zuschaut, und abwartet, wie ich sterbe.« Damit entfernte sie sich.

Nach kurzer Zeit fühlte sie sich durch die Aufmerksamkeit

übereifriger Menschen belästigt. Sie war das Gespräch und das Geheimnis des Festes. Um ihnen zu entkommen, schlüpfte sie in ein *Kodan*haus.

Die Kodangeschichten, Geschichten vom Krieg, waren bereits im Gange, als sie auf der Flucht vor der aufdringlichen Menge hineinschlüpfte. Sie trat unbemerkt ein, denn die jungen Samurai, die den größten Teil der kleinen Zuhörerschaft ausmachten, waren gefangen von der Geschichte des älteren Samurai.

Es war eine der ältesten Sagen, sie handelte vom zwölften Sohn des Mikado. Tomoe war überrascht über die Art, wie sie hier dargestellt wurde, einfühlsamer als erwartet.

Sie ließ sich im Hintergrund auf die Knie nieder. Der Hut beschattete ihr Gesicht, das lockere, bunte Gewand verbarg ihre Gestalt, und so unterschied sie sich nur wenig von den männlichen Anwesenden, einer bartlosen, jungen Gesellschaft; und doch hätte jeder, der näher hingesehen hätte, erkannt, daß es sich hier um eine Person handelte, die älter, erprobter und von größerer Würde war. Auch verbarg das Gewand nicht vollständig ihre weiblichen Formen, sollte es auch nicht. Aber die Zuhörer waren durch das, was sie hörten, abgelenkt.

Der alte, geschichtenerzählende Samurai war kräftig für seine Jahre. Seine Bewegungen waren zwar langsam, als schmerzten seine Knochen, jedoch voller Armut. Er unterstrich seine Erzählung durch entsprechende Handbewegungen, deutete auf einen Tänzer, einen Schwerstoß, einen Bettgenossen an. Die jungen, sexuell unerfahrenen Samurai waren besonders gefesselt von der anzüglichen Natur einiger Teile seiner Erzählung, und ohne Zweifel war dies und nichts anderes der Grund für die Vorliebe von einigen von ihnen für dieses Kodanhaus. Aber der Erzähler war auch auf anderen Gebieten bewandert, sein faltenüberzogenes Gesicht furchte sich oder streckte sich, um eine Vielzahl von verschiedenen Gestalten seiner Geschichte nachzuahmen.

»Yamato-Dake kam also allein auf die Insel Kiushiu«, fuhr er fort, »und erkannte, daß es schwierig sein würde, die Mauern der bewachten Burg zu überwinden. Die aufständischen Verschwörer waren ihrer viele, und er war nur ein einziger, und die Frage war, wie er in den Hauptpalast eindringen konnte, um Nomonaka, den eingeschworenen Feind des Mikado, zu erschlagen.

Yamato-Dake entschloß sich, eine Verkleidung zu wählen, der selbst der wachsame Nomonaka nicht mißtrauen würde.

Der junge Prinz war noch nicht siebzehn Jahre alt, als er sich anschickte, die Beleidigung seines Vaters zu rächen, und war doch schon ein berühmter Held. Er hatte den Körper eines heiratsfähigen Burschen, sehr schlank, aber mehr weich und geschmeidig als eckig. Ihm wuchs noch kein Bart, und die Frauen am Hofe seiner Eltern beneideten ihn um seine Schönheit und Anmut.

So begab er sich in das Geishahaus des nahe gelegenen Dorfes, wo ihn die kenntnisreichen Damen umschwärmten und bewunderten und um seine Gunst wetteiferten. Bescheiden sagte er zu ihnen: ›Ihr vortrefflichen Schönen, ich bin eurer Beachtung nicht würdig, und, oh, weh und ach, ich habe der Gottheit meines Herrn zwei Wochen Enthaltsamkeit gelobt. Ich möchte euch jedoch um einen Gefallen bitten.‹

Die Geishas konnten ihre Neugier kaum bezwingen. ›Mein Wunsch‹, sagte Yamato-Dake, ›ist es, ein Gewand aus eurem Bestand an hübschen Kleidern zu besitzen.‹

Die Damen kicherten aufgeregt, waren aber nicht überrascht, denn ihnen war bereits der Gedanke gekommen, daß Yamato-Dake sich als Mädchen ebenso hübsch ausmachen würde wie als Knabe. Sie suchten das gewagteste Tänzerinnenkostüm für ihn aus und schminkten ihn zierlich, und Yamato-Dake fand großen Gefallen daran. Dann verließ er die lachenden Damen, die ihn baten, zurückzukehren, wenn seine zwei Wochen vorüber sein würden, damit sie ihm die Freuden zeigen konnten, die Geishas mit Geishas teilen. Es mag angenommen werden, daß sie ihn so sehr baten, weil sie sich nach seiner Schönheit sehnten. Aber sie mußten wohl auch ungeheuer neugierig sein, welche Art von Eroberungen der gegenwärtig so weibliche

Prinz wohl machen würde, da er sich doch im Zölibat befand und so jungfräulich und liebreizend aussah.

Prinz Yamato erreichte das Eingangstor, wo ein wachsamer Posten stand und bedrohliche Gebärden gegen die Dunkelheit machte. Yamato-Dake trat in den Schein der Fackel und stampfte mit dem Fuß auf, während er mit der Stimme eines hochmütigen Mädchens sagte: ›Ich will deinen Herrn sehen!‹

Der Wachposten maß das Mädchen mit den Blicken und fand es anziehend. Yamato-Dake war von außerordentlicher Schönheit, das kann nicht oft genug gesagt werden. Der Wächter fragte das angebliche Mädchen, was es so spät allein zur Festung führte.

›Ich bin eine Tänzerin aus Kuji‹, sagte Yamato-Dake, denn damals schon waren die Tänzerinnen von Kuji berühmt, ›und ich bin auf der Wanderschaft zu Ehren der Gottheit meines Herrn. Ich bin weit gelaufen, und ich wünsche, im reichsten Hause dieses Landes zu schlafen.‹

Der Wachposten lachte über ihre Vermessenheit. Der verkleidete Prinz sagte: ›Ich kann mir die Unterkunft dieser Nacht durch meinen Tanz verdienen.‹ Dann begann Prinz Yamato ein wenig zu tanzen, um es dem Wächter zu beweisen. Er war sehr beeindruckt und dachte bei sich: ›Das Mädchen wird meinem Herrn Vergnügen bereiten.‹

Also führte der Wachposten die Tänzerin in die innersten Gemächer der Festung. Dort reichten junge Geishas Sake und spielten Samisen. Yamato-Dake sah auch, daß sich feindliche Kriegsherren von verschiedenen kleineren Inseln versammelt hatten.

Der Wachposten verneigte sich unterwürfig vor seinem Herrn und erbat sich eine Belohnung dafür, daß er die süßeste Blume von Kuji zu ihm geführt habe. Tatsächlich war der Herr überwältigt, denn die Tänzerin aus Kuji erschien ihm sehr lieblich. Er belohnte den Wachposten mit allen anderen Geishas, und dieser begab sich mit ihnen an einen anderen Ort im Schloß.

›Tanz uns etwas vor‹, befahl Herr Nomonaka, und der Prinz tanzte anmutig wie ein süßes Mädchen. Tanzen unterschied sich nicht wesentlich von der Kunst des

Schwertkampfes, und Yamato-Dake hatte beides gelernt, das letztere von seinem Vater, das erstere von seiner Mutter.

So wunderbar tanzte Yamato-Dake, daß er die Herzen vieler der Kriegsherren für sich einnahm, besonders aber das Herz Nomonakas. Die Flammen der Leidenschaft schlugen hoch in Nomonakas Herzen, so daß, als der Tanz beendet war, er die Schönheit ungestüm an seine Brust zog.

›Komm jetzt mit mir!‹ forderte er. Die Tänzerin kicherte und errötete und wehrte sanft ab, indem sie sagte: ›Ich kann nicht. Das habe ich noch nie getan.‹

Als er diese Worte der Unschuld vernahm, loderten die Flammen noch heller in Nomonaka, und er schickte seine neidischen Besucher fort und zog die Tänzerin in seine privaten Gemächer. Dort drückte er seine Beute auf eine weiche Grasmatte nieder, schlang die Arme um die geschmeidige Schöne und hielt sie fest an sich gedrückt. Er verlangte, daß die Tänzerin ihn ebenso umarmen solle. Yamato-Dake gehorchte und schlang seine starken Arme um Nomonaka. Das scheinbare Mädchen begann zu drükken.

Zuerst lachte der Herr über die überraschende Bärenumarmung der Tänzerin. Aber dann bekam er keine Luft mehr und begann, sich zu wehren. Er drückte seinerseits zu, und es wurde eine Art Wettkampf daraus, den Herr Nomonaka nicht gewann.

Entsetzen stand Nomonaka ins Gesicht geschrieben, sein Gesicht, das rot war vom Blut, das in seine Adern gepreßt wurde. Er spürte, wie sein Herz stillstand und das Leben ihn verließ.

Kurz darauf lief Yamato-Dake zu den Räumen der Gäste. Es waren dies die Anführer, die sich gegen den zwölften Mikado verschworen hatten. Sie scharten sich um das vermeintliche Mädchen und begrüßten es. Sie war in Tränen aufgelöst, sagte, sie sei von dem grausamen Nomonaka furchtbar mißbraucht worden und habe ihm daher einen Krug auf den Schädel geschlagen und ihn bewußtlos zurückgelassen.

Einer der Kriegsherren rannte fort, um nachzusehen. Er kehrte bald zurück und berichtete: ›Es ist wahr, er liegt bewußtlos auf der Matte. Er wird wütend auf dieses schöne Kind sein und sie umbringen lassen, und das wäre schade.‹

Die Schöne warf sich auf die Knie und flehte um Beistand, und da die Herren Mitleid empfanden, steckten sie Yamato-Dake in einen Sack, den sie zum Tor brachten. Die Wachposten waren überrascht, daß die Kriegsherren schon so bald aufbrachen, wagten aber nicht, ihnen den Weg zu versperren. Einer der Wächter, der eine Verschwörung ahnte, lief zu seinem Herrn, um ihm mitzuteilen, daß die Anführer im Schutze der Dunkelheit das Weite suchten.

Obwohl keine Wunde an ihm zu entdecken war, konnte Herr Nomonaka nicht geweckt werden, so schloß also der Wächter, daß sein Herr nicht schlief, sondern tot war. Er löste Alarm aus.

Nomonakas treue Gefolgsleute verfolgten die Kriegsherren, und es kam zu einem Handgemenge an einer Kreuzung, das Yamato-Dake vom Inneren des Sackes aus verfolgen konnte.

Als der Kampf vorüber war, öffnete jemand den Sack, und es war einer der Kriegsherren. Sie hatten alle Männer aus der Festung getötet und nur einen der ihren verloren. Aber sie waren erzürnt, da sie im Laufe des Kampfes erfahren hatten, daß Nomonaka getötet worden war.

›Sie haben geglaubt, wir hätten ihn getötet‹, beklagte sich derjenige, der den Sack geöffnet hatte. ›Aber du warst es, und wir glauben nicht länger, daß es ein Versehen war. Wir werden dich jedoch laufenlassen, wenn du uns hier auf der Straße reich dafür belohnst, daß wir das Leben einer Mörderin gerettet haben!‹

Yamato-Dake erlaubte dem ersten Kriegsherren, sie zu umarmen und stahl im selben Augenblick das zweischneidige Schwert des großen Mannes und tötete ihn. Die anderen kämpften mutig und geschickt, fielen aber unter dem Schwert, das von dem vermeintlichen Mädchen geführt wurde.

Der letzte von ihnen starb qualvoll langsam, aber es gelang ihm, hervorzubringen: ›Dame, Ihr seid großartig!

Ich würde gerne Eure Wange an meiner spüren, bevor ich sterbe!‹

Und indem er diesen letzten Wunsch erfüllte, legte Yamato-Dake seine Wange an die des sterbenden Mannes und ließ ihn mit der Leidenschaft eines Liebenden aus dem Leben scheiden.«

Als diese Geschichte beendet war, waren die jungen Samurai tief bewegt; denn sie selbst waren hübsche Burschen voller Träume von Heldentaten, und sie waren einander mehr zugetan als irgendeinem Mädchen. Sie waren des Lobes voll für den alten Kodanerzähler und baten ihn um eine weitere Geschichte. Er fühlte sich geschmeichelt, ein wenig hochmütig und in noch anzüglicherer Stimmung als zuvor.

»Jetzt will ich euch eine Geschichte erzählen, die der ersten in gewissem Sinne gleicht«, sagte er, »die Geschichte von Tomoe Gozen, die – ähnlich wie der Prinz, der eine Frau spielte – ein Krieger wurde, so daß sie einen Mann spielen und alle Geishahäuser in Naipon erobern könnte.«

Die jungen Samurai stimmten ein stürmisches Gebrüll an, doch plötzlich herrschte Schweigen. Mitten unter ihnen stand ein kühner, starker Samurai. Auch wenn sie nicht die richtige Seite ihrer Jacke nach außen gekehrt und ihr Wappen enthüllt hätte, auch wenn sie nicht bereits Vermutungen über die Identität der geheimnisvollen Samurai angestellt hätten, die zuvor vier Ninja erschlagen hatte, auch dann hätten sie an ihrem Zorn erkannt, wer sie sein mußte.

Der Geschichtenerzähler wurde bleicher als alle anderen, denn er war kein junger Bursche mehr, dem man leichtsinnige Schmähungen hätte nachsehen können.

Die Gunst ist eine launische Göttin, und leicht konnte der hochgelobte Held der Erzählungen des einen Jahres im nächsten Jahr in Ungnade fallen. Seit dem Tod von achttausend Samurai im Shigenotal – viele von ihnen durch Tomoes Hand erschlagen, die einem fremden Herrn diente –, war Tomoe zur Zielscheibe verächtlicher Witzeleien geworden, die nur notdürftig die dahinter versteckten Feindseligkeiten überdeckten. Aber der Stolz eines Samurai ist groß, und selbst diese Jünglinge wußten, daß sie einen

Fehler begangen hatten, dem Scherz des alten Mannes Beifall zu spenden. Sie waren nicht überrascht, daß Tomoes Schwert durch ihre Reihen fuhr, noch bevor sie Atem holen konnten – sie wunderten sich lediglich, daß die vielen flinken Streiche, die ihre bartlosen Wangen mit einem Lufthauch küßten, sie nicht getötet hatten.

Es dauerte einen Augenblick, bevor ihnen klar wurde, daß alle ihre stolzen Haarflechten ein Opfer von Tomoes Schwertstreichen geworden waren.

Das Haar des Geschichtenerzählers war so dünn, daß es nicht wert war, abgeschnitten zu werden, aber sie sagte zu ihm: »Großvater, auf deiner Schulter sitzt eine Spinne.« Er warf einen raschen Blick auf seine Schulter, wo er keine Spinne, sondern sein Ohr erblickte, das so schnell und sauber abgetrennt worden war, daß er weder den Schlag gesehen noch den Schmerz gespürt hatte. Er schnappte nach Luft, und seine Hand fuhr an die blutende Wunde, die er mit dem Hemdärmel stillte.

Tomoe Gozen trat auf die Straße hinaus, die ihr noch düsterer als zuvor erschien.

Am Morgen begegnete sie Yabushi. Kurze Zeit, nachdem sie das Kodanhaus verlassen hatte, hatte Tomoe das Lager von vier Gefolgsleuten eines Herrn ausfindig gemacht, dessen Wappen ihr unbekannt war und dessen Namen sie nicht nennen wollten, aber es schien ein reicher Herr zu sein, denn er kleidete seine Samurai gut. Tomoes Wappen war wohlbekannt, und nun, da sie ihr Hemd richtig trug, flüsterten die Samurai untereinander und gingen ihr aus dem Weg.

Seltsamerweise waren sie alle mit einem altmodischen zweischneidigen Schwert bewaffnet, das sie in einer schweren Scheide auf dem Rücken trugen. Das war so ungewöhnlich, daß Tomoe nur vermuten konnte, daß es sich um die Gefolgsleute des Mannes handelte, mit dem sie am Vortag eine kurze Auseinandersetzung gehabt hatte. Es war kein Herr gewesen, aber vielleicht der Günstling irgendeines Herrn, und er trug ebenfalls das Schwert auf dem Rücken. Sie hatte nicht erkannt, ob es ebenfalls zweischneidig war.

Diese vier weilten vor allem in dem Dorf, um in einer Darbietung auf dem Fest ihre Geschicklichkeit unter Beweis zu stellen. Tomoe hätte gern die zweischneidigen Schwerter in Aktion gesehen (der sagenumwobene Yamato-Dake hatte ein solches Schwert benutzt, sie waren allerdings seit jenen Tagen längst überholt), aber ihre Träger waren so abweisend, daß sie nicht die Absicht hatte, ihrer Darbietung beizuwohnen.

Nachdem sie nur die notwendigsten Worte gewechselt hatten, erlaubten sie ihr, die Nacht in ihrem Lager zu verbringen; aber da ihre Identität bekannt war, wurde ihr nur so viel Aufmerksamkeit entgegengebracht, wie unumgänglich notwendig war. Sie hätte das Frühstück mit ihnen teilen können, da das zu den unumgänglichen Höflichkeiten unter Samurai gehörte, aber sie entschloß sich, sich nicht weiter aufzudrängen. Ihr gesamtes Gebaren war weniger als einladend gewesen.

Tomoe stand früher auf als die anderen und begab sich im Dunkeln, auf einer Straße, die am Tag zuvor belebt gewesen war und es bald wieder sein würde, an ihre Körperübungen. Fahnen flatterten unsichtbar in der Dunkelheit, während sie ihre Muskeln streckte und beugte und anmutige Angriffe übte, die niemand in dem verblassenden Sternenschein sehen konnte. Gegen Sonnenaufgang stieg ihr der Geruch von Feuer in Hibachis und Feuerstellen und von Töpfen voll Fleisch und Reis in die Nase; aber sie schob den Gedanken an Hunger von sich.

Nach den Übungen, in denen sie ihren Körper über das gewohnte Maß beansprucht hatte, schritt sie langsam zum Rande des Dorfes und ließ ihren Körper abkühlen. Sie hielt sich vom Festtreiben und dem jetzt stillen Ort fern und sah zu, wie Amaterasu aus den entfernten Bergen und niedrigen Wolken aufstieg, so wie einst Naipon am Anfang der Zeit aus dem Urschlamm aufgestiegen war.

Als sie auf die Straße zurückkehrte, tummelten sich dort Frühaufsteher, die ihre Ausstellungsstände und Buden vorbereiteten, ihre Ladentüren und Fensterläden öffneten, den Pferden Futter brachten und in Angelegenheiten von unbestimmter Dringlichkeit hierhin und dorthin eilten. Ärmere Besucher, die ihr unbequemes Lager außerhalb des Ortes aufgeschlagen hatten, strebten mit steifen Gliedern der Feststraße zu und schienen enttäuscht darüber zu sein, daß sich an diesem letzten Tag noch nichts tat. Es herrschte noch keine rege Geschäftigkeit auf der Straße, aber doch genug, um die Zurückgezogenheit, die Tomoe vor dem Sonnenaufgang genossen hatte, vollkommen zu zerstreuen.

Und dann entdeckte sie Yabushi an einem Ort, an den er nicht hingehörte.

Das Samuraikind stand in einem umzäunten Hof, von sechs lachenden, rohen Burschen umringt. Sie sahen aus, als gehörten sie ebenfalls der Klasse der Samurai an, waren aber schmutzig und ungehobelt. Es waren *Sanzoku*, die weit unter den Ronin standen – Schurken, die von ihrem Bushido abgeirrt waren. Burschen wie diese waren einander durch ihr Mißgeschick und ihre Niedertracht verbunden. Sie beschmutzten den Namen der Samurai.

Kleiner Bushi hatte sein Kurzschwert hoch erhoben und hielt sie drohend von sich fern. Er maß seine Gegner mit den Blicken. Seine Füße bewegten sich mit rascher, ruhiger Leichtigkeit. Mit dem Rücken stand er gegen einen Baum. Seine Deckung war vollkommen.

»Komm schon«, sagte einer der Sanzoku mit rauher, gemeiner Stimme. Er stützte sich auf sein Schwert. »Wir haben dich im Geishahaus belauscht. Du sagtest, du hättest Gold, um ein Mädchen zu kaufen. Gib es uns. Du bist zu jung für eine Geisha, und wir haben bessere Verwendung für dein Geld.«

Als Antwort schnellte Yabushi vor und dann wieder zu seinem Baum zurück. Einer der sechs heulte auf, und seine Hand fuhr an seine Lenden, denn der aufwärtsgerichtete Schlag des kleinen Schwertkämpfers hatte bis zu den Leisten gereicht und den verachtungswürdigen Sanzoku entmannt. Er fiel zu Boden, wälzte sich gepeinigt herum und beklagte seinen besten Teil.

Die anderen fünf, beeilten sich, ihre Schwerter zu ziehen, Racheschwüre auf den Lippen und in den Blicken, wütend über die Erkenntnis, daß der kindliche Hahn Sporen trug.

In diesem Augenblick stieß Tomoe einen Fluch aus und schmähte diejenigen, die sich gegen einen einzigen Kleineren zusammenrotteten. Da sie einen Angriff aus der Hinterhand vermuteten, gerieten die fünf Sanzoku lange genug aus dem Gleichgewicht, daß Yabushi zwischen ihnen hindurchschlüpfen und zu Tomoe laufen konnte.

Die fünf Sanzoku, die noch aufrecht standen, waren wenig davon angetan zu kämpfen; denn sie waren im Grunde feige, und Tomoes Schwert und Gesicht neben dem des Kindes mißfiel ihnen. Aber der sechste Sanzoku, der auf der Seite am Boden lag und sich zu einer Kugel zusammengekrümmt hatte, blickte in seiner Pein auf und schrie: »Eineinhalb gegen fünf! Wir sind im Vorteil!«

Solcherart ermutigt, setzten die erbarmungslosen Rohlinge ihren Angriff fort. Tomoe und Yabushi standen Rükken an Rücken. Ohne Zweifel konnten in diesem Fall zwei gegen fünf erfolgreich bestehen, denn Samurai werden nicht eben aufgrund ihrer überragenden Fähigkeiten und ihres Mutes zu Sanzoku. Aber Yabushi und Tomoe hatten keine Gelegenheit, den Beweis anzutreten.

Eine Wandernonne, die Tomoe nie zuvor gesehen hatte, warf sich mit ihrem Stock in das Getümmel. Sie trug einen Heroldsrock mit Gebetsinschriften über dem Kimono, Gelb auf Rot, und ging barfuß. Ihr Stock diente ihr als *Bo,* ein Kampfstab, der waagerecht in beiden Händen gehalten wird. Sie schlug zwei der Sanzoku auf den Hinterkopf, bevor sie noch bemerkten, daß jemand sich von hinten näherte, und sie sanken wie ein Mann bewußtlos zu Boden. Zwei andere wandten sich hastig nach ihr um, aber das Ende ihres Stabes traf zur Rechten, traf zur Linken, und die beiden Sanzoku taumelten zurück und rannten mit eingeschlagenen Schneidezähnen davon. Der fünfte war zu dem Sanzoku geeilt, den Yabushis Schwert zuvor getroffen hatte, und er war ihm bei der Flucht vor der buddhistischen Nonne mit dem Stab behilflich.

Als das vollbracht war, stand die Frau, stolzerfüllt über

ihr Werk, mit gespreizten Beinen fest auf ihren bloßen Füßen und trug ein fast einfältig gutgelauntes Grinsen auf ihrem kühnen, sonnengebräunten, strahlenden Gesicht zur Schau. Ihr *Bo* war wieder zum einfachen Spazierstock geworden, die Spitze auf die Erde gestemmt, und sie sah aus, als könne sie keiner Fliege etwas zuleide tun.

Yabushi beklagte sich: »Wir hätten deine Hilfe nicht gebraucht! Wir hätten sie selbst überwältigen können!« Er trat nach einem der beiden Bewußtlosen, die von ihren Freunden im Stich gelassen worden waren.

»Ich glaube dir«, sagte die Nonne zu dem Jungen, und ihr Lächeln wurde noch breiter. »Aber eure Schwerter hätten die Tölpel getötet, mein Stab straft nur ein wenig.«

Tomoe legte die Hand auf Yabushis Schulter, denn er wurde von Wut geschüttelt. Diese Einmischung beleidigte seine Kraft und die Kraft seiner Freundin Tomoe. Sie verletzte seinen Samuraistolz. Er hatte gelernt, daß nur Kinder und Frauen Hilfe benötigten. Aber Tomoe sagte: »Sie hat nicht uns geholfen, Kleiner Bushi. Sie hat ihnen geholfen.«

Yabushi war besänftigt.

Nun erwies es sich als schwierig, die Nonne, die ihren Namen ungefragt als Tsuki Izutsu angab, wieder loszuwerden. Sie heftete sich Tomoe und Yabushi an die Fersen und stellte ihnen gezielte Fragen über den Glauben. Dabei erfuhr sie, daß Yabushis Lehrmeister seine Schüler sowohl im Shintoismus als auch im Buddhismus unterwies und für beide einen Reliquienschrein im Dojo errichtet hatte. Das erschien der Nonne angemessen, wenn nicht gar vollkommen. Tomoe jedoch war dem Buddhismus nicht wohlgesonnen, und Tsuki Izutsu schien es sich in den Kopf gesetzt zu haben, Tomoe den richtigen Weg zu weisen.

»Zen ist sehr verbreitet unter den einflußreicheren Samurai«, sagte Tsuki mit der Stimme eines verführerischen Teufels.

»Reichhaltiges Essen ebenfalls«, sagte Tomoe. »Es macht sie fett und träge.«

Tsuki bereitete Tomoes Antwort großes Vergnügen, aber sie fügte vielsagend hinzu: »Der Mikado selbst ist ein Schüler des Buddhismus.«

»Und in der Verbannung«, gab Tomoe zurück, nahm sich aber dann zusammen, denn sie wollte durch ihr Urteil über Amaterasus Nachkommen nicht lästerlich klingen. Sie sagte: »Der Mikado übt *Ryobo-Shinto* aus, die Zwei Wege der Götter. Es hat nichts mit Zen zu tun.«

Tomoe sehnte sich danach, daß Tsuki sich einfach entfernte, damit die beiden Samurai Gelegenheit hätten, sich allein zu unterhalten. Tomoe wollte erfahren, warum Yabushi in diesem Dorf weilte, da Ikiki die Stadt war, in die seine Schwester verkauft worden war; dies war aber kein Gesprächsthema für ungebetene Zuhörer. Tsuki war jedoch unglücklicherweise nicht auf feinfühlige Art abzuhängen, und ihre Schritte waren zu groß, um ihr davonzulaufen.

»Was weißt du über Zen?« fragte Tsuki.

Tomoe blieb stehen – Yabushi ebenfalls. Die größere Samurai warf der Wandernonne einen unwirschen Blick zu und erwiderte: »Nicht viel und doch genug! Der Buddhismus predigt eine Hierarchie der Seelen, und der Mensch befindet sich genau unterhalb der Spitze. Im Shintoismus heißt es, daß alles eine ebenbürtige Seele besitzt, jeder Baum und Felsen, Fisch und Fuchs, Bauer, Samurai und Gott. Materieller Reichtum, Kraft, Macht ... all das kann vergehen, aber die Seelen sind von ewiger Gültigkeit, und jede Seele besitzt den gleichen Wert.«

»Es gibt nur eine einzige Seele«, sagte Tsuki, und ihre Augen glänzten, als sei es ein heimlicher Scherz. »Und diese Eine ist allgegenwärtig.«

Tomoe hatte nicht um eine theologische Auseinandersetzung gebeten. Sie sagte: »Nicht alle Buddhisten sagen das.«

»Nicht alles am Buddhismus ist Zen.«

»Ich werde dir etwas sagen«, begann Tomoe mit ebenso belehrender Stimme wie Tsuki. »Shintoismus ist keine Religion der Lehrsätze, sondern der Ehrfurcht. Alles ist von Bedeutung. Wir beugen nicht den Rücken. Wir tanzen.«

»Wann hast du getanzt?«

»Mein Tanz ist der Tanz des Kriegers.«

Auch diese Antwort gefiel Tsuki. Tomoe fuhr fort:

»Buddhisten sagen, es ist falsch, zu töten. Wie kann ein Samurai daran glauben? Sind wir die größten Sünder?«

»Wir alle sind Sünder in dieser Welt«, erwiderte Tsuki und sah für einen kurzen Augenblick weniger glücklich aus. »Ein einziger Schritt im Gras tötet Insekten, einen Bissen Fisch zu essen – und wer erkühnt sich, zu behaupten, ein Reiskorn fühle weniger als ein Tier, als du oder ich. Wir können nicht anders, wir müssen sündigen! Die Luft, die wir atmen, ist von Leben erfüllt, das wir verderben. Aber Buddha hat uns einen Weg gezeigt, dem endlosen Kreislauf von qualvollem Leben und Sterben zu entfliehen, die Verbundenheit mit dem Ganzen zu erlangen.«

»Shintoismus ist weniger zynisch«, entgegenete Tomoe. »Leben und Tod sind beflügelnde Gaben, nicht aber Qualen, denen man zu entrinnen sucht.«

Yabushi stand nahezu unbeachtet neben diesen Frauen, beobachtete sie und lauschte ihrem Geplänkel mit einem nachdenklichen Gesichtsausdruck, der zu reif war für sein Alter. Vielleicht dachte er belustigt: »Sie streiten sich wie Kinder.«

»Auch Zen ist gegen Dogmen, ist kein Glaube der Lehrsätze«, erklärte Tsuki. »Das Wissen besteht unabhängig von buddhistischen oder anderen Schriften. Wenn du mit deinem Schwert verschmilzt, wenn du eins bist mit deinem Bushido – so ist das Zen.« Tsuki fand das geistreich. »Zen *ist;* es kann nicht gelehrt werden.«

»Dann hör auf, mich zu belehren«, sagte Tomoe, indem sie, in der Absicht, die Frau stehenzulassen, Yabushis Hand ergriff.

Aber die Plage ließ nicht von ihnen ab, ging neben ihnen her, fragte: »Vielleicht seid ihr zwei hungrig?« Sie verbreitete unerschütterlichen Frohsinn, während Tomoe mit steinernem Gesicht geradeaus starrte und sie keiner Antwort würdigte. Zum einen wollte Tomoe der Nonne nicht für das Mahl verpflichtet sein und dafür noch länger von ihr belästigt werden. Zum anderen wollte sie sich nicht in ein Gespräch über die religiöse Bedeutung der Verdauung verwickeln lassen.

Yabushis Zorn jedoch war verflogen, und er hatte Gefallen an der Freundlichkeit und guten Laune der Wandernonne gefunden. Abgesehen davon war er überaus hungrig, da er seine zweihundert Ryo ausschließlich zur Befreiung seiner Schwester bestimmt und nichts davon für Nahrung und andere persönliche Bedürfnisse ausgegeben hatte.

»Wenn du etwas Eßbares hast, das du mit uns teilen möchtest«, sagte Kleiner Bushi, »wären wir geehrt und dankbar, es anzunehmen.«

Tomoe widersprach nicht.

Tsuki besaß nichts Eßbares, aber sie verfügte über Mittel zu dessen Beschaffung.

Das Fest kam gerade voll in Gang. Die Wandernonne näherte sich mit ihren großen Schritten einer wohlhabend wirkenden Bude und sagte zu dem Händler, der Kuchen verkaufte: »Wohltätiger Kuchenverkäufer! An Eurem Halsband erkenne ich, daß Ihr Buddha liebt. Ist es möglich, daß Ihr großherzig seid gegen Buddhas ärmste Anhänger?«

Der Mann war fett, wahrscheinlich vom Genuß seiner eigenen Waren. Er mochte weniger reich sein, als er sich für das Fest den Anschein gab, aber er konnte unmöglich weniger als wohlhabend sein. Der Wohlstand, zu dem er es gebracht hatte, war höchstwahrscheinlich teilweise auf seine Weigerung zurückzuführen, Bettler zu nähren, die ihn andernfalls mit Freuden arm gegessen hätten. Aber die Nonne war sehr schön, und für den dicken Mann machte das einen Unterschied. Er verneigte sich vor ihr und erwiderte ihr gewinnendes Lächeln, indem er ihr einen Kuchen reichte.

Tsuki wandte sich um und machte Yabushi ein Zeichen, der herbeieilte und das Kuchenstück entgegennahm. Wieder lächelte Tsuki dem Verkäufer zu. »Jizo-sama, der Beschützer der kleinen Kinder wird dich für die Wohltätigkeit an meinem Freund belohnen«, sagte Tsuki. »Viele Segenswünsche liegen auf Eurem Haus, aber in meinem Magen tobt nur ein zorniger Kobold.«

Der Verkäufer lächelte weniger breit und verneigte sich weniger tief. Dennoch reichte er der Nonne einen zweiten Kuchen, und als sie sich umwandte, eilte Tomoe herbei und nahm ihn. Tomoe ahmte Tsukis Lächeln nach, und das gefiel Tsuki sehr, obgleich es ebensogut eine höhnische Beleidigung hätte sein können.

Tsuki sagte zu dem Händler: »Nicht jeder Diener Buddhas, der so enthaltsam ist, wie ich es mittlerweile geworden bin, hat ein so berühmtes Gefolge wie Tomoe Gozen. Ich muß sie speisen, damit sie nicht böse wird wie ein hungriger Hund. Ich bin Buddhas glücklichste Wandernonne, wenn auch eine, die im Begriff ist, zu verhungern.«

Ohne Lächeln, ohne das leichteste Kopfnicken bot ihr der Verkäufer den dritten Kuchen, wobei er sich nach allen Seiten umsah, ob sich noch ein weiterer Vagabund in der Obhut der Nonne befand. Aber es tauchte keiner mehr auf, und Tsuki eilte, alle Menschen auf der Straße segnend, mit ihrer letzten Beute davon.

In einem winzigen Park ließen sich die Nonne und die Samurai nieder. In dem Park standen kleine Häuschen aus kunstvoll behauenem Stein. Es gab eine Brücke, die zu klein war, um sie zu begehen, und die auch nicht vonnöten war, das Bächlein zu überqueren, da es nicht breiter war als ein Schritt. Prächtige Blumen leuchteten im Schatten der Ahornbäume.

Dort im Schatten schmausten drei schöne Bettler, zwei Frauen und ein Kind; und dort brachte Tsuki Izutsus wißbegieriges Wesen das schwere Schicksal Yabushi'take Issun'kamatokas an den Tag, der die Nonne vollkommen in sein Herz geschlossen hatte und ihr alles erzählte.

»In Ikiki haben sie mir gesagt: ›Wir erinnern uns an deine Schwester. Sie sagte immer: Ich bin die Tochter eines Samurai! und weigerte sich, die Wünsche unserer Gäste zu erfüllen.‹ Es scheint, daß das Geishahaus in Ikiki das Besitzrecht an meiner Schwester an das Geishahaus dieses Dorfes übertrug. Aber als ich heute morgen hier eintraf, sagte man mir, sie sei nicht hier, sei niemals angekommen, sondern auf der Straße von Ikiki verschwunden. Ich selbst kann das trügerische Wesen dieser Straße bezeugen.« Er seufzte schwer. »Ich weiß nicht, welche Straße mich jetzt zu welchem Ort führen wird.«

Yabushis Lippen zitterten, als er das erzählte, und zwei

silberne Tränen quollen ihm aus einem Auge und liefen über seine Wange.

»Tapferer Krieger«, sagte Tsuki, indem sie die Tränenspur fortwischte. »Ich verfüge über gewisse Kräfte und kann den Aufenthaltsort deiner Schwester für dich erraten. Dafür benötige ich etwas, das ihr gehört hat. Ich zögere, dich zu fragen, ob sich ein solcher Gegenstand in deinem Besitz befindet, da du sagst, du hättest sie seit mehr als zwei Jahren nicht mehr gesehen und hättest kaum mehr als die Erinnerung an sie. Jedoch kann ich dir nicht helfen, wenn du nicht einen Gegenstand bei dir trägst, der einst ihr gehört hat.«

Yabushi faßte in seinen Kimono und zog das Bündel mit Goldmünzen hervor. Er löste das Halstuch und leerte den Inhalt in seinen Schoß. Die Münzen glänzten wie Stücke von der Sonne. Das Tuch reichte er Tsuki. »Das gehörte ihr«, sagte er. »Sie gab es mir einen Monat, bevor ich zum Dojo aufbrach, bevor sie nach Ikiki gebracht und nie wieder gesehen wurde.«

Tsuki liebkoste und schwenkte die Seide, schloß die Augen und strich sich mit dem Tuch über die Augenlider. Mehr tat sie nicht. Sie gab Yabushi das Tuch zurück, der seine Münzen geistesabwesend wieder darin einhüllte. Widerstrebend fragte er: »Hast du nichts gesehen?«

»Ich habe alles gesehen«, erwiderte sie hastig. Ihre sonst so fröhlichen Züge hatten sich seltsam verändert.

»Ist sie tot?« fragte Yabushi mit großen Augen.

»Sie wurde von einem Oger entführt«, erwiderte die Nonne, »und lebt als seine Frau in einem Sumpf.«

Tomoe zuckte zusammen. Sie versuchte, sich an etwas zu erinnern, etwas von entsetzlicher Bedeutung, aber es gelang ihr nicht. Es war ausgelöscht wie die Schrift auf einer Schiefertafel, was auch immer es gewesen sein mochte. Sie sah nur noch undeutliche Bilder dessen, was geschrieben war – geschrieben in tödlichem Kreideweiß. Geschrieben in Schnee, der schmolz und wieder fiel, jedoch ohne Botschaft.

»Wir müssen gehen, sie zu retten!« rief Yabushi aus.

»Das müssen wir! Ja, das müssen wir!« pflichtete Tsuki ihm bei.

Yabushi sprang auf; Tsuki ergriff ihren Stab. Sie bürsteten die restlichen Krümel von ihren Kimonos. Tomoe blieb auf der Erde sitzen, starrte ins Leere und dachte: *Das dürfen wir nicht tun.*

Es gab noch andere, die das Fest frühzeitig verlassen hatten, sei es, daß sie kürzere oder längere Wegstrecken zurückzulegen hatten, sei es, daß sie ihr Heim vor Einbruch der Dunkelheit erreichen wollten. Aber nur drei wanderten über den Weg durch das Sumpfland, denn er wurde kaum noch benutzt, abgesehen von Menschen, die sich in großer Eile befanden (und die Leute sagten, je eiliger, desto besser). In einer solchen Eile hatte sich Yabushi befunden, als er aus Ikiki gekommen war, um nach seiner Schwester zu suchen. Ungeachtet der Warnungen, daß im vergangenen Jahr Menschen auf geheimnisvolle Weise verschwunden waren und daß ein blutsaugender Kappa, der nicht groß, aber unnatürlich wild sei, sein Unwesen trieb, hatte er den Weg durch den Sumpf eingeschlagen.

»Ich bin auf diesem Weg auf Schwierigkeiten gestoßen«, gab Yabushi, an Tomoe Gozen und Tsuki Izutsu gewandt, zu. Tsuki hatte ihren Gebetstabard abgelegt und zusammengerollt auf dem Rücken befestigt. Sie trug daher, ebenso wie Tomoe und Yabushi, lediglich einen einfachen, aber buntgemusterten Kimono. Yabushi fuhr fort: »Aber man hatte mich bereits im voraus vor dem Kappa gewarnt, der in den schwarzen Gewässern am Wegesrand lauert. Ich traf also meine Vorbereitungen. Bevor ich den Sumpf betrat, suchte ich wilde Gurken, die einzige Speise, die ein Kappa dem menschlichen Blut vorzieht. Ich fand sieben. Als der Kappa sich auf mich stürzen wollte, machte ich ihm die Gurken zum Geschenk. Er war so erfreut, daß er versprach, mir nicht das Blut auszusaugen, sondern über meinem Weg zu wachen, damit mich die Oniteufel und ihr Bakemono-Anführer nicht erwischten.«

»Hast du Oni oder den Bakemono gesehen?« fragte Tsuki schaudernd.

»Nein. Ich weiß nicht, ob mir der Kappa geholfen hat, denn er zeigte sich von da an nicht mehr. Aber ich muß zugeben, daß die einzige Furcht, die ich ansonsten empfand, von den entsetzlichsten Geräuschen verschiedenster Herkunft herrührte.«

Darauf brach Tsuki in Gelächter aus, aber ihr Lachen klang unsicherer als gewöhnlich; denn ihre Gefühle in bezug auf ihren gegenwärtigen Weg waren sehr ähnlich geartet.

»Selbst am hellichten Tag«, sagte Tomoe, »riecht es an diesem Ort nach Geistern und Gefahren. Vielleicht *hat* der Kappa dich beschützt.«

Tsuki beugte sich zu Yabushi hinunter und flüsterte ihm gerade so laut ins Ohr, daß Tomoe (und das geschah mit Absicht) es verstehen konnte: »Buddha hat dich beschützt.«

Wie Tomoe bemerkt hatte, war selbst jetzt, da der Weg im vollen Sonnenschein lag, der Sumpf ein schrecklicher Ort. Es war auch mehr als ein gewöhnlicher Spuk, der über ihm lag. Die Straße schien sich durch eine vollkommen andere Welt zu schlängeln, dem Dorf so wenig ähnlich, wie Flüsse dem Sand. Die Schatten waren grün und flimmerten wie eine Welt unter Wasser. Der Himmel war nicht blau, sondern von hellem Jadegrün. Alles konnte an einem solchen Ort geschehen und einen – oder drei – Menschen unvorbereitet treffen.

Die Straße war, nachdem sie ein Jahr lang nur spärlich benutzt worden war, von Pflanzen halb überwuchert und an vielen Stellen, wo sie von Sumpfwasser überspült war, glitschig. Nichts war ausgebessert worden.

Selbst die Weinranken reckten sich nach den Vorübergehenden, Weinranken, die sich wanden wie lebendige Schlangen, deren Köpfe wackelten und deren Atem stank. Im Wasser hüpften Wesen, die weniger nach Fröschen aussahen, als sie eigentlich sollten, auf und nieder, als beobachteten sie jede Bewegung der kleinen Prozession. Und ihre Glubschaugen waren dafür wie geschaffen. Vielleicht waren es die Spione, die Ninja dieses grausigen Landstriches, die sich lediglich als Frösche verkleidet hatten.

Tomoe Gozen wußte, daß sie mit einer entsetzlichen Befürchtung nicht allein stand: wieviel schlimmer würde diese Straße erst nach Einbruch der Dunkelheit werden!

Die Abenddämmerung lag noch ein Weilchen vor ihnen, als die beiden Samurai und die Nonne sich beim Geräusch quietschender Wagenräder und klirrender Rüstungen umwandten. Es näherten sich Leute.

Die meisten, die diese Straße betraten, brachten sie eilends hinter sich. Aber die fünf Männer zu Pferde und auf dem Wagen bewegten sich träge vorwärts, als fürchteten sie sich davor, heimzukehren.

Die fünf Männer waren Samurai. Vier davon waren diejenigen, die Tomoe mürrisch ein Plätzchen zum Schlafen eingeräumt hatten. Der fünfte, offensichtlich ihr Anführer, war kein anderer, als der Mann, der angenommen hatte, daß Tomoe sterben müsse und ihr Beschäftigung geboten hatte, als er sah, daß sie am Leben blieb.

»Ärger?« fragte Tsuki leise und stellte sich schützend vor Yabushi, was er sich gefallen ließ, da er sie ins Herz geschlossen hatte.

»Ich glaube nicht«, sagte Tomoe. »Ich kenne sie.«

Tomoe, Tsuki und Yabushi traten abseits der Straße ins Buschwerk und ließen den langsamen Wagen und die Reiter passieren. Der Wagen war mit Zeltgerät und vielfältigen Requisiten für das No-Spiel beladen: Holzmasken, bunte Kostüme und Bühnendekorationsstücke. Tomoe fand es eigenartig, sich Samurai als Schauspieler vorzustellen, denn wenn diese vier Männer mußten diejenigen sein, die das No-Spiel mit dem seltsamen Thema dargestellt hatten. Der fünfte war höchstwahrscheinlich ihr Spielleiter. Sie war um so mehr erstaunt über den Herrn, dem diese Männer dienen mußten, denn wenn sie selbst mit ihren zweischneidigen, auf dem Rücken befestigten Schwertern und ihrer Nebenbeschäftigung als Schauspieler schon so eigenartig wirkten, mußte ihr Herr um so merkwürdiger sein.

In den grünen Schatten des Moorwaldes und dem Schatten ihrer eigenen Niedergeschlagenheit wirkten sie weniger prachtvoll. Sie waren erschöpft und traurig, das war offenkundig, als hätte das Fest ihnen ebensoviel bedeutet wie den gewöhnlichen Bauern oder sogar noch mehr.

»Eine niedergedrückte Gesellschaft, nicht wahr, Yabushi?« sagte Tsuki, die selbst in dieser unheimlichen Umgebung noch gut gelaunt war. Vielleicht hatte der Anführer die Worte gehört.

Als der Wagen und die Reiter vorüberzogen, fiel der Anführer zurück. Er blickte mit demselben Gesichtsausdruck, den er schon früher getragen hatte, auf Tomoe hinab, nämlich freundlich, aber traurig oder leer. Lediglich seine Stimme hatte sich verändert. Sie bebte unter dem Gewicht verborgener Traurigkeit, und das erfüllte Tomoe mit noch größerer Verwunderung.

»Sei froh, daß du dich mir doch nicht angeschlossen hast«, sagte er, »denn ich hatte vergessen oder aus den Gedanken verdrängt, daß das Fest nur zwei Tage dauern würde. Aber ich habe dir auch meine Freundschaft angeboten, und wenigstens sie hättest du annehmen können, obwohl es wahrscheinlich letzten Endes keinen Unterschied macht.«

Tomoe errötete. »Welches Recht nimmst du dir, der du zugesehen hättest, wie ich sterbe, meiner mit Bitterkeit zu gedenken?«

»Ich habe überhaupt kein Anrecht«, erklärte er mit erhobener Stimme. »Dennoch wünschte ich, du hättest wenigstens unsere heutige Vorstellung besucht. Ich hätte dich gerne ebenso beeindruckt, wie du mich beeindruckt hast.«

Yabushi und Tsuki tauschten, erstaunt über diese Unterhaltung, verwunderte Blicke. Tomoe sagte: »Welch einem Herrn dienst du, der seine Bauern durch Krieger erfreut, die zugleich Schauspieler sind oder seine Schauspieler zugleich als Krieger dienen läßt, der aber die gleichen Männer unglücklich macht angesichts ihrer Heimkehr?«

»Das darf ich nicht sagen«, erwiderte er mit einem warnenden Unterton in der Stimme. »Er ist nur der Große Herr.«

Tsuki unterbrach ihn kühn: »Nur Buddha ist der Große Herr!«

Der berittene Krieger warf ihr einen eindringlichen Blick

zu, und sie verstummte. Er sagte: »Es gibt viele Buddhas«, und Tsuki konnte das nicht leugnen. Indem er seine Aufmerksamkeit wieder Tomoe zuwandte, sagte der traurige Krieger: »Bevor ich gehe, möchte ich dich bitten, mir deinen Namen zu nennen, obwohl ich dir meinen nicht verraten darf.«

»Machst du dich über mich lustig?« fragte Tomoe, die sich ihrer Berühmtheit bewußt war, ob sie nun gut war oder schlecht. »Deine Männer haben mich für eine Nacht beherbergt und sich geweigert, das Wort an mich zu richten, so wie viele andere Samurai auch in den vergangenen Monaten. Du wirst also bereits wissen, daß ich Tomoe Gozen, die Überlebende der Schlacht im Shigeno-Tal, bin.«

»Ich bitte um Vergebung, ehrenwerte Tomoe. Ich erkläre meine und meiner Männer Unschuld. Wir wissen wenig über die Welt. Wenn sie dich nicht freundlich aufgenommen haben, liegt es daran, daß wir immer sehr zurückhaltend in bezug auf Samurai sind.«

»Aber ihr selbst seid auch Samurai.«

»Nein. Das sind wir nicht.«

»Dann seid ihr also No-Spieler?« fragte Tomoe ungläubig.

»Auch nicht. Wir sind ...« Er schien in Gedanken nach einer geeigneten Vorstellung zu suchen. Widerstrebend erklärte er schließlich: »Man könnte sagen, wir gehören der Sippe der *Haniwa* an.«

Es war außerordentlich erniedrigend für einen Samurai, sich als Haniwa zu bezeichnen, denn Haniwa waren hohle, aus Lehm geformte Krieger, die in den Gräbern der Herren eines früheren Zeitalters gefunden wurden. Sie war nicht sicher, ob er sich selbst so sehr verabscheute, daß er sich mit einem hohlen und aus Lehm geformten Menschen verglich, oder ob er sie für eine Närrin hielt, mit der er sich einen Spaß erlauben konnte.

Tomoe widersprach ihm: »Haniwa sind keine Sippe. Haniwa sind Dinge.«

»Dann sind wir Dinge«, sagte der kummervolle Samurai oder, wenn er es vorzog, Nicht-Samurai. Er wendete sein Pferd und gab dem Tier die Sporen, um seine Männer einzuholen, dann nahm er seinen Platz unter ihnen wieder ein.

Tsuki Izutsu berührte Tomoes Hand, die unerklärlich kalt geworden war und sagte: »Das war eine eigenartige Unterhaltung.«

»Das sind eigenartige Krieger«, erwiderte Tomoe, dann setzten sie ihren Weg fort. Sie folgten den Spuren der fünf Männer und der Wagenräder. Bald waren die Männer außer Sicht- und Hörweite. Selbst ihre Spuren verschwanden nach einiger Zeit, als hätte es sie nie gegeben.

»Dort ist es!« rief Yabushi und machte ein Zeichen mit der Hand. Da er als einziger mit der Straße vertraut war, hatte er die Führung übernommen. Weiter vorn auf der Straße lag ein verlassenes Boot, über das sich der kleine Samurai bereits gewundert hatte, als er die Stelle zum ersten Mal passierte. Das Boot lag, die Unterseite nach oben gekehrt, halb im Sumpfwasser und halb auf der Straße. Es war von Schilf überwuchert, aber sonst im großen und ganzen in Ordnung. Zweifellos hatte es einem Unglücklichen gehört, der den Gefahren des Sumpfes zum Opfer gefallen war.

Als Tomoe, Nonne und Samurai sich diesem Kahn näherten, trat ein blutsaugender Kappa, an dessen Füßen grüne Algen schleiften, hinter ihm hervor.

»So treffen wir uns wieder, Freund Yabushi!«

Das Ungeheuer war nicht größer als der kleine Samurai. Es war unbekleidet bis auf einen Gürtel, an dem ein Kurzschwert befestigt war. Offensichtlich war es von männlichem Geschlecht. Tomoe schickte sich an, ihren langen Daito zu ziehen, Tsuki griff nach ihrem Stab, aber Yabushi sagte: »Überlaßt das mir. Ich bin zuvor auch mit ihm fertig geworden.« Darauf hielten sich die Frauen im Hintergrund.

Der Kappa fragte: »Was hast du mir heute mitgebracht?«

Yabushi maß seinen zweifelhaften Freund von oben bis unten mit den Blicken. Der schlanke Kappa war nicht gerade unansehnlich zu nennen, da er in vieler Hinsicht einem gewöhnlichen Kind ähnelte, obwohl er älter sein mochte als so mancher Großvater. Nur seine grünliche Färbung und die Einbuchtung auf seinem haarlosen Schädel verrieten, daß er nicht von menschlicher Art war. Die Einbuchtung auf seinem Kopf war mit Wasser aus dem Sumpf gefüllt, in dem er lebte; denn war er gänzlich ohne Wasser, würde er seine Zauberkraft verlieren und schwach und hilflos werden. Wenn er längere Zeit trocken blieb, mußte er sterben. Yabushi erwiderte, an den Kappa gewandt: »Ich habe dir das letzte Mal sieben Gurken bezahlt. Heute habe ich nichts mitgebracht.«

»Sei großmütig, mein Freund«, flehte der Kappa und verneigte sich sehr tief. Dabei war er sorgsam darauf bedacht, das Wasser in der Vertiefung seines Kopfes nicht zu vergießen.

»Ich habe einen getrockneten Pfirsich«, erklärte Yabushi, aber der Kappa wehrte sogleich ab. »Du bist zu gierig, Freund Kappa. Wer hat dir je mehr gegeben als sieben Gurken?«

Der Kappa rang die Hände in einer wehklagenden Geste und sprach, von unendlichem Selbstmitleid erfüllt: »Aber ich habe nicht eine einzige von ihnen gegessen! Sieben Oniteufel haben mich überfallen, nachdem du fort warst, und mir die Gurken fortgenommen! Ach, das Leben ist hart, seitdem sie sich in diesen Sumpf gewagt haben!«

»Dann sind die Obi deine Feinde, nicht ich. Ich bin nicht verantwortlich dafür, daß sie dir deine Reichtümer rauben.«

»Die Oni sind meine Feinde, das ist wahr.« Der Kappa rückte unauffällig näher. »Aber sie sind sehr groß; ich bin klein. Sie dienen einem noch größeren Bakemono, den ich nicht gerne verärgern würde. Er ist berührt geworden unter den Ogern. Er hält sich Samurai und eine Braut und benimmt sich wie ein menschlicher Herr. Es gibt kein Ogerweib, das ihn eines Blickes würdigt, denn er hat keinen Schwanz. Darum hat er sich ein menschliches Weib genommen.«

»Oni leben in den Bergen«, sagte Yabushi. »Welche Macht hat der Bakemono über sie, daß er sie in den Sümpfen hält?«

»Das wollte ich dir gerade erzählen. Vor nahezu einem

Jahr hat er ein Zauberschwert gefunden, keiner weiß, wo. Er kam mit den Oni, die er mit dem Zauber dieses Schwertes gefangen hatte, zu diesem Sumpf. Er hat sie zu seinen eingeschworenen Samurai gemacht, denn er sagt, ohne Schwanz sei er menschenähnlicher als ein Bakemono und müsse wie ein Mensch leben. Er ist nicht glücklich darüber, soviel steht fest. Selbst für einen Bakemono ist er ziemlich verrückt. Wie dem auch sei, seine Oni-Samurai führen Schwerter, die größer sind als das meine, und das ist, wie du sehen kannst, sehr klein, so wie deins. Wie könnte ich mich erkühnen, meine Gurken von ihnen zurückzufordern? Aber du wirst bemerken, daß Yabushi genau meine Größe hat und jedenfalls ein würdigerer Gegner für mich ist.«

Der Blutsauger zog sein Schwert, das ebenso schlank war wie er selbst, und Yabushi zog eilends das seine.

Tomoe Gozen und Tsuki Izutsu traten vor, um das zwergenhafte Ungetüm zu erschlagen. Aber er deutete mit dem Schwert auf sie, und sie erstarrten auf der Stelle, unfähig, weiterzugehen. Sie konnten nur noch zusehen.

»Keine List gegen mich«, sagte Yabushi.

»Keine List«, pflichtete der Kappa bei. »Schließlich sind wir Freunde.« Dann stürzte er sich kraftvoll auf das Samuraikind. Yabushi schlug ihn zurück.

Der Kampf währte geraume Zeit, ohne daß einer von ihnen einen Vorteil erringen konnte. Aber ein Kappa ermüdet nie, und Yabushi brach der Schweiß aus. Das Glück verhalf ihm zum Sieg: der Kappa glitt in seinem eigenen Schleim aus und vergoß einen Teil des Wassers in seiner Schädelhöhle. Dadurch wurde der Kappa geschwächt, aber dies glich die Kräfte lediglich wieder aus, denn Yabushi ermüdete immer mehr.

Durch seine Geschicklichkeit wäre es ihm fast gelungen, den Kappa aufzuspießen; er verfehlte ihn aber, weil das Unwesen zur Seite taumelte. Dabei vergoß der Kappa noch mehr Wasser.

»Ich ergebe mich!« rief der Kappa. Er fürchtete offensichtlich, noch den Rest seines Wassers zu vergießen; denn dann würde er leicht von Yabushi oder seinen Freunden besiegt werden, die sich, wenn er seinen Zauber verlor, wieder frei bewegen konnten. »Du hast mich besiegt, Yabushi. Ich bin dein Sklave.«

Bei diesen Worten kicherte der Kappa.

Yabushi nahm seine ganze Kraft zusammen, um sich nicht anmerken zu lassen, daß der Kappa ihn vielleicht besiegt hätte, hätte er nur kurze Zeit länger durchgehalten. Der kleine Samurai hielt sein Kurzschwert an die Kehle des Kappa gepreßt und sagte: »Das Weib des Bakemono ist meine Schwester, die zu retten ich hierhergekommen bin. Du wirst mich zu ihr führen.«

»Das werde ich!« stimmte der Kappa zu, und im selben Augenblick waren er und Yabushi verschwunden.

Tomoe und Tsuki waren von dem Zauber erlöst und taumelten vorwärts, denn sie waren mitten im Laufen erstarrt und nahmen nun ihre Bewegung wieder auf. Sie eilten zu der Stelle, an der das umgekippte Boot lag und an der der Kappa und Yabushi ihren Kampf ausgetragen hatten. »Wo sind sie?« rief Tsuki aus. Der Boden war weich und wies mannigfaltige Spuren des Schwertkampfes auf, aber keine Spuren führten von dem Ort fort.

»Verschwunden«, erwiderte Tomoe.

Tomoe stand am Bug des Bootes und lenkte es um Äste und Baumstümpfe herum, während Tsuki am Heck stand und es mit Hilfe ihres Stabes durch das seichte Gewässer schob. Es begann zu regnen, erst leicht, dann heftiger; als der Regen ein wenig nachließ, waren die Kimonos der beiden Schifferinnen vollkommen durchnäßt, was ihnen das Aussehen von erbarmungswürdigen, halb ertrunkenen Überlebenden eines Schiffbruchs verlieh.

Die Sonne stand sehr tief, ihr Licht drang kaum noch in den Sumpf ein. Schilfgräser behinderten ihre Fahrt und die Sicht. Es war ein hoffnungsloses Unterfangen, die Wohnstatt des Bakemono in einem so weitläufigen Gebiet zu finden, hoffnungslos, Yabushi auf der Schwelle zu finden, an der der Kappa ihn, fernab von Freunden und Hilfe, abgesetzt haben mußte. Salzige Tränen strömten über die Wangen der Samurai und der Nonne, aber der kalte Regen verbarg ihren Kummer.

»Wie sollen wir hier drinnen etwas sehen?« fragte Tsuki, von deren fröhlichem Wesen nichts mehr zu spüren war.

»Wir werden ihn finden«, sagte Tomoe bestimmt. Sie machte das Boot aus einer unvorhergesehenen Wurzelschlinge frei. Tsuki stieß es voran.

Als silberne Regenspeere das schlammige Gewässer trafen, hob sich ein Nebelschwaden von der Oberfläche. Die Frauen lösten sich aus dem Schilf und konnten endlich im schwachen Licht des Tages eine weite Strecke Weges vor sich erkennen. Das Wasser sah aus wie Rauch. Eine kleine Insel erhob sich aus dem Nebel, und darauf stand eine Frau. Sie schien trotz des Regens nicht naß zu sein. Sie beobachtete die Frauen im Boot und bewegte sich nicht.

»Yabushis Schwester?« fragte Tsuki, und bemühte sich, ihrer Stimme einen hoffnungsvollen Klang zu geben.

Tomoe glaubte nicht daran. Die Frau stand sehr weit entfernt, aber Tomoe konnte Züge ihres Gesichts erkennen, das sehr schön war, so schön, wie Tomoe im ganzen Leben noch keines gesehen hatte, mit einer Ausnahme. Und das war das Gesicht einer Jonopriesterin gewesen, das zu sehen nur wenigen die Gunst erwiesen wurde.

»Kleiner Bushi hat nie davon gesprochen, daß sie so schön ist!« sagte Tsuki, nach Atem ringend. Sie konnte dieses Gesicht auch sehen. »Sie ist wie ein *Kami*-Geist, der meinen Augen heilig ist.«

Es stimmte, ihre Schönheit war von etwas Ungewöhnlichem umgeben, etwas, das an Göttlichkeit gemahnte. Das war beruhigend; denn Götter mochten gütig oder grausam sein, oder auch beides gleichzeitig. Sie waren unberechenbar. Oni, Kappa und Bakemono waren ein angenehmerer Anblick, selbst alle zusammen; denn das waren zumindest irdische Erscheinungen. Sie waren sterblich und waren daher zu verstehen und zu bekämpfen.

Die himmlische Dame hob langsam den Arm und bedeutete den Frauen im Boot, näher zu kommen. Sie gehorchten fast willenlos.

Der Nebel stieg wirbelnd um die Frau auf und verbarg sie

vor ihren Augen. Als Tomoe und Tsuki die Insel erreichten, befand sich niemand darauf. Sie entdeckten, daß die Insel aus einer Ansammlung schwimmender Pflanzen bestand, nicht fest genug, um das Gewicht eines Menschen zu tragen.

»Dort ist sie!« rief Tsuki und deutete in eine andere Richtung, dann begann sie, das Boot heftiger vorwärts zu stoßen. Die trügerische Schöne hatte ihnen ein Zeichen gemacht, ihr wieder zu folgen, und wieder verschlang sie der Nebel, bevor das Boot den zerfallenen, verkrümmten Baumstamm erreicht hatte, der sich, in der undeutlichen Gestalt einer Frau, an ihrer Stelle erhob.

»Jetzt dort!« rief Tsuki, und die Jagd begann von neuem.

Tomoe ergriff den Ast an dem verrotteten Baum, den Ast, der dem Arm einer Frau mit gebrochenen Fingern glich. Die Samurai klammerte sich fest, so daß Tsuki das Boot nicht auf die Geisterfrau zutreiben konnte. Aber die Frau winkte mit ihrer hellen, schmalen Hand, und Tomoe änderte ihre Meinung und sagte zu Tsuki: »In Ordnung. Wir folgen.«

Diesmal stießen sie auf einen aufgeblähten Leichnam, der im Wasser trieb.

Sie war halb verwest und stank entsetzlich und glich in keiner Hinsicht dem Wesen, das sie mit göttlicher Schönheit anlockte.

Zweimal änderten sie noch die Richtung, um ihr zu folgen. Zweimal noch verschwand sie oder verwandelte sich in etwas anderes.

Die Dunkelheit brach sehr plötzlich herein. Die Frau, das Trugbild, erschien nicht mehr. Entweder war sie ein Taggeist und konnte bei Nacht nicht in Erscheinung treten, oder sie hatte nur die Absicht verfolgt, die Schifferinnen in die Irre zu leiten. Dieses Ziel hatte sie auf bewundernswerte Weise erreicht.

Nicht länger verwirrt durch den Zauber der geheimnisvollen Erscheinung, kamen Tomoe Gozen und Tsuki Izutsu wieder zur Besinnung und erkannten, daß sie sich verirrt hatten. Sie klagten einander ihr Leid angesichts der

Ansammlung von Widrigkeiten, die ihnen in dem verwunschenen Moorland begegneten.

»Als nächstes«, meinte Tsuki in einem Versuch, ihre verlorengegangene Fröhlichkeit wiederzuerlangen, »wird uns ein schwarzer Strudel ins Reich des Unterirdischen ziehen!«

»Sag so etwas nicht!« widersprach Tomoe, die die ernste Stimmung der Nonne vorzog, wenn dies der beste Scherz war, den sie zu bieten hatte.

Sie drängten weiter durch die Dunkelheit voran. Und, wie Tomoe bereits zu einem früheren Zeitpunkt des Unternehmens befürchtet hatte, die Nacht war weitaus schlimmer als der Tag.

Sie setzten die Suche nach Yabushi fort, geleitet von undeutlichem, ruhelosem Sternenlicht und einem bleichen, gewölbten Mond, der manchmal zwischen Regenwolken hindurchlugte. Die Wolken hingen grau in der schwarzen Nacht.

Die schlammbesudelten Reisenden auf dem Zerrbild eines Sees begannen die Hoffnung zu verlieren, daß sie Yabushi oder seine Schwester jemals finden würden. Sie verloren die Hoffnung, auch nur ihren Weg wieder aus dem Sumpf hinaus zu finden. Sie verloren die Hoffnung, die nackte Haut zu retten.

Nebelfetzen schritten zwischen den finsteren Bäumen des Sumpfes hindurch, Geister höchstwahrscheinlich. Die Stimmen der Frösche waren so heiser, wie sie sie niemals zuvor vernommen hatten, und sie schienen in einem Moment »Tsuki! Tsuki!« zu quaken, und im nächsten Augenblick gaben andere zurück: »Tomoe! Tomoe!« Angesichts des Grauens vor dem Übernatürlichen standen den beiden Frauen die Haare zu Berge.

Tsuki schrie auf, und der Atem stockte ihr, als auf dem Boden des Bootes etwas herumzuhüpfen begann. Sie stieß mit ihrem Stab danach und bohrte ein Loch in den feuchten, armseligen Bootsrumpf.

»Nur ein Frosch«, sagte Tomoe. Er war unbehelligt entkommen, während sich das Boot mit Wasser zu füllen begann. Bald darauf wateten Samurai und Nonne hüfttief in fauligem Wasser. Um sie herum fiel dichter Regen. »Amaterasus Bruder wache über uns!« stieß Tomoe hervor, womit sie auf den wolkenverschleierten Mond anspielte.

»Buddha steh uns bei!« entgegnete Tsuki und beschrieb einen Kreis in der Luft.

Die Äste und Schlingpflanzen, die von den Sumpfbäumen herunterhingen, strichen im Vorübergehen über sie. Der Regen und der Wind ließen das Wasser und die Blätter wie unheilvolles Gelächter klingen. Der Regen fiel noch dichter, und am Himmel war kein Fleckchen mehr, durch das ein Stern oder der Mond hätte lugen können, um ihren Weg zu beleuchten. Entsetzliche Wesen, obszön und erregend, glitschten zwischen den Schenkeln der Frauen hindurch und huschten dann fort. Aber die Samurai und die Nonne verloren bei alledem nicht die Beherrschung. Sie schrien nicht auf. Sie spien dem Schrecken ins Gesicht und spürten nur die Furcht vor ihrer eigensinnigen Hartnäckigkeit. Sie stapften weiter durch Schlick und Schlamm, Furcht und Elend.

Die nächtlichen Schatten spielten ihren Sinnen Streiche. Die Erschöpfung steigerte ihre Bereitschaft zur Einbildung. Überall in der feuchten Wildnis lauerten Scharen von Ungeheuern, aber sie kamen nicht hervor und stellten sich zum Kampf. Tomoe hatte ihre Sandalen und Socken in dem zähen Schlamm verloren und spürte, wie sich der kalte Schlick zwischen den Zehen hindurchquetschte, ebenso wie Tsuki, die ohnehin immer barfuß lief.

Vor ihnen schimmerte ein Nebelfleck. Er begann, festere Formen anzunehmen, und Tomoe machte sich überflüssigerweise darüber Gedanken, ob ihr Schwert einen Geist verwunden könne. Aber es war nur eine garstige Alte, die neben einer an einem Baum hängenden Laterne stand. Sie war in einen nebelgrauen Schal gehüllt, in Fetzen gekleidet und stützte sich auf einen knorrigen Stock. Sie stand auf einem kleinen, trockenen Erdhügel und beobachtete die beiden Frauen, die sich durch Schlamm und Wasser vorankämpften. Sie sagte kein Wort, rief sie nicht an und winkte nicht im mindesten.

Bald rief Tomoe sie an: »Großmutter! Lebt Ihr hier drinnen?«

Das alte Weib neigte den Kopf zur Seite. Sie antwortete nicht laut, aber der Wind, der um sie strich, zischte wie eine Schlange: »Gewissss. Gewisss.«

»Laß uns von hier fortgehen«, flehte Tsuki und zupfte Tomoe von hinten. Aber Tomoe war überzeugt, daß sie der alten Frau trauen konnte, auch wenn sie häßlich und unansehnlich war. Der Kappa war auf eigentümliche Weise ansehnlich gewesen, der wunderschöne Kamigeist hatte sie vollkommen in die Irre geleitet. Die Dinge waren nie das, was sie schienen, nirgendwo auf der Welt, und ganz besonders nicht in diesem Moorland.

»Ein häßliches altes Weib kann ein Freund sein«, erklärte die Samurai der Nonne. »Ich möchte wetten, daß sie in der Nähe eine trockene Bleibe hat.«

Sie stiegen aus dem schlimmsten Schlamm zu ihr hinauf. Die alte Frau maß Tomoe mit den Blicken, würdigte ihre Ausstattung und nickte. Dann betrachtete sie Tsuki und runzelte finster die Brauen. Mit einer Geschwindigkeit, die bemerkenswert war für ihr Alter, hob sie ihren knorrigen Stock, um der Wandernonne einen Schlag zu versetzen. Tsuki Izutsus Stab wurde wieder zum *Bo,* und sie kämpfte mit der alten Frau, wehrte die Schläge des knorrigen Stokkes ab, der ihre eigenen Schläge ablenkte. Die kämpferische Geschicklichkeit der alten Frau erfüllte Tomoe mit Verwunderung, obwohl sie einen weniger guten Stand gegen die Nonne gehabt hätte, wäre diese nicht, wie Tomoe, von den Anstrengungen des Tages völlig erschöpft gewesen.

»Großmutter, bitte!« bat Tomoe. »Bitte, haltet ein!«

Die alte Frau leistete ihrem Wort Folge und ließ von Tsuki ab, sagte jedoch: »Hüte dich, Buddhistin! Dies hier ist Shintoland, mehr als das ganze übrige Naipon.« Dann schalt die Alte, indem sie sich an Tomoe wandte: »Du befindest dich in schlechter Gesellschaft, Samurai!« Aber Tomoe verteidigte ihre Freundin.

»Die Buddhisten wollen das Gute, trotz all des Leides, das sie verursachen, und diese hier meint es besser als andere.«

Tsuki fiel es schwer, ihre Zunge im Zaum zu halten, aber es gelang ihr. Die Alte nahm die Lampe von dem krummen Ast des Baumes, gab ihnen ein Zeichen und sagte: »Kommt mit mir. Du auch, Buddhistin. Folgt genau auf meiner Fährte, dann braucht ihr euch die Füße nicht mehr schmutzig zu machen.«

Sie folgten der alten Frau durch den Regen, hielten sich genau in ihren Fußspuren und traten in den Schlamm, wenn sie es nicht taten. Nach einiger Zeit erreichten sie eine uralte Gebetsstätte, halb so alt wie die Zeit selbst. Nebel klammerte sich daran wie Schimmelpilz. Der kleine Mitteltempel war von einem pulsierenden Lichtschimmer erfüllt. Ein angezündeter Hibachi war die Quelle des Scheins. Auf dem Gestell stand ein Topf, der mit dampfendem Reis, Gobowurzeln und einem süß riechenden Gewürz oder einem Brei gefüllt war. Köstlicher, einladender Duft wehte ihnen entgegen.

»Hast du uns erwartet, Großmutter?« fragte Tomoe, angenehm überrascht von dem Duft und der großen Menge dampfender Speisen.

»Ihr macht mehr Lärm als die Oniteufel«, sagte die alte Frau und ahmte sie spöttisch nach: »Yabushi! Yabushi! Ach, armer Yabushi! Platsch, plupp, platsch.« Sie stampfte mit dem Fuß.

Tsuki Izutsu gefiel das Innere des Tempels nicht. Am Eingang hatte sie den Ort als Shintostätte erkannt. Sie senkte den Kopf, aber ihre Augen blickten eindringlich und brütend auf. »Hast du vielleicht auch das Kind gehört?«

Die alte Frau war taub, wenn Tsuki das Wort an sie richtete. Tomoe wiederholte die Frage, und es folgte eine bessere, aber immer noch unbefriedigende Antwort: »Der Junge ist ein halber Buddhist, pah! Hat Naipon vergessen, wer das Land aus Schlamm schuf? Ein großes Ei ohne Schale, das war alles, was im Meer trieb. Es wurde zu Naipon, den Ewigen Inseln geformt. Was haben Buddhas je vollbracht, außer der Stille unter einem Baum?«

»Er ist auch zur Hälfte Shintoist«, wandte Tomoe höflich ein. »Ihr könntet uns also halbwegs helfen.«

Die Alte legte ihren knorrigen Stock beiseite, was Tsuki

sichtbar behagte, denn sie lockerte ihrerseits den Griff um ihren Stab. Sie hockten um den Hibachi herum. »Eßt erst«, sagte die alte Frau, ohne die geringsten Zugeständnisse zu machen.

Es war Sitte unter den Bauern – und die alte Frau war offenkundig eine Bäuerin, wenn auch zerlumpter und heruntergekommen als die meisten –, Geschichten zu erzählen, während man zum Essen um den Hibachi versammelt war. Tomoe fragte sich, wer wem eine Geschichte erzählen würde (ihr selbst war nach dem anstrengenden Tag nicht danach zumute). Sie fragte: »Wer seid Ihr, Großmutter, daß Ihr hier so ganz allein haust? Seid Ihr die Priesterin dieses vergessenen Heiligtums? Welchem Kami dient Ihr?«

»Um das zu beantworten«, erwiderte die alte Frau, »Muß ich eine Geschichte erzählen.« Und so tat die Alte der Sitte mit folgender Erzählung Genüge:

»Izanami, die Mutter der achthundert Myriaden Shintogottheiten, liebte die Sterblichen der Ewigen Inseln. Sie lehrte sie weise und tugendhaft, gerecht und gnädig, gütig und kunstfertig zu werden – den Weg der Götter. Als sie das getan hatte, verdunkelte sich der Mond, das Meer trat über die Ufer, der Sturm erhob sich mächtig, und sie sagten: ›Mutter! Du hast diese Sterblichen zu Göttern gemacht!‹ Und die achthundert Myriaden Gottheiten erzürnten sich gegen ihre Mutter.

Die Gottheiten verfaßten eine offizielle Verbannungsschrift und lasen sie laut vor: ›Du, die du die Kinder der Ewigen Insel liebst, steig denn hinab und weile unter ihnen!‹ Izanami rief sie an: ›Können meine eigenen Nachkommen wahrhaft ihre Mutter verdammen, die ihnen niemals etwas zuleide getan hat?‹ Darauf erhoben die achthundert Myriaden Gottheiten wie ein einziger ihre Stimme: ›Du hast deine sterblichen Kleider durch den Schlamm der Erde geschleift. Göttin der Sterblichen, steig hinab. Misch dich unter sie und lebe mit ihnen an der Stätte des Todes, wo deine Unsterblichkeit verdorren wird, und du wirst zu Staub werden.‹

Und so kam Izanami nach Naipon und führte das Leben einer Sterblichen.«

Dies schien einer heiligen Schrift zu entstammen, was Tomoe verwunderte, da es im Shintoismus keine geschriebenen Texte gab. Tsuki hatte, von Neugier und Furcht erfüllt, gelauscht, während sie aus der Schüssel in ihrer Hand aß. Tomoe hatte den Reis und die Gobowurzeln zur Hälfte gegessen. Dabei hatte sie auch etwas Süßes gekostet, das sie nicht kannte, das ihr aber schmeckte. Sie unterbrach ihr Kauen, um zu fragen: »Dienst du Izanami, der Göttin des Todes und der Liebe, an dieser verfallenen heiligen Stätte?«

»Die Geschichte ist noch nicht zu Ende!« wies die Alte sie scharf zurecht, dann fuhr sie fort:

»Auch Amaterasu liebte die Sterblichen und sagte zu ihrer Mutter: ›In jeder Nacht wirst du um hundert Jahre altern, um den Spruch der Verdammung, den deine anderen Kinder gefällt haben, zu erfüllen. Aber an jedem Morgen, wenn ich mich erhebe, werde ich diese Jahre auslöschen, wie ich die Dunkelheit auslösche. Darum wirst du niemals sterben, obgleich du in ein sterbliches Kleid gehüllt bist.‹

Izanami freute sich und sagte: ›Groß ist die Zahl der Kinder aus meinem Schoß. Unter dieser ganzen, zahlreichen Nachkommenschaft bist du die Gerechteste, oh, leuchtende Amaterasu.‹ Von dieser Zeit an lebte und wandelte Izanami als niemals sterbende Sterbliche, am Tage jung und alt bei Nacht.«

Tsuki Izutsu hatte ihre leere Schüssel beiseite gestellt und machte sich daran, Tomoe etwas Warnendes zuzuflüstern; denn die Nonne hatte den tieferen Sinn der Geschichte verstanden. Aber anstatt dessen schloß sie die Augen und sprach kein Wort. Tomoe hatte ihr Mahl ebenfalls beendet, aber ihre Gastgeberin hatte ihre Speisen nicht angerührt, da sie unterdessen ihre Geschichte erzählt hatte.

Die Geschichte war beendet, die Alte erhob sich, auf ihren knorrigen Stock gestützt, und sah hinunter in Tomoes und Tsukis Augen. Die beiden Frauen erhoben sich nicht nach dem Beispiel der Alten. Tomoe bemerkte, daß sie unwiderstehlich müde war;, und obwohl die Müdigkeit zu erwarten gewesen wäre, schien dies eine unnatürlich zwingende Schläfrigkeit. Tomoe sagte: »Großmutter wir sind in einer wichtigen Angelegenheit unterwegs.« Ihre Augen waren schwer unter dem Gewicht von tausend Ryo. »Wie konntet Ihr uns ein Schlafmittel geben?« Sie fühlte sich verzagt, weil ihr Vertrauen mißbraucht worden war.

Tsuki Izutsu saß mit gekreuzten Beinen und geschlossenen Augen bereits in den tiefen Schlaf der Bewußtlosigkeit gesunken. Tomoe Gozen erhob sich mühsam, sie mußte all ihre Kraft zusammennehmen. Sie taumelte und stürzte zu Boden, ihre Reisschüssel rutschte über die Erde und klirrte unversehrt. Sie hatte den Kopf in Tsukis Schoß gebettet.

Tomoe und Tsuki träumten einen gemeinsamen Traum.

Sie befanden sich nicht in der Nähe der heiligen Stätte.

Im Sumpf stand das Gutshaus eines reichen Herrn. Es war, inmitten eines Sumpfgebietes, hoch über dem Wasserspiegel auf einen Hügel gebaut. Ein verziertes Eisentor widersetzte sich wunderbarerweise der Feuchtigkeit und wies kein Fleckchen Rost auf. Hinter dem Tor war ein sorgsam gebahnter Weg aus flachen Steinen und hölzernen Fliesen zu sehen, der durch wohlgestaltete Gärten ohne zufälliges Unkraut oder wilde Bambuspflanzen führte. Wunderbare Laternen auf Pfählen warfen einen warmen Schein auf die nächtlichen Gärten. An den Blättern hing die Feuchtigkeit des unlängst gefallenen Regens gleich glitzernden Sternen, die wie Meteore zu Boden fielen. Am anderen Ende des Pfades stand das Gutshaus. Es hatte eine Tür aus geschnitztem Teakholz und zeigte keine Spur von einem Fenster, war darum aber nicht minder freundlich.

Tomoe und Tsuki fragten nicht, warum ein so schönes Haus inmitten eines so scheußlichen Landes gebaut worden sein sollte. Es fiel ihnen nicht einmal ein, sich zu verwundern, wie sie überhaupt hierher gelangt waren. Es war schließlich ein Traum, und niemand konnte einen Traum in Frage stellen.

Die beiden Frauen standen bis zu den Knien im Wasser und starrten durch das Tor wie Bettler auf ein wohlhabendes Anwesen. Das Tor stand einladend geöffnet.

In den Gärten erblickten sie die fünf Samurai, die den

Namen der Samurai beleidigt hatten. Sie übten sich in ihren Fertigkeiten. Tomoe wurde Zeugin einiger Kunstfertigkeiten, die ihr entgangen waren, da sie die Festvorstellung versäumt hatte, und sie war beeindruckt. Wie vorauszusehen war, wurden ihre zweischneidigen Schwerter vollkommen anders geführt als jede moderne Waffe, denn sie konnten mit ihren scharfen Schneiden in jeder Richtung vorwärts und rückwärts geschwungen werden. Dennoch war der Kampfstil dieser Krieger auf seine Weise ebenso konventionell wie jeder andere, nur war ihre Fußarbeit und ihre Körperbewegung mehr einem Tanz oder einem Schauspiel ähnlich als dem tödlichen Spiel, das es in Wahrheit war.

Als Tomoe aus dem Sumpf herausstapfte und durch das Tor schritt, folgte Tsuki ihr, äußerte dabei aber murmelnd ihre Unzufriedenheit und ihren Verdacht in bezug auf Shintozauber und einen Traum. Tomoe näherte sich den fechtenden Kriegern und rief ihnen von weitem zu: »Ihr müßt mit uns kommen!«

Der Anführer war größer und schlanker als die anderen, fast königlich, wie ein Prinz, jedoch so totenbleich, wie sie es zuvor nicht bemerkt hatten. Er blickte Tomoe und der Nonne entgegen und fragte: »Warum?«

»Weil«, erwiderte Tomoe, »sieben Oni das Haus des Bakemono bewachen, und du mußt uns helfen, sie zu töten. Mit euch fünf und uns zweien ist die Zahl ausgeglichen.«

»Woher weißt du, wo sie sind?« fragte der Anführer der Nicht-Samurai.

Tomeo wußte nicht, wie sie die Frage bantworten sollte. Sie sagte: »Ich weiß nicht, woher ich es weiß, aber ich weiß es. Dies ist nur ein Traum. Im Traum ist alles möglich.«

»Es ist kein Traum«, sagte der Anführer der Nicht-Samurai. »Sag nicht, daß es einer ist. Wir, meine Männer und ich, träumen das ganze Jahr über. Wir erwachen aus unseren Träumen für die Dauer von drei Nächten und zwei Tagen während des Festes des Großen Herrn, der Schreitet. Sag nicht, dies *sei* der Traum, sonst sind wir trauriger als zuvor. Wenn die Sonne aufgeht, müssen wir wieder für ein Jahr in Schlaf versinken – und vielleicht wird es eines Tages keine Unterbrechung mehr geben, wenn das Fest einmal nicht mehr gefeiert wird.«

Die anderen Männer hatten ihren Kampftanz fortgesetzt, bis sie zur Rechten und zur Linken ihres Anführers ihre unbewegliche Stellung eingenommen hatten. Sie hatten schweigend die Schwerter in die Scheide gesteckt und lauschten jetzt und nickten ernst und zustimmend zu den Worten ihres Anführers.

»Ihr müßt uns helfen«, sagte Tomoe beharrlich.

Tsuki wagte nicht, das hinzuzufügen, was sie vielleicht zu denken wagte: »Ja, das müß ihr. Wenn ein Fluch auf euch lastet, der euren langen Schlaf verursacht, kann euch eine gute Tat vielleicht davon befreien. Buddha ist gnädig.«

Sie hatte diese Worte nicht laut ausgesprochen, aber die Soldaten wichen entsetzt vor ihr zurück, und der Anführer antwortete, als hätte sie gesprochen: »Buddha ist schwach! Der Große Herr liebte Buddha und tut es noch immer, aber wir sind Gefangene in dem verwunschenen Moor der zornigen Shintogötter und Ungeheuer.«

»Dann kämpft gegen die Ungeheuer des Shinto!« rief Tsuki erbost.

Tomoe war verwirrt, und sie war versucht, zu sagen: »Nein, beschwichtige sie! Sorg dafür, daß sie dich wieder liebgewinnen!« Aber sie sagte diese Worte nicht. Anstatt dessen drang sie in sie: »Dennoch müßt ihr uns helfen, die Schwester eines jungen Helden zu retten, sowie den Helden selbst, der dem Bakemono durch die List des schlauen Kappa ausgeliefert worden ist.«

Der Anführer der Nicht-Samurai wandte den Blick ab. Er sagte: »Ich habe dir einst Freundschaft geboten. Du hast mir den Rücken gekehrt.«

An der Tür des Hauses erschien ein alter Mann. Alt war nicht das richtige Wort. Er war unschätzbar alt. Aber er war stark, trotz all der sichtbaren Jahre, sein Rücken gerade und biegsam, seine Augen leuchtend klar, jedes Fältchen zeichnete ein Gesicht voller Weisheit. Tsuki sah ihn als erste und war überwältigt. Sie fiel auf die Knie und rief: »Ehrwürdiger! Großer Herr!«

Die Nicht-Samurai wandten sich um und fielen vor ihrem Herrn auf die Knie. Nur Tomoe blieb aufrecht stehen.

Der Ehrwürdige sprach, mehr an Tsuki als an die anderen gewandt: »Ich bin es, den die Dorfbewohner den Großen Herrn, der Schreitet, nennen.« Seine Stimme war sehr sanft. »Aber nicht der Große Herr, den du in mir vermutest, Tsuki Izutsu, Günstling des Buddha aus dem Nordland. Bald wirst du erlangen, was mir nicht vergönnt ist: du wirst mit dem All verschmelzen, du wirst die Stufe des höchsten Vergessens erreichen. Aber zuvor mußt du noch Taten vollbringen.«

Er blickte seine Krieger streng an, aber Strenge war bei ihm gleich einem liebevollen Tätscheln. »Haniwa-san«, sagte er und bediente sich der respektvollen Anrede, die gewöhnlich den Gleichstehenden vorbehalten ist, ungeachtet der Tatsache, daß er sowohl der Ältere als auch der Herr war. »Haniwa-san, du und deine Männer, ihr werdet der Wandernonne und Tomoe Gozen helfen. Vergeßt nicht, daß ihr vor dem Morgengrauen zu mir zurückkehren müßt.«

Gehorsam wie wahre Samurai folgten die fünf Krieger Tsuki und Tomoe, die, ein verzweifeltes Vorhaben vor Augen, den Pfad entlangeilten.

Hier spaltete sich ihr Traum auf seltsame Weise, so daß sie nicht wußten, wie es geschehen war, daß sie die furchtbare Wohnstatt des Bakemono erreichten. Plötzlich lag sie vor ihnen. Die nächtlichen Nebel teilten sich, und der Mond beschien ein Haus aus Lehm und Schmutz, dessen Fenster mit Bambusstäben vergittert waren. In einem einzigen Fenster war der Schein einer Kerze zu erkennen.

Im Schein dieser einen Kerze erblickten Tomoe, Tsuki und die fünf Krieger Yabushis Schwester. Sie sahen, wie traurig sie war. Ihre Traurigkeit ließ die fünf Krieger im Vergleich fröhlich erscheinen. Ihre Traurigkeit konnte die Freude der ganzen Welt überschwemmen und doch den Brunnen ihrer unvergossenen Tränen nicht füllen. Hübsch war sie wohl, aber ihre Schönheit war nicht von der Art der übernatürlichen Schönen, die Tomoe und Tsuki durch den Sumpf in die Irre geführt hatte. Hier zeigte sich eine andere Art der Lieblichkeit, ein schwermütiger Liebreiz, der niemanden anlockt, von dem aber niemand den mitleidenden Blick lösen kann. Zwei Frauen und ein Mann konnten den Blick nicht lösen, fühlten das Mitleid und waren im tiefsten Inneren betroffen.

Tomoe übernahm die Führung. Sie stampften durch die Sumpfgräser, und jeder bemühte sich, weniger Lärm zu machen als die verschiedenartigen Wesen, die um sie herum hüpften und quakten. Sie konnten nun besser durch das erleuchtete Fenster sehen. Sie sahen Yabushi, der fiebernd auf einer Pritsche lag. Seine Schwester pflegte ihn und weinte, ohne Tränen zu vergießen.

»Der Vampirzauber des Kappa hat ihn krank gemacht«, flüsterte Tsuki. »Wenn wir ihn aus den Sümpfen herausholen können, erholt er sich vielleicht wieder.«

Tomoe deutete nach rechts und links, und die fünf Männer und Tsuki verteilten sich und umstellten das Haus des Bakemono. Yabushis Schwester sah mit ihren traurigen, traurigen Augen auf und sah dunkle Schatten, die sich im Schilf bewegten und noch dunklere Gesichter, die sie durch das Fenster anstarrten. Nicht wissend, daß es Freunde waren, schrie sie auf und schlug den Fensterladen heftig gegen die Gitterstäbe, der gespenstischen, entsetzlichen Nacht zu wehren.

Der Lärm weckte die Oni, die, weil sie den feuchten Boden verabscheuten, in den Bäumen schliefen. Sie lebten nur deshalb im Sumpfland, weil ihr Herr es befahl, nicht weil sie es wünschten. In den Bergen waren sie gefürchtete kriegerische Ungeheuer, die mit einer Vielzahl von Waffen umzugehen wußten. Nur die Yamahoshi oder Priesterkrieger in den Zufluchtsorten der Berge waren in der Lage, sie zu bezwingen. Es stand zu hoffen, daß der sumpfige Boden ihre bedeutenden Fähigkeiten nicht zur Geltung kommen ließ.

Sieben Oni fielen, wie es schien, geradewegs vom Himmel, in Wirklichkeit aber von den Sumpfbäumen, die um das Haus des Bakemono herum standen. Der Kampf begann.

Zwei purpurhäutige Oni kamen Seite an Seite auf die Füße, beide waren mit Sichel und Kette bewaffnet. Die beschwerten Enden ihrer Waffen sausten durch die Luft und surrten wie die Flügel gigantischer Insekten. Die Oni erhoben sich riesenhaft vor der Nacht. Als sie die Ketten losließen, schnellten die Enden in die Dunkelheit davon und schlangen sich um den Arm eines der Soldaten, die angeblich von der Sippe der Haniwa waren.

Die zwei Oni zerrten ihn zu sich heran wie einen Fisch aus dem Meer. Es war ein erbitterter Kampf. Der Krieger wehrte sich verbissen, um seine Stellung zu halten. Obwohl beide Arme von den Ketten umschlungen waren, ließ er sein zweischneidiges Schwert nicht fallen. Er zeigte keine Furcht, sondern durchlief die Kampfbewegungen, als befände er sich auf einer Bühne: ruhig, genau, nach den Regieanweisungen.

Als die Oni den Gefangenen zu sich herangezogen hatten, hoben sie mit der jeweils entgegengesetzten Hand die Sichel am anderen Ende der Kette. Aber der Krieger wehrte sie zu beiden Seiten ab, indem er sein Schwert auf einer waagerechten Ebene zwischen seinen beiden Angreifern schwang. Dann richtete er das Schwert mit einem senkrecht beschriebenen Bogen nach unten und stieß seinem Gegner zur Rechten die Spitze ins Herz. Er ließ die Sichel fallen, preßte die Hände an die blutende Brust und stand da, während ihn das Leben langsam verließ. Oni starben nicht leicht.

Der Krieger und der unverletzte Oni standen wie beim Tauziehen an beiden Enden der Kette. Schwert und Sichel waren hoch gegeneinander erhoben. Die zweite Sichel, die der sterbende Oni fallen gelassen hatte, schleifte, noch immer mit der Kette um den Arm des Kriegers gebunden, im Schlamm und verschaffte so dem wütenden Oni einen zu großen Vorteil

Ein zweiter Krieger näherte sich über das Dach des Hauses und schickte sich an, dem Oni auf den Rücken zu springen und so den Kampf zu entscheiden.

An anderer Stelle traf Tsuki auf einen scharlachroten Oni, sein Rot tiefer als das ihres Kimono, und er trug einen mit Widerhaken versehenen Yarispeer. Sie wehrte seinen Stoß ab und hielt den Yari am Widerhaken fest, dann löste sie ihren Stab und schwang ihn herum – dem Oni mit voller Kraft in den Bauch. Er fiel, vom Schmerz gepeinigt, in sich zusammen, aber sie fing ihn am Kinn auf und zwang ihn, den Kopf in den Nacken zu werfen. Der Widerhaken des Yari hatte sich in dem gelben Gebetsrock verfangen, den Tsuki zusammengerollt und auf dem Rücken befestigt hatte. Die Spitze ihres Stabes traf den Oni unter dem Kinn, und er taumelte so heftig zurück, daß ihr der zusammengeschnürte Rock vom Rücken gerissen wurde.

Ein menschlicher Hals wäre von dem Schlag, den Tsuki ihm versetzt hatte, gebrochen, aber der Oni schüttelte seinen häßlichen roten Kopf und griff erneut an. Tsuki stieß zwischen knirschenden Zähnen hervor:

»Selbst *dich* zu töten, ist nicht richtig!« Ihr Stab traf ihn im Ohr, und er verlor das Gleichgewicht, noch bevor er mit seinem Speer zustoßen konnte. Sie fügte hinzu: »Aber ich werde es tun, wenn du nicht fortläufst!«

Sie schüttelte ihren Stab auf bestimmte Weise und betätigte dabei mit einer Hand einen Hebel. Ein langer Stachel erschien an dem Ende des Stabes, das auf den Oni gerichtet war.

Der Oni verstand die Bedeutung ihrer Worte unmißverständlich, obwohl manche Leute behaupteten, Oni seien dumm. Darüber hinaus glaubte er ihr aufs Wort. Er sah sie einen Augenblick lang an, als könne er sich menschliche Milde gegenüber einem Oni nicht vorstellen. Dann kehrte er ihr den Rücken und rannte durch Sumpfgras und Finsternis davon.

An einer anderen Seite des Hauses mühten sich zwei Krieger mit einem einzigen violetten Oni ab. Sie konnten die Abwehr seiner *Kama*-Sense nicht durchbrechen, mit der der Oni jeden Schlag der zwei Schwerter ablenkte, zurückschlug oder auffing. Er grunzte, knurrte und geiferte, und seine grünen Augen glühten haßerfüllt in dem violetten Gesicht.

In einiger Entfernung vom Haus, auf schlammigem Boden, wurde der Anführer, der vom Großen Herrn, der Schreitet, Haniwa-san gerufen worden war, seinerseits von zwei blaugefärbten Oni bedrängt. Er stand einer *Ono*-Axt und einem weiteren Exemplar der grausamen Kusarigama, der Sichel mit Kette, gegenüber. Er duckte sich unter der wirbelnden Kette, als sie in seine Richtung geschleudert wurde; er schnellte geduckt auf den anderen Oni zu und trennte ihm mit einem schnellen Streich seines Schwertes die Hand ab, so daß sie mit der Axt in den Schlamm fiel.

Ein dritter Oni, leuchtend rot, kam durch die Nacht gerannt, in Gedanken noch bei dem Versprechen einer Nonne. Er stieß den Speer mit dem Widerhaken durch die Luft und verhakte sich damit an Haniwa-sans Bein. Als der scharlachrote Oni weiterlief, stürzte Haniwa-san zu Boden.

Der Oni mit Sichel-und-Kette war noch damit beschäftigt, die Kette einzuholen, um sie erneut zu schleudern. Der zweite blaue Oni, der die Hand verloren hatte, raste heulend in die Nacht hinein, seinem roten Vetter nach, der den Speer so wirkungsvoll geschleudert hatte. Haniwa-san saß im Schlamm, wand den Speer von seinem Bein und warf ihn im Sitzen den beiden feigen Oni nach. Er erfuhr nie, ob er sein Ziel getroffen hatte oder nicht; denn er mußte seine Aufmerksamkeit einem anderen Geschehen zuwenden.

Haniwa-san rollte unter dem niedersausenden Schlag der Sichel des verbliebenen Gegners fort, kam wieder auf die Füße und setzte, obwohl er auf seinem verwundeten Bein kaum das Gleichgewicht halten konnte, den Kampf fort.

Seinen beiden Männern, die den violetten Oni gegen den Baum gedrängt hatten, gelang es schließlich doch, die Abwehr des *Kama*trägers zu durchbrechen. Sein Hals zeigte bereits eine tiefe Wunde auf der rechten Seite. Einer der Krieger ließ sein Schwert von der Sense des verwundeten Oni einfangen, Schwert und Sichel waren bewegungslos ineinander verhakt. Der andere Krieger nutzte den Vorteil und hieb dem Oni eine tiefe Wunde in die linke Seite seines Halses, eine Wunde, die noch tiefer war als die andere.

Der Kopf des Oni begann herunterzukippen. Er ließ seine Kamasichel fallen und versuchte, mit mäßigem Erfolg, seinen zum größten Teil abgetrennten Kopf an seinem Platz zu halten. Die Krieger ließen den violetten Oni zurück, damit er seinen langsamen Tod sterben konnte und eilten der Stelle zu, an der ihr hinkender Anführer gegen den mit der Kettensichel focht. Solcherart umringt, wußte der Oni, daß er verloren hatte.

Anders als die Bakemono konnten die Gebirgsoni nicht sprechen. Dieser nun ließ seine Kusari-gama fallen und fiel auf die Knie, flehte schweigend und mit verschlungenen Händen um Gnade.

»Lauf schon«, sagte der Anführer. Der Oni sprang auf und rannte davon. Die beiden Männer eilten herbei, ihren schwankenden Anführer zu stützen, damit er nicht mit seinem erletzten Bein zu Boden stürzte.

Unterdessen hielt Tomoe Gozen den siebten Oni bei Laune. Er trug ein Schwert von der Länge eines Speeres, und seine Abwehr war gut, obwohl das Schwert selbst rostig und schlecht gepflegt war.

Das Gewicht des Oni drückte seine Füße tief in den Morast, so daß Tomoe einen Vorteil gewann gegen das Schwert, daß so groß war, daß nur ein Oger es führen konnte. Aufgrund der geringeren Körpergröße der Samurai und ihrer größeren Schnelligkeit hatte der Oni bereits einige kleinere Verwundungen durch Tomoe hinnehmen müssen und hatte ihr seinerseits keine zufügen können. Aus einem Dutzend Wunden hatte er einen großen Teil seines dicken, schwarzen Blutes verloren; aber ein Oni war wahrhaftig schwer umzubringen. Er kämpfte weiter, seine Wildheit ließ nicht nach, und die roten Augen glühten.

Tsuki Izutsu tauchte an Tomoes Seite auf. Ihr Bo, dessen Stachel wieder eingezogen war, so daß Tomoe seinen zusätzlichen Wert noch nicht kannte, hatte eine größere Reichweite als das überlange Schwert des Oni. Sie brach ihm die Rippen, zerschmetterte seine Finger, so daß er das Schwert fallen ließ, dann stieß sie ihn dem Oni in die

Schläfe. Er brach in das unmenschliche Geheul aus, das den Oni eigen ist. Tomoe Gozen sprang vor und stieß ihm das Schwert in die Kehle, sein Schrei verklang in einem Gurgeln und einem Strom von Blut. Sie hatte den Wirbelknochen durchtrennt, so daß der Kopf des Oni zur Seite fiel. Er stürzte, noch immer röchelnd, zu Boden, und der Tod hüllte ihn langsam ein.

»Er war bereits besiegt!« erzürnte sich Tsuki. »Du mußtest ihn nicht töten! Er wäre fortgelaufen!«

Tomoe keuchte und blickte finster vor sich hin, ihre Augen waren so wütend wie die eines Oni. Sie gab zurück: »Hast du einen entkommen lassen?«

»Das habe ich. Und deine Kriegerfreunde ebenfalls. Drei insgesamt.«

»Drei am Leben«, sagte Tomoe nachdenklich. »Das ist schlimm. Der Bakemono hält sie in seinem Zauberbann. Sie könnten zurückkehren.«

Die fünf Krieger standen dicht beieinander. Mit Hilfe eines seiner Männer trat Haniwa-san mit seinem verletzten Bein auf Tomoe zu. Das Waffengeklirr in dem nächtlichen Moorland war verstummt. Frösche und andere Wesen waren geflohen oder hatten sich versteckt und gaben keinen Laut von sich. Die plötzliche Stille war furchterregend. Vier Oni-Samurai des Bakemono trieben in dem übelriechenden Wasser oder lagen mit dem Gesicht nach unten im Morast und begannen bereits, sich zu zersetzen. (Der Grund, warum niemand den Leichnam eines Oni mit nach Hause nahm, um ihn auszustopfen, lag darin, daß sie fast im selben Augenblick, in dem sie schließlich starben, zu verwesen begannen.) Sie strömten einen starken Geruch aus.

Die sieben Sieger hatten keine Verluste erlitten und nur eine Verwundung. Der verwundete Anführer fragte mit einer Stimme, die mehr hoffnungsvoll als vor Stolz bebte:

»Bist du beeindruckt?«

In Tomoe war noch ein kleiner Rest des Zornes, weil die Krieger, ebenso wie Tsuki, einige Oni hatten entkommen lassen. Aber sie war wirklich beeindruckt, denn es war nicht zu leugnen, daß sie einen guten Sieg errungen hatten, ohne einen Freund zu verlieren. Sie verneigte sich tief aus der Hüfte und erwiderte: »Ich bin erstaunt.«

Haniwa-san erwiderte, auf den eigenen Füßen stehend, die Verneigung. »Ich danke dir«, sagte er. »Ich danke dir.« Dann stützten ihn seine Männer wieder. Er sagte: »Wir müssen uns sputen, so sage ich dir denn Lebewohl in meinem und der Männer Namen, Amaterasu erscheint bald, und es ist unser letzter Tag ohne Träume für einige Zeit. Vielleicht besucht ihr wieder einmal das Fest des Großen Herrn, der Schreitet, und nehmt an unserer Vorführung teil.«

»Vielleicht«, erwiderte Tomoe, glaubte aber nicht daran. Zu weit führte sie ihr Weg.

Ohne weitere Förmlichkeiten entfernten sie sich, um zu ihrem Herrn in sein Haus zurückzukehren. Sie ließen die zwei Frauen und die vier stinkenden Leichen zurück. Für die fünf Krieger war das Spiel aus. Für Tsuki, Tomoe, und die Gefangenen im Haus war es das nicht.

Der Bakemono war aus seinem Lehmhaus getreten und schien nicht allzu aufgebracht, daß seine Oni-Samurai besiegt oder niedergemetzelt waren. Er trug ein gekrümmtes Schwert, aus dessen Schaft zwei Klingen hervortraten. Im Kerzenlicht hinter ihm hockte Yabushis Schwester auf den Knien und beugte sich betend über ihren sterbenden Bruder.

Der schwanzlose Bakemono betrachtete den blutvermischten Schlamm und das blutrote Wasser, dann brach er in ein entsetzliches tiefes Gelächter aus.

»So treffen wir uns also wieder!« sagte er. »Erinnerst du dich an mich, Samurai?« Er kehrte ihr sein nacktes Hinterteil zu und schlug sich darauf, gleichermaßen, um sie zu beleidigen, und sie an ihre Tat zu erinnern.

Tomoe Gozens Antwort kam aus weiter Ferne. »Ich hatte dich vergessen, aber jetzt erinnere ich mich wieder.« Der Schleier, der sich auf ihr Gedächtnis gelegt hatte, begann sich wie Nebel zu verflüchtigen. »Du hast mich vor mehr als einem Jahr verflucht und damit unser Schicksal aneinandergekettet. Yabushi liegt in deinem Haus und stirbt am Kappa-Fieber, denn du hast gesagt, ich muß einen Freund verlieren, wie du eine Mahlzeit verloren hast. Und wenn wir zwei im Kampf aufeinandertreffen, wirst du wahrscheinlich mit Hilfe deines zweizackigen Schwertes eine Narbe auf meinem Gesicht hinterlassen. Denn auch das war Bestandteil deines Fluches. Vielleicht hätte ich mich einst gefürchtet, aber jetzt nicht mehr. Wir Samurai wissen, daß unsere Freunde und wir selbst getötet und verwundet werden. Es ist Teil des Weges des Kriegers. Da das so ist, war dein Fluch schließlich doch töricht. Am Ende kannst du nur sicher sein, daß ich dich töte.«

Bakemono sind von Natur aus feige, das war auch der Grund, warum dieser nicht herausgekommen war, um sich an dem Kampf zu beteiligen. Aber er besaß das Schwert, es ging das Gerücht, daß er über Zauberkräfte verfügte, und offenbar entsprach das Gerücht der Wahrheit, da es ihm half, sieben Oni aus den Bergen festzuhalten. Fast außer sich vor Erregung, schrie er: »Die Götter, die über die Flüche wachen, haben das nicht gekannt!« Damit schüttelte er sein Zauberschwert, und die beiden Klingen summten in der Luft. »Hiermit kann ich nicht besiegt werden!« Sein verzerrter Mund verzog sich, einem Lächeln ähnlich.

Tomoe war im Begriff zu erwidern, daß die Götter das Schwert vielleicht ganz gut kannten. Aber da fiel der erste Sonnenstrahl in das Moor, und Tomoe Gozen erwachte, den Kopf in Tsuki Izutsus Schoß gebettet. Sie öffnete die Augen. Tsuki war bereits erwacht und streichelte Gesicht und Haar der Samurai.

»Hattest du auch einen Traum?« fragte Tsuki.

Tomoe richtete sich auf und sah sich nach der alten Frau um, die nirgends in dem Tempel der heiligen Stätte zu finden war. Das Sonnenlicht fiel schräg von draußen herein.

»Ja!« erwiderte sie. »Wir müssen den Ort wiederfinden.«

Samurai und Wandernonne durchsuchten das Sumpfgebiet lange, wo das Wasser tief war, schwammen sie. Sie hatten sich an die faulige Nässe, die grausigen Bäume und die kleinen Tiere gewöhnt und fürchteten sich nicht mehr. Aber sie durchsuchten einen Landstrich, der so verwirrend und groß war, daß er ihr Vorhaben unmöglich erscheinen ließ. So wirklich ihnen der Traum auch erschienen war, so wirklich er auch gewesen sein mußte, konnten sie sich doch an keine Richtung oder einen Anhaltspunkt erinnern.

Als Amaterasu hoch am Himmel stand, rief Tsuki aus: »Dort! Dieser trockene Hügel! Das ist der Ort, an dem wir den Großen Herrn, der Schreitet, und seine Gefolgsleute gefunden haben!«

Tomoe blickte angestrengt in die Richtung. »Aber dort steht kein Haus.«

»Ich erkenne die Stelle trotzdem«, sagte Tsuki. »Es ist der einzige Ort im ganzen Moor, auf den Buddhas Auge gefallen ist. Ich weiß es.«

Es war keine Spur von einem Tor zu entdecken, nicht einmal ein Fleckchen Rost an der Stelle, an der es gestanden hatte. Sie konnten keinen Fußweg aus Stein- und Holzplatten entdecken. Ein einsamer Pfeiler, der vielleicht vor langer Zeit errichtet worden war, eine Gartenlaterne zu halten, stand zwischen dem Gestrüpp; aber von dem Garten waren keine Überreste zu finden, von dem Haus keine Spur mehr zu sehen.

An der höchsten Stelle des trockenen Hügels, unter dichtem Unterholz, entdeckten sie den Eingang eines Grabes: Ein Gang, der steil in die Finsternis hinunterführte. Vor diesem Eingang lagen eine Wagendeichsel und der zerfallende Überrest eines Rades. Tomoe stöberte mit dem Fuß in den Trümmern und brachte eine altmodische Holzmaske zum Vorschein, deren Anstrich schon lange abgeblättert und deren Holz teilweise von Würmern zerfressen war. Es mochten Vorgänger der Masken sein, die in No-Spielen getragen wurden.

Überall lagen die Knochen von Pferden verstreut, die schon so lange tot waren, daß kein Stückchen Fleisch mehr für die Insekten übrig war.

Vielleicht hatte sich einst ein hölzernes Siegel am Eingang des Grabes befunden, aber wenn dem so war, war es schon vor langer Zeit gestohlen worden oder zu Staub zerfallen. Tsuki und Tomoe betraten den unversperrten Gang. Sie gingen geduckt, denn die Decke hing sehr tief. Der Weg führte eine steile, steinerne Rampe hinunter in eine einzige große Kammer. Die Kammer war durch ein Brunnenloch in der hohen Decke beleuchtet.

In dem Raum stand, mitten unter Gerümpel und verrotteten Habseligkeiten, ein Sarkophag. Alte Zeichen, wie sie seit fünf oder sechs Jahrhunderten nicht mehr benutzt wurden, waren darauf geschnitzt.

»Der Buddhismus kam vor einem halben Jahrtausend nach Naipon«, sagte Tsuki. »Der Große Herr, der Schreitet, muß der erste gewesen sein, der die neue Religion mit offenen Armen empfing.« Sie warf einen Blick in den Sarkophag, der keinen Deckel hatte, und Tomoe tat es ihr nach. Es lagen nur Knochen und Staub darin und ein farbloser Stoffetzen, der keine Ähnlichkeit hatte mit dem farbenfrohen Gewand des Großen Herrn, das sie in der Nacht zuvor gesehen hatten. Tomoe hielt den Blick lange darauf geheftet, aber Tsuki wandte sich aufgewühlt ab. Tomoe hob den Blick und schaute in die dunkle Ecke, die von dem schmalen Lichtstreifen, der von der Decke fiel, kaum berührt wurde.

»Schau dort«, flüsterte Tomoe, denn in der tiefen, kleinen Kammer hallten Stimmen laut. Tsuki folgte der Richtung, in die Tomoes Hand zeigte. Im Schatten, abseits des Lichtstrahls, standen kleine, aus Lehm geformte Haniwa-Figürchen, die lehmgeschnitzten Schwerter auf dem Rükken.

Tsuki fiel vor den kleinen Statuen auf die Knie und hob behutsam eine auf. Sie hatte einen Riß am Bein. Tomoe betrachtete sie eingehend, während Tsuki Izutsu alte Gebete sprach, die keine Bedeutung für Tomoe hatten. Als die Nonne ihre Gebete beendet hatte, stellte sie die Statue zurück, blickte mit feuchten Augen auf und sagte anklagend: »Deine Götter sind grausam, Tomoe.«

»Weil sie dem Lehm Leben verleihen?« fragte sie leise. »Sie haben uns gebeten, ihre letzte Nacht nicht als Traum zu bezeichnen, denn ihr Leben bedeutete ihnen mehr. Sie waren glücklich über das Leben, das ihnen ohne den Shintozauber nicht vergönnt gewesen wäre. Wenn die Shintogötter grausam sind, warum zerstampfst du nicht diese zerbrechlichen Figürchen zu Staub? Wenn dann das nächste Fest des Großen Herrn, der Schreitet, kommt, wird der erste eingeborene Buddhist von Naipon allein erwachen und nichts mehr haben, das er den Bauern, die er geliebt haben muß, senden kann. Die Götter sind unvorstellbar. Aber grausam? Wir können nicht über sie richten.«

Tomoes Worten folgte ein ganz leises Gelächter, und es war nicht das Lachen von Samurai oder Nonne. Der Laut drang von oben herunter, und die beiden Frauen hoben den Blick, um eine dritte zu erkennen: die schöne Kami-Frau lugte durch das Lichtloch in das Grab hinunter. Sie weilte nur einen Augenblick dort, dann verschwand sie.

Obwohl Tomoe und Tsuki aus dem Grab hinaufeilten, konnten sie nicht sehen, welche Richtung der Kamigeist eingeschlagen hatte. Tsuki sagte: »Ich glaube, daß die Kami und die alte Frau ein und dieselbe Person sind. Erinnerst du dich an die Geschichte von Izanami, die uns erzählt wurde, bevor wir einschliefen? Am Tage jung und alt bei Nacht ...«

»Wir werden so tun, als sähen wir sie nicht, wenn sie wieder erscheint«, schlug Tomoe vor. »Wir müssen das Haus des Bakemono finden und dürfen uns nicht ablenken lassen. Ich glaube, in dem Traum – wenn man es überhaupt einen Traum nennen kann – schlugen wir von dem Hügel aus diese Richtung ein.« Sie deutete vor sich und setzte sich in Bewegung.

Tsuki folgte Tomoe in die Sonnenglut zurück.

Das Moor war viel greifbarer, als es ihnen im Traum erschienen war, und bei Tage viel weniger furchteinflößend als bei Nacht. Dennoch wälzte Tomoe schwere Gedanken. Sie erinnerte sich an ein Sprichwort, in dem es hieß, daß diejenigen, die sich auf einen Handel mit den Toten einlassen (was sie und Tsuki mit dem namenlosen Großen Herrn getan hatten), bald wirklich zu ihnen gehören. Sie fragte sich, ob die Göttin Izanami sie zu beschützen oder zu verwirren gedachte. Der Taum der vergangenen Nacht konnte ein verschleiertes Geschenk sein, da seine Geschichte sich in die Wirklichkeit des Erwachens weiterspann und den Sieg über die Oniteufel verhieß. Izanami war gewiß eine doppeldeutige Gottheit, mehr als die anderen, die dem

Blick der Sterblichen gänzlich fremd schienen. Als Wächterin über die Liebe und über den Tod war sie gleichermaßen gesucht und gefürchtet, in jedem Fall aber unbedingt erforderlich. Einer Laune folgend, wirbelte Tomoe herum und rief laut über das Moor: »Izanami! Weil wir dich lieben und er noch so jung ist, laß Kleiner Bushi nicht sterben!«

Tsuki beschrieb mit dem Finger kleine Kreise in der Luft, und sie setzten die Suche fort.

Die Nacht brach wieder herein, und mit ihr wurden all die entsetzlichen Geräusche und das Platschen zur Rechten und zur Linken und vor und hinter ihnen wieder laut. Aber die Nonne und die Samurai schenkten allem, das ihre Suche nicht weiterbrachte, keine Beachtung. Sie stapften weiter.

Wenigstens blieb ihnen der Regen erspart, aber durchnäßt von Kopf bis Fuß, wie sie waren, machte es keinen Unterschied.

Der Mondaufgang war hilfreich, da er ihren wasserumspülten Pfad erleuchtete, aber er warf auch Halbschatten auf den Weg, die sie umgehen zu müssen glaubten.

Die beiden heldenhaften Frauen bewegten sich wie Geister durch das Moorland. Wären andere im selben Sumpf in irgendeiner Angelegenheit unterwegs gewesen, sie wären vielleicht in anderer Richtung davongelaufen, hätten sie dieses Paar zufällig erblickt, oder sie hätten sie nicht beachtet, weil sie sich auch bereits an Geistererscheinungen gewöhnt hatten.

Die Nonne und die Samurai hätten die Sümpfe viele Tage lang durchstreifen können, ohne dem Ziel ihrer Wünsche näher zu kommen, so groß war das Gebiet. Tümpel grenzten an Tümpel, sie gingen über in Torf- und Moderflecken, verbanden sich mit natürlichen Dämmen aus Schlamm und Brücken aus heruntergestürzten Ästen. Nichts kam ihnen bekannt vor aus der vergangenen Nacht, oder dem vergangenen Tag. Nichts gab ihnen einen Hinweis. Aber Götter wandelten über die Inseln von Naipon und ließen nicht zu, daß das Schicksal ohne Erfüllung blieb.

Izanami-die-Alte erschien mit der Laterne in einer, ihrem

knorrigen Stock in der anderen Hand vor ihnen. Sie tauchte so schnell vor ihnen auf, wie sie sie nicht hätten erwarten können. Die Lampe blendete sie, so daß Tsuki nicht rechtzeitig den Schlag der Alten abwehren konnte. Der knorrige Stock traf sie zwischen die Augen, und Tsuki Izutsu fiel kraftlos über einem Baumstumpf zu Boden und rührte sich nicht mehr. Bevor Tomoe noch in ihrem Zorn handeln konnte, sagte die alte Izanami: »Zum Haus geht es dort entlang. Es liegt hinter den Binsen und diesen Bäumen. Du mußt dem Bakemono allein entgegentreten.«

Tomoe hob Tsukis Kopf und stellte fest, daß sie nur schlief, ihre Atemzüge gingen gleichmäßig. Tatsächlich war der Schlag zwischen die Augen nicht so fürchterlich gewesen, eher ein Schreicheln oder Kuß, und hätte keine Bewußtlosigkeit zur Folge haben dürfen.

In diesem Augenblick wurde Izanamis Lampe von einem kurzen, kalten Windstoß ausgelöscht, und Tomoe Gozen sah die Göttin nicht mehr.

Sie erreichte die Hütte des Bakemono an der Stelle, die die alte Izanami ihr gezeigt hatte. Aus dem Inneren drang Schluchzen. Yabushis Schwester hatte endlich ihre Tränen gefunden, die jetzt in Strömen hervorquollen. Die Stimme der jungen Frau heulte wie der Wind. Tomoe fragte sich: Ist Yabushi etwa bereits tot?

»Oh, Bakemono-ohne-Schwanz!« rief die Samurai. »Tomoe Gozen ist gekommen, deinen Kopf zu stehlen!«

Augenblicklich flog die Tür auf; der Bakemono hatte sie erwartet. Er trat heraus, ohne zu zögern, sein Blick war wild und selbstsicher, und er schwang sein zweizackiges Schwert mit unheilvoller Wut. Es war die Quelle seines Muts, und offensichtlich erwartete er, daß Tomoe bei seinem Anblick zurückweichen würde. Sie sprang in den schlammigen Morast, der das Haus umgab und kreuzte die Klinge ihres Schwertes mit dem des Bakemono.

Bei der Berührung klang das Schwert wie eine Stimmgabel, es hatte einen Hall wie eine Glocke. Tomoe schlug immer wieder zu. Je heftiger sie das Schwert des Gegners traf, desto lauter hallte es. Der Sumpf war erfüllt vom Klang der Waffe des Bakemono. Dieser Klang umgab

Tomoe Gozen wie dicker, kalter Sirup. Er machte sie langsam.

Einmal hätte der Bakemono sie töten können, so kraftlos war ihre Bewegung. Aber in seinem Eifer glitt er im Schlamm aus und fiel aus purer Ungeschicklichkeit auf sein schwanzloses Hinterteil. Nun hätte Tomoe *ihn* töten könne, hätte sie über die gewohnte Flinkheit verfügt. Das düstere Geläut des Schwertes hielt sie gefangen. Sie schwamm durch die geronnene Luft, während der Bakemono ihr mit Leichtigkeit auswich, sich aufrichtete und wieder auf sie zustürmte.

Der Bann des Schwertes hielt sie fest, so daß sie sich nicht schnell genug bewegen konnte, um die Deckung des Bakemono zu durchbrechen, so armselig sie auch sein mochte. Alles, was sie tun konnte, war, seinen Schlägen zu begegnen; und selbst wenn ihr das gelang, verstärkte sie damit nur den Zauber, da sich das Läuten dadurch steigerte.

Der Bakemono fing ihren letzten Schlag zwischen den beiden Klingen seines Schwertes auf und hielt ihre Klinge fest. Tomoe verzog das Gesicht, dann grinste sie; denn ihr wurde klar, daß das Läuten verstummen würde, wenn sie sich nur lange genug von dem Bakemono festhalten ließ. Dann würde sie ihre Flinkheit gegen das Scheusal wiedererlangen.

Die Erschütterung durchlief ihre Knochen, ein Gefühl, das sie an ihr Erlebnis erinnerte, als sie den Blitzschlag überlebt hatte – nur mußte sie es diesmal viel länger erdulden. Die Erschütterung ließ ihren Blick verschwimmen, ihr Gehirn beben und drohte sie bewußtlos werden zu lassen. Aber sie hielt fest, ließ den Bakemono nicht sein Schwert zurückziehen, um wieder zuzuschlagen, bis das Geräusch leiser würde. Vielleicht erkannte er ihre Absicht, aber er war langsam und dumm und konnte sich nicht vorstellen, wie er sein Doppelschwert von dem Daito lösen sollte, ohne sich weiter in Gefahr zu bringen.

Nach langem, geduldigem Warten schien die Erschütterung ein wenig nachzulassen, aber nicht schnell. Der Bakemono stemmte sich mit seinem ganzen Gewicht gegen die

Zauberwaffe, um Tomoe, die bei weitem die kleinere von beiden war, zu Boden zu drücken. Aber sie stützte sich fest mit den Füßen ab, und keiner von beiden rührte sich vom Fleck.

Aus den Augenwinkeln erkannte Tomoe Gozen eine Bewegung, dann noch eine. Zwei leuchtendblaue Oniteufel, die unter dem Bann des Schwertgeläuts standen, waren zu ihrem Herrn zurückgekehrt. Einer von ihnen hatte, da, wo seine Hand gewesen war, einen schwarzen Stumpf, und er trug in seiner noch verbliebenen Hand einen großen Stein. Der andere schwenkte einen langen, dicken Ast.

Tomoe konnte sich überhaupt nicht mehr bewegen, denn sie war durch das zu langsame Abklingen des Läutens erstarrt. Wie das Gewicht des Bakemono sie von vorn bedrängte und sich die zwei Oni von der Seite her näherten, hatte Tomoe Gozen ihren Tod vor Augen.

Doch die Wandernonne war nicht bereit, das zuzulassen. Tsuki Izutsu kam durch den Sumpf getrottet, eine Hand vor die Augen gelegt, die auf seltsame Weise schmerzten. Sie stolperte, taumelte, kam aber voran. Sie bekämpfte den Shintozauber mit einem buddhistischen Gebet auf den Lippen und näherte sich wie die Oni (aber mit anderer Absicht) dem Klang des läutenden Schwertes.

Die zwei leuchtendblauen Oni wandten sich der Nonne zu. Sie hob den Bo, dessen Stachel hervortrat, aber sie war zu benommen von der Berührung des knorrigen Stockes Izanamis. Sie sah den Stein nicht, der durch die Luft geschleudert wurde. Er traf sie am Ohr, und Blut quoll in Strömen aus ihrem Kopf. Sie fiel in dem schmutzigen Wasser auf die Knie, als der zweite Oni vorsprang. Er stieß ihren Bo mit dem Knüppel beiseite und ließ den Ast immer wieder auf sie niedersausen. Der Laut splitternder Knochen durchbrach das Läuten des Schwertes. Tomoe hörte das Geräusch und war hilflos.

Die ganze Zeit über hatte Yabushis Schwester in der Hütte laut geweint. In dem Augenblick, als Tsuki fiel, hörte das klagende Weinen auf; und Tomoe fand den Zeitpunkt höchst unpassend. Die Bäume selbst müßten weinen, da Tsuki ermordet war!

Tränen und die Anstrengung verschleierten Tomoes Blick. Der Zorn wurde beiseite gedrängt. Kummer lastete schwer auf ihr. Der Klang seines gegabelten Schwertes war fast völlig verblaßt, während Bakimono all seine Kraft in das Vorhaben wandte, sie zu Boden zu zwingen.

Die Spitzen des Schwertes bewegten sich auf sie zu, auf jeder Seite ihres Schwertes eine. Sie hatte keine Möglichkeit sich davor zu schützen. Sie konnte sich nicht bewegen. Langsam preßten sich diese Spitzen gegen ihre Stirn, fester, tiefer, und Blut vermischte sich mit den Tränen in ihren Augen. Die Erschütterung hörte auf, war in ihr Gehirn übergegangen, wo es alle noch verbliebenen Lebensgeister auslöschte.

In diesem Augenblick taumelte der Bakemono nach hinten. Nur die zwei tiefen Einstiche auf Tomoes Stirn blieben zurück. Vom Zauber des Schwertes und ihrer Anstrengung ausgezehrt fiel sie zu Boden. Dann lag sie, unfähig sich zu rühren oder zu stöhnen, auf dem Rücken. Aber der Bakemono setzte nicht zum letzten, tödlichen Schlag an.

Er stand groß und steif da. Entsetzen lag in den riesigen schwarzen Augen. Er ließ das Schwert fallen. Als er auf Hände und Knie zusammensackte, konnte Tomoe gerade noch aus den Augenwinkeln erkennen, daß Yabushi'take Issun' kamatoka sich von der Tür des Hauses auf den Bakemono gestürzt hatte, um ihm sein Kurzschwert tief in den Rücken zu bohren. Er hatte das Herz getroffen.

Kleiner Bushi klammerte sich, bleich wie der Tod, an sein Schwert, klammerte sich am Rücken des Bakemono fest und stieß immer wieder mit dem Schwert zu.

Ein dritter Oni hielt sich in dem Schilf versteckt, er hatte zugesehen, wie seine beiden Gefährten Tsuki Izutsu erschlagen hatten, die Nonne, die einem Oni das Leben geschenkt hatte. Der Oni, der roter war als Blut, stürmte vorwärts mit seinem Speer, stieß ihn erst dem Oni mit dem Knüppel in den Rücken, dann dem einhändigen Oni, der den Stein geworfen hatte, in den Bauch.

Die getroffenen Oni schrien entsetzlich, rannten ein Stück in den Sumpf hinein und stürzten dann ihrem langsamen Tod und ihrer schnellen Verwesung entgegen.

Tsuki trieb mit dem Gesicht nach unten im Wasser. Blut trieb von ihr fort. Der Oni hob sie mit überraschender Zartheit auf und heulte wie seine Begleiter – denn wenn ein Oni je Liebe empfand, wie konnte er umhin, Tsuki Izutsu zu lieben? Er trug sie fort in die Nacht und heulte seine schreckliche, wortlose Klage.

Bakemono starben nicht viel schneller als Oni, allerdings konnten ihre Köpfe als Trophäen verwendet werden, da sie nicht so schnell verwesten wie Oni. Yabushis Schwester half dem Jungen, seine Klinge aus dem Rücken des Bakemono herauszuziehen, dann stützte sie den kleineren Samurai, der noch immer von der langen Krankheit geschwächt war. Der Fluch des Bakemono hatte nur einem Freund Tomoe Gozens den Tod im Moor bestimmt, daher hatte Yabushi in dem Augenblick, in dem Tsuki gestorben war, einen Teil seiner Kraft zurückerlangt.

Er begriff den Zusammenhang noch nicht; wenn er ihn erkennen würde, würde er ihr Opfer beklagen und vermuten, daß Tsuki sich aus eben diesem Grunde hatte erschlagen lassen.

Der Bakemono wälzte sich auf den Rücken, eine zähe Flüssigkeit quoll aus der Wunde, auf der er lag. Er blinzelte ein paarmal mit den Augen, und seine Furcht verriet, daß er wußte, daß er sterben mußte.

Yabushi und seine Schwester näherten sich dem Bakemono. So schwach sich der kleine Samurai auch fühlte, so führte er sein Schwert doch gezielt.

»Bitte, nimm nicht meinen Kopf!« bat der Bakemono.

»Warum sollte ich das nicht tun?« sagte Yabushi barsch, von seiner großen, schlanken Schwester gestützt. »Bakemono fressen Menschen. Du hast den Tod eines meiner Freunde und die Verwundung eines anderen auf dem Gewissen. Du bist meiner Schwester, die du entführt hattest, ein besonders schlechter Mann gewesen.«

»Aber ich möchte meinen Kopf behalten«, winselte er und begann laut zu heulen. »Es ist wahr, daß Bakemono Menschen essen, aber ebenso essen Menschen Fische, und Schlangen essen Mäuse. Das ist eben unser Leben! Und wenn ich meiner Frau nicht gestattet hätte, ihren Bruder gesundzupflegen, stünde ich jetzt vielleicht als Sieger da. Ich bin also nicht nur schlecht. Ich bitte dich, überleg es dir noch einmal. Ich habe bereits meinen Schwanz verloren. Laß mir meinen Kopf! Bitte!«

Tomoe versuchte, ihre Kräfte zu sammeln und stöhnte. Sie hob das Gesicht aus dem Schlamm, sah durch einen Schleier von Schmerz und sagte: »Sei gnädig, Kleiner Bushi. Der Kopf eines Feiglings ist ohnehin eine armselige Trophäe.«

Yabushi sagte, zu Bakemono gewandt: »Ich habe mehr Anlaß als du, unglücklich zu sein; und meine Schwester hat ein größeres Bedürfnis nach Rache als du jemals in deinem Leben. Aber du sollst deinen Willen haben. Ich werde dir zwar den Kopf abschneiden, werde ihn dir aber lassen.«

»Du bist gütig«, sagte der Bakemono und schniefte. »Gütig genug, mir eine weitere Bitte zu gewähren?«

»Welche Bitte?« fragte Yabushi, über das Betteln des Feiglings und sein eigenes Mitleid für die sterbende Kreatur verärgert.

»Ich möchte verbrannt und in einer Urne begraben werden, und mein Grab soll bezeichnet werden, wie es für Menschen getan wird. Dann werde ich vielleicht als Mensch wiedergeboren.«

Tomoe hörte seine Worte und erinnerte sich daran, daß der Bakemono einst gesagt hatte, Bakemono stünden über den Menschen. Auch sie empfand Mitleid mit dem elenden Oger, der sich selbst so sehr verabscheute.

»Mit welchem Namen sollte ich das Grab eines Bakemono zeichnen?« fragte Yabushi. »Bakemono haben keine Namen.«

»Ich habe einen Namen«, erklärte der Bakemono. »Ich habe mir einen ausgedacht.« Seine Tränen quollen noch heftiger hervor, denn so groß auch Tomoes und Yabushis Mitleid mit ihm war, sein Selbstmitleid war noch größer. »Kwashiorki ist mein Name. Ist er schön?«

»Kwashiorki«, sagte Yabushi, indem er den Klang prüfte. Er war häßlich wie der Bakemono selbst, aber Yabushi sagte: »Er ist gut. Du wirst dein Grab bekommen.«

Auf das Wort eines Samurai vertrauend, wurde der Bakemono ruhig.

Mit Hilfe seiner Schwester, die den Kopf des Bakemono mit den langen Ohren hochhielt, machte Yabushi einen Schnitt rund um den Hals. Der Bakemono beklagte sich nicht, sondern ließ diesen qualvollen Tod über sich ergehen. Seine Henker drehten ihm den Hals um, bis das Genick brach und Kwashiorki nicht mehr atmete noch weinte. Sie verschränkten seine Arme so, daß sie den Kopf hielten. Dann gingen Yabushi und seine Schwester, ein Feuer für die Einäscherung vorzubereiten.

Tomoe Gozens Blickfeld verdunkelte sich mehr und mehr, bis lautlose Finsternis sie umgab.

Sie hatte eine verschwommene Erinnerung an ein Feuer vor der Hütte, von Kohlen, die Yabushis Schwester geholt hatte, an merkwürdige Gesichter, die vom nächtlichen Moor aus erstaunt beobachteten, wie ein Ungeheuer mit menschlichen Bräuchen versehen wurde. Der Bakemono loderte wie trockenes Reisig, das Feuer wütete in der Dunkelheit und brannte schließlich nieder. Die Feuchtigkeit des Bodens ließ die Asche schnell abkühlen. Das Samuraikind und die schlanke Frau sammelten die graue Asche in einem Topf, der als Urne dienen sollte.

Als das vollbracht war, pflegte eine alte Frau Tomoe, während Tomoe abwechselnd blind vor sich hin starrte, eingebildete Geister bekämpfte, in Todesqual aufschrie und Tränen vergoß in herzzerreißenden Alpträumen. Die alte Frau erinnerte Tomoe an jemanden aus ihrer Kindheit: eine Pflegetante, an die sie sich kaum erinnerte, oder Tomoes griesgrämige, unheilstiftende Großmutter, die noch am Leben war und noch immer eine Kämpfernatur. Später schien sie keine Krankenpflegerin mehr zu sein, sondern das rachsüchtige Weib eines Bakemono, und Tomoe hatte Angst. Schließlich war sie nur eine merkwürdige Hexe mit einem knorrigen Stock, der Tomoe schon zweimal begegnet war.

Als die Asche des Bakemono gesammelt und die Sonne aufgegangen war, entdeckte Tomoe, daß sie nicht mehr von einer alten und nur zu sterblichen Hexe umsorgt wurde, sondern von einer wunderbaren Göttin von ewiger, himmlischer Schönheit. Sie trug keinen knorrigen Stock, sondern einen glänzenden Gegenstand, der blitzschnell im Gewand der Göttin verschwand, bevor Tomoe erkennen konnte, was es war.

Yabushis Schwester befestigte das gegabelte Schwert auf ihrem Rücken, dann band sie sich den versiegelten Topf mit der Asche mit einem Seil um den Hals, wie es sich für eine Witwe ziemt.

In diesem Augenblick wurde Tomoe klar, daß sie an dem wirklichen Begräbnis teilnam; denn sie wurde zum Ort der Handlung getragen. Yabushi und seine Schwester hielten jeder ein Bein, die Göttin trug den größten Teil des Gewichtes auf dem Rücken. Tomoe fühlte sich schwerelos, als würde sie auf einer Wolke getragen, ihre Augen öffneten sich nur gelegentlich, um die Sonne durch die Blätter der Sumpfbäume scheinen zu sehen, und sie fühlte den warmen, sanften Trost göttlicher Schultern an ihrem Rücken. Ihr Kopf hüpfte auf und nieder, und gelegentlich sah sie, wie die Frau und der Junge ihre Füße über den Schlamm hoben.

Unterdessen war ein ständiges Summen in Tomoes Kopf, die Nachwirkung der seltsamen Berührung des Schwertes.

Zusammen mit der Asche des Bakemono wurde sie zu einem trockenen Hügel gebracht, wo die Göttin dem Topf den Segen einer wirklichen Urne verlieh. Dann wurde der Bakemono unweit des Grabes des Großen Herrn, der Schreitet, begraben. Kleiner Bushi setzte das hohe, schmale Grabzeichen auf die Stelle; in die hölzerne Latte war der Name Kwashiorki gebrannt. Die Göttin gab das eigenartige Versprechen, daß aus der Latte ein Baum wachsen werde, den die Götter unter dem Namen Kwashiorkis Schatten kennen würden. Tomoe wußte nicht, ob sie den Unsinn gutheißen sollte, da doch Tsuki Izutsus Leichnam von einem rasenden Oni fortgeschleppt worden war und *sie* niemals ein angemessenes Begräbnis erhalten würde.

Nach der Begräbnisfeierlichkeit, über der die Göttin

gewacht hatte, wurde Tomoe weitergetragen. Sie wurde vom Grabe des Bakemono fort und zum Shintoheiligtum gebracht. Diese Erinnerungen waren von Gesprächsfetzen durchzogen, Worte, die zwischen den beiden Sterblichen und der Göttin gewechselt worden waren, als das Feuer vorbereitet war und bevor sie die heilige Stätte erreichten. Der Inhalt dieser Unterhaltung schien unbestimmter als Träume, sicher unbestimmter als der Traum von den Sieben Oni, der in gewisser Weise wirklich gewesen war. Tomoe verfiel immer wieder in einen totenähnlichen Schlaf, besonders, wenn sie versuchte, sich über die Bedeutung der mitgehörten Unterredung klarzuwerden.

Sie hörte oder träumte oder bildete sich ein, Tsuki Jzutsu sei nicht wirklich und richtig tot, sondern vereint mit einem höheren Wesen, das die Göttin mit Entsetzen erfüllte, das Yabushi und seine Schwester aber wundervoll fanden. Einer anderen Erklärung nach mochte Tsuki den Augenblick ihres Scheidens selbst gewählt haben, da sie die Wirkung des Fluchs des Bakemono kannte und wußte, daß nur dieses Opfer Yabushi retten konnte. Im Gegensatz dazu war vielleicht Tomoe selbst verantwortlich für Tsukis Tod; denn Tomoe hatte die Göttin angefleht, Yabushi zu retten, in dem Bewußtsein, daß ein anderer an seiner Stelle sterben mußte, wenn die Bitte gewährt wurde. Das erschien Tomoe zu furchtbar, um es zu glauben, und sie beruhigte ihr Gewissen mit dem Gedanken, daß auch Götter spielen konnten, und daß keine der Spielsteine und keiner der Spieler vollkommen verantwortlich war, da erst der letzte Augenblick enthüllte, wer sterben mußte und wer am Leben blieb.

Eine höhere Bestimmung, die selbst die Götter lenkte (wahrscheinlich ein Vermächtnis der Götter selbst, damit nicht die Gewißheit sie mit der ihr eigenen Langeweile vernichtete), war die Quelle von Tsukis Hinscheiden oder Verschmelzung.

So glitt Tomoe, gefangen zwischen Zorn auf die Götter, die für Tsukis Ende verantwortlich waren, Schuldbewußtsein angesichts ihrer eigenen Verantwortung dafür und Ehrfurcht vor der beeindruckenden Kraft eben jener Götter, zwischen Wachen und Bewußtlosigkeit hin und her. Als sie schließlich erwachte – wirklich erwachte –, geschah das im Tempel des kleinen Heiligtums.

Der Kopf schmerzte ihr von der doppelten Wunde, aber sie war von allem gesäubert worden, das eine Infektion hätte verursachen können. Auch ihre Kleidung war so gut wie möglich gereinigt worden, war jedoch zerfetzt und heruntergekommen. Sie fragte sich kurz, wie schlimm die Narbe werden würde, ließ sich aber von keiner noch so schlimmen Aussicht schrecken.

Nahe bei Tomoe stand Yabushi, dessen Stirn kein Kummer umwölkte, denn er vertraute der Göttin, die sich über Tomoe beugte. Hinter Yabushi stand eine hochgewachsene Frau, die ein Schwert mit doppelter Klinge auf den Rücken gebunden hatte. Ohne ihren Kummer erschien sie irgendwie weniger schön, denn der Kummer hatte sie zu einer tragischen Gestalt gemacht. Jetzt war sie eine durchschnittlich hübsche Frau, ruhig wie ihr Bruder und stolz. Diese beiden mußten einen Teil der heiligen Kraft der Göttin in sich aufgenommen haben, denn keiner von beiden schien nachteilig beeinflußt von dem, was sich ereignet hatte; beide hatten, im Gegensatz zu Tomoe, neue Lebenskraft geschöpft.

Aller Wahrscheinlichkeit nach war der Schwester bewußt, daß sie noch immer als Geisha erwartet wurde, denn sie war rechtmäßig verkauft worden. Aber unter den gegebenen Umständen und angesichts der Unwahrscheinlichkeit ihres Wiederauffindens ohne Yabushi und seine Helfer war anzunehmen, daß sie billig freigekauft werden konnte und daß Yabushi schließlich doch ein beträchtlicher Teil seiner Erbschaft bleiben würde. Darüber hinaus war es möglich, da sich die junge Frau im Besitz eines Schwertes von unschätzbarem Wert befand, daß die arme Hahnensippe schließlich doch noch zu Wohlstand kam.

Erst sieben Tage nach ihrem Erwachen in der heiligen Stätte konnte sich Tomoe alles in Erinnerung zurückrufen, was in der Folge des Abenteuers geschehen war. Inzwischen hatte sie Yabushi und seine Schwester in das Dorf zurückbegleitet, ihnen Lebewohl gesagt und insbesondere dafür gesorgt, daß Yabushi sicher in seinen Dojo zurückkehren konnte. Dann wanderte die erschöpfte Samurai wieder auf der einsamen Straße, auf ein buntes Zwielicht zu, während all die Erinnerungsfetzen eines halb bewußten Zustandes durch ihren Kopf wirbelten. Besonders dachte sie über die Alte Göttin nach, die sie gepflegt hatte und über den Augenblick, in dem ihre Vernunft wieder erwacht war an der heiligen Stätte. Im Augenblick des Erwachens hatte sich die Göttin über Tomoe Gozens Körper gebeugt und die Lippen zweimal auf ihre Stirn gedrückt.

Die Küsse brannten und heilten. Der Schmerz wurde für einen Augenblick schlimmer und verschwand dann vollkommen, und die Genesung eines ganzen Monats war in der Zeitspanne dieser beiden Küsse vollbracht. Tomoe wurde für kurze Zeit Ruhe oder Frieden zuteil, der andauerte, bis sie sich wieder auf der Straße befand. Erst dann überließ sie sich diesen Gedanken, den Bemühungen, sich das wagemutige Unterfangen der letzten Stunden in Erinnerung zu rufen.

Bevor die Göttin von ihrem Heiligtum verschwunden war, hatte sie einen bronzenen Spiegel aus dem Gewand gezogen. Er glänzte wie die Sonne. Sie hielt ihn Tomoe entgegen. Tomoe erblickte ihr Spiegelbild und die Doppelnarbe auf ihrer Stirn: zwei weiße, gezackte, senkrechte Male, die aussahen wie zwei einander im Streit gegenüberstehende Meereswellen. Von der einen Seite betrachtet, glich die Narbe Tomoes Familienwappen, eingeprägt in ihre Stirn. Von der anderen Seite betrachtet glich sie dem dritten Auge einiger Buddhas, ein erschreckender Anblick an einem shintoistischen Ort, aber eine angemessene Huldigung an die Nonne, die ihr Leben geopfert hatte.

»Danke, Izanami«, hatte Tomoe geflüstert und die Arme ausgestreckt, um die Göttin zu umarmen ... aber das Licht des Spiegels hatte sich ausgebreitet, war dann verblaßt, und Izanami war verschwunden.

Nun, Tage später auf der Straße, wurde Tomoe gewahr, daß sie sich für einige Zeit, während all dies durch ihren Kopf ging, nach innen gekehrt hatte.

»Tomoe Gozen.«

Unter einem Baum, von der Wanderschaft ausruhend, saß ein Wanderpriester, ein Rokubu. Er war schmutzig und verkommen, wie manche von ihnen waren, oder sogar noch mehr als andere. Gewöhnlich trugen sie Abbilder von Buddha an einem Seil auf dem Rücken, ohne sie je abzulegen. Dieser nun hatte nicht nur den Buddha abgelegt – er hatte den Buddha am Hals an einen Baum gehängt.

»Du kennst mich«, erwiderte Tomoe und blieb vor dem Priester stehen, der sie beim Namen gerufen hatte. Sie wanderte barfuß über die Straße, da sie Schuhe und Tabisocken Tage zuvor im Sumpfland verloren hatte. Der Rokubu hatte ein neues Paar Sandalen und neue Strümpfe vor sich ausgebreitet, vielleicht nur, um sie in Versuchung zu führen, vielleicht auch, um der Samurai zu zeigen, daß sie hier einen Rokubu vor sich hatte, der nicht nur über die Mittel eines Bettlers verfügte.

»Eine in Ungnade gefallene Heldin«, sagte er, indem er sein Wissen genauer bezeichnete. »Und du kennst mich ebenfalls, wenn auch nicht mit Namen. Mein Name wird niemals ausgesprochen.«

»Ich kenne dich«, pflichtete sie bei. »Vor einem Jahr schlief ich als Gast einer Familie in einem Bauernhaus. Das war zu Beginn meines *Musha-Shugyo*. Du kamst an die Tür, um zu betteln.«

Musha-Shugyo war eine Art Schulung, die nicht im Dojo oder in der Schule vermittelt wurde. Sie konnte nur auf der Straße erreicht werden, gelehrt durch die harte Wirklichkeit. Tomoe Gozen hatte diese Universität der harten Schläge nicht aus freien Stücken gewählt, die Ungnade hatte ihren Weg bestimmt. Dennoch war es ihr nützlich gewesen, obwohl der Nutzen bereits zur Anwendung gebracht worden war und nun vielleicht nicht mehr vonnöten war.

Es traf sich häufig, daß ein scheinbar zufälliges Zusammentreffen den Anfang und das Ende eines bestimmten Lebensabschnittes eines Menschen markierte und so bestimmten Ereignissen einen Rahmen verlieh. Es war daher durchaus möglich, daß dieser fette, umherziehende Robuku wieder aufgetaucht war, weil Tomoes Musha-Shugyo seinem Ende entgegenging. Der Rokubu sagte: »Es war freundlich von dir, mir diese Münze zu opfern, als wir uns das erste Mal begegneten, so arm du auch warst.« Er hob die Hand und öffnete sie, so daß die Samurai, die über ihm stand, erkennen konnte, daß darin eine Münze von geringem Wert lang, vielleicht die nämliche Münze, die sie ihm gegeben hatte. An deinen Lumpen erkenne ich, daß heute deine Not größer ist als meine.«

Tatsächlich hatte Yabushi ihr einen Teil seiner Erbschaft angeboten und, als sie abgelehnt hatte, wenigstens eine Leihgabe. Sie hatte auch diese abgelehnt. Aber die Münze des Rokubu nahm sie an. Es schien ihr eine symbolische Tat, warum sonst hätte er sie aufbewahren sollen? Und warum das Geschenk der guten Schuhe, außer, daß sie ihrer bedurfte, um schneller voranzukommen; würde es einen Rokubu kümmern, ob sie schnell laufen konnte oder nicht?

Der Rokubu warf viele Fragen auf. Zufälliges Zusammentreffen würde zwei Begegnungen in weit auseinanderliegenden Gebieten und zu einem jeweils schwierigen Zeitpunkt in der Entwicklung der Samurai nicht ausreichend erklären. Es mußte einen Grund dafür geben, daß er zu dieser Stunde seinen fetten Hintern an ihren Weg gepflanzt hatte.

Aus irgendeinem Grund zweifelte sie nicht daran, daß er ihr zu jeder Zeit und an jedem Ort hätte begegnen können. Warum sie diese Gewißheit spürte, wußte sie nicht. Rokubu waren nicht klüger als Ninja. Weit gefehlt. Und sie war einmal mehrere Wochen lang den Ninja entkommen. Aber dieser Rokubu unterschied sich von anderen Bettelpriestern, und sie war überzeugt, daß er den Zeitpunkt und die Art ihrer Begegnung gewählt hatte.

Sie hatte ihn im Verdacht, ein Jonopriester, ein Zauberninja zu sein. Sicher war er in Wahrheit kein Buddhist, sonst würde das Idol nicht wie am Galgen hängen, eine wunderliche, aber vernichtende Lästerung des Buddhismus. Er hatte darüber hinaus geheimnisvolle Andeutungen über seinen niemals genannten Namen gemacht. Jono hüteten ihren Namen und ihr Gesicht. Dieser nun hütete sein Gesicht nicht, soviel war klar, und das stimmte nicht überein mit ihrem Gefühl, wonach er ein Jono war. Aber die Zauberninja bedienten sich der Zauberei; vielleicht hatte er noch andere Gesichter. Der Gedanke, was er sein *konnte* – wenn er kein Jono war –, verursachte ihr Unbehagen.

»Meinen Segen für die Münze«, sagte sie, indem sie sie einsteckte. »Meine Dankbarkeit für die Schuhe«, denn sie nahm es als gewiß, daß sie für sie bestimmt waren.

Der Rokubu nickte und legte die Handflächen aneinander. Er sagte: »Eine Münze und Schuhwerk für die Füße ist noch nicht alles, was ich dir mitgebracht habe. Du hast vielleicht schon erraten, daß dein Weg sich heute ändert. Du bist nicht länger ein Ronin, wenn du es überhaupt jemals warst. Du hast dich Dame Toshima verschworen, die dich braucht.«

»Sie schickt dich?« fragte Tomoe, deren Interesse schlagartig erwachte. Sie hatte sich neben dem Priester niedergelassen, um die Schuhe und Socken anzulegen. Die Füße des Rokubu, kaum sichtbar unter dem Saum seines Gewandes, waren nackt und außerordentlich schmutzig.

In harten, kalten Augen glitzerte härterer, kälterer Spott. »Niemand schickt mich«, sagte er. »Aber ich komme.«

Die Kälte drang in Tomoe ein, und fast hätte sie sich unter dem Frost zusammengekrümmt. Der kalte Regen fiel ihr ein, der in der Nacht gefallen war, als sie ihm das erste Mal begegnet war.

»Warum dann?« fragte sie, und es war nicht ein »warum«, sondern es waren deren viele.

»Im vergangenen Jahr«, begann er, und blickte sie mit seinen seltsamen, eindringlichen Augen an, »war Goro Maki der Wächter Toshimas und ihrer Mutter. Das war der letzte Befehl des Herrn Shigeno. Aber Goro war tief unglücklich, so daß Toshima ihm die Erlaubnis gegeben hat, sich aus der Welt zurückzuziehen.«

Sich aus der Welt zurückzuziehen, das hieß, daß Goro Maki sich den Kopf geschoren hatte und Priester geworden war. Vielleicht *war* der Rokubu in irgendeiner unvorstellbaren Weise Buddhist, eine unverständliche Abart, dem es leichtfiel, lästerlich mit den Vorbildern umzugehen; woher sonst wollte er wissen, daß Goro so gehandelt hatte ...

»Goro liebt die Shintogötter!« sagte Tomoe. Im Shintoismus gab es keine Mönchsklöster, die Neuigkeit des Rokubu versetzte ihr daher einen harten Schlag. Es bedeutete, daß Goro Buddhist geworden war.

»Nicht alle Buddhisten verteufeln den Shintoismus«, sagte Rokubu, und sein stinkender Atem wehte Tomoe entgegen. Seine Beteuerung beruhigte sie, trotz seiner Widerwärtigkeit. »Er hat sich in die Berge zurückgezogen, zu den Yamahoshi. Sie schwören niemandem die Treue! Sie studieren alles und lehren es jeden, der sich einem asketischen Leben verschreibt.«

»Wie dem deinen?« fragte sie, und wieder glitzerte in seinen Augen eiskalter Spott.

»Schlimmer als meins«, erwiderte er.

Zumindest waren die Yamahoshi kriegerische Priester. Goro hatte also sein Schwert nicht abgelegt, und das war ermutigend. Dennoch mußte er sehr traurig gewesen sein, daß er der Welt den Rücken gekehrt hatte. Tomoe wollte es wissen. »Was hat meinen Freund so unglücklich gemacht?«

Der Bettelpriester machte eine Geste des Unwissens, obwohl er es wahrscheinlich wußte. Er sagte: »Vielleicht war er durch Samuraigesetz verpflichtet, den Tod seines Kriegsherrn zu sühnen. Nimm jedoch an, Shigenos Mörder war ein Freund! Um seiner Pflicht zu entgehen, hat er es vielleicht vorgezogen, sein Leben als Samurai zu beenden und ein neues als Mönch zu beginnen.«

»Du bist wirklich eiskalt«, sagte Tomoe betroffen, »daß du mir diese Botschaft überbringst. Ich bin erst vor kurzem von einem Shintoort zurückgekehrt und weiß, daß es die Götter in Wahrheit gibt. Vielleicht gibt es auch die buddhistischen Götter wirklich, und du bist ein Gott des Unheils.«

Es war ein boshafter Scherz, doch als sie ihn ausgesprochen hatte, fragte sie sich, ob es wahr war.

»Vielleicht bin ich es«, sagte er. »Vielleicht auch nicht. In jedem Fall aber braucht Toshima dich. Sie und ihre Mutter sind ohne Gefolgsleute zurückgeblieben, und der Shogun läßt sie beobachten. Ihm gefallen die Geschichten nicht, die sie geschrieben hat, seitdem du sie das letzte Mal gesehen hast. Es sind zurückhaltende Geschichten, die ungenannte Beamte in hohen Stellungen belasten. Alles wäre gutgegangen, wenn sie nicht unbedingt Ränke schmieden müßte!« Der Rokubu brach in halb drohendes, halb anerkennendes Lachen aus. »Der Shogun gestattet ihr nicht mehr zu schreiben. Er hat verfügt, daß sie entweder den Pinsel aus der Hand legen oder aber dem Mikado im Exil Gesellschaft leisten muß. Sie ist stolz und hat den zweiten Weg gewählt, obwohl sie weiß, daß der Shogun dennoch fürchtet, ihre findigen Schriften könnten auf irgendeinem Weg zur Hauptinsel zurückgelangen. Es wäre möglich, daß sie nicht lange genug am Leben bleibt, um in die Verbannung zu gelangen.

»Zu welchem Hafen muß ich mich begeben?« fragte Tomoe aus einem schnellen Entschluß heraus.

»Wenn du dich beeilst, erreichst du den Hafen von Hojikai vielleicht, bevor sie fort ist; dann kannst du dich ihr anschließen, wie es sich für ihren letzten Getreuen geziemt. Die Schuhe werden deinen Lauf beschleunigen. Aber wenn du gehst, kannst du vielleicht nur unter Androhung der Todesstrafe wieder zur Hauptinsel zurückkehren. Du wirst durch deine Gesellschaft ebenfalls verbannt sein, und der Shogun würde dich zum Kampf fordern lassen, sobald du zurückkehrst.«

»Der Shogun hat niemanden, der mich besiegen kann«, sagte Tomoe, ohne die Absicht zu prahlen. Sie hörte die Drohungen des Rokubu mit Freuden, denn sie zog es allemal vor, offen angegriffen zu werden, als sich von Ninja verfolgt zu sehen. Selbst wenn sie in dem Kampf besiegt werden würde, wäre es doch zumindest nicht der Tod eines Hundes, von dem niemand Notiz nimmt. Die Tatsache blieb jedoch bestehen, daß der Shogun nach Tomoes Wissen keinen Meister hatte, der gut genug war. Tomoe mochte daher nach Naipon zurückkehren, wann immer sie es wünschte, sie würde ehrenvoll zum Kampf gefordert, ehrenvoll siegen und unermeßliche Ehrlosigkeit über den Shogun bringen, würde er sie länger verfolgen.

Der Rokubu senkte den Kopf, schloß die Augen, seine

Hände waren noch wie zum Gebet gefaltet. Er sagte mit kaum hörbarer Stimme: »Der Shogun hat einen Meister«, und als Tomoe keine Fragen stellte, fügte er aus freien Stücken hinzu: »Ugo Mohri.«

Tomoe Gozen fuhr auf. Sie hatte viel gelernt während ihrer Wanderschaft, aber sie war sich nicht sicher, ob sie Naipons besten Schüler des Bushido besiegen konnte.

Ugo Mohri war ihr Schicksal, nicht weil sie einander haßten, sondern weil sie beide das Verlangen haben würden, einander wieder gegenüberzustehen und auf die Probe zu stellen, diesmal mit den richtigen Schwertern. Damals hatte er leichtes Spiel mit ihr gehabt, aber sie hatte einen fremden Kampfstil angewandt, der, wie sie erfahren hatte, einem Samurai nicht anstand. Der Zweifel mußte an ihm nagen, ob er sie noch immer besiegen konnte. Er nagte auch an Tomoe Gozen.

Wenn Ugo Mohri dem Mikado die Treue gehalten hätte, wäre dieser Zweikampf niemals möglich gewesen, denn der Mikado hätte es nicht gewünscht. Aber Ugo war treulos – es war ihm gelungen, seine Stellung zu halten, als der Mikado fiel. Ohne Zweifel hatte es das ganze Jahr gedauert, bis diese Gunst erreicht war, und Tomoe hatte aus diesem Grund noch nichts davon gehört.

»Wirst du zögern zu fahren?« fragte der Rokubu in dem Wissen, daß sie das nicht tun würde.

»Ich werde Toshima immer dienen. Aber ich werde keine Angst haben, nach Naipon zurückzukehren. Wenn ich Ugo Mohri gegenüberstehe, wird er wissen, daß ich ihm ebenbürtig bin; im Hinblick auf dieses Zusammentreffen werde ich üben, um sicherzugehen. Und an diesem Tag werde ich der Mahner seiner Treulosigkeit gegen den Mikado sein, einer Schwäche, die entscheidender ist, als er jetzt noch glauben mag. Er selbst ernannte mich zur Samurai des Mikado. Vielleicht werde ich der Rächer des Mikado!«

Das Blut war ihr bei diesen Worten in die Wangen gestiegen, wich aber gleich wieder zurück, und Tomoe fügte ohne die vorherige Großspurigkeit hinzu: »Aber Toshima hat dich nicht gesandt, Priester. Vielleicht wünscht sie meine Dienste nicht mehr. Wenn Shigenos unglückselige

Ermordung Goro Maki vernichtet hat, so hat sie vielleicht auch Toshimas Liebe zu mir ein Ende bereitet.«

»Das muß du nicht glauben. Aufgrund ihrer Ränke und ihrer Verwandtschaft mit dem Mikado war ihr im voraus bekannt, daß die Schlacht im Shigenotal unvermeidlich war. Wenn ich mich nicht irre, versuchte sie, dich zu überreden, auf irgendeine Weise mit ihr davonzulaufen? Damit hätte sie dich vor alldem bewahrt. Du hast geglaubt, es sei eine kindische Schwärmerei, aber Toshima ist klüger. Auf ihr Drängen hin hat der Mikado zwei Zauberninja gesandt, über ihren Vater zu wachen; und sie selbst hat die Jonopriesterin angewiesen, auch über dich zu wachen. Was sie nicht vorausgesehen hatte, war die Tatsache, daß du ihrem Vater auf dem Schlachtfeld begegnen würdest. Die Jono konnten euch nicht beide schützen, also war es dem Schicksal überlassen. Sie macht sich selbst größere Vorwürfe als anderen.«

»Du weißt eine Menge«, sagte Tomoe mit einer Spur von Abneigung in der Stimme. Sie hatte lange geglaubt, der Mikado sei schuld am Untergang Shigenos – aber der Mikado hatte freies Geleit gewährt. Auch der Zauberer von Ho, der den Krieg ausgelöst hatte, war sicher nicht verantwortlich zu machen, da er von der Kaiserlichen Stadt aus manipuliert worden war. Und auch wenn Toshima sich mit Selbstvorwürfen quälte, konnte man ihr schwerlich einen Vorwurf daraus machen, daß sie jene, die sie liebte, hatte schützen wollen.

Am Ende fand sich nur ein Frevler, und das war die Hand, die gemordet hatte ... Tomoe Gozens Hand. Kein Wunder, daß Goro Maki einem Zweikampf mit ihr entgegensah. Goros Ehre und seine Hingabe an den Bushido hätten ihn bestimmt, Tomoe ungeachtet ihrer Freundschaft zu suchen und sie zu bekämpfen, obwohl er sie liebte. Aber auch hier hatte Toshima eingegriffen. Da Goro angewiesen war, Shigenos Tochter Gehorsam entgegenzubringen, blieb nur ein Weg aus dem Zwiespalt: Seppuku. Toshima hatte auch den Selbstmord verhindert und ihren Beschützer anstatt dessen zu einer Zufluchtsstätte in den Bergen gelenkt. Sie hatte ihm damit seinen Stolz und das Vorrecht seiner Stellung verwehrt und zu einem Rückzug gezwungen, der grausamer war als ein ehrenvoller Tod.

Toshima hatte die Fähigkeit des Mikado geerbt, Menschen zu manipulieren. Und wie den Mikado hatte es auch sie einen hohen Preis gekostet, als das Spiel beendet war. Sie war kein Betrüger, sie spielte um des Spieles willen, nicht, um Verderben zu bringen.

»Deine Pläne?« fragte der schmutzige Rokubu, indem er ihre Träumereien unterbrach.

»Ich werde mit der Dame in die Verbannung gehen. Du magst Unheil bringen, aber ich danke dir dafür, denn vieles von alldem war mir bis zu diesem Augenblick unbekannt, obwohl es einen Sinn ergibt; und es ergibt ebenfalls einen Sinn, daß ich es erfahren habe. Sag mir – bin ich dir in irgendeiner Weise verpflichtet – ich würde dir ebenfalls einen Gefallen tun.«

»Ich stelle keinerlei Forderungen«, erwiderte der Rokubu. »Um die Neuigkeiten und das Unheil vollzumachen, mußt du eines tun: entschließe dich, das Spiel gut zu spielen und die vorgegebenen Teile zu verwenden. Das würdest du ohnehin tun, bis zu deinem Ende, selbst ohne meine Ratschläge. Aber du erstaunst mich, Tomoe! Ich dachte, du würdest mich nach der Jonopriesterin fragen; denn es ist wahr, was du sagst, ich weiß eine Menge.«

Tomoes Herz machte einen Sprung. »Erzähl mir von ihr.«

»Von wem?« fragte er mit unschuldiger Miene.

Es gefiel ihr nicht, verspottet zu werden. Zornig sagte sie: »Von der Jonopriesterin, von der du gesprochen hast.«

»Es gibt viele Priesterinnen in dieser seltsamen Sekte. Welche meinst du?«

Tomoe erhob sich mit einem Ruck. Sie sagte: »Ach! Der wissende Rokubu weiß nicht alles! Wenn ich dir ihren Namen nennen würde, wäre das der größte Verrat meines Lebens.« Mit diesen Worten zog Tomoe Gozen das Schwert, hieb zu und steckte es wieder in die Scheide, alles in einer einzigen Bewegung. Der Rokubu blinzelte nicht. Der Buddha, der am Baum gehangen hatte, fiel, von seiner

Schlinge befreit, zu Boden. Tomoe sagte: »Einer buddhistischen Freundin, die aus dem Leben geschieden ist, hätte es nicht gefallen, ihn dort hängen zu sehen.«

Sie verneigte sich vor dem Rokubu und ging davon.

Teil 3
Der unsichtbare Weg

Ein riesiger Bronzebuddha schwebte, von Winden und Rollen gehalten, in der Luft. Der Landungssteg knirschte und senkte sich unter der Masse des Kultbildes. Vierzig Arbeiter mühten sich, es vom Anlegeplatz zu heben und im Gleichgewicht zu halten und es sanft auf die Dschunke niederzulassen. Es war der Buddha des Mikado, darum waren sie so vorsichtig. Langsam senkte er sich auf das dicke Holzpodest in der Mitte des Dschunkendecks. Arbeiter liefen wie Ameisen darauf umher, entfernten Seile und schafften die Hebevorrichtung unter Deck, denn sie würde am Ende der Reise wieder benötigt werden.

Der Rumpf der Dschunke sank tief, bis an die Grenze der Belastbarkeit ins Wasser ein und wurde von der schweren Bronzestatue niedergehalten.

Toshimas Mutter überwachte den Vorgang. Über die Jahre hinaus gealtert, ergraute sie bereits, und die einst so stattliche Frau Shigeno verlor die Straffheit ihres Rückens. Dennoch war sie stark und eilte mit lebhaften Schritten über den Anlageplatz, während sie kreischend wie ein Rabe Befehle erteilte. Toshima selbst wandelte am Strand entlang, und es war vielleicht ihr letzter Gang auf einer der Hauptinseln Naipons, ein trauriger Gedanke. An ihrer Seite schlenderte die Samurai, die, zu Toshimas Freude und Überraschung, gerade eingetroffen war. Trotz des Kummers, den ihr die Abreise bereitete, blickte sie mit unverhohlenem Entzücken hinter ihrem Fächer hervor, und ihr Schritt war von mädchenhaftem Schwung beflügelt wie schon lange nicht mehr.

Zwischen zwei großen Felsen blieben sie außer Sichtweite des Anlegeplatzes stehen und lehnten sich Seite an Seite an den kleineren von beiden. Eine Krabbe lief seitwärts und entfernte sich aus ihrem Blickfeld. Die Frauen betrachteten einander, und Tomoe dachte bei sich: *Toshima, auch du hast sich verändert, ebenso wie ich.* Der letzte Monat, wenn nicht das ganze vergangene Jahr, hatte im Gesicht der Dame Spuren hinterlassen. Sie war müde und ernsthafter als zuvor, aber auch gereifter, trotz ihres mädchenhaften Gebarens. Aber all diese Veränderungen verbarg sie fast vollständig hinter der Maske der traditionellen Schminke: rote Lippen und Zähne, gelbe Stirn, ein weißes Gesicht, das von langem, auf Perücken gerolltem Haar gekrönt war.

Es war lange her, daß Tomoe mit den Vornehmen Naipons zu tun gehabt hatte, und Toshima erschien ihr fast fremdartig. Auf ihrer Wanderschaft hatte Tomoe sich daran gewöhnt, Bauersfrauen zu begegnen, die von der Mühe der Arbeit gestählt waren, und anderen Umherziehenden, an denen die erlebten Abenteuer Spuren hinterlassen hatten; und Frauen wie diese hatten bei Tomoe eine unübliche Vorstellung von Schönheit geprägt. Aber auch Toshimas Schönheit blieb bestehen, das war nicht zu leugnen. Zum ersten Mal fragte sich Tomoe, wie die Dame wohl ohne Schminke aussehen mochte. Sie konnte es einrichten, das herauszufinden. Sie konnte, im Gegensatz zu den meisten anderen Samurai, zusammen mit der Dame ein Bad nehmen.

Aber das setzte ein gewisses Maß an Luxus voraus. Die kleine Insel, zu der sie gesandt werden würden, hatte sicher nicht viel davon zu bieten. Ein Bad würde ein rasches, kaltes Eintauchen in reißende Bäche bedeuten – keine ruhige Entspannung in warmen, behaglichen Kammern, von Dienstmädchen umsorgt, die einen streichelten, reinigten und ihm die Muskeln lockerten.

»Du hast dir eine Narbe zugezogen«, sagte Toshima und streckte die Hand aus, um über die glatten, weißen Zeichen auf der dunklen Stirn der Samurai zu streichen.

»Eine gute Narbe, wenn man es so nimmt«, erwiderte Tomoe.

»So ist es. Sie sieht aus wic zwei Wellen im Meer. Du bringst uns sicher Glück auf der Reise.«

Tomoe entzog ihr Gesicht Toshimas Hand. Sie konnte von der Stelle, an der sie am Felsen lehnte, weder die Dschunke noch die Arbeiter oder den Anlegeplatz sehen. Sie sagte: »Es ist keine günstige Jahreszeit für eine Seereise.«

»Das ist dem Shogun bekannt«, erwiderte Toshima, und ihr Lächeln war eher höhnisch als anziehend. Der Shogun mochte den Verlust dieser Reisenden wahrhaftig begrüßen, dachte Tomoe bei sich. Die Dschunke, die er zur Verfügung gestellt hatte, war in furchtbar schlechtem Zustand, eine Beleidigung für Dame Toshima, und überdies gefährlich. Sie war kaum dazu angetan, unter den günstigsten Umständen Fracht zu befördern und mochte unter dem Gewicht des ungeheuren Buddhas, den der Mikado mitbringen ließ, zu Treibgut zerfallen.

Die Gefahren der Reise hätten genügen müssen, den Shogun zufriedenzustellen, aber Tomoe hegte bald den Verdacht, daß noch andere Maßnahmen ergriffen worden waren. Sie hörte, daß sich jemand heranschlich; nur ein Ninja hätte leiser schleichen können. Offenbar war der Shogun nicht sicher, daß die Reise nach Wunsch ungünstig verlaufen würde.

Tomoe warf Toshima einen Blick zu. Die Dame hatte die Bewegung auch vernommen. Als Tomoe nach dem Schwert griff, bedeutete Toshima der Schwertträgerin mit einer Berührung ihrer Hand, die Waffe nicht zu ziehen und flüsterte: »Ich kann nicht glauben, daß sie es wagen würden.«

Vier Samurai traten zwischen den Felsen am Strand hervor, zwei auf jeder Seite des Fleckchens, auf dem die Dame und ihre Samurai standen und sich unterhielten. Die vier Männer verneigten sich tief und ehrerbietig. Sie waren größer als die meisten Samurai und gut, aber nicht reich gekleidet. Toshima löste sich mit hoch erhobenem Haupt von dem Felsen und fragte: »Gereicht es den Samurai zur Ehre, mich zu töten?«

»Nicht Euch, Dame«, erwiderte der Nächststehende. »Aber Ihr dürft keine Gefolgsleute mit ins Exil nehmen. Wir suchen Tomoe Gozen.«

Einer der Samurai ergriff Toshima von hinten, legte ihr den Arm um den Hals und zog sie vom Schauplatz des bevorstehenden Kampfes fort. Die drei anderen zogen ihre Schwerter. Tomoe hatte das ihre noch nicht gezogen, sondern sagte kalt:

»Der Shogun muß euch ebenfalls geringschätzen.« Jetzt endlich zog sie ihr Schwert und fügte hinzu: »Denn er schickt euch ins Verderben.«

Während Tomoe sich gegen drei Schwerter zur Wehr setzte, war Toshima nicht untätig. Sie zog eine lange, stählerne Nadel aus Haar und Perücken. Einen Augenblick später steckte die Nadel in der Milz des Mannes, der sie festhielt. Er ließ sie los, taumelte zurück und versuchte, die Nadel herauszuziehen. Toshima wandte sich um und trat ihm mit weit geöffnetem Fächer entgegen. Er war nicht auf einen Angriff von ihrer Seite vorbereitet, hatte auch die Anweisung erhalten, sie nicht zu töten und erwartete alles, nur nicht, daß ihr Fächer am Rande rasiermesserscharfe Spitzen hatte. Sie zog den Fächer über den Hals des Samurai, bevor er sich dessen noch bewußt war. Blut quoll in Strömen aus der Schlagader.

Im selben Augenblick hatte Tomoe den vordersten Angreifer niedergestreckt, und es blieb nur noch ein mörderischer Sendbote hinter ihr und einer vor ihr übrig. Eingeschlossen zwischen starren Felsen, war es nicht einfach, sich nach vorne und nach hinten zu schützen und zu bewegen.

Dame Toshima warf ihren Fächer dem Angreifer in den Rücken, der Tomoe von hinten bedrängte. Der Fächer wirbelte durch die Luft, traf den Samurai an der Schulter und blieb dort stecken. Er schwächte ihn, hielt ihn aber nicht auf.

Tomoe erwiderte den Schlag von vorn mit einem Gegenschlag und führte das Schwert dann geschmeidig nach hinten, um den Angriff des verwundeten Mannes abzuwehren. Mit verwirrender Geschwindigkeit fuhr das Schwert wieder nach vorn, bevor der Gegner einen neuen Schlag ausführen konnte, und ebenso schnell schlug sie wieder rechtzeitig nach hinten, um den anderen an einem Stich in die Niere zu hindern.

Bei dem beschränkten Platz, der ihr zur Verfügung stand, war es schwierig, mehr als diese Abwehrschrläge zu führen. Nur wenige konnten Vorderseite und Rücken dekken und gleichzeitig zum Angriff vorstoßen.

Der Angreifer von hinten wurde zusehends schwächer, weil er da, wo die scharfe Kante des Fächers in seinem Rükken steckte, Blut verlor. Toshima zog eine weitere Nadel aus dem Haar und warf sie wie einen Dolch. Sie zischte an Tomoes Schulter vorüber und traf den Angreifer vor ihr ins Auge. Der Mann heulte auf, ließ das Schwert fallen und stürzte zu Boden, die Schulter von Tomoes Schwert gespalten. Sie wirbelte herum und wehrte im selben Augenblick den Angriff des anderen ab.

Toshima nahm ihren Fächer und die zweite Nadel an sich und kniete an einem von der Flut zurückgebliebenen Wasserloch nieder, um das Blut abzuwaschen. Tomoe wischte ihr Schwert am Kimono des letzten Gefallenen ab. Nur einer der vier lebte noch, derjenige, dem das Blut aus der Halsschlagader rann und dessen Milz von Toshimas Haarnadel durchbohrt war. Er war bereits totenbleich vom Blutverlust und zu sehr geschwächt, um einen ehrenvollen Tod durch das Schwert zu erbitten. Aber Tomoe verstand seine Blicke, und ihr Schwert fuhr zu ihm hinunter, durchtrennte die Rippen und legte das Herz frei.

Die Frauen entfernten sich, warfen keinen Blick zurück und erzählten keinem Menschen von der Begegnung. Am Anlegeplatz angekommen, warf Toshima einen Blick auf den großen Buddha, der in der heruntergekommenen Dschunke hockte und sagte noch einmal: »Eine gefährliche Reise liegt vor uns. Es wäre das beste, noch einen Monat zu warten.«

»Wenn wir nur könnten«, erwiderte Tomoe und lächelte zum ersten Mal an diesem Tag. Dann fügte sie hinzu: »Aber wenn wir das täten, müßten wir zu viele Menschen töten.«

Drei Tage auf dem Meer waren ohne widrige Zwischenfälle

vergangen, und Tomoe fand Entspannung, trotz des höhnischen, unverschämten Gesichtsausdrucks des Buddhas, der jede ihrer Bewegungen beobachtete. So schien es jedenfalls. An welcher Stelle sie sich auch vor ihm befand, immer schienen die Augen auf ihr zu ruhen, auch wenn sie nicht behaupten konnte, gesehen zu haben, wie sie sich bewegten.

Die Dschunke glitt sanft durch ruhiges Gewässer, der Wind blies mit gleichbleibender Stärke in die Segelstreifen. Tomoe stand am Heck, um den Blicken des Buddha zu entgehen und blickte in das klare, grüne Wasser. Die Sonne stand in einem günstigen Winkel, so daß sie tief ins Meer hineinschauen konnte, und Tomoe glaubte eine weiße Straße und einen Tempel zu erkennen. Als sie angestrengter hinsah, erkannte sie weniger. Ein Wolkenfleck schob sich vor die Sonne, und als die Wolke weiterzog, erinnerte nichts mehr an Tomoes Bild von einer Straße auf dem Meeresgrund.

Die Religionsgemeinschaften reicherer Naiponesen waren buddhistischen Glaubens, aber die Seeleute waren arm und darum ebenso beunruhigt durch ihre Fracht wie Tomoe. Sie ehrten die Shintogötter des Meeres und der Winde mehrmals am Tag und erflehten ihre Vergebung, und niemals warfen sie einen Blick in das bronzene Antlitz des Buddha. Die Gebete hatten vielleicht diese drei Tage lang Gültigkeit gehabt, aber am Abend des dritten Tages schoben sich wütende Wokentürme vor den Sonnenuntergang und lauerten drohend in der Ferne. Die Seeleute begannen, ihre Vorräte in Erwartung eines Sturmes zu verstauen.

In dieser Nacht waren keine Sterne zu sehen, denn der Himmel war von Wolken verschlungen. Die Segel der Dschunke waren fest zusammengefaltet, so daß das Fahrzeug einer schlafenden Bestie glich. Leuchtfackeln brannten am Bug und am Heck und warfen orangefarbene Spuren auf das Meer. Es war kein anderes Licht zu sehen. Die Reisenden sahen mit banger Erwartung in den Himmel, aber es regte sich kein Lüftchen. Keine Welle war zu erkennen, und es bestand eigentlich kein Grund zur Besorgnis.

Nur die Atmosphäre hatte sich verändert, war erstickend und dicht geworden, und die Matrosen schufen sich ihre eigene Atmosphäre des Schreckens.

Das bronzene Gesicht des Buddha hob sich schwarz von der Nacht ab. Eine Leuchtfackel spiegelte sich in seinen Augen und sonst nirgendwo.

Dann erhob sich, in weiter Ferne über der See, ein Laut, die Klage aller Fahrenden, die je vom Meer verschlungen wurden und deren Seelen im Unterwasserreich der Drachenkönigin und in der geheimnisvollen Stadt der Toten, der Meermenschen und der entsetzlichen Götter, gefangen sind. Und bei seltenen Anlässen erhoben sich die Toten des Meeres aus ihrer Knechtschaft und wurden zum bitteren, verhaßten Göttlichen Wind.

Es wollte kein Regen fallen. Kein Windhauch berührte das Schiff. Aber sie hörten, wie dieser furchterregende Sturm lauter wurde, und die Matrosen stimmten furchtsame Gebete an, klatschten in die Hände und sagten: »Schütze uns! Schütze uns! Oh, Himmel, beschütze uns!«

Toshimas Mutter stieg aus dem Bauch der Dschunke herauf, entzündete Räucherstäbchen an einer Leuchtfackel und legte die Duftstäbe in den Schoß des Buddha. Der stechende Geruch wehte über das Deck und aufs Meer hinaus.

In der Ferne blitzte sekundenlang ein weißes Feuer auf und erhellte kurz den Giebel der wogenden, gepeinigten Wolken. Augenblicke später ertönte ein tiefes, kehliges Grollen – als wäre die Drachenkönigin erwacht und hätte den Duft des Feuers geatmet.

Noch immer wollte kein Regen fallen. Aber der Wind brüllte auf, und die Matrosen erwiderten das Brüllen voller Furcht. Die ruhige See wurde zu einer Hölle zorniger Fäuste, die mit jedem Schlag an den Rumpf höher und höher reichten. Eine Faust reckte sich am Bug, eine andere am Heck empor, und sie löschten die Fackeln. In den Augen des Buddha lag noch immer ein Glanz, und er rührte nicht von Flammen, sondern von eisiger Schwärze her, die dunkler war als die Nacht. Tomoe fragte sich, ob die sitzende Statue sich plötzlich erheben würde, aber das tat sie nicht, denn kein Buddha konnte je das Meer beherrschen. Buddhas besaßen über nichts anderes Herrschaft als über den menschlichen Geist.

Tomoe drückte Toshima auf das Deck nieder, als die Dschunke schwankte und sich im Kreis drehte. Ein unsichtbares Schwert – der Sturm – hieb die zusammengefalteten Segel ab, riß den Mast aus der Dschunke und schleuderte ihn ins Meer. Die Matrosen verstärkten ihr Gebrüll, beklagten ihr Schicksal.

Toshimas Mutter stand mit hoch erhobenen Händen vor dem Buddha und rief der riesigen Bronzefigur, die sie leidenschaftslos anblickte, Zauberworte oder Gebete entgegen. Wehe der Welt, wenn die Götter sich je einfallen lassen, einander zu bekriegen! Der Buddha blieb daher tatenlos. Eine Welle überspülte das Deck, und alles war durchnäßt, obgleich kein Regen fiel. Nur Frau Shigeno hatte es gewagt, aufrecht stehenzubleiben, und nur die vorzeitig gealterte Dame wurde fortgerissen. Toshima versuchte verzweifelt, sich von Tomoe loszureißen, zur Reling zu kriechen, von wo aus sie sinnlos nach ihrer Mutter geschrien hätte. Aber Tomoe hielt sie fest, damit ihre Herrin nicht als nächste über Bord ging. Die Dame trat um sich und schrie vor Wut.

Das Deck der Dschunke begann zu knirschen, die Kraft der aufgewühlten See zerrte den hölzernen Rumpf in verschiedene Richtungen. Das Holz schrie wie ein Mensch. Der Buddha auf seinem schweren Sockel vermehrte die Spannung. Er brach durch das Deck und durchbohrte den Boden des Laderaums.

Einige Seeleute versuchten bereits, Fischerboote über Bord zu hieven, aber die lebendige See streckte ihre grausamen Finger aus, ergriff die Boote und zog sie fort und hinunter. Mutigere Matrosen sprangen in ihr Verderben. Andere klammerten sich an die Reling und die Taue und flehten das Meer an, sie zu verschonen.

Die Dschunke sank schnell, der riesige Buddha und die grausame Hartnäckigkeit des Meeres zogen sie hinunter. Nur der Kopf des Buddha ragte aus dem Schiffsbauch heraus, seine Schultern waren unter dem geborstenen Deck verborgen. Jemand mußte ihn von unten angehoben haben, denn die Statue begann aufzusteigen ... und stürzte dann wieder, so daß die Dschunke fast in zwei Teile zerbrach. Dann verschlang das Meer die ganze Dschunke. Der Kopf des Buddha war das letzte, das den Blicken entschwand, um vielleicht eine Halle im Reiche der Drachenkönigin zu schmücken; denn das Volk im Meeresgrund konnte selbst keine Kunstwerke schaffen und stahl sich selbst die Städte von sinkenden bewohnten Inseln zusammen.

Im tosenden Wasser klammerte sich Tomoe an Toshima. Die Dame benutzte ihren Fächer wie eine Flosse, und es war schwer zu sagen, wer wen an der Oberfläche hielt. Sie retteten sich gegenseitig das Leben oder ersparten einander einen schnelleren Tod. Jedesmal, wenn eine Welle unter ihnen aufstieg, schnappten sie nach Luft, füllten ihre Lungen und hielten dann den Atem an, bis die zerrende See sie wieder an die Oberfläche ließ.

Um sie herum war nichts als Finsternis. Oder beinahe nichts. Tomoe strengte die Augen an, um das salzige Wasser zu durchdringen, das schwarz war wie die Tinte eines Oktopus. Wenn sie mit Toshima hinuntergedrückt wurde, konnte sie nicht sagen, wo oben und wo unten war, und sie war nicht sicher, ob das, was sie sah, Sterne am Himmel oder Stadtlichter am Meeresgrund waren. Der Himmel, das wußte sie, war mit Wolken verhängt – aber welche Lichter konnten am Meeresgrund leuchten? Es gab keine vernünftige Antwort, also schloß Tomoe die Augen.

Wieder ließ das Meer sie frei, und die Frauen rangen, fest aneinandergeklammert, nach Luft. Zuvor war es Toshima gelungen, ihre durchtränkten Perücken zu lösen, die gedroht hatten, sie zum Meeresgrund zu ziehen, anstatt dessen sanken sie jetzt allein. Tomoe konnte das Gesicht der Dame nicht erkennen, denn alles war in Dunkelheit gehüllt, aber ihr fiel ein, daß sie sich gewünscht hatte, es ohne Schminke zu sehen.

Als würde eine tadelnde Gottheit diese Bitte erfüllen, zeichnete ein Blitz einen glühenden Spalt an den Himmel, und Tomoe sah Toshimas Antlitz, das verzerrt war von

Angst und Schmerz, gräßlich wie eine Teufelsmaske. Nasse Haarsträhnen klebten wie Weinranken um ein Schreckensgesicht.

Dann begann es endlich zu regnen, und Himmel und Meer waren eins. Nun wußte Tomoe, daß sie verloren waren, verloren für immer, und sie verfluchte das schreckliche Meer.

Es ist möglich, daß das Meer den haßerfüllten Fluch Tomoe Gozens nicht vernahm, da sein eigenes Tosen so ungeheuerlich war. Vielleicht hatte es aber auch alles gehört und sich vorbereitet, einer Samurai und ihrer Herrin einen noch schwereren Tod zu bescheren.

Tomoe erbrach Salzwasser und kämpfte sich aus einer Bewußtlosigkeit an den Tag, die so tief war wie das Wasser selbst. Sie hatte sich mit Toshima in Seetang- und Seilstükken verfangen – Seil von den Winden, die im Schiffsbauch gelagert worden waren. Sie waren auf dem Podest des Buddha herangetrieben worden, ansonsten war keine Spur des gescheiterten Unternehmens zu entdecken. Toshima lag ausgestreckt zwischen den Seilen und atmete leicht, war also in einen gewöhnlichen Schlaf versunken. Tomoe überlegte, wie es vor sich gegangen sein mußte: der Dame war es gelungen, beide auf das Podest zu ziehen, trotz des Gewirrs von Seilen und Seegras, in dem sie sich verfangen hatten. Tomoe konnte sich jedenfalls nicht erinnern, selbst für diese Rettung oder den Aufschub des Unheils verantwortlich zu sein. Sie war von einem Stück der geborstenen Dschunke am Kopf getroffen worden. Das war das letzte, woran sie sich erinnerte.

Der Himmel war überraschend klar und von tiefem Blau und verblaßte am leeren Horizont, wo er sich mit dem jadefarbenen Wasser mischte, zu Grün. Das Meer war ruhig. Es wehte kein Wind.

Als sie Toshima betrachtete, stellte Tomoe fest, daß sich am Hals der Dame bereits vom Schlaf in der heißen Sonne die Haut abschälte. Tomoe, die durch ihren Lebenswandel abgehärtet war, litt weniger unter der Sonneneinwirkung. Vorsichtig befreite sie sich aus den Seilen, dann löste sie auch Toshima daraus und drehte sie sanft um. Die Dame bewegte sich und stöhnte, dann schlug sie in Tomoes Armen die Augen auf und war nahe daran zu lächeln, schrie statt dessen aber auf vor Schmerz.

Ihr Arm war geschwollen. Er war zwar nicht gebrochen, aber schmerzhaft verrenkt. Die kleinste Bewegung verursachte ihr Pein, aber mit Tomoes Hilfe war der verletzte Arm bald zwischen Toshimas Brüsten festgebunden, von dem Obigürtel der Dame gehalten, der als Bandage und Schlinge diente.

»Wenigstens leben wir«, sagte Toshima, und ihre Stimme war von dem vielen verschluckten und wieder ausgehusteten Salzwasser ganz heiser. Sie waren dankbar, am Leben zu sein, waren aber im Zweifel über ihre Zukunft, als sie sich nach allen Seiten umblickten und nichts entdekken konnten als das Blau und Grün des Horizonts.

»Wir können ein Segel fertigen«, sagte Tomoe. »Mein Schwert kann als Mast dienen. Meine Jacke kann den Wind auffangen.« Aber als das Behelfssegel fertig war, half kein Wind, es zu blähen. Sie hatten auch kein Paddel. Abgesehen von ihnen selbst gab es kein Überbleibsel der gesunkenen Dschunke und daher auch nichts, was ihnen als Ruder dienen könnte. Merkwürdigerweise war nicht einmal eine natürliche Strömung vorhanden, die sie vorwärts bewegt hätte. Nur zu bald war offenkundig, daß ihr Floß nichts Besseres war als eine Insel des langsamen, qualvollen Todes.

Lange Zeit saßen sie so auf dem Floß und blickten einander an, senkten die Augen auf die Knie, sahen aber nie aufs Meer. Sie sprachen kein Wort. Sie horchten auf ihrem Atem und die winzigen Wellen, die an den Kanten ihrer kleinen Behausung leckten. Nach einer Weile begann Tomoe mit den Seilen zu hantieren, um sich abzulenken. Langsam wurde ihr Blick immer angespannter vom Überlegen. Schließlich sagte sie:

»Wir können einen Gurt aus diesem Seil machen! Ich werde das Floß mit der Kraft meines Körpers ziehen.«

Wirklich brachte Naipon hervorragende Schwimmer hervor, war es doch ein Land mit vielen Flüssen, Seen und

Sumpfgebieten und umringt von Ozeanen und Meeren. Die kriegerischen Übungen hatten Tomoe stärkere Arme und Beine verliehen, als die, deren sich die meisten guten Schwimmer brüsten konnten. Ihre Willenskraft und ihre Übung verliehen ihr die Fähigkeit, große Anstrengungen zu überwinden. Dennoch war es etwas Schreckliches, das sie sich in den Kopf gesetzt hatte, und sie hätte es nicht vorgeschlagen, wäre ihnen eine andere Wahl geblieben.

Toshima half, so gut es mit einem gesunden Arm ging, und bald hatten die beiden Frauen einen Gurt gefertigt, den Tomoe um Kopf und Schultern band. Die Enden des Seils wurden an einer Kante des Podests befestigt, die damit notgedrungen zum Bug wurd. Das Entsetzen der vergangenen Nacht hatte in Tomoe alles andere als Vertrauen zum Meer hinterlassen, aber sie ließ sich hineingleiten und würde es lange Zeit erdulden müssen. Sie schwamm, bis das Seil sich hinter ihr spannte, dann zog sie an. Das Floß bewegte sich zuerst nur langsam; aber da die See ruhig war, widersetzte sie sich ihren Schwimmstößen nicht. Bald hatte sie Toshima in so schnelle Fahrt gebracht, wie ein einzelner Schwimmer es nur vermochte.

Die Sonne war ihr einziger Wegweiser. Sie hielt auf den Norden zu, wo Tomoe die größte Ansammlung von Inseln vermutete.

Der erste Tag im Wasser war unangenehm, aber erträglich; der zweite belehrte sie eingehender in bezug auf die vorsätzliche Grausamkeit des Meeres; und am dritten Tag begann Tomoes Körper Spuren der entsetzlichen Wirkung von extremem Hunger und langem Aufenthalt im Meerwasser zu zeigen. Hätte nicht Toshima zufällig eine Quelle der Nahrung und salzlosen Wassers entdeckt, die Folter hätte nicht so lange andauern können.

Toshima ließ ihren Arm über den hinteren Rand des Floßes hängen und bildete so, ohne es zu beabsichtigen, ein Ruder. Sie schnappte nach Luft, geschwächt durch die fortgesetzte Sonneneinwirkung, den Hunger, den Flüssigkeitsverlust. Fische schwammen gemächlich unter dem Schutz des Floßes dahin, und einer streifte zufällig Toshimas Hand. Geschickt schnappte sie danach, fing ihn und biß, ein Ende ihres verhungerten Zustandes herbeisehnend, in das lebende Tier. Sie war erstaunt, als sie feststellte, daß sie in eine Blase gebissen hatte, die weder mit Salzwasser noch mit Urin gefüllt war, sondern einen Bestandteil des natürlichen Ballastsystems dieser Gattung darstellte.

Am zweiten und dritten Tag ihres endlosen Schwimmens sorgte Toshima durch die entschlossene Schnelligkeit ihres Armes für Essen und Trinken. Am vierten Tag raubte der ständige Aufenthalt im Salzwasser Tomoe die Fähigkeit zu schlucken, und die Fische verschwanden ohnehin, da sie die Gefährlichkeit von Toshimas Nähe erkannt hatten. Nun erschöpften die Frauen noch schneller.

Obwohl sie kräftiger war, litt Tomoe größere Qualen. Jeder Muskel schrie nach Entspannung. Selbst ihre Knochen verlangten eine Pause. Das Meer sog die Wärme aus ihrem Körper, obgleich die oberste Wasserschicht relativ warm war; ihre Arme, Hände, Füße und ihre Gesicht verschrumpelten, bis sie aussah wie ein entstelltes altes Weib. Manchmal wurden die Krämpfe so heftig, daß sie sie nicht aushalten konnte und gezwungen war, auf das Floß zu klettern und sich erschöpft auszustrecken. Während dieser Zeiten war Toshima eine große Hilfe. Tomoe legte sich mit dem Bauch nach unten auf das Floß, während die Dame auf ihrem Rücken auf und ab lief und mit nackten Füßen Wärme hinein-und den Schmerz hinaustrieb. Tomoe stöhnte voller Lust auf, leerte ihren Geist ung gab sich der vollkommenen Entspannung und dem Trugbild der Erneuerung hin. Aber sie ließ diese Augenblicke nie von langer Dauer sein. Bald glitt sie über den Rand des Floßes ins Wasser zurück und wandte sich wieder ihrer schrecklichen Aufgabe zu.

Der Gurt scheuerte ihre Schultern, bis sie rot und wund waren. Sie versuchte, mit Kleidung zu schwimmen, um ihren Leib zu schützen, aber die nassen Kleider hinderten sie, und sie mußte im Wasser nackt bleiben, was immerhin zur Folge hatte, daß immer trockene Kleider auf sie warteten, wenn sie an Bord kletterte.

Einmal schwamm ein eigenartiger Fisch in Tomoes Schatten und saugte sich mit Hilfe eines Saugtellers an ihrem

Körper fest. Sie war so betäubt, daß sie es nicht bemerkte, bis der Saugfisch, als sie zu einer kurzen Rast auf das Floß kletterte, losließ und im Wasser blieb. Er hatte sie gebissen und ihr Blut gesaugt, aber die Wunde war oberflächlich. Von da an hielt sie nach solchen Fischen Ausschau.

Eine Brise erhob sich und blähte Tomoes Jacke auf – aber die Götter scherzten nur und spielten mit ihnen. Der Wind legte sich wieder. Tomoe glitt wieder in das immer entsetzlichere Wasser.

Sie konnte nicht mehr sprechen. Ihre Zunge war geschwollen. Manchmal konnte sie kaum atmen. Obwohl Toshima ihre scharfen Augen offenhielt, hatte sich, als die Nacht ihren Schleier über den fünften Tag zog, in keiner Richtung eine Insel gezeigt. Es schien kein Ende für Tomoes Qualen zu geben.

Die Dame war von der Sonne verbrannt, bis jedes freie Fleckchen ihres Körpers leuchtend rot war und sich schälte. Ihr Arm war geschwollen und dunkler geworden. Aber sie beklagte sich nicht; denn wenn sie sich Tomoes Elend vor Augen hielt, erschien ihr der eigene Kummer unbedeutend. Jedesmal wenn die Samurai in der Abenddämmerung auf das Floß kletterte, war sie vollkommen ausgezehrt und sah aus wie die Schwester des Todes.

Der Schlaf brachte ihr wenig Erleichterung, denn Tomoe konnte sich dem Schmerz jedes einzelnen Muskels in ihrem Körper nicht entziehen. Sie litt unter entsetzlichem Schüttelfrost, obwohl sie alle ihre Kleider angelegt hatte und Toshima sie fest an sich gedrückt hielt. Später fieberte sie, und Toshima entkleidete die Samurai vollkommen und goß Meerwasser über ihren glühenden Körper und das Gesicht. Zweimal erwachte sie, halb erstickt an ihrer eigenen geschwollenen Zunge. Toshima blieb die halbe Nacht wach und sorgte dafür, daß Tomoe in ihrem ruhelosen Schlaf nicht erstickte oder an Schüttelfrost und Fieber starb.

Am nächsten Morgen nahm sie ihre Tätigkeit wieder auf. Nach fünf entsetzlichen Tagen konnte sie sich nicht vorstellen, daß das Meer ihr noch mehr Leid zufügen konnte. Aber ihre Zunge wurde noch größer, wurde schwarz und konnte nicht mehr bewegt werden. Schleim lief ihr aus der

Nase und verschmierte ihr Gesicht. Ihre Haut wurde noch runzeliger und immer weißer, bis sie kaum noch wie ein Mensch aussah, sondern wie eine aus der Reihen der Seetoten, als würde das Meer sie schon im voraus auf ein Dasein als sklavischer Leichnam im Volke des salzigen Reiches des Drachenkönigin vorbereiten.

Die Betäubung war schließlich stärker als der Schmerz, abgesehen von den Krämpfen, die kamen und gingen; aber ihre Erschöpfung war so groß, daß sie das Floß nicht mehr so schnell ziehen konnte. Sie spürte nur noch so wenig von ihrem Körper, daß sie manchmal nicht merkte, daß sie Arme und Beine bewegte, und manchmal vergaß sie auch vollkommen, es zu tun und ließ sich benommen treiben, bis Toshimas Rufen in ihr umschleiertes Bewußtsein drang.

In regelmäßigen Abständen wurde sie von Krämpfen heimgesucht, die bewirkten, daß sie sich zu einer Kugel zusammenkrümmte und hilflos unter die Wasseroberfläche sank.

Wenn das geschah, zog Toshima sie wie einen Fisch heran und mühte sich, sie auf das Floß zu ziehen. Jedesmal bat sie die Samurai, ihr hoffnungsloses Vorhaben aufzugeben, den Tod weniger qualvoll zu empfangen als auf diese Weise.

Tomoe konnte nicht sprechen, konnte ihre schwarze Zunge nicht einmal in den Mund zurückziehen, aber hätte sie reden können, sie hätte gesagt: Du und ich, wir werden keine Sklaven des Seevolkes. Wir werden nicht in der Stadt der Drachenkönigin enden, mit kaltem Fleisch, als Ungeheuer unter Ungeheuern. Ich werde uns zu einer Insel bringen, und wenn es nur ein Felsen ist, der uns nicht nähren kann. Wir werden an Land sterben, und bessere Götter als diese werden sich unserer annehmen!

Die Worte blieben unausgesprochen, außer in Gedanken, aber sie glitt wieder über den Rand, und Toshima jammerte, als sei sie schon ertrunken. Dame Toshima suchte den Horizont ständig hoffnungsvoll mit den Augen ab, aber die Hoffnung war nicht groß. Daneben beobachtete sie die erschöpfte, unglückliche Schwimmerin, damit die Frau nicht im Krampf unterging und starb, bevor eine verzweifelte Dame sie einhändig aufs Floß ziehen konnte.

Die Sonne setzte Toshima ebenso grausam zu wie das Meer Tomoe. Tomoes wäßriges Unternehmen verhinderte, daß sie Flüssigkeit verlor, während Toshima aus jeder Pore Feuchtigkeit schwitzte. Sie spielte mit dem Gedanken, Salzwasser zu schlucken, widerstand aber der Versuchung.

Das Gesicht der Dame war von Blasen bedeckt, und die Blasen waren mit gelber Flüssigkeit gefüllt. Sie hätte vielleicht um ihre verlorene Schönheit geweint, wäre nicht Tomoes gepeinigtes Gesicht gewesen, das keine Spur von Farbe mehr aufwies und zu der Beschaffenheit und dem Aussehen eines Leberblümchens zusammengeschrumpft war, mit Ausnahme der Augen, deren Lider so aufgedunsen waren, daß sie ihre nahezu die Sicht versperrten. Wann immer Tomoe auf das Floß kletterte, um eine Pause einzulegen, massierte Toshima sie, während sich beide in den schmalen Schatten unter der Jacke der Samurai drängten, die noch immer als nutzloses Segel an dem Schwert hing. Das waren auch für Toshima Augenblicke der Ruhe, denn Tomoe zu massieren war keine schwere Aufgabe, während Toshima, solange Tomoe arbeitete, das ebenfalls tun mußte, damit die angebundene Samurai nicht ertrank, oder eine Insel unbemerkt vorüberzog.

»Bestrafe mich für meine Eitelkeit, Amaterasu!« rief Toshima und nahm ihre Tätigkeit unter einer zornigen Sonne wieder auf.

Mehrere Male kehrte eine von Schrecken erfüllte Tomoe zum Floß zurück, weil sie glaubte, Ungeheuer im Meer erblickt zu haben; denn am Ende war auch ihr Geist in Mitleidenschaft gezogen. Zuletzt jedoch schwamm sie blindlings mit ihren zugeschwollenen Augen, während Toshima an den Seilen zog wie an den Zügeln eines Pferdes, um die nördliche Richtung beizubehalten. Als dann tatsächlich ein Ungeheuer auftauchte, konnte Tomoe es nicht sehen.

Toshima schrie, halb außer sich, auf und zerrte heftig an den Zügeln. Tomoe war noch immer kräftig genug, Toshima daran zu hindern, sie zum Floß zurückzuziehen.

»Tomoe«, schrie sie. »Hör auf zu schwimmen! Laß mich dich heranziehen! Ein Hai nähert sich!«

Die langen Stöße eines Schwimmers erinnern an ein sterbendes Tier, das das Wasser aufpeitscht, eine leichte Beute in den Augen eines Haifisches. Die Bestie schoß auf die durchs Wasser keuchende Samurai zu. Tomoes Ohren waren verstopft und geschwollen, aber irgendwie hörte sie die Schreie, kehrte zum Boot zurück und entging nur knapp dem Tod.

Der Hai zögerte. Er schwamm erstaunt immer wieder um das Floß herum. Sie wollten warten, bis er aufgab, aber er entfernte sich nicht. Aber es war auch etwas Gutes daran, denn es war die längste Ruhepause, die Tomoe sich gegönnt hatte, abgesehen von den schwierigen, ruhelosen Nächten. Es war sicherlich gut, daß sie in den Genuß dieses erzwungenen Luxus gelangte, obwohl die Ruhe sie keinem Ziel näher brachte – vorausgesetzt, es gab überhaupt im Norden ein Ziel zu erreichen.

Die schwarze, heraushängende Zunge der Samurai verlor ein wenig von ihrer übermäßigen Größe, so daß sie sie wenigstens in den Mund ziehen konnte, obwohl sie immer noch zu groß zum Sprechen war. Als sie schon lange aus dem Wasser heraus war, ließ die Schwellung um die Augen nach, so daß sie, wie Toshima, der Bahn des Hais mit den Blicken folgen konnte. Durch Toshima unermüdliches Reiben kehrte das Gefühl in Hände und Füße zurück. Tomoes Nase jedoch lief nur noch mehr, so daß ihr das Atmen weder durch die Nase noch durch den Mund leichtfiel. Als die Samurai zu zucken begann und zu ersticken drohte, mühte sich Toshima, ihr Atem in die Kehle zu pressen, indem sie Tomoe in Mund und Nase blies.

Die Rückenflosse des Hais verschwand von Zeit zu Zeit, zeigte sich aber immer wieder.

Die Zeit verging, und hätte es etwas gegeben, das eßbarer war als Seil, Tomoe wäre vielleicht wieder zu Kräften gekommen. Endlich fiel ihr das Atmen leichter, aber die Anspannung hatte ihre Kraftreserven weitgehend erschöpft. Nur durch ihre unnatürliche Willenskraft gelang es ihr, einen Anschein ihrer alten Tapferkeit zu bewahren.

Die ganze Zeit über war ihre Jacke ein nutzloses Segel gewesen, daher nahm Tomoe sie ab und band sie Toshima ums Gesicht, um sie vor den schlimmsten Verbrennungen zu schützen. Sie schien dankbar zu sein, daß es verhüllt war. Als nur noch ihre Augen aus der Hülle schauten, die Tomoe gemacht hatte, sah Toshima ein wenig wie eine Jonopriesterin aus. Lange sah Tomoe die Dame an und dachte an eine gewisse Jonopriesterin namens Noyimo ... und vielleicht war es in diesem Augenblick gut, daß Tomoe nicht sprechen konnte.

Ungeduld legte eine blendende Hand über Tomoes guten Menschenverstand. Sie erhob sich, benommen von der unvermittelten Bewegung, aus der Hocke. Dann blickte sie sich um, bis sie den Hai wieder entdeckte. Sie zog ihr Schwert aus dem Floß, wo es als Mast gesteckt hatte und tauchte ins Wasser.

Toshima rang nach Atem, schrie auf, konnte aber nichts tun, als zuzusehen.

Haie waren die Raufbolde des Meeres, und wie alle Raufbolde waren sie im Grunde ihres Herzens feige. Etwas, das die Wasseroberfläche peitschte, lockte ihn an. Etwas, das unter der Wasseroberfläche schwamm wie ein gesundes Tier, ließ ihn zögern. Tomoe Gozen hatte ihr Langschwert zwischen die Zähe geklemmt, ein stählerner Schnurrbar unter faltigen Augen und einer flachen Nase. Sie tauchte zum Bauch des Tieres auf, aber es drehte sich zur Seite, um sie besser sehen zu können und duckte sich, um seinen eigenen Angriff vorzubereiten.

Der Hai änderte überraschend die Richtung und näherte sich ihr, das Maul mit den messerscharfen Zähnen weit aufgerissen, aber er biß nur auf ihr Schwert, das sie mittlerweile zur Hand genommen hatte. Tomoe hatte widersinnigerweise eine aufrechte Stellung eingenommen und versetzte der Bestie über ihr einen Hieb vom Kiefer bis zum Bauch, wobei sie die Eingeweide erfolgreich bloßlegte. Der Hai entfernte sich, seine Eingeweide hinter sich herziehend, ein Stück. Der Geruch seines eigenen Blutes erregte ihn. Die Kreatur kannte keinen Schmerz, sondern begann seine eigenen Innereien zu verschlingen. Als seine kleinen

Augen Tomoe wieder entdeckten, kam er mit außerordentlicher Geschwindigkeit auf sie zugeschwommen. Er verfehlte nur knapp ihre Füße, als Toshima der Samurai half, auf das Floß zu gelangen.

»Närrisches Weib!« schalt Toshima, wandte dann aber den Blick ab, als Tomoe zu lächeln versuchte, was ihr ein noch häßlicheres Aussehen verlieh. Als sie zu der Stelle blickte, an der der getroffene Hai sich in Todeskrämpfen wand und herumwälzte, war sie überrascht, eine Anzahl von Haien zu sehen, die sich an ihrem Artgenossen labten.

»Es ist schlimmer als zuvor, Tomoe! Das Blut hat andere angelockt!«

Am Ende des Schwertes hing ein Stück Eingeweide, das Tomoe vorsichtig entfernte und mit der scharfen Klinge des Schwertes halbierte. Sie reichte Toshima das eine Stück die es annahm, aber Tomoe konnte noch immer nicht schlukken, sosehr sie sich auch anstrengte, ja, sie konnte nicht einmal kauen, ohne sich fortwährend auf die Zunge zu beißen – so daß schließlich Toshima das Stück Eingeweide nahm, es für die Samurai zerkaute und es ihr in den Mund schob, wie ein Vogel seine Jungen füttert. Die beiden Frauen zogen so viel Nahrung wie nur möglich aus dem mageren Mahl.

Als die Haifische ihr kannibalistisches Mahl beendet hatten, eilten sie davon, anderen Zielen entgegen. Tomoe kroch, ein wenig erholt durch das unscheinbare Mahl, zum Rande des Floßes. Aber Toshima hielt sie auf und sagte:

»Warte! Die Haie sind zu schnell davongeschwommen! Vielleicht hat sie etwas ...«

Bevor sie ihrer Vermutung noch Ausdruck geben konnte, teilte sich die Wasseroberfläche, und eine riesige, stachelige Kugel tauchte auf. Tomoe betrachtete das Ungeheuer ohne große Besorgnis, da sie glaubte, sich das Gesehene nur einzubilden. Der riesige Kugelfisch tauchte zur Hälfte aus dem Wasser auf. Seine kleinen Augen, die dicht unter der Wasseroberfläche lagen, schauten von einer Seite zur anderen. Mit seinen kleinen Flossen paddelte er heftig. Es war ein schrulliges Ungeheuer und offenbar ungefährlich, sein stacheliger Körper zur bloßen Verteidigung geschaffen.

»Ein Zeichen der Gnade!« rief Toshima aus. »Selbst die Beherrscherin des Meeres verabscheut Haifische, und du hast einen von ihnen getötet. Die Drachenkönigin belohnt die Tapferkeit!« Tomoe hockte noch immer auf Händen und Knien, bereit, sich ins Wasser gleiten zu lassen, wenn das Trugbild sich auflösen würde. Sie wehrte sich nicht, als Toshima ihr den Gurt mit einer schnellen Bewegung abstreifte. Toshima warf das Seil nach dem stacheligen Kugelfisch, und es verfing sich an einer seiner Dornen. Der Fisch blieb halb an der Wasseroberfläche, schwirrte mit seinen Kolibriflossen und zog das Floß in viel ruhigerer, schnellerer Fahrt davon, als es Tomoe je gelungen war.

Er zog sie nordwärts.

Die Spuren von Füßen, Händen und Knien bezeichneten den Weg von zwei sich dahinschleppenden, taumelnden, entkräfteten Überlebenden aus dem Meer. Die Spur führte vom Meeressaum zu einer höhergelegenen Wiesenfläche. Tomoe und Toshima lagen am Rande eines Süßwasserbaches im hohen Gras, ihnen war übel, weil sie zu hastig und zuviel getrunken hatten. Es dauerte eine Weile, bis sie wieder soweit bei Kräften waren, daß sie am Strand der Insel, auf der sie gelandet waren, entlangwandern konnten.

Sie stießen auf ein verlassenes Bauernhaus, das ihnen bewies, daß die Insel bewohnt war, oder zumindest irgendwann in den vergangenen Jahren bewohnt gewesen sein mußte. Das Haus war sehr alt, in baufälligem Zustand und sah auf den ersten Blick so aus, als sei es seit Generationen nicht mehr benutzt worden. Beim näheren Hinsehen gewannen sie die Überzeugung, daß es gelegentlich als Lagerstätte benutzt worden war oder doch zumindest als kleineres Vorratslager; denn das Haus war mit Lebensmitteln, Kleidung und Hausmittelchen in ordentlich beschrifteten Tiegeln ausgestattet.

Es war ungewöhnlich, daß die Nahrungsmittel ausschließlich aus Reis, Eingelegtem und Salzfrüchten bestanden. Dies legte die Vermutung nahe, daß, wer immer diesen Ort bewohnte, nur selten erschien und nur das aufbewahrte, was unbegrenzt haltbar war. Auch die Kleidungsstücke gaben Rätsel auf. Alles war für jemanden von beachtlicher Größe gefertigt, aber nicht alles waren die Kleidungsstücke eines Bauern. In einem Wandschrank hing das gelbe Gewand eines Priesters und daneben der taschenbesetzte Arbeitskittel eines Zimmermanns, dann wieder das bunte Kostüm eines Wanderschauspielers. Als die Frauen einige Gegenstände beiseite rückten, um ein Stückchen des Fußbodens freizuräumen, fanden sie eine Kiste, in der sorgfältig zusammengefaltet eine schwarze Kappe, ein schwarzes Hemd und schwarze Hosen lagen. Bei diesem Anblick rief Tomoe, trotz ihrer fast unbeweglichen Zunge, heiser aus: »Das Haus eines Ninja!«

Denn nur Ninja konnten eine solche Vielzahl an Verkleidungen benötigen, wie sie hier aufbewahrt wurden, oder einen Zufluchtsort für den Notfall, der mit Heilkräutern ausgestattet und selbst als zerfallenes Bauernhaus getarnt war.

Aus den Arzneimitteln wählte Tomoe eine Salbe, die für Verbrennungen und Hautabschürfungen bestimmt war. Mit überaus sanften Fingern trug sie sie auf Toshimas sonnenverbrannte Hände, ihr Gesicht und den Hals auf. Ihre Finger waren vom langen Schwimmen so weich geworden, daß die Berührung Toshima kaum schmerzte. Nachdem sie die leidende Dame versorgt hatte, strich sie dieselbe Salbe auf ihre wundgeriebenen Schultern und ihren Leib.

Sie waren noch zu schwach, um das Haus weiter zu erforschen, aber Toshima brachte das eine oder andere zustande. Sie entflammte Zunder und machte ein Feuer in einem Hibachi. Sie bat die Samurai, nur zu ruhen, denn ihre Muskeln waren noch steif und mußten mit der größten Vorsicht wieder bewegt werden. Tomoe ergab sich diesem Bedürfnis und ließ zu, daß Toshima Wasser vom Bach holte, es für den Reis zum Kochen brachte und ein Mahl bereitete.

Die Samurai war beeindruckt von Toshimas Zähigkeit, fühlte sich aber beunruhigt durch die schnelle Selbstverständlichkeit, mit der ihre Gefährtin sich häuslich in dem Ninja-Bauernhaus einrichtete. Bei Anbruch der Nacht war ihr Wohnraum gesäubert und aufgeräumt, aber nicht etwa auf Tomoes Veranlassung hin.

»Wir können hier nicht bleiben«, sagte Tomoe. Sie lag auf einer Grasmatte und war mit einer zweiten zugedeckt, ihr Kopf ruhte auf einem hölzernen Kissen, und ihre Augen blickten starr in die Dunkelheit.

»Wohin sollen wir uns wenden?« fragte Toshima. »Wir sind durch den Willen des Meers hierhergeschleudert worden. Es muß für einige Zeit unsere Heimat sein. Von unserer Veranda aus kann man das Meer sehen, aber es kann lange dauern, bis wir eine wohlgesonnene Dschunke sichten, die unserem einsamen Dasein ein Ende bereitet.« Ihre Argumente waren überzeugend, aber ihre Stimme verriet, daß sie fürchtete, zurückgewiesen zu werden. Und daß sie mehr die persönliche Ablehnung als die Ablehnung ihrer Vorschläge fürchtete.

»Dies ist kein Bauernhaus«, sagte Tomoe, »und wir wissen nicht, wie lange es dauert, bis ein Ninja kommt, darin zu wohnen.«

»Es wird lange dauern, Tomoe. Wenn der Ninja, der es einst benutzt hat, überhaupt noch am Leben ist oder es einem Erben überlassen hat, so ist es doch offenkundig im Augenblick nicht bewohnt.«

Tomoe war geistig und körperlich zu erschöpft, um zu streiten, und sie war sich der unausgesprochenen Absichten Toshimas deutlich bewußt, um einen törichten Traum zu zerstören. Da sie tatsächlich gestrandet waren, wäre es grausam gewesen, den Traum zunichte zu machen, der die Dame in all dem Elend aufrechthielt. Aber war es weniger grausam, sie in dem Glauben zu lassen, Tomoe würde ihre Freude an den Umständen auch nur im geringsten teilen? Würde es auf lange Sicht grausamer sein, durch ihr Schweigen anzudeuten, daß Tomoe eine aufkeimende Freude empfand bei dem Gedanken an ein gemeinsames bäuerliches Leben von Dame und Samurai und an gegenseitige Liebe? Denn es *war* Liebe, die Toshimas Stimme zittern machte und die Ablehnung fürchten ließ.

In der Nacht spürte Tomoe eine verführerische Berührung. Die Hände der Dame waren nicht mehr weich, obwohl ihre Verbrennungen bereits heilten und sie sehr sanft war. Tomoe versuchte, nicht zu erstarren, keinen Kummer oder Enttäuschung zu bereiten. Toshimas Hand strich über Tomoes Haut, die ihre Straffheit wiedergewonnen hatte und nicht mehr runzelig und weiß, sondern nur noch überaus weich war von den Tagen unter Wasser. Es war ein eigenartiges Gefühl, die eigene Weiche und die rauhe Haut der Dame zu spüren, hätte man doch das Gegenteil erwarten müssen. Es war nicht erotisch, und Tomoe bedauerte das, denn Toshima hatte sicherlich nichts anderes im Sinn.

Tatsächlich hatte sich Tomoe in der Vergangenheit von Frauen angezogen gefühlt, hatte Frauen geliebt. Die Sitte wurde in ihrer Gesellschaft vorübergehend ermutigt. Naipon war von begrenztem Ausmaß, und Heiraten wurden bei Frauen in der Mitte der Zwanziger, bei Männern in den Dreißiger Jahren vorgenommen, so daß die zu erwarteten Generationen von Nachkommen sichergestellt waren, aber nicht so dicht aufeinanderfolgten, daß das Land überbevölkert wurde. Vor der Heirat wurde von den Frauen erwartet, daß sie jungfräulich blieben – aber geschickte und angenehme Liebhaberinnen waren. Wie anders sollten sie die Liebeskunst erlernen und dennoch Keuschheit bewahren, wenn nicht durch die Erforschung des eigenen Körpers und des Körpers ihrer Freundinnen?

Die Sutras, in denen diese Kunst gelehrt wurde, veranschaulichten viel von der weiblichen Liebeskunst. Obwohl selten darüber gesprochen wurde, war es unvermeidlich, daß Frauen es auf diese Weise zu der erforderlichen Fertigkeit brachten. So war jede Braut zum Zeitpunkt ihrer Eheschließung eine geübte Liebhaberin, auch wenn sie (nach den herrschenden Vorstellungen) immer keusch gelebt hatte. Es geschah natürlich auch gelegentlich, daß Frauen sich stärker zueinander hingezogen fühlten als zu ihren jeweiligen Ehemännern oder daß sie sich als überhaupt nicht zur Ehefrau geeignet erwiesen und mit anderen Frauen zusammenlebten. Das aber wurde zu allen Zeiten abgelehnt, und man sprach noch weniger darüber als über das ursprüngliche Thema.

Endlich überließ sich Tomoe den Liebkosungen, aber es geschah rein gewohnheitsmäßig, als würde sie ihre eigene Körperhaltung mit einem Gemälde des gleichen Inhalts vergleichen. Sie spürte etwas, aber es war nicht stark. Vielleicht war sie zu müde. *Bestimmt* war sie zu müde. Toshimas massierende Hände entspannten Muskeln, die noch immer schmerzten; ihre Hände waren willkommen, erregten aber nicht. Aber Toshima war erregt. Ermutigt durch Tomoes entspannte Haltung, rückte die Dame mit dem ganzen Körper näher, schob sich über Tomoe, wurde, indem sie die Grasmatte beiseite schob, selbst Tomoes Decke. Toshimas Saft befeuchtete Tomoes Schenkel. Die Dame seufzte leise und voll Wonne.

Im Dunkel des Ninjahauses zog ein Bild vor Tomoe auf, das Bild einer Jonopriesterin mit Namen Noyimo, deren Antlitz strahlend wie die Sonne war. Plötzlich fühlte Tomoe sich erregt, unglaublich erregt, und sie schlang die Arme um Toshima. Die Frauen waren von den vorausgegangenen Tagen geschwächt, aber das machte sie nur sachter und zarter in ihren endlosen Bemühungen umeinander.

Nahrung, Pflege und Ruhe waren von wunderbarer Heilkraft. Im frühen Morgengrauen fühlte sich Tomoe Gozen neu belebt und schickte sich an, die Insel zu erforschen, die nun gezwungenermaßen ihre Heimat war. Ihre Gefühle waren noch nicht vollkommen im Gleichgewicht, aber sie verbarg das vor sich selbst, weigerte sich, sich einzugestehen, daß ihr Geist, ebenso wie ihr Körper, vom Meer schwer geprüft worden war. Sie konzentrierte ihre Aufmerksamkeit auf die Umgebung, nicht auf das Unbehagen, das tief in ihrem Innern bebte.

Die Insel war von annehmbarer Größe, hatte zwei untätige Vulkanberge, weite Grasflächen und einen Wald, der sich zwischen dem Grat, der die Berge verband, und einigen Flüssen erstreckte, die die Annahme nahelegten, daß es auf der Hochebene Seen geben mußte. Es war ein Rätsel, warum eine fast idyllische Insel nicht zu einer Niederlassung ermuntert haben sollte.

Doch dann entdeckte Tomoe, daß eine Stadt errichtet,

aber aus einem unerklärlichen Grund wieder verlassen worden war. Ruinen tauchten vor ihren Blicken auf, als sie den ersten Hügel erklomm. Von ihrem günstigen Standort aus konnte sie in die geröllübersäten Straßen hinuntersehen.

Die Bauweise unterschied sich von der in Naipon. Die Gebäude waren groß und quadratisch und aus Stein und Mauerwerk, anstatt aus Holz. Tatsächlich ähnelte es mehr einer Grabstätte als einer Stadt – eine Stadt voller übergroßer Mausoleen. Aber ihre Abenteuer auf dem Kontinent hatten sie gelehrt, daß es Völker gab, die ganz anders waren als die Naiponesen, Völker, die die Haltbarkeit des toten Steins der natürlichen Schönheit eines hölzernen Bauwerks vorzogen; und dieselben Völker pflasterten, so unwahrscheinlich das auch schien, die Straßen, aus Furcht vor dem urwüchsigen Boden; und sie bedeckten ihre Höfe mit Kies, wo Gärten blühen müßten; und das schlimmste von allem war, daß solche Völker ihre gesamten Städte in schmucklose, graue Mauern einschlossen, weil sie die freie Weite verabscheuten. Um ihrer eigenen Denkweise willen hätte Tomoe gerne angenommen, daß die Stadt verlassen worden war, weil sie sich den lebendigen Dingen so sehr widersetzte. Aber es war kein Volk ihrer eigenen Denkweise gewesen, das diese Stadt errichtet hatte, daher war ihre eigene Geringschätzung keine Erklärung für den Exodus, der diesen Ort dem Verfall überantwortet hatte.

Zuerst verspürte sie keinen Drang, hinunterzusteigen und die finstere, farblose Stadt zu erforschen. Ganz sicher würde sie dort nicht leben, lieber nahm sie die Gefahr auf sich, die das Ninjahaus mit sich brachte. Vielleicht wäre sie fortgegangen und hätte nie wieder einen Blick auf die Stadt geworfen ... wenn sie nicht eine Bewegung wahrgenommen hätte.

Eine in lange, graue Gewänder gehüllte Gestalt ging durch die Straßen. Das Gewand schlug im Wind, der wie eine Flutwelle zwischen den Gebäuden hindurchfegte. Eine alte Frau, nahm Tomoe an. Aus der Ferne war es schwer, das mit Sicherheit zu sagen; und die Gestalt war nur einen kurzen Augenblick lang sichtbar gewesen, bevor sie in einem Eingang, der wie das Maul eines Ungeheuers aussah, geschlüpft war.

Neugierig auf diesen einen Bewohner eilte Tomoe den Abhang hinunter und trat durch das geschwungene Stadttor.

Hier und da stieß sie auf ein zufälliges Unkraut, das das Pflaster gesprengt hatte, oder eine Weinranke, die sich mit unerbittlicher Zähigkeit festklammerte und mit der Geduld der Ewigkeit die Mauern niederriß. Seltener erhaschte sie die flinke Bewegung eines Säugetiers, das in den Ritzen Unterschlupf gefunden hatte, eine Heerschar von Insekten, die in Reih und Glied auf festgelegter Bahn marschierten, oder einen einsamen Vogel in einem plumpen, einfachen Turm. Zum größten Teil wurde die Stadt von allen lebendigen Wesen gemieden, die natürliche Umwelt hütete sich vor den Mauereinfassungen und hielt sich fern.

Als Tomoe um eine Straßenecke bog, sah sie den Saum eines grauen Gewandes, grau wie die steinerne Stadt, wie er hinter einer Biegung verschwand. Die Schuhe, die Tomoe in dem Ninjahaus entdeckt hatte, klapperten auf dem gepflasterten Boden, und sie zog in Erwägung, sie auszuziehen, fand dann aber, daß Heimlichkeit unangebracht war; die alte Frau mochte einen Anschleicher für einen Feind halten. Geräuschvoll lief die Samurai zu einer Biegung, hinter der die Frau verschwunden war und sah gerade noch, wie der Saum des grauen Kleides wieder außer Sicht gezogen wurde.

Als sie auf die Ecke zueilte, fand sich Tomoe in einer Sackgasse, in der kein Fenster, keine Tür und kein Fluchtweg zu sehen war. Doch die alte Frau war nicht zu entdecken.

»Guten Tag, Samurai.«

»Huh!« Tomoe wandte sich hastig um. Die alte Frau war hinter sie getreten und sah sie, den Kopf in einem merkwürdigen Winkel geneigt, nachdenklich an. Ihr Gesicht war braun und faltig. An ihren Mundwinkeln über der Oberlippe wuchsen lange, weiße Haare, die einen ansehnlichen, weichen, dünnen, schneeweißen Schnurrbart formten. Ein Auge war getrübt, aber das andere blickte vollkommen klar. Sie peilte mit ihrem scharfen rechten Auge, grinste zahnlos und närrisch und sagte: »Ängstlich, Samurai? Keine Gefahr hier. Seid willkommen in Kyoto.«

Die Frau war verrückt. Tomoe sagte: »Dies ist nicht Kyoto.«

»Habe ich das gesagt?« Sie hob den Arm zu einer weit ausholenden Bewegung und stellte die Stadt von neuem vor: »Dies ist Kamakura. Die Todesstadt! (Ihre Schönheit ist eine Täuschung.)« Die letzten Worte hatte sie geflüstert.

»Eine Stadt des Todes sicherlich, alte Frau. Aber es ist nicht Kamakura.«

»Kyoto«, wiederholte sie. »Stadt des Müßiggangs. Stadt der Habgier und der Verschwendung.«

»Alte Frau, ich glaube Ihr seid verrückt.«

»Ts!« Sie trat wie eine Krabbe zur Seite, wendig für ihr Alter. Sie kicherte wie ein kleines Mädchen, wenn auch wie ein etwas mißtönendes kleines Mädchen. »Wir sind alle wahnsinnig!« sagte sie, indem sie philosophisch wurde. »Ihr seid wahnsinnig! Ich bin wahnsinnig! Alle Leute hier sind wahnsinnig!«

»Hier gibt es keine anderen Leute«, erwiderte Tomoe mit unverändert ruhiger und leiser Stimme.

»Ah! Dann seid Ihr noch nicht wahnsinnig genug!«

Die Frau verwirrte sie, und Tomoe stiegen Zweifel auf, ob es weise war, mit einer Verrückten zu reden. Vogelgleich und schlank und mit ihrem Bart, der im Wind flatterte, war die Frau der Inbegriff der Unschuld des Alters. Tomoe erwiderte ihren eindringlichen Blick und fragte vorsichtig: »Alte Frau, könnt Ihr mir sagen, welche Stadt dies wirklich ist?«

»Naniwa!«

Tomoe brummte: »Es ist nicht Naniwa!«

»Hurenstadt! Naniwa! Seemannsfreude!«

»Alte Frau, diese Insel ist nicht Naipon. Es ist eine kleinere Insel mit zwei Berggipfeln und nur einer einzigen Stadt, und die ist nicht in naiponesischer Bauweise errichtet.«

»Ihr glaubt, ich sei schwachsinnig? Ich weiß es!«

Geduld, ermahnte sich Tomoe und versuchte es mit einer anderen Taktik. »Ihr lebt hier?« fragte sie.

»Ich? Nein!« wehrte die Alte entrüstet ab. »Ich sollte in einer Hurenstadt leben? Sehe ich aus wie eine Hure? Ich komme hierher, um die Huren zu verspotten! Die Habgierigen, die Müßiggänger, die Narren, die Pläne schmieden, aber niemals handeln. Ich verspotte alle, die hier leben.« Sie blickte sich nach den Türmen und Mauern um und rief, halb im Zorn, aus: »Stadt des Todes! Hurenstadt! Stadt der Habgier! Des Müßiggangs! Ach, der Sittenverfall ...« Sie blickte wieder auf Tomoe und sagte mit leiserer Stimme: »Ich sollte hier leben? Ich lebe dort!«

Sie deutete mit knochigem Finger zu dem höhergelegenen Vulkangipfel, und Tomoes Blick folgte ihr.

»Ich bin Einsiedlerin«, sagte sie. »Asketin. Ihr könnt mich Keiko nennen. Ein hübscher Name? Ach, und einst, vor langer Zeit, war ich ein hübsches Mädchen.« Eine Träne trat in ihr gesundes Auge, aber sie wischte sie fort und fand ihre Laune mit einer polternden Prahlerei wieder: »Bin es noch!« Und schon tanzte sie ein paar Schritte wie ein junges Mädchen und fragte dann: »Euer Name, Samurai? Nein! Sagt es mir nicht! Ich brauche ihn nicht zu wissen! Ich werde Euch Tada nennen. Denn als ich Euch sah, wie Ihr vom Hügel herunterblicktet, sagte ich zu mir: ›Tada!‹ Zu lange her, daß ich eine Menschenseele mit dem rechten Auge gesehen habe, obwohl ich mit dem linken zu viele sehe. Mein Auge zeigt an, daß Ihr weniger närrisch seid als diese anderen.« Sie holte zu einer schwungvollen Geste aus, diese »anderen« auf der leeren Straße zu zeigen, denn sie war der Meinung, daß sie sich in einer bevölkerten Stadt in Naipon befand. Die Einsamkeit mußte sie in unglückselige Wahnvorstellungen getrieben haben.

»Wenn Ihr Hilfe braucht, alte Frau ...«

»Keiko! Keiko!«

»Keiko«, verbesserte sich Tomoe. »Wenn Ihr Hilfe braucht, so könnt Ihr auf mich zählen.«

»Ich? Hilfe? Ts! Ihr seid verrückter als ich dachte, Samurai!« Sie sah Tomoe schief an und sagte: »Aber nicht gefährlich, Samurai, oder?« Damit wich sie ein wenig zurück, wie vor einem rasenden Mörder.

»Wenn es die Umstände erfordern«, erwiderte Tomoe, »bin ich es.«

»Gut!« erklärte Keiko, hüpfte dicht heran, trat Tomoe ans Knie und tanzte um die Samurai herum, um sie zum Zurückschlagen zu reizen.

»Ich lebe mit einer Freundin in dem verlassenen Bauernhaus«, sagte Tomoe, ungerührt von Keikos Unberechenbarkeit. »Ihr könnt uns dort besuchen, wenn Ihr wollt.«

Keiko hielt im Tanzen inne, sah sie entsetzt an und trat weiter zurück als zuvor. »Nicht dorthin! Nicht dorthin!« Sie machte kehrt und rannte davon. Ihre Schnelligkeit war außerordentlich, ihre Kenntnis der winkeligen Gassen hervorragend. Tomoe hätte sie vielleicht eingeholt, fand sich aber anstatt dessen am Ende einer Sackgasse an der hohen Stadtmauer wieder.

Toshima stand beuruhigt in der Tür, ihr Gesicht war verkrustet und im Heilen begriffen. Es würde noch ein paar Tage dauern, bis sie ihre Schönheit wiedergewinnen würde, aber sie machte sich auch jetzt keine Sorge darum. Ihre Augen leuchteten voller Erregung, aber es lag auch eine Spur von Entsetzen darin.

»Tomoe! Tomoe!« Sie winkte der Samurai, sich zu beeilen, aber Tomoe behielt ihren Schritt bei. An der Tür angekommen, rief ihr Toshima atemlos entgegen: »Dies ist kein Ninjahaus!«

Tomoe sah sie ohne Neugier an.

»Komm! Komm!« Toshima stieß die Samurai an und zog sie, ohne ihren Redefluß zu unterbrechen, ins Haus. »Ich habe Stimmen hinter den Wänden gehört – ich habe sie auch während der vergangenen Nacht gehört, als du so tief schliefst. Nachdem du gegangen warst, begann ich mich im Haus umzusehen. Ich erwartete, irgendein kleines Tier zu finden, aber ich konnte nur Flure entdecken. Viele! Zwischen den Wänden sind Hohlräume, und auch zwischen Decke und Dach gibt es eine Kammer, einen verborgenen Übungsraum und ein Lager mit mannigfaltigen Waffen!«

Die Beobachtungen Toshimas waren vollkommen im Einklang mit dem Wesen eines Ninjahauses. Tomoe lauschte den Worten der Dame und machte keine Einwände. Toshima fuhr fort, die Samurai hinter sich herzuziehen und führte sie zu einer bestimmten Wand. Dort drückte Dame Toshima auf eine der gewobenen Grasverkleidungen, die beiseite glitt und nicht nur einen Flur, sondern darüber hinaus etwas viel Unerklärliches freigab.

Als die Tür zur Seite glitt, wurden Tomoes Sinne von einer Kälte überflutet, die mehr geistiger als körperlicher Art war. Sie hörte undeutlich und in weiter Ferne einen klagenden Laut. Der Raum hinter der Wandverkleidung war wie ein Fenster, das ins Nichts führte, in völlige Leere.

»Jono!« erklärte Toshima. »Jonozauber!«

»Jono leben in Tempeln, Toshima. In dunklen, ernsten Tempeln der okkulten Lehre.«

Toshima sagte kleinlaut: »Aber einst waren auch Jono Ninja.«

Tomoe war unnachgiebig und seltsam beunruhigt. »Jono haben nichts mehr mit den Ninja gemein. Sie verstecken sich nicht, tarnen ihre Häuser nicht wie dieses hier. Es ist wahr, sie wandeln auf unsichtbaren Pfaden, aber diese führen von Tempel zu Tempel. Dies ist kein Aufenthaltsort für einen Priester oder eine Priesterin, dieses angebliche Bauernhaus. Und es kann auch nicht der Wohnort eines Jononovizen sein; denn kein Mitglied dieser Sekte verläßt den Tempel, bevor es nicht zu hohem Rang aufgestiegen ist. Ich weiß nicht, wer in einem gewöhnlichen Ninjahaus leben sollte, wenn er über die Kräfte eines Jono verfügt. Und ich fürchte denjenigen, der es tun würde.«

Sie starrte unverwandt in das schwarze Loch hinter der Wand und versuchte aus dem kaum hörbaren Wimmern Worte oder einen Sinn herauszuhören. Er war der Laut von tausend winzigen Lebewesen, die mit hohen Stimmen schrien. Während sie so lauschte, glaubte sie, ein noch schwächeres Klagelied zu hören, das von anderen Stimmen herrührte, die so tief waren, daß das menschliche Ohr sie nicht richtig wahrnehmen konnte.

»Es ist nicht gefährlich, Tomoe. Schau nicht so ängstlich

drein. Ich habe eben diese Schwelle übertreten. Es ist kalt und eigenartig dahinter, aber es lauert kein Angreifer dort.«

»Das war ein furchtbares Wagnis«, sagte Tomoe, der der Mut der Dame eher Schrecken als Bewunderung einflößte. »Du hättest es nicht tun sollen.«

»Aber ich habe es getan.« Toshima band flink ihren Obi von der Taille und befestigte das eine Ende an der Außenseite der Verkleidung. Dann drängte sie Tomoe, ihr ins Innere zu folgen. »Wir werden den Rückweg leicht finden, wenn wir das Ende hiervon festhalten«, sagte sie. Aber Tomoe machte keinen Schritt auf die Tür ins Nichts zu. Dame Toshima zog unschlüssig an ihr, ermunterte sie, tadelte ihr Zaudern. »Es ist ungefährlich«, beteuerte sie, dann fügte sie scherzend hinzu: »Ich werde dich beschützen.«

Sie hielt Tomoe an der Hand, und gemeinsam traten sie in den schwarzen Gang. Augenblicklich war Tomoe in winterliche Kälte gehüllt, was zum Teil ihrer Furcht zuzuschreiben war. Die Haare standen ihr zu Berge, und ein Frösteln durchlief sie. Das Zirpen winzig kleiner Wesen schwoll an, behielt aber seine Vieldeutigkeit, und am Rande ihres Blickfeldes glaubte sie etwas wie Fledermäuse oder kleine geflügelte Menschen zu erahnen, die kopflos umherflatterten. Der weniger greifbare Klagegesang im Hintergrund war zu einem tonlosen Grollen in ihrer Brust geworden; und als sie angestrengt in die Dunkelheit starrte, nahm sie eine Bewegung wahr, wie einen Nachschein von Licht, die sie an taumelnde Bestien erinnerte, die vor und zurück schwangen, während sie ihren lautlosen Totengesang anstimmten.

Tomoe wäre am liebsten stehengeblieben und hätte sich allein am Gürtel der Dame entlang zurückgetastet – dem Gürtel, der sich offenbar unglaublich weit ausgedehnt hatte, scheinbar endlos. Toshima zog die Samurai weiter bis zum äußersten Ende des gedehnten Gürtels. Tomoe drückte trostheischend die kleinere Hand und machte keinen Hehl aus ihrer Abneigung gegen den Korridor.

Sie hatten das Gefühl, sie bewegten sich auf dem Nichts

und könnten jeden Augenblick in die Unendlichkeit stürzen. In keiner Richtung war ein Licht zu erkennen, abgesehen von den Lichtflecken der Phantombilder und der Phosphoreszenz. Nichts deutete auf die Tür hinter ihnen oder die andere Hauswand des Bauernhauses vor ihnen hin. Völlig unerwartet fühlte sich Tomoe in eine weniger dunkle Höhle hineingezogen, die ihren natürlichen Sinnen weit besser behagte als die Art ihrer Ankunft dort.

Toshima hielt noch immer das Ende des Obi in der Hand, der in die dunkleren Winkel der Höhle zurückführte und verschwand. Sachte legte sie das schwarze Stoffstück auf den Boden der Höhle. Dann schob die Dame Tomoe auf den Eingang der Höhle zu, wo es Licht in Hülle und Fülle gab. Überall im Inneren waren Hinweise auf einen Bewohner zu finden – einschließlich einer Feuerstelle unweit des Eingangs, in der die Kohlen noch schwelten.

»Eine alte Frau lebt hier«, sagte Toshima, indem sie Tomoe ans Licht führte. Sie blickten vom Gipfel eines Vulkanberges hinunter, hinter einer bewaldeten Schlucht war ein zweiter Berg sichtbar. Auf der Ebene lag die Ruinenstadt, der Tomoe früher am Tag einen Besuch abgestattet hatte.

»Als ich das erste Mal hier herauskam«, fuhr Toshima fort, »saß eine alte Frau dort auf dem Stein und stocherte mit einem Stock im Feuer. Aber als sie mich herankommen hörte, drehte sie sich nicht etwa um, um zu sehen, wer da kam, sondern sprang auf und lief hinaus. Ich versuchte, sie zurückzurufen, ihr zu verstehen zu geben, daß ich kein Geist war, aber sie blieb nicht stehen. Sie hielt sich nur einen winzigen Augenblick auf und rief, ohne in meine Richtung zu sehen: »Ich schaue niemanden an, der durch diese Tür kommt!« Dann sprang sie trotz ihres hohen Alters wendig wie ein Zicklein den steilen Bergpfad hinunter auf die Ruinenstadt zu.«

»Ich bin ihr auch begegnet«, sagte Tomoe mit unbeweglicher Stimme. »Ich habe sie in der Stadt getroffen, die sie für bewohnt hält. Sie hatte keine Angst vor mir. Seltsam, daß sie gar kein Interesse an dir gezeigt hat.«

Sie kehrten zum Hintergrund der Höhle zurück, und

Toshima nahm das Ende des Gürtels vom Boden auf, und mit seiner Hilfe gelangten sie und ihre Samurai in das angebliche Bauernhaus zurück. Der Rückweg schien länger zu sein, da die Strecke auf ihrem unsichtbaren Pfad gewunden und die Entfernung unstet war. Nach einiger Zeit erreichten sie das Haus, und Toshima wickelte den Obi wieder um ihre Taille.

»Ich glaube, es ist besser, wir gehen nicht noch einmal dorthin«, sagte Tomoe, die noch immer ihre erzwungene Ruhe bewahrte. »Der Name der alten Frau ist Keiko. Sie mag dieses Haus und das, was darin ist, nicht. Wir sollten sie in Ruhe lassen.«

»Wir könnten andere Wege untersuchen«, sagte Toshima, die ihren Vorschlag in vollkommen schmeichlerischem Ton vorbrachte, denn sie wollte Tomoe nicht noch mehr erschrecken – und trotz des äußeren Anscheins von Ruhe, ließ sich Tomoes Furcht nicht vollständig verbergen. Diese Furcht war es, die, völlig unabhängig von der Ausflucht, nicht in Keikos Bergeinsamkeit eindringen zu wollen, Tomoes Widerwillen gegen die unnatürlichen Wandtüren bestimmte. Toshima sagte: »Ich habe einige der Gänge betreten, aber sie müssen zu weiter entfernten Orten führen. Die Länge meines Obi reichte nirgendwo hin. Einmal glaubte ich, ich hätte mich verirrt, aber mein Trick mit dem Obi ist narrensicher. Ich dachte, wir könnten ein langes Seil fertigen und sehen, wohin uns die anderen Gänge führen.«

»Bitte nicht«, sagte Tomoe, deren Ruhe langsam wich. »Wir müssen dieses Haus verlassen, müssen fortgehen. In einer Höhle leben wie Keiko! Du bist bereits mit ziemlich geringem Komfort ausgekommen, Dame. Noch ein bißchen weniger wird dir nicht weh tun!«

»Warum schreist du mich so an? Warum hast du Angst vor dem Zauber? Er ist weniger todbringend als dein Schwert!«

»Es gefällt mir nicht! Vergangene Nacht habe ich von einem Ort geträumt, der Naipon glich, in dem es aber keine Zauberei gab. Dort würde ich lieber leben! Ich habe deinen Vater getötet, Toshima! Ich habe ihn aufgrund eines Zaubers getötet, nicht weil ich es so wollte! Ein Jahr später bin ich einer Frau namens Tsuki Izutsu begegnet, und ich war nicht freundlich zu ihr, und bedauere es nun, denn auch sie ist durch Zauberei umgekommen, und wir werden uns niemals wiedersehen.«

Tomoe trat von der Wandverkleidung zurück, als Toshima sie schloß. Aber sie fürchtete sich, sich weit zu entfernen, da sie nicht wußte, wo die anderen Türen verborgen lagen. So stand sie in der Mitte des Raumes und hatte Angst, sich in irgendeine Richtung zu bewegen, hatte sogar Angst, der Fußboden könnte eine trügerische, schwarze Öffnung bergen – und sie war wütend über ihre peinlichen Ängste.

Sie gab ihren Befürchtungen Ausdruck, teils, um sie zu erklären, teils in der Überzeugung, daß sie aufs höchste gerechtfertigt waren. »Das Ungeheuer der Drachenkönigin hat uns hierhergebracht! Es ist etwas gegen uns im Gange, Toshima, ich weiß nur nicht, was. Aber wir sind nicht ohne fremde Einwirkung hierhergekommen. Wer kann sagen, was durch diese Gänge schleicht, um uns in irgendein entsetzliches Land zu verschleppen? Vielleicht hat sich die Drachenkönigin selbst gegen uns verschworen, obwohl wir wahrscheinlich ihrer Beachtung gar nicht würdig sind. Vielleicht hat sie einen Diener oder einen Verehrer, der in der Zauberkunst der Jono bewandert ist – und dieser Diener hegt einen Groll gegen uns. Man treibt ein unehrenhaftes Spiel mit uns, das weiß ich! Vielleicht, weil wir dem Mikado ergeben sind oder aus irgendeinem Grund, den wir nicht ahnen!« Sie suchte im Geist nach immer neuen Vernunftgründen. »Vielleicht ist es die Feindschaft des Shogun, die Verderben über uns bringt – obgleich selbst der Shogun sein Spiel nicht mit Zauberern treibt. Vielleicht haben wir einen verborgenen Feind.«

»Du siehst Geister, wo es keine gibt! Du bist wie diese alte Frau!«

»Es *gibt* Geister! Es gibt Feinde! Ich will dir sagen, was ich glaube, Toshima: selbst Jono haben Feinde. Wir haben beide etwas mit Jono zu tun gehabt und könnten gegen sie ausgespielt werden ...« Tomoe wußte nicht recht, wie weit sie mit ihren Vermutungen gehen konnte. Sicher hatte auch Dame Toshima einen Verdacht. Sie hatte zwei Jonopriester gesandt, ihren Vater zu beschützen, und einer von ihnen sollte auch über Tomoe wachen. Aber nur Tomoe hatte die furchtbare Schlacht im Shigenotal überlebt. Dahinter steckte ein Ränkespiel, nicht das Schicksal. Vielleicht lag der Ursprung der Intrigen vor Toshimas Geburt, als die Heirat zwischen Shigeno und einer Frau von königlicher Abstammung eingefädelt wurde – Toshimas Mutter. Trotz dieser Heirat hatte Shigeno mehr dem Shogun die Treue gehalten. Der Mikado hatte durch Toshimas Kontaktpersonen durchblicken lassen, daß Shigeno verschont werden sollte. Der Mikado hatte sogar Jono gesandt, angeblich, um Shigeno zu beschützen. Aber in Wahrheit konnte er, indem er den Kriegsherrn vor dem Tode bewahrte, nichts gewinnen.

Es bestand die Möglichkeit, daß Tomoe diese Gedanken in ihrem Verlangen ersann, etwas von der Verantwortung für Shigenos Tod abzuwälzen. Aber es war ebenso möglich, daß weder der Mikado noch die Jono weiteren Wert auf die Heldentaten des großen Kriegsherrn legten, während Tomoe dem Jonokult, dem Mikado oder beiden noch von Nutzen sein mochte.

Toshima war den Gedanken Tomoes gefolgt, sie verfügte über das gleiche Wissen und noch ein wenig mehr, von dem sie ausgehen konnte. Sie sagte: »Du hältst dich für wichtig, Samurai! *Ich* habe die Jonopriesterin gebeten, dich zu schützen. Du glaubst, sie hat sich deiner um ihrer selbst willen angenommen, aber du bist für niemanden wichtig, außer für *mich!*« Sie eilte auf Tomoe zu und umarmte sie, aber der Blick ihrer Augen verriet ebensoviel Haß wie Liebe. »Deine Eitelkeit übertrifft alles, Samurai! Zu glauben, dein Leben sein von größerer Bedeutung als das meines Vaters!«

Die Samurei machte sich schuldbewußt aus der Umarmung frei. betroffen von der plötzlichen Erkenntnis, daß Toshima ihr tatsächlich auf irgendeine Weise die Schuld für Shojiro Shigenos Tod gab. Doch sie wollte den Gedanken nicht länger ertragen und wandte sich zornig Toshima zu, indem sie sich den Anschein gab, über ein größeres Wissen zu verfügen, das dem der Dame nicht nachstand. Sie sagte: »Schon einmal hat jemand versucht, mich durch eine List dazu zu bringen, etwas über die Priesterin auszuplaudern ...« Tomoe erwähnte den Robuku nicht weiter, der letztlich die Verantwortung dafür trug, daß die Samurai in der Zeit der Not zu Toshima geeilt war. »Das Haus, in dem wir hier weilen, ist kein Ninjahaus, kein Bauernhaus, gewiß kein Jonotempel. Es ist etwas anderes, und ich möchte davon freikommen! Bleib, wenn es dir gefällt, ich werde gehen.«

Bleich vor Zorn, den sie erzeugt hatte, um ihr Schuldbewußtsein zu verbergen, den sie nun aber als aufrichtiges Gefühl begrüßte, ging Tomoe durch die einzige Tür, der sie vertraute, hinaus. Toshima rannte zur Tür, als wolle sie die Samurai zurückrufen, aber der Stolz verschloß ihre Lippen. Sie blickte der starken Frau nach, die davonschritt – und beide schluckten ihre Tränen hinunter.

Niedergeschlagenheit legte sich auf die Samurai, und sie war schwerer als der plötzliche dichte Nachtregen. Sie mußte sich zu jedem Schritt den Berghang hinauf zwingen, obwohl sie in ihrer gegenwärtigen Stimmung lieber im Sturm gesessen und sich dem Selbstmitleid überlassen hätte. In der Ferne glühte der kleinere der beiden Berggipfel von vulkanischer Tätigkeit, obwohl Tomoe zuvor beide Vulkane gleichermaßen für erkaltet gehalten hatte. Am Steilhang des höheren Gipfels stieg Tomoe empor; dort öffnete sich der Eingang zu einer Höhle, die von einem Feuer im Inneren erleuchet war. Das war ihr Ziel: das Lager der schwachsinnigen Keiko.

Was sie zu der Wahnsinnigen zog, war Tomoe noch nicht klar. Die flinke Alte zog sie in ihrer fröhlich wirren Art an; aber darüber hinaus nahm etwas an dem Wahnsinn an sich Tomoe gefangen. Im Wahnsinn lag eine Art Weisheit verborgen, und Tomoe hatte eine unbestimmte Vorstellung, daß es sich dabei um eine Weisheit handelte, die ihr die Lösung für ihre Kümmernisse, Schuldgefühle und Verwirrungen liefern konnte. Keiko war niemals verwirrt! Was sie für wahr hielt, wurde für sie zur Wahrheit, und widersprüchliche Erkenntnisse konnten hinzugefügt werden, ohne das ursprüngliche Gedankengebäude zum Einstürzen zu bringen. Tomoe erinnerte sich an eine Wandernonne namens Izutsu, die ihr in einem predigenden Ton erklärt hatte: »Die ganze Wirklichkeit der Menschheit ist eine große Lüge. Es gibt nur eine einzige vollkommene Wahrheit, und sie umfaßt sogar die Lügen.« Wenn das so war, dann hatte die Wirklichkeit der verrückten Keiko nicht weniger Gültigkeit als irgendeine andere – und es war eine viel weniger schmerzhafte Wirklichkeit als diejenige, in der Tomoe lebte.

»Keiko!« rief sie, während sie sich an dem schlüpfrigen, feuchten Gestein festklammerte. Geröllboden löste sich unter ihren Fingern. Wasser furchte in Strömen die Erde zwischen Knien und Füßen. Sie kam nicht weiter voran, das ungünstige Wetter hinderte sie. »Keiko!«

Eine Fackel leuchtete plötzlich am Eingang der Höhle auf, und die alte Frau stand mit nach links geneigtem Kopf da und spähte mit ihrem gesunden rechten Auge hinunter. »Tada!« rief sie erfreut. Jenes zahnlose Lächeln durchbrach ihre eingefallenen Züge, ihre silbrigen, weißen Schnurrbarthaare wurden von dem Lächeln bewegt.

Keiko faßte hinter sich nach etwas, das Tomoe nicht erkennen konnte, dann brachte sie eine Seilrolle zum Vorschein. Sie schleuderte das Seil – das gesamte Seil – in den Regen hinaus, es entrollte sich in der Luft, und ein Ende wand sich um einen fest verankerten Stein, das andere Ende landete nicht weit von Tomoes Händen entfernt. Das alles geschah nicht durch Zauberei, sonst wäre Tomoe auf der Stelle wieder den Berg hinuntergeeilt. Es war das Ergebnis von Geschicklichkeit, und Tomoe war noch tiefer beeindruckt von Keikos irrsinnigen Fähigkeiten.

»Du bist schmutzig, Tada!« schalt Keiko und wollte die schlammbespritzte Besucherin nicht in ihre saubere, warme Höhle eintreten lassen. Tomoe sah das erleuchtete Innere, sah, daß die alte Frau Steine von beachtlicher Größe zwischen ihrem Wohnraum und der Stelle aufgetürmt hatte, an der Toshima zweimal und Tomoe einmal ungebeten durch die unsichtbare Tür eingetreten waren. »Zieh deine Kleider aus, Tada! Dann kannst du hereinkommen.«

Tomoe entkleidete sich und hängte ihre Kleidungsstücke auf scharfkantige Felsen vor der Höhle, wo sie der Regen reinwaschen würde, wie er Tomoe jetzt reinwusch. Kleine Rinnsale schlängelten sich über Rücken, Gesäß und Beine hinunter. Tropfend trat sie in die Höhle ein, lehnte ihr Schwert an die Wand, ließ sich neben dem Feuer nieder und streckte die Hände aus. Ihr war jetzt kälter, als die Feuchtigkeit auf ihren nackten Schultern und dem glänzenden feuchten Haar verdampfte. Es war prachtvolles Haar, das sie lang und dicht und in stets wohlgeordneter Fülle wachsen ließ.

»Zieh das hier an.« Keiko reichte Tomoe ein trockenes, rauhes Gewand, das schwer und warm war. »Nun«, sagte Keiko. »Warum tragen die Füße der gefährlichen Samurai sie bei so schlechtem Wetter zu meiner Einsiedelei?«

Die ernste Erwiderung lautete: »Ich mochte das Bauernhaus nicht.«

Die Wahnsinnige fuhr bei der bloßen Erwähnung zurück, hatte sich aber augenblicklich wieder in der Gewalt und lächelte breiter als zuvor, so daß Tomoe erkennen konnte, daß die alte Frau wahrhaftig noch ein paar Bakkenzähne besaß.

»Klug von dir«, sagte Keiko. »Weißt du, wer das Haus gebaut hat?«

Tomoe schüttelte, in das überlange Gewand geduckt, den Kopf.

»Ich habe es gebaut«, erklärte Keiko.

Tomoe sah sie entsetzt an.

»Es ist wahr!« Die Alte hüpfte vor Begeisterung über ihr Bekenntnis um das Feuer herum und lachte irrsinnig, dann hielt sie plötzlich inne. Sie beugte sich so weit herunter, daß ihr Gesicht nur noch eine Fingerlänge von Tomoes Nase entfernt war, dann sagte sie: »Damals hatte ich einen Ehegatten. Fauler Kerl. Fett! Schmutzig! Aber ich habe ihn geliebt. Zu sehr habe ich ihn geliebt. Frag nicht, warum! *Liebe kennt keinen Grund.* Ich habe das Haus allein gebaut; ich habe es für ihn und für mich gebaut. Er war zu faul, um zu helfen, aber es machte mir nichts aus, denn wir wollten zusammen darin leben und glücklich sein.

Aber als ich damit fertig war, richtete er es zugrunde. Zerstörte es! Machte es zuschanden!« Sie sah kummervoll oder zornig oder beides zugleich vor sich hin, erhob sich wieder und durchmaß ihr Höhlengemach mit unruhigen Schritten. »Hast du die Türen entdeckt, die er hinzugefügt hat? Sinnloses Werk! Pah! Aber ich habe dort mit ihm gelebt; ich habe dort gelebt, so sehr liebte ich ihn, trotz seines Gestanks, obwohl er das Haus, das ich mit diesen Händen erbaut hatte, zerstört hat.«

Keiko sah ihre Hände an, als gehörten sie nicht zu ihr. Alt, von Adern durchzogen, an jedem Fingergelenk verkrümmt, die Daumen durch irgendeine Krankheit nach hinten gebogen. Sie flüsterte mehr zu sich selbst als an Tomoe gewandt: »Es waren stärkere Hände in jenen Tagen, glatt, ohne Makel, ohne Furche. Ich glaube mich zu erinnern ... ich glaube mich zu erinnern ... Sie hatte Tomoe den Rücken zugekehrt, Tomoe, die ihr, noch immer ans Feuer gekauert, in ein rauhes Gewand gehüllt, zuhörte. Ihren Worten folgte eine lange Stille, während Keiko bewegungslos verharrte und über die Natur ihrer eigenen Sterblichkeit nachzugrübeln schien. Das Alter hatte sich angeschlichen wie ein Geist; sie hatte sein Kommen nicht bemerkt.

Dann wirbelte sie herum und setzte ihre Geschichte fort, als hätte sie sich nie unterbrochen.

»Fortwährend hat mein Mann die Tiefen seiner Türen erforscht, denn er verstand sie selbst nicht ganz. Ich habe vergessen, wer ihn in der Zauberkunst unterwies – Priester, Priesterinnen ... aber sie entdeckten eine Verderbnis in seiner Seele und warfen ihn hinaus, als er seine Lektion erst zur Hälfte gelernt hatte! Ich glaube, er trat durch die Türen auf der Suche nach denen, die ihn zurückgewiesen hatten, oder um Verbindung mit Ungeheuern aufzunehmen, die ihn in seiner Rache unterstützen würden. Und wie gut kann ich die wilden Gefühle eines Zurückgewiesenen verstehen! Wie gut ich das jetzt kenne! Denn er alterte nicht, während er auf diesen Pfaden wandelte, und manchmal hielt er sich Jahre darauf auf, bevor er zu mir, zu meinem Bett, zurückkehrte. Ich wurde älter als er, und bald trat er nicht mehr an mein Bett. ›Altes Weib!‹ schrie er mich an und grabschte nach meinem Seidenschnurrbart. ›Altes Weib! Ich will nicht mit dir schlafen!‹ Und ich sagte: ›Warum nicht? All die Jahre habe ich mit einem fetten, schmutzigen Kerl geschlafen! Jetzt kannst du mit einer Alten schlafen!‹ Aber er lachte mich aus, verschwand durch eine seiner Türen und kam nie wieder hervor.

War ich traurig? Das war ich nicht! Ich war es! Nicht! War es! Zumindest hatte ich geglaubt, ich würde trauriger sein. Etwas … etwas habe ich vergessen … Ich glaube … ich glaube … ohne ihn wäre ich vielleicht nie alt geworden; ich wäre vielleicht ewig jung geblieben. Ist es wahnsinnig, ihm das vorzuwerfen? Ich erinnere mich an einen Palast, in dem ich wie eine unsterbliche Göttin gelebt habe, bis ich dem schmutzigen Mann begegnete und mich aus freien Stücken entschloß, auf das ewige Leben zu verzichten und mit diesem Mann, den ich über alles liebte, alt zu werden. Er nahm mich zur Frau, denn er liebte mich um meiner Schönheit willen … aber nach all den Opfern, die ich gebracht habe, nahm ihn die Rache stärker in ihren Bann als die Liebe, und er ließ mich allein altern. Mein Opfer war umsonst!«

»Keiko«, flüsterte Tomoe. »Keiko. Wieviel von dem, was du sagst, ist wahr? Wieviel von dem, was du sagst, ist Wahnsinn?«

»Alles wahr!« Sie schritt angespannt und mit nachdenklichem, traurigem Blick durch die Höhle. »Alles Wahnsinn!« Tomoe wünschte, die Frau würde aufhören umherzulaufen; die Unruhe steckte sie an. »Einst war ich eine Königin! (Vielleicht auch eine Prinzessin, ich habe es vergessen.) Glaubst du das? Es ist wahr! Ich habe meinem Land um des schmutzigen Mannes willen den Rücken gekehrt … und nur diese eine Insel behalten, die ich ihm und mir vorbehielt. Als ein Paradies erschien es mir, wo es doch schon bald meine Hölle werden sollte.

Alles, was mir von meinem Land geblieben ist, kannst du von diesem Berggipfel aus überblicken, und ich wollte nichts weiter als die Arme meines Geliebten. Aber er ging fort. Soweit ich weiß, wandert er bis zum heutigen Tag auf den Pfaden.« Sie stand angespannt, aber dennoch unruhig da, wenn auch weniger flatterhaft als zuvor, und starrte durch den Raum in den Regen hinaus zu dem entfernten Glühen des kleineren Berges.

»Am Ende war ich froh, seine schlaffe Trägheit nicht mehr ertragen zu müssen«, erklärte sie. »Der Frieden wiegt jetzt mehr als die Einsamkeit. Meine einzige Angst ist, daß er zurückkehrt und seine Rechte auf mich als seine Frau wieder geltend macht. Das würde mir nicht gefallen. Es würde mir nicht gefallen, weil es mir angenehm wäre! Verstehst du mich, Tada, meine einzige Freundin?« Das eine scharfe Auge fixierte die Samurai erwartungsvoll, konnte aber keine Antwort finden. »Ich würde in seinen schlaffen Armen zerschmelzen, wie ich es immer getan habe«, sagte sie und beugte sich vor Tomoe nieder wie schon einmal. »Ich würde ihm in das noch immer junge, fette Gesicht sehen, wie ich dir jetzt in die Augen schaue; und wieder würde er mich nur beiseite stoßen und sagen: ›Keiko, du bist zu alt für mich!‹ Und darum hasse ich das Bauernhaus, Tada. Es beherbergt grausame Erinnerungen und den höllischen Zauber, der mir die Jahre des Glücks genommen hat, die ich vor mir glaubte.«

Keiko behielt ihre hockende Stellung inne und begann, sich auf den Fußballen zu wiegen. Tränen rannen ihr übers Gesicht, dem Regensturm gleich, der draußen wütete, und sie tropften von den Enden ihres hängenden, langen Schnurrbartes herunter. Tomoe sagte:

»Ich dachte, Ihr wäret glücklich, alte Frau. Ich bin gekommen, das Glück von Euch zu erlernen, den Wahnsinn zu begreifen. Aber Ihr seid elender als ich, wenn Ihr einem Mann nachtrauert, der fett und zu nichts nutze war, und ohne den ihr besser dran seid. Wohingegen ich durch Zauberei gute Freunde und einen guten Herrn verloren habe – und darum jetzt so viel Angst vor der Zauberei habe, daß ich vor den Geheimnissen des Lebens selbst zurückschrecke!

Ich habe mich bemitleidet, aber du bist bemitleidenswerter, Keiko, die du träumst, du seist einst unsterblich gewesen, weil du zu alt geworden bist, einen Liebhaber zu halten; die du träumst, eine tote Stadt sei dein Land, weil du nichts besitzt; die du träumst, diese selbe Stadt sei bewohnt, weil du allein bist. Ich bin hierhergekommen, um deine Hilfe zu erbitten, aber welche Hilfe kannst du mir geben?«

Unvermittelt sprang die Wahnsinnige mit trockenen Augen auf und sah wieder ganz fröhlich drein; denn letztlich war sie eben doch eine Wahnsinnige, deren Gefühle sich in den äußersten Bahnen bewegen. Sie stieß mutwillig gegen Tomoes Kopf und brachte sie aus dem Gleichgewicht ihrer Hocke. Tomoe landete etwas verwirrt auf dem Gesäß und blickte zu der alten Frau auf, die sagte: »Einmal hast du mir deine Hilfe angeboten. Es war ein Beweis für deine Einfalt, aber du hast es gut gemeint, darum werde ich dir helfen. Du suchst Vergessen? Davon habe ich genug! Ich habe selbst davon Gebrauch gemacht! Du kannst dich zu den Bürgern meiner Hauptstadt gesellen. Geh hinunter in die Stadt. Frag nach einem Mann namens Ya Hanada. Er wird dir Sake geben und dir einen einzigen Wunsch gewähren.«

Tomoe kreuzte die Beine und blieb auf dem Boden sitzen. Sie verbarg das Gesicht, um sich ihre Enttäuschung nicht anmerken zu lassen und sagte: »Es lebt niemand in der Stadt, alte, verrückte Keiko.«

»Geh hinunter und sieh selbst, Samurei!« Sie eilte zum Eingang der Höhle und blickte durch den hart niederprasselnden Regenschleier. »Die Stadt ist erleuchtet! Komm und schau!«

Tomoe rührte sich nicht vom Fleck. Sie saß mit dem Rükken zu Keiko am Feuer, schwieg hartnäckig und weigerte sich, an den Trugbildern der Wahnsinnigen teilzuhaben.

»Wenn du dem weltlichen Hader ein Ende setzten willst, meine Freundin Tada, wirst du in der Stadt Vergessen finden. Wenn du dir sehnlich genug wünschst, mein Volk zu finden, wirst du es finden.«

Immer noch saß Tomoe unbewegt da. Sie hatte die Hoffnung aufgegeben, daß die verrückte Alte ihr irgendwie helfen könnte. Sie hatte den Gedanken, der Wahnsinn bedeutete zugleich Genius, verdrängt. Sie hörte Keiko hinter ihrem Rücken auf der Suche nach irgendeinem Gegenstand rumoren, drehte sich aber nicht um. Keiko sagte: »Du willst, daß ich dir helfe, den Weg zu finden, Tada? Nun gut. Ich werde es tun!«

Tomoe wandte sich halb um, gerade noch rechtzeitig, um den Stein in Keikos knochiger, faltiger Hand zu sehen, der auf ihren Kopf niedersauste. Die Samurai machte den sinnlosen Versuch, auszuweichen, aber Keiko war schnell, und Tomoe verlor die Besinnung.

Die Wahnsinnige hatte sie getötet; sie wußte es. In Tomoes Kopf pochte es. Sie fieberte. Vielleicht, so fürchtete sie, war ihr Schädel geborsten – (war es wirklich notwendig gewesen, daß Keiko so hart zuschlug?); immerhin war ihr Kopf so wirr, daß sie wahrscheinlich nie wieder so klar und deutlich sehen würde wie jetzt. *Das ganze Leid! Einst war ich so klug, und nun ist mein Geist zerstört!*

Sie hatte das Gefühl, über ihre Grübeleien lachen zu müssen, denn sie fühlte nicht nur unermeßliche Qualen, sie war auch unermeßlich albern. Der Tod war, wie es schien, launischer, als man je geahnt hatte.

Lange Zeit bewegte sie sich nicht, denn schon der Versuch verursachte ihr Schmerzen. Anstatt dessen versuchte sie, sich zu erinnern, wie sie auf die steingepflasterte Straße gelangt war. Hatte Keiko sie angekleidet und den Berg hinuntergeschleppt? Die schwachsinnige Alte war stark, gewiß, aber dazu war sie nicht in der Lage. Entweder hatte ihr jemand geholfen, oder Tomoe war, selbst mit eingeschlagenem Schädel, den Berg hinuntergetaumelt und war allein hierhergekommen. Sie hatte eine traumhafte Erinnerung daran, daß sie durch die Tore der Stadt gewankt war, war über die Beine schmutziger Bettler, die es nicht hätte geben dürfen, gestolpert, im Erbrochenen der Besoffenen ausgeglitten, an Steinhäusern vorübergekommen, aus denen die Düfte von »Unterhaltungskünstlern«, die zornigen Rufe betrogener Spieler und der scharfe Geruch von Sake drang. Und einmal hatte sie sich an einer Mauer ausgeruht und in einem Hauseingang die Ausführungen eines

Möchtegernphilosophen gehört, der irgend jemandem das Wesen der Wirklichkeit erklärt hatte. Es war wirklich eine dekadente Stadt, und Tomoe hatte sich in ihrem Traum gewundert (denn für einen Traum hatte sie es bis zum gegenwärtigen Zeitpunkt gehalten, und war sich auch jetzt noch unsicher), warum sie all das nicht vorher gesehen hatte.

Kurz darauf schwankte sie, fiel ohnmächtig zu Boden und blieb, das Gesicht nach oben gekehrt, in einer Pfütze liegen, in die kurz zuvor ein Mann seine Notdurft verrichtet hatte. Als sie wieder erwachte, schien ihr immer noch, daß alles Einbildung war, denn der Steinbrocken hatte ihr Denken verändert.

»Tot!« erklärte eine Stimme aus weiter Ferne, und Tomoe stimmte zu; ja tot.

»Tot!« versicherte eine andere Stimme, die ebenso hoch und süß klang wie die erste, und dieser wahrhaftig so ähnlich war, daß es dieselbe Stimme hätte sein können, nur tönte sie aus einer anderen Richtung.

Es folgten weitere Versicherungen.

»Tot! Tot!«

Drei Stimmen waren es, denn drei Stimmen überschlugen sich im Gelächter.

Tomoe stöhnte. Sie stieß gemeine Flüche aus. Dann stiegen ihr die Tränen in die Augen, denn beides verursachte ihr Schmerzen. Dann öffnete sie die Augen in der Erwartung, drei lachende Teufel zu erblicken, aber vor ihr standen drei glückliche, geschminkte Geishas, die miteinander kicherten. Es waren Engelshuren, und eine beugte sich nieder und öffnete ihre roten Lippen zu einer Frage:

»Bist du tot?«

Die Samurai wandte ihren Kopf zu weit zur Seite, so daß sie das faulige Wasser schmeckte, in das sie geschleudert worden war (denn sie hatte das Gefühl, geschleudert worden zu sein wie verstreute Stücke einer Rüstung). Sie spürte die Körperwärme der Frauen, die aus solcher Nähe ausströmte, und die Süße ihres Duftes vermischte sich auf entsetzliche Weise mit dem Gestank des nassen Pflasters. Es herrschte Tageslicht, aber eine Wolkendecke verschleierte den Himmel und verlieh der Atmosphäre einen Unterwasserschein, ein Fehlen von Klarheit, das keine sichtbare Sonne zuließ. Dennoch waren, trotz der Unbeholfenheit ihrer Wahrnehmung, alle ihre Sinne zu gebrauchen, und Tomoe kam zu einem schwerwiegenden Entschluß, den sie mit ernster, wenn auch unsicherer Stimme äußerte: »Ich lebe.«

Die Geishas kicherten noch lauter.

»Du bist eine wilde Kriegerin! Das können wir bezeugen«, sagte eine der Geishas, während die anderen beiden sich wieder von Lachen schüttelten und ihre Gesichter hinter kleinen Händen verbargen. »Du mußt mit einem Riesen gekämpft haben, so schwer sind deine Verwundungen!«

»Zwei Riesen«, erklärte Tomoe. Dann bekannte sie: »Oder eine verrückte alte Frau.«

Die Geishas lachten nicht im mindesten, als Tomoe dies sagte. Sie sahen sich wie erschrockene Tiere an.

»Ich kann mich nicht bewegen«, sagte Tomoe. »Mein Kopf tut so weh. Wenn ihr mir helfen würdet, wäre ich euch dankbar.«

Sie taten es mit Freuden, obgleich sie selbst mit vereinten Kräften Tomoe keinen sanften Transport bieten konnten. Sie hoben sie ungeschickt aus der Pfütze auf, dann liefen sie zusammen die diesige Straße hinunter. Der Klang ihrer Schritte hallte von grauen, düsteren Mauern wider. Die Geishas sangen ein kindisches Lied, um sich die Arbeit zu erleichtern, und Tomoe versuchte zu verhindern, daß ihr Kopf hin und her geworfen wurde.

Sie trugen sie zu einem Geishahaus und legten sie auf eine Strohmatte. Behutsam schoben sie ihr ein stoffbezogenes Holzkissen unter den Kopf. Sie flößten ihr Suppe ein, die sie wieder erbrach, und gaben ihr vor dem Einschlafen noch einmal zu essen. Von Zeit zu Zeit wachte sie auf und hörte Geräusche aus den anderen, durch Wandschirme abgeteilten Räumen: Singen, Instrumente, Liebeslaute, lachende Frauen und betrunkene Männer. Nach langer Zeit – sie vermutete, daß mehr als ein Tag vergangen war – erwachte sie zu vollerem Bewußtsein. Es war kein

Geräusch, das sie weckte, sondern eher eine unerwartete Stille.

Das Geishahaus schien den Atem anzuhalten, und alle, die sich darin aufhielten, schwiegen still. Nach der langen Zeit des ununterbrochenen Lärms der einen oder anderen Art ließ dieser plötzliche Wandel Tomoe aufhorchen. Sie war allein, sah aber den Umriß einer Geisha auf der anderen Seite einer Reispapierwand. Daneben erkannte sie den Umriß eines riesigen, breitschultrigen Mannes. Er war es, der die Stille verursacht hatte, und er war es, der sie brach, indem er mit kehliger, drohender Stimme sagte: »Du bist es!«

Die Geisha fiel vor ihm auf die Knie, weinte und flehte. Aber der große Mann war unerbittlich. Er stemmte den Fuß auf den Rücken der entsetzten Geisha und zog sein Schwert, bereit, sie umzubringen.

Dem bohrenden Schmerz in ihrem Schädel zum Trotz, rollte sich Tomoe von der Matte und sprang auf. Sie stieß ihr Schwert durch die dünne Wand in das Herz des Mannes, von dem sie nichts als den Schatten kannte. Der Schatten taumelte zurück und fiel, und Tomoe zog ihr rotbeflecktes Schwert aus der Wand heraus.

In dem Haus erhob sich ein heftiger Tumult. Tomoe fand sich plötzlich von einem Dutzend Geishas umringt, die außer sich waren vor Angst und Freude und von einigen Männern, die nur zur Hälfte bekleidet waren. Sie alle verneigten sich ganz leicht vor ihr, von Achtung und Neugier erfüllt. Eine der Geishas ergriff das Wort, und Tomoe hatte das unbestimmte Gefühl, daß es dieselbe Geisha war, der sie gerade das Leben gerettet hatte: »Jetzt hast du dir Feinde geschaffen!«

Tomoe schob den durchbohrten Wandschirm beiseite und erblickte den auf dem Boden Liegenden. Sie hatte ein behaartes Ungeheuer in den Safrangewändern eines Priesters ermordet.

»Was ist das?« fragte Tomoe.

»Seinesgleichen dienen dem Kleineren Berg!« erklärte eine Geisha. Tomoes andauernder Zustand der Verwirrung ließ sie in ihren Augen alle gleich erscheinen, ihre Gesichter waren nichts als helle Flecken, ihre Stimmen, ebenso trügerisch wie ihre Blicke, die gleichen. Es war möglich, daß nur eine einzige Geisha das Wort an sie gerichtet hatte seit dem Augenblick, in dem sie auf der Straße gefunden worden war; und es war möglich, daß sie immer abwechselnd sprachen. Wie auch immer, eine von ihnen sagte: »Sie bringen jeden Tag ein Blutopfer dar, damit der Berg nicht überfließt.«

Shintogottheiten nahmen keine Blutopfer an, weder menschliche noch tierische, aber Tomoe hatte bereits geargwöhnt, daß hier grausamere Götter herrschten. Eine steinerne Stadt konnte keine gütigen Götter beherbergen. Der Gedanke flößte ihr jedoch keine weitere Furcht ein, da immer noch alles Teil eines durch die Erschütterung ihres Kopfes erzeugten Fieberwahns zu sein schien. Sie nahm an, daß sie entweder daraus erwachen würde oder nicht; aber in der Zwischenzeit war nichts wirklich genug, um sie zu beunruhigen.

»Nun«, sagte Tomoe mit sanfter Stimme, »für heute müßt ihr den Ausbruch des Berges nicht fürchten. Der haarige Priester ist das Opfer dieses Morgens.«

»Seine Standesgenossen werden Rache schwören!« warf die gleiche Geisha, oder vielleicht auch eine andere, ein. »Du bist hier nicht mehr sicher. Wir sind nicht mehr sicher, solange du unter uns weilst.«

»Dann werde ich euch verlassen. Kann mir jemand den Weg zum Sakehaus von Ya Hanada zeigen? Mir ist gesagt worden, ich hätte bei ihm einen Wunsch frei.«

»Ich werde dich hinbringen«, sagte eine verschwommene, schwerfällige Gestalt. Es war einer der wenigen Männer im Raum. Er band seinen Obi um, dann fügte er, indem er sich verneigte, hinzu: »Aber du mußt wissen, das Ya Hanada nur schlechte Wünsche gewährt.«

Ya Hanada war ein vierschrötiger, freundlich aussehender Bursche, der Tomoe und ihren Begleiter in einen Privatraum des Sakehauses führte. Wie alle Häuser war es aus Stein erbaut, und wie das Geishahaus war es durch Trennwände aus Papier aufgeteilt. Hanada lächelte, verneigte sich und eilte von Kammer zu Kammer, um die Wünsche aller Besucher zu erfüllen. Er verschwand für kurze Zeit, da er viele Kunden zu versorgen hatte, erschien aber gleich darauf wieder in Begleitung seiner Dienerinnen, die (soweit Tomoe erkennen konnte) die gleichen Frauen hätten sein können, denen sie im Geishahaus begegnet war. Die beiden Männer – Hanada und ihr neuer Landsmann – waren ebenfalls kaum zu unterscheiden, abgesehen davon, daß Hanada das gewinnendere Wesen von beiden besaß.

Die beiden Dienerinnen hockten zwischen den beiden Männern und der Frau auf den Knien und waren in ihrem Bemühen zu gefallen eine solche Plage, daß es schwierig war, mit dem zögernden Gastgeber ein Wort zu wechseln.

»Wie bist du zu meinem Haus gekommen?« fragte Hanada, der eine kleine Saketasse zwischen den Fingern beider Hände hielt.

Tomoe nippte von dem gewärmten Getränk, dann nippte sie noch einmal, und eine der Geishas beeilte sich, die Tasse wieder zu füllen. Der Sake brannte anders als gewöhnlich, fand sie, aber er besänftigte besser und wirklich hörte ihr Kopf zum ersten Mal seit so langer Zeit auf zu dröhnen. Aber die Klarheit hielt nicht wieder in der Welt Einzug, im Gegenteil, es wurde nur noch schlimmer, und Tomoe wurde bereits schwindelig.

»Keiko hat mich geschickt, mit einer Beule am Kopf«, erwiderte Tomoe, und zum ersten Mal fand sie den Humor, der die ganze Zeit mit ruhiger Zurückhaltung gewartet hatte. Beim Gedanken an Keikos Schlag brach sie in Gelächter aus und schlürfte mehr von dem unglaublich beruhigenden Schnaps; und die anderen lachten ebenfalls, obwohl ihnen die Erwähnung der Wahnsinnigen kein Wohlbehagen zu bereiten schien.

Hanada sagte: »Wenn sie dich gesandt hat, muß ich dich nach besten Kräften bedienen. Denn sie ist unsere Königin, obgleich sie das vergessen zu haben scheint und uns nur noch aufsucht, um sich über uns lustig zu machen. Was hat sie gesagt, auf welche Weise ich dir dienen soll?«

Es fiel ihr schwer, herauszufinden, was daran so lustig war, aber irgend etwas war lustig. Tomoe verschüttete etwas von dem Sake, bei dem Versuch, das Lachen zu unterdrücken, aber es wurde nur noch schlimmer, und sie mußte die törichten Worte über die Lippen zwingen: »Ein Wunsch!« sagte sie. »Ich habe einen Wunsch frei!« Tränen der Heiterkeit quollen aus geschlossenen Augen, während sie in zusammengekrümmter Haltung auf den Boden schlug.

Hanada verbeugte sich überaus zuvorkommend. »Und wie lautet dieser Wunsch?«

Tomoes namenloser Freund, der ihr den Weg zu Ya Hanadas Haus gewiesen hatte, teilte ihre Fröhlichkeit. Sie schlugen sich gegenseitig auf den Rücken und brüllten vor Lachen. Aber Tomoe hatte am schwersten damit zu kämpfen und lag schließlich, den Arm übers Gesicht gelegt, auf dem Rücken, als wäre sie in einer furchtbaren Schlacht besiegt worden und kicherte, kaum fähig, Atem zu holen, vor sich hin.

»Ich habe es vergessen!« sagte sie, indem sie sich mit einem Ruck aufrichtete. Ihre Schultern bebten, während sie vor Lachen schrie und den Eindruck des vollkommenen Irrsinns vermittelte. Sie nahm ihre von neuem gefüllte Tasse von einer lächelnden Geisha entgegen.

»Dann denk gründlich über die Frage nach«, mahnte Ya Hanada, »denn du hast nur einen einzigen Wunsch frei.«

»Ich wünsche ... ich wünsche ...« Sie stieß ein heulendes Gelächter hervor, schnappte nach Luft und rief schließlich: »Ich wünsche mir, daß mir der Schnaps nie mehr ausgeht!«

Nun gelang es ihr, Atem zu schöpfen und ihr Gelächter zu bezähmen. Ya Hanada erhob sich unter vielen Verneigungen, dann zog er sich aus dem Raum zurück, um andere Gäste zu bedienen, während die Dienerinnen zurückblieben und Tomoe mehr Schnaps reichten. Auch Tomoes Freund hatte aufgehört, zu lachen, er beugte sich jetzt dicht zu ihr und sagte: »Du hast deinen Wunsch vertan, meine Freundin. Du hättest den Wunsch aussprechen sollen, zu der Welt zurückzukehren, von der du kamst.«

»Aber dieser gefiel mir besser!« sagte Tomoe, indem sie ihre Tasse leerte und dann, um mehr bittend, ausstreckte. Es gab nur eine Flasche Sake, aber aus ihr floß eine nicht enden wollende Menge Schnaps für die Gäste. »Aber du hast recht! Ich habe meinen Wunsch vertan! Ich hätte mir Reichtum wünschen sollen! Ansehen! Ach, aber soll ich mich beklagen? Ist es nicht eine feine Sache, immer Schnaps zu haben?« Sie rülpste. »Eine nützliche Sache!«

Und wieder lachte Tomoe, mit dem Unterschied, daß sie ihr Lachen jetzt in der Gewalt hatte.

Und wie es ihrem Wunsch entsprach, ging Tomoe der Sake nicht mehr aus. Sie wurde zum Trunkenbold der Stadt, aber nicht wie die kranken und verkommenen Bettler, die sich am Stadtrand verkrochen, als hätten sie Angst weitergeschwemmt zu werden, hinaus, zurück in die Wirklichkeit. Sie war eine fröhliche, würdige Trinkerin und bei allen beliebt, ja, sie bereicherte ihr glanzloses Traumleben, so daß sie ihre Gesellschaft suchten.

Schon bald erkannte sie, daß es nicht notwendig war, aus kleinen Tassen zu trinken. Wo sie ging und stand, trug sie die wunderbare Sakeflasche bei sich, die niemals versiegte. Sie nahm sie sogar mit in das öffentliche Badehaus, in dem sich Männer und Frauen ihrer Kleidung entledigten und in ein Becken wateten, dessen Wasser mit erhitzten Steinen gewärmt wurde. Sklaven (sie sahen aus wie Shiraki, obwohl Tomoe ständige Benommenheit – die vielleicht von der Trunkenheit verursacht wurde – sie unsicher machte) nahmen die erkalteten Steine heraus, ersetzten sie durch heiße und eilten davon, um die Steine wieder zu erhitzen. Junge Mädchen glitten mit Schwämmen durch das hüfttiefe Wasser und reinigten und massierten die Männer und Frauen, die umherliefen und Spiele trieben.

Einige der Badenden paarten sich, aber Tomoe nahm kaum Notiz davon, oder fühlte sich zumindest nicht abgestoßen. Sie begrüßte die allgemeine Fröhlichkeit! Sie hielt sich abseits und fand einen Stein unter der Wasseroberfläche, auf den sie sich niedersetzte. Das Wasser stieg ihr bis zu den Schultern. Sie fuhr fort, Sake in ihren bereitwillig geöffneten Mund zu gießen, wobei sie sich von Zeit zu Zeit mit einem noch närrischeren Grinsen umsah als dem der alten Keiko. Das Bad war ein Erlebnis! Sie hatte hier viele

Freunde, obwohl sie sie nicht auseinanderhalten konnte und nur wenige beim Namen kannte. Bald war sie von diesen Freunden umringt, und sie blickte liebevoll in ihre unkenntlichen Gesichter, während sie immer wieder die gleichen Unterhaltungen führten.

»Und welches ist dein Ziel im Leben, mein Liebster Freund?« fragte Tomoe und sah den Mann, der neben ihr stand, aufmerksam an.

»Ich habe es dir schon so oft gesagt!« erwiderte er, aber sie konnte sich selbstverständlich nicht daran erinnern, und sie sagte: »Aber ich werde nie müde, es zu hören! Solch eine edle Absicht!«

Das schmeichelte ihm, und er begann, seine Geschichte zu erzählen, wobei er mehr als sonst ins Träumen geriet: »Eines Tages werde ich Pferde züchten. Ich werde an ihnen die Wildheit und die Intelligenz hervorbringen. Sie können nicht geritten werden, wenn sie ihren Herrn nicht lieben, und ihr Herr muß stark sein. Dann und nur dann! Pferd und Reiter werden dann eins, und das Pferd reagiert auf den leisesten Wunsch. Die größten Krieger von Naipon würden morden, um in den Besitz eines solchen Pferdes zu gelangen, und sie würden mich mit Reichtümern überhäufen, um es in die Schlacht reiten zu können.«

Tomoe ließ die Flasche fallen, und sie versank, aber sie holte sie wieder herauf, und die Flüssigkeit war nicht im geringsten verdünnt. Sie sagte: »Wirklich edelmütig! Wäre mein geliebter Raski nicht in der Schlacht gefallen, würde ich ihn dir zum Geschenk machen als Grundstock für deine edle Rasse, denn er war aus bester Zucht und tötete mit allen vier Beinen gleichzeitig. Du bist mir ein so aufrichtiger Freund gewesen! Ich wünschte, ich könnte es dir vergelten. Ich bedauere den Verlust meines Streitrosses um so mehr, als er dir hätte helfen können, eine Dynastie von unvergleichlicher Zucht zu gründen.«

Ein anderer Mann unterbrach sie, und Tomoe wandte ihm ihre Aufmerksamkeit mit ebenso großer Bewunderung und ebenso tiefem Interesse entgegen, als er sagte: »Eines Tages werde ich ein Sakehaus eröffnen, das Ya Hanadas Haus so trübe erscheinen läßt, wie es in Wirklichkeit ist.

Das seine ist klein und schäbig. Das meine wird riesengroß sein! Es wird aus Holz sein, nicht aus Stein, innen und außen wird es mit verschnörkeltem Schnitzwerk verziert sein, die Fußböden werden mit Fliesen ausgelegt sein, und anstelle von Strohmatten wird es Baumwollmatten geben und Seidenwände anstelle der Papiertrennwände, und alle werden von den besten Künstlern bemalt sein. Nur die schönsten Geishas dürfen meine Kunden bedienen, und die Gäste selbst werden von höchstem Adel sein.«

»Oh, mein Freund«, sagte Tomoe mit einer Stimme, als wäre sie vollkommen überwältigt. »Wenn du dein Gasthaus eröffnest, bitte ich inständig, daß du mich einlädst.«

»Natürlich werde ich das! Natürlich! Es würde meinem Haus zur Ehre gereichen, dich zu bedienen!«

»Und dich darüber hinaus reich machen!« gab sie lachend zurück. »Es sei denn, du verteilst Zauberflaschen wie diese hier!« Sie nahm einen gewaltigen Schluck. Für den Bruchteil einer Sekunde hielt sie inne und hielt die Flasche dicht vor die Augen, und ihr Gesicht nahm einen entsetzten Ausdruck an, als sie dachte: *Zauberei. Zauberei!* Fast hätte sie die Flasche von sich geschleudert und wäre schreiend davongelaufen, fort von dem erwärmten Becken und den Freunden, die sie nicht einmal erkannte; denn ihr war die Zauberei verhaßt, sie fürchtete sie, kannte sie sie doch als unüberwindlichen Gegner. Aber diese Gedanken wurden augenblicklich von dem Schleier der Benommenheit verdrängt, der sich bereits vor ihrer Trunkenheit über sie gelegt hatte. Sie hörte weiter den Träumereien ihrer Landsleute zu, den Geishas, die Schriftstellerinnen und Malerinnen sein würden, den schlaffen Herren, die Krieger sein würden. *Eines Tages* würden sie dieses tun. *Morgen* würden sie jenes tun. *Gelegentlich* würden sie etwas erforschen. *Bald* würden sie Geld anlegen. Sie ermutigte sie zu allem, während ihnen ein junges Mädchen den Rücken wusch und die erneuerten heißen Steine zwischen ihr und den Gesichtern, die sie nie ganz erkennen konnte, geisterhaften Dampf aufsteigen ließen.

»Was ist mit dir, Samurai? Welches sind deine Träume?

Welches Ziel wirst *du* niemals zu erreichen versuchen, aber immer verkünden?«

Wer ihr diese Frage in so grober Weise stellte, wußte sie nicht, denn die Stimmen glichen sich alle, und die Lippen waren hinter den Dämpfen des Bades verborgen. Aber sie nahm die Andeutung gut gelaunt hin und erwiderte mit einer Stimme, in der vollkommene Verbindlichkeit schwang:

»Ich will es dir gerne erzählen«, sagte sie. »Weißt du, mich erwartet ein unausweichliches Schicksal, und sein Name ist Ugo Mohri, den ich suchen und töten werde. Er ist wie ein Regenbogen! Er ist wunderschön! Er kämpft so großartig, daß ich es nicht beschreiben kann. Aber ich werde noch besser kämpfen, das verspreche ich; und damit werde ich das Recht erringen, wieder in Naipon zu leben.«

»Besser, du bittest ihn, hierherzukommen«, sagte jemand mit ernsthafter Stimme.

»Vielleicht tue ich das!« sagte Tomoe. »Aber ich muß meine Geschicklichkeit üben, sonst roste ich. Ja, das ist mein vordringliches Ziel. Meine bereits bemerkenswerten Fähigkeiten zu verbessern! Ich werde morgen damit beginnen. Ich werde es sehr bald tun.«

Sie nahm einen tiefen Zug aus der Flasche und schenkte jedem ein Lächeln.

Aber der Austausch von Freundlichkeiten wurde durch den Klang einer rauhen, belegten Stimme unterbrochen, die sagte: »Übe dich jetzt, Samurai!«

Am Rande des Beckens standen zwei haarige, gelb gekleidete Priester mit gezogenen Langschwertern. Das Becken geriet augenblicklich in heftige Bewegung, nackte Körper eilten der gegenüberliegenden Seite zu, und jedermann verschwand in den Dampfschwaden, bis selbst der Klang ihrer Schritte verhallt war. Nur Tomoe war zurückgeblieben, und sie hatte weder Waffen noch Kleider. Sie erhob sich, das Wasser reichte ihr jetzt nur noch bis zur Hüfte. Sie sagte:

»Ich werde mit meiner Flasche gegen euch kämpfen.«

Und so geschah es. Sie stürzte eigensinnig aus dem Bekken, wirbelte Wasser auf und traf die beiden ungewöhnlichen Priester unvorbereitet. Sie wirbelte ihre Sakeflasche durch die Luft, so daß sich der Inhalt in einem glänzenden Bogen ergoß und den nächststehenden Priester ins Auge traf. Dann drehte sie die Flasche in den Händen um und benutzte sie wie eine kleine Keule. Sie nutzte die kurze Blindheit des haarigen Mannes, um ihm die Flasche gegen die Schläfe zu schmettern. Wenn er die Welt durch einen ähnlichen Nebel sah wie sie, dann hatte sie es sicher verschlimmert!

Der getroffene Priester schlug blindlings mit dem Schwert zu, und der andere sprang ihm zu Hilfe. Um den zwei Schlägen auszuweichen, ließ sich Tomoe zurückfallen und verschwand für kurze Zeit unter Wasser, dessen Oberfläche durch ihren Fall aufgewühlt war.

Der zweite haarige Priester watete herbei und hieb in den Schaum, unter dem Tomoe verschwunden war. Aber sie tauchte mit einem noch warmen Stein in der Hand hinter seinem Rücken auf. Indem sie sich die List Keikos zu eigen machte, schlug sie dem Priester den Schädel ein, und er fiel um wie ein Baum, der in einen Fluß stürzt. Tomoe nahm das Schwert des gefallenen Priesters an sich und wandte sich dem anderen zu, der sein gelbes Gewand benutzt hatte, um sich die brennende Flüssigkeit aus den Augen zu reiben. Er zog sich angesichts des bewaffneten Angriffs Tomoes zurück und sagte: »Heute ist mein Bruder das Opfer, aber wir werden uns morgen wiedersehen.«

Tomoe lachte auf, sie war mit einem Bein aus dem Bekken gestiegen. »Ach! Ihr wollt euch im Kampf gegen mich opfern, um den Vulkan zu beschwichtigen! Aber wenn ich euch alle getötet habe? Was wird der Berg dann tun?«

»Das brauchst du nicht zu befürchten«, erwiderte der Priester. »Denn es gibt eine unendliche Zahl von uns, aber du bist nur eine. Vielleicht bist du uns eine Zeitlang überlegen, aber wir werden die Schwertkünste der mächtigsten Krieger der Zeit entleihen, um sie gegen dich zu richten, denn uns ist bekannt, daß nur wenige je dein Können besessen haben. Aber am Ende wird dich das Leben in dieser Stadt erschöpfen, und du wirst dich langweilen, denn du bist weniger tot als die anderen, und es ist weniger wahrscheinlich, daß leere Pläne dich befriedigen werden. Dann werden wir dich besiegen. Es wird dein eigener Wunsch sein.«

Als der haarige Priester verschwunden war, durchwatete Tomoe das rotgefärbte Bad auf der Suche nach ihrer fallengelassenen Flasche. Sie murrte und greinte, da sie schon seit geraumer Zeit keinen Schluck mehr genommen hatte, ihn aber benötigte, um die Warnung des Priesters zu verdrängen. Ihre verschwommenen Blicke konnten nicht bis zum Boden des seichten Wassers dringen, obgleich es nicht viel verzerrter war als die Luft um sie herum. Einen Augenblick lang verharrte sie in gebückter Stellung, blinzelte mit den Augen und versuchte, den Blick zu klären. Auf ihrem Gesicht lag ein Ausdruck ernster Verwirrung. Als sie sich erhob, stand in der unendlich dunstigen Atmosphäre eine Gestalt, die sie klar erkennen konnte.

»Ich bin böse auf dich, Tada«, sagte Keiko, die an derselben Stelle stand, an der sich zuvor der haarige Priester befunden hatte. Der Priester, den Tomoe getötet hatte, trieb noch im Wasser, und Tomoe schob ihn beiseite, um zu sehen, ob die Flasche unter ihm lag. Sie war nicht da.

Sie blickte wieder auf und erwiderte: »Ich hätte Grund, böse zu sein. Seitdem du mich auf den Kopf geschlagen hast, sind meine Augen sehr schlecht geworden, obwohl ich *dich* gut sehen kann.«

»Deine Geliebte weint, Tada. Ich weiß, was es bedeutet zu schmachten! Sie tut mir sehr leid, und ich bin enttäuscht von dir.«

Schuldbewußtsein nagte an Tomoe, aber nicht lange. Sie erkundigte sich: »Geht es Toshima gut?«

»Kümmert es dich? Die du mit Geistern spielst?« Keiko trug nicht ihr gewöhnliches Grinsen zur Schau, sondern war vollkommen ernst.

»Es sind keine Geister! Es sind meine Freunde!«

»Und es sind gute Freunde für jemanden, der sich davor fürchtet, wahre Freunde zu verlieren! Du sagst, du hast Angst vor Zauberei, aber du hast darin Schutz gesucht.«

Tomoe wandte den Blick ab und tastete wieder den Boden des Beckens auf der Suche nach ihre Flasche des

Vergessens ab. »Es ist deine Schuld, Keiko! Bist du so verrückt, daß du nicht mehr weißt, daß du mich hierhergeschickt hast?«

»Du hast darum gebeten! Ich habe dafür gesorgt, daß dir eine Möglichkeit blieb, dich zu befreien, wenn du deine Meinung ändern solltest, aber du hast deinen einzigen Wunsch vergeudet und es vorgezogen, zum Trunkenbold zu werden. Nun wirst du in alle Ewigkeit in der Stadt der Narren bleiben! Nun werde ich dich verachten wie alle anderen Narren! Ich werde dich verhöhnen, wie ich sie immer verhöhnt habe. Stadt des Todes! Sie ist für immer deine Stadt.«

Die Samurai zuckte mit den Schultern, fand plötzlich ihre Flasche wieder (mit den Zehen). Sie hob sie auf, nahm einen langen Zug und fühlte sich besser. Es half ihr, ihre gute Laune wiederzugewinnen, und sie lächelte die drohende Keiko an. Dann trottete sie aus dem Wasser und auf ein Handtuch zu, mit dem sie Körper und Haare abtrocknen wollte, blieb aber vor Keiko stehen und sah der alten Frau aufmerksam ins Gesicht.

»Du warst auf dem rechten Auge blind«, sagte Tomoe aufgebracht. »Jetzt ist es das linke.«

»Ich bin überhaupt nicht blind!« erwiderte Keiko. »Du bist blind!«

Sie wandte sich ab und ging davon, dann war sie in dem meeresgleichen Nebel der Verwirrungen verschwunden. Tomoe zuckte übertrieben die Achseln, nahm einen weiteren Schluck, fand ihre Kleider und taumelte auf der Suche nach Freunden aus dem Badehaus.

Jeden Tag tötete Tomoe Gozen einen anderen Priester, und sie nahmen wahrhaftig kein Ende. Sie opferten sich ihrem Schwert, und der Kleinere Berg gurgelte sicher vor Vergnügen, obwohl sie es nicht hören konnte und der Schleier über der Stadt nicht zuließ, daß sie es sah. (Vielleicht gab es außerhalb der Stadt überhaupt keine Welt, nach allem, was sie wußte.)

Woher die Selbstmordkandidaten kamen und wohin sie verschwanden, davon hatte sie keine Vorstellung. Sie sah sie niemals, außer in dem Augenblick, in dem sie kamen, sich dem Tod zu unterwerfen (und der Tod erzürnte sie mehr, als daß er sie in Schrecken versetzt hätte; denn in der Geisterstadt war der Tod mehr als nur das Ende des Lebens). Sie drangen nie an die Orte vor, an denen andere Stadtbewohner weilten, außer auf der Suche nach ihr, und niemand, den sie danach fragte, konnte ihr sagen, wo die bepelzten Priester wohnten.

Die Neugier stieg wie eine glänzende Blase an die Oberfläche ihres verschleierten Bewußtseins, und sie faßte den Entschluß, daß sie den Aufenthaltsort der Priesterschaft ausfindig machen mußte.

Tomoe suchte die ganze Stadt ab. Wenn ihre Zahl so groß war, mußten sie eine riesige Wohnstatt benötigen. Aber das größte Bauwerk der Stadt – sie vermutete, daß es ein Tempel war, obwohl es keine Gerätschaften enthielt – war einer der wenigen unbenutzten Orte. Schließlich gelangte sie zu der Überzeugung, daß sie die einzigen sein mußten, die in der Lage waren, die Stadt aus freiem Willen zu betreten und zu verlassen, denn die Stadt beherbergte sie nirgendwo.

Darum setzte sie sich neben das einzige Tor, um es zu bewachen und sie zu ertappen, wenn sie hereinkamen. Aber als die Zeit für ein neues Opfer gekommen war, tauchten drei haarige Priester hinter ihr auf, was die Vermutung nahelegte, daß es an einer anderen Stelle einen geheimen Eingang oder zumindest ein Versteck in der Stadt gab – vielleicht ein unterirdisches. Oder es bestand noch eine dritte Möglichkeit, und mit der Zeit neigte sie eher zu dieser Annahme: vielleicht waren es weniger, als sie glauben machten, und sie tötete ein ums andere Mal dieselben.

Obwohl ihre drei Angreifer unerwartet auftauchten, wandte sie sich ihnen blitzschnell zu. Sie taumelte unter der Wirkung des Alkohols, aber sie wußten inzwischen, daß das ein Täuschungsmanöver war. Tomoe Gozen hatte sich von Ya Hanada gewünscht, daß ihr der Schnaps nie mehr ausginge, und daher erlangte sie im Augenblick der drohenden Gefahr ihre Kampfkraft vollständig wieder, und trotz ihrer zahlenmäßigen Überlegenheit entledigte sie sich des einen von ihnen mit Leichtigkeit. Die beiden anderen zogen sich zurück, denn sie forderten immer nur einen Tod am Tag heraus, sei es Tomoes oder der ihre.

Die Samurai versuchte, ihnen zu folgen, noch immer neugierig auf ihre Wohnstatt; aber die gelb gekleideten Menschen-Bestien kannten Keikos Trick, in Gäßchen zu verschwinden.

Tomoe erinnerte sich, daß es so etwas wie unsichtbare Wege gab, aber sie erinnerte sich auch, daß Keiko sie nicht mochte. Es mußte daher einen anderen Ausweg aus der Sackgasse geben, durch die die Priester verschwanden. Denn, wenn sie sich richtig erinnerte, war das dieselbe Sackgasse, in die Keiko sie bei ihrer ersten Begegnung gelockt hatte.

Dieses kleine Rätsel belebte sie ein wenig, wenn sie auch dann und wann innehielt, um einen Schluck aus der Flasche zu nehmen und die Suche in einem vollkommen benebelten Zustand verfolgte. Sie legte das Ohr auf das Pflaster, weil sie hoffte, den Widerhall von Schritten aus einem Tunnel zu hören. Es war kein Laut zu vernehmen. Jede Ritze und jeder Winkel der gepflasterten Straße war ohne jeden Zweifel undurchdringlich.

Eine Zeitlang saß die betrunkene Samurai am Ende der Gasse und grübelte benommen darüber nach. Es war das erste Rätsel, das sie seit vielen Tagen begeistern konnte.

Sie hatte den Eindruck, daß es hilfreich sein würde, wenn sie besser sehen könnte. Wenn ihr Blick klarer wäre, könnte sie einen versteckten Hinweis auf eine Geheimtür hinter einer der Mauern auskundschaften. Auf ihren Reisen waren ihr viele Menschen begegnet, die schlechte Augen gehabt hatten, manche wesentlich schlechtere als sie, so daß sie sich nicht laut beklagen durfte. Sie konnte immerhin über ihre Nasenspitze hinaus sehen, was einer ihrer Bekannten nicht gekonnt hatte. Aber irgendwie war sie überzeugt, daß es unangenehmer sein mußte, wenig zu sehen, als blind zu sein; jedoch bei näherer Überlegung mußte sie zugeben, daß eine verzerrte Sicht besser war als gar keine.

Der Gedanke an Licht rief einen Schmerz in ihr wach, den sie nicht sofort einordnen konnte. Für einen ganz kurzen Augenblick stand eine Frau vor ihr im Nebel. Sie war in Dunkelheit gehüllt. Der größte Teil ihres Gesichts lag unter einer Haube verborgen. Sie zog diese Maske ab und enthüllte Augen wie Eis und ein Gesicht wie Feuer, und Tomoe sprang auf, streckte eine Hand aus, die Hand, die die nicht leer werdende Flasche hielt, und sie schrie auf: »Noyimo!«

Aber die flüssige Beschaffenheit der Atmosphäre verschlang die Erscheinung. Und Tomoe wußte nicht genau, was dieser Name bedeutete, der Name Noyimo; und sie hatte nicht das Gefühl, daß sie sich schmerzlich nach einem leuchtenden Gesicht sehnte, sondern nach der leuchtenden Sonne, der gütigen Amaterasu, deren Licht sich gleichmäßig über dem allgegenwärtigen weißen Dach der Stadt ausbreitete. Amaterasus Antlitz lächelte niemals auf die Stadt herunter, darum würde Tomoe Gozen sie draußen suchen.

»Ich werde über den Nebel steigen!« sagte Tomoe bei sich und ließ ihren Blick über die Mauern schweifen, auf der Suche nach einer Möglichkeit, auf die höchsten Dächer zu steigen. In diesem Augenblick erkannte sie, auf welche die haarigen Priester und lange vor ihnen Keiko verschwunden waren: in die Wände eines der Gebäude waren sehr versteckt winzige Grifflöcher eingegraben. Tomoe legte die Sandalen ab, stemmte Finger und Zehen in diese Vertiefungen und kletterte die Mauer hinauf, wie ein Eichhörnchen auf einen Baum.

Oben angekommen, hielt sie ihr Schwert bereit, aber die behaarten Priester waren für die Dauer eines weiteren Tages verschwunden. Wie Tomoe gehofft hatte, lag der Luftstreifen über der Stadt nicht im Nebel, und sie durchbrach die Schwaden wie ein Delphin die Oberfläche des Meeres durchstößt, dann aber nicht höher hinauffliegen kann.

Die helle Sonne wärmte ihr Gesicht, und Tomoe wurde von einer Sehnsucht erfaßt ... die sie nicht ertragen konnte, ohne zu weinen. Sie schnappte nach Luft wie ein Fisch auf dem Trockenen und streckte die Arme einer Sonne entgegen, die sie nicht mehr kannte. Sie schluchzte lange. Sie schluchzte so sehr, daß sie kaum die Worte hervorbrachte: »Hilf mir, Amaterasu! Vergib mir meine Feigheit! Ich werde mich nie wieder vor dem Zauber des Lebens fürchten, wenn du mich nach Hause führst!«

Aber die Sonne verbrannte nur ihre Haut, stach ihr in den Augen, und sie mußte sich dicht an das Dach pressen wie ein Plattfisch in seichtem Gewässer. Ihr Leib und ihre Arme versanken in der weißen Schicht, und sie kroch zum Rand des Daches, um einen Blick in jene neue Welt zu werfen, von der Keiko gesagt hatte, daß sie sie nie wieder würde verlassen können. Unten sah sie Toshima durch die Straßen wandern, Toshima, die einem Geist glich, obwohl doch Tomoe der eigentliche Geist war. Der Anblick rührte Tomoes Herz. Die Doppelnarbe auf ihrer Stirn zog sich zusammen in dem Ausdruck des alles verzehrenden Schmerzes.

»To... mo... e!« rief Toshima, und ihre Stimme drang aus einer anderen Welt herauf. »To... mo... e!«

Und Tomoe weinte noch heftiger, als die Dame davonging.

Ya Hanada schickte sie fort, denn er hatte ihren einzigen Wunsch erfüllt, und da er annahm, daß Keiko die ganze Quelle seiner Macht war, konnte er ohne die Anweisung der Wahnsinnigen nichts weiter tun. »Ich habe dir eine wunderbare Sakeflasche gegeben«, sagte er mit unangenehmer, trügerischer Besorgtheit in der Stimme. »Welchen Wunsch kann meine gute Freundin noch haben?« Er hatte ihr, das erkannte sie schließlich, die Flasche gegeben, damit er sie niemals in seinem Haus würde bedienen müssen.

Als Hanada sie abwies, ging sie fort und versuchte, die Flasche zu zerbrechen, indem sie sie auf einen Stein legte und mit einem zweiten daraufschlug. Aber sie war unzerbrechlich, so wie sie unleerbar war, so unzerstörbar wie das Schicksal.

Kühn versuchte sie, aus der Stadt zu fliehen, kam aber nie weit, dann schnappte sie erstickend nach Luft und rannte durch die Tore zurück, um Atem zu schöpfen.

Gespenstische Freunde kehrten ihr den Rücken, weil sie nicht mehr ihr Liebling sein wollte, und ihnen mißfiel ihre gegenwärtige Schwermut. Sie hatte sich nie mit ihnen gepaart und weigerte sich schließlich sogar, mit ihnen zu baden (und fing daher bald an zu stinken). Sie bestätigte sie nicht mehr in ihren kraftlosen Versprechungen und ihren Träumen vom Erfolg, die alles auf morgen verschoben. Sie beteiligte sich an keinen Glücksspielen und an keinen philosophischen Gesprächen, taumelte nicht mehr unter Gesang und Gelächter mit ihnen Arm in Arm durch die Straßen. Sie dämpfte nur ihre gute Laune, und wenigen gefiel das. Den wenigen, die hartnäckig versuchten, sie aufzumuntern, trat sie in die Hoden, daß sie tanzten. Sie beschimpfte sie und gab ihnen schlimmere Namen als Keiko, deren Besuche seltener wurden, als würde der Wahnsinnigen das, was ihr geisterschauendes Auge erblickte, keine Genugtuung mehr bereiten. Tomoe begriff mit der Zeit genau, was die alte Frau verabscheute, aber im Gegensatz zu Keiko war die Samurai ein Teil des verabscheuungswürdigen Packs.

Schließlich hörte Tomoe auf, die wenigen, die um sie herumlungerten, zu schlagen oder zu schmähen. Vielmehr tat sie, als gäbe es sie nicht, was ohnehin wohl der Wahrheit näherkam, wenn es Wahrheit überhaupt gab. Sie setzte sich unweit des Stadtrandes zu den heruntergekommensten Gestalten, die unzerbrechliche Flasche an die Brust gedrückt, manchmal auch an die Lippen.

Bei einem ihrer seltenen Besuche blieb Keiko am Tor stehen, um sie noch gröber zu beschimpfen als die wartende Gesellschaft verlassener Geister. »Du riechst wie mein Mann, Tada! Puh! Gefällt es dir in der Stadt der Trunkenbolde? Ist das Leben nicht großartig in Yedo?«

»Kyoto«, verbesserte Tomoe mit leichtem Groll in der Stimme.

Die anderen baten Keiko um die Gnade des Vergessens; und wenn sie angewidert davonschritt, krochen sie ihr nach, aber sie schenkte ihnen keine Beachtung. Etwas an Keiko hatte sich verändert; denn sie kam nicht nur seltener, sie fand auch weniger Vergnügen an dem Anblick, der sich ihr bot ... als würde auch sie sich schuldig fühlen, weil sie zu Tomoes Vernichtung beigetragen hatte.

Im Gegensatz zu den anderen bat Tomoe nie um Vergessen. Sie rührte sich überhaupt selten, außer in den Augenblicken der Gefahr und wenn sie einen Schluck aus ihrer Trostflasche nahm. Danach erzeugte sie seltsamerweise selbst das Gefühl, nicht zu existieren.

Der Schnaps hielt sie irgendwie aufrecht, vielleicht auch ein anderer Zauber, denn sie trank nichts anderes, aß überhaupt nicht und übte sich nur, wenn die haarigen Priester sie dazu zwangen. Wenn sie kamen, fühlte sie sich so beunruhigt, daß sie sich erhob. Und sie kämpfte gegen sie, stand manchmal einem, manchmal auch zwei oder drei von ihnen gegenüber. Ihr Schwert, ihre schlampigen Kleider, ihre Flasche ... mehr besaß sie nicht mehr, nicht einmal mehr ihr eigenes Ich, aber diese wenigen Habseligkeiten verteidigte sie mit übertriebener Heftigkeit. Sie teilte nicht einmal den Inhalt ihrer Flasche mit den Geistern (die noch weniger besaßen und Tomoe für reich hielten); denn sie war, obwohl ihr Vorrat unerschöpflich war, egoistisch geworden. Und darüber hinaus verabscheute sie die elenden Bettler, die wie Spiegelbilder waren.

Sie blinzelten selten mit den Augen, entweder, weil die Luft so feucht war, daß es nicht notwendig war, oder aber, weil sie sich einbildete, sie würde schließlich klarer sehen, wenn sie nur lang und angestrengt genug die Augen offenhielt.

Die behaarten Angreifer wurden zu einem eintönigen Ärgernis, obwohl man nicht behaupten konnte, daß ihr Auftauchen berechenbar war. Es war nicht länger möglich, ihr Kommen vorherzusagen, denn Nacht und Tag wurden so ununterscheidbar wie die Gesichter ihrer Gefährten, und sie vergaß, ob sie am gegenwärtigen oder am vergangenen Tag schon dagewesen waren. Darüber hinaus kämpfte ein jeder von ihnen in einem anderen Stil, als hätte jeder den Schwertkampf in einer anderen Schule gelernt. Sie konnte sie nie vorher berechnen. Dennoch langweilten sie sie, denn sie sahen gleich aus, ihre Stimmen waren die gleichen, und sie starben auf dieselbe Weise. Sie hätten

Abbilder voneinander sein können, oder vielleicht waren es auch insgesamt nur drei; denn sie sah nie mehr als drei gleichzeitig. Und der alltägliche Leichnam verschwand immer, obwohl sie nie sah, auf welche Weise das geschah oder wer ihn fortbrachte. Vielleicht wurden sie wieder zum Leben erweckt, um noch einmal zu sterben, um den Kleineren Berg immer wieder bei Laune zu halten und zu besänftigen.

Aber wenn es nur drei waren, und nicht die große Zahl, die sie ihr weismachen wollten, wäre der ständige Wechsel ihres Kampfstiles schwer erklärbar.

Vernünftige Überlegung überstieg Tomoes augenblickliches Denkvermögen, aber nach anstrengenden Tagen geistiger Mühsal hatte sie das Rätsel ihrer immer wieder wechselnden Art des Angriffs gelöst. Sie besaßen selbst keine Fertigkeiten (wie sie selbst zugaben) und nahmen anstatt dessen die Künste großer Samurai an, die schliefen oder bereits gestorben waren. Dann und wann war ein Kampfstil so einzigartig und berühmt, daß sie auf der Stelle erkannte, wer der Held war, gegen dessen Können sie antreten mußte. Sie hätte aus diesem Grund hinsichtlich ihrer eigenen Fähigkeiten, sich zur Wehr zu setzen, Bewunderung oder Stolz empfinden können, aber in ihr war kein Raum mehr für Bewunderung, weder für sich selbst noch für andere, und ihr Selbstbewußtsein war so geschrumpft, daß es in eine Nußschale gepaßt hätte.

Dennoch dienten diese täglichen Angriffe der Steigerung ihrer beträchtlichen Fertigkeit; sie erfuhr tatsächlich die beste Unterweisung seit den Tagen ihrer Übungen in der Militärschule.

Und Tomoe Gozen wußte, daß sie Ugo Mohri ebenbürtig sein würde. Aber sie würden sich nie im Zweikampf gegenüberstehen, würde er nicht eines Tages ebenfalls in das Paradies der Narren verbannt, oder seine Kriegskunst würde ihr eines Tages, wenn er träumte, im haarigen Körper eines Ungeheuers entgegentreten. In letzterem Fall würde er nicht einmal wissen, daß er besiegt worden war, würde sich nur an seinen Traum erinnern. Ihr Schicksalsgegner würde durch ihr Nichterscheinen am Ende obsiegen, und dieser Gedanke nagte an ihr.

Als sie dies begriff und die Nutzlosigkeit ihres Könnens überdachte, entschloß sie sich, niemals wieder zu kämpfen; denn wozu sollte es nützen? Wie viele Tage, Wochen oder Monate bereits vergangen waren, wußte sie nicht, sie konnte sie nicht zählen, konnte kaum einen Augenblick vom anderen unterscheiden. Aber es kam der Tag, an dem drei vertraute, behaarte Gestalten in safrangelben Gewändern über ihr standen. Ohne sie auch nur eines Blickes zu würdigen, blieb sie, an die Stadtmauer gelehnt, sitzen und sagte: »Ihr hattet recht. Ich habe mich entschlossen, euch den Sieg zu überlassen.«

Sie nahmen ihr Schwert an sich, das Schwert, das Okio gefertigt und der Mikado gesegnet hatte, und es war ihr gleichgültig; Schwerter waren von keinem Nutzen für die Toten, dachte sie bei sich, und sie war überzeugt, tot zu sein. Wie konnten die behaarten Männer sie töten, wenn sie bereits tot war? Wie hatte sie *sie* so oft töten können, wenn sie nur Gespenster waren? Als nächstes nahmen sie ihr die Flasche fort, und das machte ihr schon mehr aus.

Zwei von ihnen hoben sie auf, jeder an einem Arm, und der dritte sagte: »Sieh uns in die Augen, Tomoe Gozen! Kannst du Wahnsinn darin erkennen? Du hast jeden von uns ein dutzendmal erschlagen! Ein gesunder Geist kann nicht bestehen gegen den vielfachen blutigen Tod. Wir haben beschlossen, dem Kleineren Berg ein Opfer zu verweigern, obwohl das für alle den Untergang bedeutet. Es ist unser Entschluß, weder dich noch einen anderen zu opfern, sondern wir werden dich so viele Tage wie möglich am Leben erhalten und dich langsam, Tag für Tag zerstükkeln. Wir werden uns mit nichts anderem als damit befassen. Zuerst werden wir dir die Finger nehmen, einen nach dem anderen, dann eine Hand; an einem anderen Tag einen Fuß, später dann die andere Hand oder den Arm bis zum Ellbogen, das Bein bis zum Knie. Wie lange kann es so gehen?« Er sah sie boshaft an und beantwortete selbst seine Frage:

»So lange wie möglich!«

Sie zerrten sie davon, und Tomoe Gozen sträubte sich nicht, sondern fuhr fort, finster vor sich hinzustarren. Sie trugen sie zur Stadtmitte und brachten sie in den riesigen Steintempel, in dem sie früher nach ihnen gesucht, sie aber nicht gefunden hatte. Sie schleppten sie nach oben zu einem Versteck über den Dachbalken und banden ihr die Arme fest zusammen, Ellbogen an Ellbogen und Handgelenk an Handgelenk, bis sie glaubte, die Schultern würden ihr aus den Gelenken springen; dann banden sie ihr die Fußgelenke zusammen und verbanden Füße und Hände. So überließen sie sie, auf den Knien sitzend und von großen Schmerzen gepeinigt, der Grübelei über ihr unvorstellbar grausames Schicksal.

Aus einem anderen Raum drang das Geräusch von Messerwetzen an ihr Ohr.

Sie versuchte kurz, sich zu befreien, aber nur, um sich zu versichern, ob sie sich wirklich in eine hoffnungslose Lage gebracht hatte. Und es war so. Die behaarten Männer hatten sie in qualvoller Stellung festgebunden, so daß jede erdenkliche Bewegung ihre Lage nur verschlimmerte. Ungeachtet dessen lächelte Tomoe finster. Immerhin blieb zu ihrem Trost das Wissen, daß sich die haarigen Priester in ihrer wachsenden Wut, die bis zum Wahnsinn reichte, selbst ebenso vernichtenten wie sie und die gesamte elende Stadt und die Insel, auf der sie stand. Der Kleinere Berg verlangte Opfer, nicht Folter; und wenn nicht gar die Opfer der vergangenen Tage bereits eine Erfindung gewesen waren, so würde der Vulkan ausbrechen, wenn man ihm den Zoll verweigerte.

Alle auf dieser Insel würden umkommen, ob Geist oder nicht, auch die wahnsinnige Keiko, auch Tomoe, auch … die unschuldige Toshima …

Es war schon lange her, daß sie von dem wunderbaren Reiswein getrunken hatte. Ohne ihn, der ihr Urteilsvermögen verschleiert hatte, änderte sich Tomoes Denken. Sie begann schwer zu atmen, als ihr dämmerte, wie sehr sie durch ihre Unfähigkeit, Toshima zu schützen, in der Pflichterfüllung eines Samurai versagt hatte. Was hatte Tomoe in

Wahrheit dazu getrieben, ihre Pflicht zu vernachlässigen? Sie war aus Furcht vor Zauberei geflohen, wie es schien, aber Keiko hatte ihr klargemacht, daß sie Zuflucht *in* der Zauberei gesucht hatte. Tomoe war ihrer angenommenen Furcht nicht im mindesten entkommen. Am Ende war sie nur Toshima entkommen.

Tomoe war nicht die erste Samurai, die von einer Dame verführt worden war; aber sie war sich dabei bewußt, daß sie niemals würde erfüllen können, was ihre Herrin verlangte. Dame Toshima hatte das Wesen ihrer Beziehung verändert; ein Samurai war dem Herrn größere Treue schuldig als der Ehefrau, und Toshima hatte es vorgezogen, die Rolle der Ehefrau anzunehmen.

Alle verdienten den Tod außer Toshima. Kein anderer hatte den Beweis eines würdigen Lebens geführt, und Tomoe nahm sich am allerwenigsten aus. Dennoch war sie gezwungen, um Toshimas willen um ihr Leben zu kämpfen, auch wenn sie vorgezogen hätte, es nicht zu tun. Aber die Fesseln waren viel zu fest geschnürt, zu gut befestigt, so daß sie den Bemühungen der Samurai widerstanden.

In dem anderen Raum war das Geräusch des Messerwetzens verstummt.

»Keiko!« rief Tomoe voller Verzweiflung. »Keiko! Wahnsinnige Mutter der Bosheit, hilf mir hier heraus!«

Ungeachtet der Schmerzen, die es ihr in den gebundenen Füßen, Händen und Ellbogen verursachte, begann sie, auf den Knien zu hüpfen. Die Schultergelenke hätten ihre Arme gern freigegeben. Sie fiel auf die Seite und wand sich, so gut es ging, aber es kam nicht viel dabei heraus. Sie biß die Zähne zusammen und verzerrte das Gesicht und strengte jeden Muskel bis zum Zerreißen an. Als sie versuchte, sich wieder auf die Knie aufzurichten, schlug sie mit dem Kopf gegen den Boden. Aber alles, was sie dadurch gewann, war erneut die Erkenntnis, daß sie hilflos war.

Die Tür zur angrenzenden Dachkammer glitt zur Seite, und auf der Schwelle standen drei Folterer, mit Messern und Skalpellen bewaffnet. In ihren Augen stand etwas schlimmeres als Mord geschrieben. Tomoe spie in ihre

Richtung, sie kümmerten sich nicht darum. Sie kamen näher …

… aber sie sah sie nicht mehr den Raum betreten.

In ihren Ohren ertönte ein Läuten, das zum Geschwätz von tausend winzigen Wesen wurde. Kälte hüllte sie ein. Der Speicher, in den die Priester sie gebracht hatten, war verschwunden, so daß sie das Gefühl hatte, in einer eiskalten Hölle zu schweben.

»Keiko?« rätselte sie, wußte aber zugleich, daß Keiko niemals mit den unsichtbaren Wegen gespielt hätte. Keikos geheimnisvoller Gatte? »Wer?«

In der Ferne ging eine Gestalt, ein schlanker Schatten im Schatten. Sie näherte sich gleichgültig, und Tomoe war nicht sicher, ob es geraten war, die Gestalt zur Eile anzutreiben, ihre Fesseln zu lösen oder still liegenzubleiben wie ein Stein, in der Hoffnung, daß sie unbemerkt bliebe.

Als die Gestalt näher kam, erkannte sie, daß es ein Zauberninja war. Sein Gesicht war zum größten Teil verdeckt, die mitternachtsdunklen Gewänder dunkler als die Finsternis, die Tomoe umgab. Der Zauberninja war noch weit entfernt und kam langsam näher, als sei nichts im leeren Universum dringlich. Tomoe rief laut um Hilfe, ihre Stimme hallte durch die Unendlichkeit, aber der Jono bewegte sich nicht schneller.

»Noyimo!« rief Tomoe. »Noyimo, hilf mir!«

Im selben Augenblick stand die Gestalt an ihrer Seite und warf eine schattenhafte Verkleidung ab, und hervor kam ein Mensch, der nicht groß und schlank war, sondern klein und gedrungen. Sei erkannte den Rokubu, den schmutzigen Mann, der ihr zweimal in Naipon begegnet war, mit dem sie eine Münze ausgetauscht hatte, sooft sie ihm begegnet war, wie Bettler, die Almosen teilen.

»Ich bin kein Jone«, sagte der Rokubu, indem er mit sadistischer Heiterkeit auf sie hinuntersah. »Aber ich danke dir für Noyimos Namen! Ich habe nicht gewagt, gegen einen Jono zu kämpfen, ohne den Namen ihres Herrn zu kennen, und Noyimo beherrscht sie alle.«

»Mach mich los!« stieß sie rauh hervor und atmete

schwer mit zusammengebissenen Zähnen. »Mach mich frei, damit ich dich umbringen kann!«

»Ein wenig überzeugendes Argument«, sagte er, griff in eine Falte ihres Obi und zog die Münze hervor, die sie seit ihrer zweiten Begegnung aufbewahrt hatte. »Damit bin ich dir gefolgt. Ich habe uns miteinander verbunden, denn ich hatte die Münze ein Jahr lang mit Zauberkünsten bearbeitet, bevor ich sie dir zurückgab. Dein Schicksal war im allgemeinen von der Münze bestimmt und mein ahnungsloses Weib hat das ihre dazu beigetragen. Sie hat diese Geisterstadt geschaffen, nicht ich; aber ich habe sie besser zu nutzen gewußt! Ich habe sie als Falle benutzt!«

»Du hast mich geschickt in die Falle gelockt«, sagte Tomoe.

»Sie ist nicht für dich. Für die Jono! Du bist der Köder!«

»Weil sie dich aus ihrem Orden ausgestoßen haben?« In ihrer Stimme lag die Verachtung für eine Besessenheit, deren Wurzel in der Bedeutungslosigkeit lag.

Er lachte. »Das glaubte Keiko! Aber ich bin größer! Es gibt andere Kultgemeinschaften als die Jono. Sie dienen dem Shintoismus, meine Sippe hat dem Budhhismus gedient, aber das ist nicht der Grund, warum wir weniger berühmt sind. Vor langer Zeit, als einige Ninjakundschafter auf das Wissen um die Herrschaft über verschiedene Zauberkünste stießen und dieses Wissen bewahrten, mußte das zu einer Revolution und zur Spaltung unter den Ninjasippen führen. Die Jone trugen den Sieg über alle anderen davon. Meine Sippe wurde fast gänzlich vernichtet, nur einige von uns blieben bestehen und sinnen seither auf Rache. Einmal habe ich mich in ihre Reihen eingeschlichen! Als ich entdeckt wurde, wollten sie mich töten und versenkten mich im Meer. Sie konnten nicht ahnen, daß die Drachenkönigin Gefallen an mir finden und mir das Leben retten würde, indem sie unter mir eine Insel aufsteigen ließ. Sie hat sich sogar sterblich gemacht für mich!«

»Keiko?« Tomoes Schädel brummte – von diesen Enthüllungen und von den Fesseln, die ihr Blut stauten.

»Sie war die Drachenkönigin, aber jetzt ist sie eine schwache alte Frau – der Preis der Sterblichkeit!« Der

Rokubu warf sich in die Brust und plusterte sich auf, er fühlte sich geschmeichelt durch den hohen Preis, den die Liebe zu ihm gefordert hatte. Er sagte: »Ich wünschte, ich könnte es meinem gewinnenden Wesen zuschreiben, aber mehr als alles andere steckte ihre Neugier dahinter ... ihre Neugier darauf, wie es sei, einen Sterblichen zu lieben. Sie hatte schon zuvor das Verlangen gehabt, einen Mann zu versuchen, den das Meer nicht getötet hatte, der, wie es bei mir der Fall war, noch warm war. Ich war der glücklichste Bösewicht, auf den sie stieß, und bot mich für dieses Experiment an. Vielleicht war es eine Frage des Glücks, daß ich mich zu einem bestimmten Zeitpunkt an einem bestimmten Ort befand, oder ein wohlverdientes Schicksal, wenn ich das sagen darf. Ich weiß es nicht. Zu jener Zeit wußte ich nur, daß sie mich dem Tod nur für kurze Zeit entwendet hatte und daß sie meiner in einer einzigen Nacht müde werden würde, auch wenn ich mein Bestes gab. Wenn sie ihren Spaß gehabt hatte, würde sie ihre Insel wieder in ihr Land zurückholen und mich mit ihr ... und ich würde unter den Sklaven des Seevolkes weilen.«

»Aber irgend etwas änderte ihre Absichten?« sagte Tomoe. Sie wollte Zeit gewinnen, ihn drängen, in seiner augenblicklichen prahlerischen Laune alles zu erzählen; denn sie hoffte, irgendeine Kleinigkeit zu erfahren, die ihre Lage verbessern konnte.

»Ich sprach einen Zauber über sie«, fuhr der Rokubu fort. »Ich dachte, er würde wirkungslos sein; denn wie konnte ein sterblicher Zauberer einen Gott in seinen Bann bringen? Dennoch versuchte ich es, denn ich hatte nichts als mein Leben zu verlieren, und das würde ich ohnehin einbüßen. Und der Zauber wirkte! Vielleicht war die Drachenkönigin so verblendet von ihrem Spiel, daß sie meinen Erfolg als Teil *ihres* Planes verbuchte; ich hoffe es nicht. Vielleicht liegt es auch daran, daß ich mächtiger bin, als mir bewußt war! Wie auch immer, keiner hätte erstaunter sein können als ich.

Der Zauber war von der Sorte, daß er bald hätte nachlassen müssen, jedenfalls wäre das geschehen, hätte ich ihn über eine sterbliche Frau gesprochen. Aber an der unsterblichen Drachenkönigin zeigte er eine andere Wirkung. Der Zauber dauerte an, und sie liebt mich seither unermeßlich.«

»Eine Göttin, die sich der Sterblichkeit unterwirft«, sagte Tomoe, »spielt das Spiel nur für einige Zeit. Der Tod ist ein Zwischenspiel in ihrem ewig währenden Leben. Göttliche Liebe, ob sie nun ein Geschenk oder Beute eines Raubes ist, darf nicht abgewiesen werden. Männer sind solche Narren! Du hättest mit einer Göttin leben können und hast dich für die Rache entschieden.«

»Und du? Was für ein Narr bist du?«

»Ein ebenso großer wie du. Denn ich habe einen Freund verraten.«

»Ja, das hast du! Es ist jetzt an der Zeit, daß ich dich den haarigen Männern meiner buddistischen Sekte wieder übergebe. Sie sind die einzigen unter den Seetoten, die ich überreden konnte, mir zu dienen anstatt Keiko; sie halten mich tatsächlich für die Verkörperung des Kleineren Berges, denn ich verfüge über mehr Verkleidungskünste, als du heute gesehen hast.« Er lachte wieder auf. »Sie glauben, sie hätten mich besiegt, den Geist des Kleinen Berges besiegt. Aber sie nützen mir mehr, indem sie dich foltern. Die Jonopriesterin wird sicherlich herbeieilen, wenn sie deine Schreie hört. Und ich habe ihren Namen!«

»Ich bedauere es«, sagte Tomoe. »Ich bedauere alles, was ich getan habe.«

Die Kälte löste sich von ihren betäubten Gliedern, und sie befand sich wieder in der Dachkammer, während um sie herum drei behaarte Männer ihre Messer schwenkten.

In der Ecke des Raumes stand die Zauberninja, und Tomoe bedauerte, sie zu sehen. Sie trug ihre Maske nicht, als wüßte sie, daß es sinnlos war, sich vor dem Rokubu zu verbergen, der, dank Tomoe, ihren Namen nur zu gut kannte.

Tomoe konnte die Gestalt kaum erkennen, die dort stand, dennoch erkannte sie das leuchtende Gesicht selbst in der nebelhaften Welt, in die der Rukubu sie wieder versetzt hatte, selbst unter den Qualen der straffen Fesseln, die ihren Blick noch mehr verschleierten.

Die Zauberninja hob die Hand, und die safrangelben

Gewänder der drohenden, haarigen Bestien standen in dunkelroten Flammen. Sie stürzten sich schreiend aufeinander und versuchten sich gegenseitig zu löschen. Ihre Haare fingen ebenfalls rasch Feuer, ihre Körper glühten im Feuerschein. Sie stürzten sich wie Meteoren durch die Bodenöffnung in den großen Tempelraum darunter. Der Geruch von brennendem Fell und Fleisch hing noch in der Luft. Der Lärm ihrer Schreie und ihrer Klagen verklang zu stöhnendem Gejammer und verstummte dann ganz. Die Zauberninja sagte:

»Nur Feuer kann die versklavten Seetoten für immer zur Ruhe bringen.«

Die Stimme war tiefer, als Tomoe erwartet hatte, und Erleichterung überschwemmte ihren gepeinigten Körper, als ihr klar wurde, daß es Noyimos Bruder war, der ihr zu Hilfe geeilt war, nicht Noyimo selbst. Er kam heran, kniete neben Tomoe nieder, machte aber keinerlei Anstalten, sie loszubinden. Er sah sie kummervoll an, zeigte aber keinen Deut von Ärger über ihren unvermeidlichen Verrat. Sie stellte fest, daß sie sich von ihm angezogen fühlte, weil er seiner Schwester ähnlich sah.

»Du mußt fliehen!« sagte sie. »Der Rokubu befindet sich in der Nähe, irgendwo auf dem unsichtbaren Weg.«

»Ich habe keine Angst«, sagte er. Seine Stimme war zugleich heiter und machtvoll, altersweise und sehr jugendlich, und sie kam wie aus weiter Ferne. Tomoe fragte sich, ob der Jonopriester wirklich an ihrer Stelle kniete, oder ob es eine Art Erscheinung war, wie die, die sie vor langer Zeit hinter einem Wasserfall aufgesucht hatte. Damals hatte Tomoe einen Schlag mit ihren Schwertern geführt und festgestellt, daß eine Jonopriesterin so unberührbar war wie Luft.

In der Ferne grollte der Kleinere Berg wütend, es war das erste Geräusch, das von außerhalb der Stadtmauern an Tomoes Ohr drang, seitdem Keiko sie hierhergeschickt hatte. Tomoe sagte:

»Die Art, wie du die Behaarten getötet hast, gefällt dem Vulkan nicht.«

Wieder erhob sich ein kehliges Grollen und erschütterte das steinerne Gebäude.

»Der, den du den Rokubu nennst, hat die Lüge der Notwendigkeit eines Opfers erfunden, um die haarigen Buddhisten dazu zu bringen, daß sie ihm anstelle von Keiko dienten. Sie entstammen einer Rasse, die ursprünglich aus einem bergigen Land namens Llusa kam, weiter entfernt noch als die Himmlischen Königreiche, und sie zogen es vor, Berge zu verehren. Weil sie aus dem tiefen Binnenland kamen, war die Macht der Drachenkönigin geringer über sie als über andere Völker, die sie im Laufe der Zeit hatte versenken können; und dem Rokubu gelang es, sie durch seinen alten naiponesischen Zauber und durch seine Lügen von ihr abzukehren.«

Der Zauberninja legte seine Maske vors Gesicht, ein Gesicht, das einem anderen so ähnlich war, daß Tomoe nicht ertragen konnte, es nicht zu sehen. Er schloß: »Wenn der Berg ausbricht, geschieht es, weil Keiko es so will, nicht wegen der behaarten Priester oder der Geschichte, die der Rokubu ihnen vorgesetzt hat.«

»Er hat mir etwas Ähnliches erzählt«, sagte Tomoe, »aber nicht all seine Macht ist eine Lüge. Du wirst gegen ihn kämpfen? Ich möchte mich gern nützlich machen in diesem Kampf.«

»Ich werde gegen ihn kämpfen, wenn es sein muß.«

»Löse meine Fesseln! Ich werde an deiner Stelle gegen ihn kämpfen, um mich von meiner Schuld reinzuwaschen.«

»Du kannst nicht gegen ihn kämpfen, ebensowenig, wie du im Shigenotal gegen mich kämpfen konntest.« Er hob die Hand, um sie daran zu erinnern, wie er sie einst zurückgestoßen hatte, obwohl er nicht nahe genug war, sie zu berühren. »Wenn es zum Kampf kommen muß, so ist das meine Aufgabe; aber im Augenblick sind wir beide sicher. Er wird erst in dem Augenblick, in dem du frei bist, erfahren, daß ich hier bin ... und dann wird ein Kampf ausbrechen, wenn wir ihn nicht davon abbringen können.«

»Dann laß mir die Fesseln!« sagte sie. »Ich bin sehr

betrübt, daß ich die Ursache all dieser Schwierigkeiten bin und verdiene es, hier zu sterben.«

»Auch deine Schuld ist eine Erfindung des Rokubu. Er ist ein Meister der Lügen! Du bist eines von vielen Werkzeugen, und nicht einmal notwendigerweise das seine. Glaub nicht, daß dich eine Schuld trifft. Aber du wirst noch ein Weilchen gebunden bleiben, bis wir alles ausgesprochen haben, was wir einander zu sagen haben. Wenn du erst frei bist, kann es sein, daß wir uns nicht wiedersehen.«

»Du berufst deinen Untergang!« sagte Tomoe und versuchte, sich die Schmerzen in den Armen und im ganzen Körper nicht anmerken zu lassen, damit er sie nicht unvermittelt losband und damit das Unvermeidliche über sich brachte.

»Ich versuche, deine Sorgen zu zersteuen«, sagte er beschwichtigend. »Der Schurke belügt sich sogar selbst, wenn er glaubt, die Jono besiegen zu können. Auch wenn er den Namen unserer Herrin kennt, fürchten wir seinesgleichen nicht. Unsere Sippe hat die seine vor Generationen besiegt, und die wenigen Verbleibenden haben nur einen neuen Zauber gegen unsere zahlreichen Vorteile gefunden: der, der sich für einen Rokubu ausgibt, hat eine Möglichkeit entdeckt, mit den Schattenwesen des unsichtbaren Weges in Verbindung zu treten. Uns ist das nicht möglich, und wir wissen nicht, wie bedeutungsvoll es ist. Aber es wird ihm nicht reichen! Wenn ich auch getötet werde, werden andere ihn beizeiten besiegen.«

Diese Worte trugen nicht dazu bei, Tomoe zu ermutigen, denn der Zauberninja sprach noch immer von seiner möglichen Niederlage. Sie sagte: »Er hat auch Hilfe. Er hat Keiko.«

»Das wird noch zu beweisen sein«, erwiderte er. »Ein gefährliches Spiel, auf das er sich eingelassen hat: über eine Göttin einen Zauber zu sprechen. Die größten Zauberer sind vorsichtig im Umgang mit einfachen Dämonen. Aber Gottheiten! Nur Narren erlegen ihnen einen Zwang auf.«

»Er hat aber immer noch den Namen, den ich ihm genannt habe.«

»Das ist ärgerlich, wird ihm aber wenig nützen. Vielleicht

macht er Gebrauch davon, um Noyimo zu sich zu rufen, dann muß er mit uns beiden kämpfen.«

»Wenn es eine Angelegenheit von geringer Bedeutung ist, daß ich ihren Namen verraten habe, wie kommt es dann, daß deine Schwester fernbleibt?«

»Nicht aus Furcht vor ihm«, sagte der Zauberninja und blickte Tomoe mit noch kummervolleren Augen an. »Sie will *dich* nicht sehen.«

Tomoe war betroffen und rang nach Atem.

»Vielleicht sollte ich es dir nicht sagen«, fuhr er fort, »aber ich werde es tun. Meine Schwester ist einmal zu dir gekommen, an einen Ort hinter einem Wasserfall, mit der Absicht, dich vor dem *Jigai* zu bewahren. Toshima Shigeno hatte sie ausdrücklich um ihren Schutz gebeten, aber Noyimo sagte später, sie hätte dir ohnehin geholfen. Aber als sie kam, hast du zweimal das Schwert gegen sie erhoben und dabei ihr Bild getroffen. Es war nicht möglich, sie körperlich zu verletzen, aber dein Angriff hat ihre Liebe zu dir verwundet.«

»Sie glaubt, ich würde ihr den Tod wünschen? Sag ihr von mir ... sag ihr, daß ich wußte, daß ich sie nicht treffen würde. Ich hatte euch schon auf dem Schlachtfeld gegenübergestanden, und du hast mich mit einer erhobenen Hand zurückgestoßen. Ich wußte nicht, daß meine Schwerter durch sie hindurchgehen würden wie durch Rauch, aber ich wußte aus irgendeinem Grund, daß es mir nicht möglich sein würde, sie zu verletzten. Ich habe zugeschlagen, um meine Mißachtung zu beweisen, nicht um zu töten. Aber ich mißachte sie nicht mehr, und auch damals galt die Verachtung mir selbst, die ich Herrn Shojiro Shigeno erschlagen hatte.«

»Ich werde es ihr sagen«, versprach der Zauberninja, »wenn ich am Leben bleibe. Sie wird dir gerne glauben wollen.«

»Dann ist es unbedingt notwendig, daß du am Leben bleibst! Würdest du jetzt meine Fesseln lösen, damit ich zu meinem Leben unter den Geistern zurückkehren kann?«

»Ich kann dich nicht losbinden. Du bist nicht gebunden.«

»Doch! Es schmerzt!«

»Die Gegenstände der Seetoten sind nicht wirklicher als sie selbst. Du mußt diesen nebelhaften Ort ganz und gar hinter dir lassen, nicht nur die Fesseln, mit denen du gebunden zu sein glaubst.«

»Keiko sagt, ich kann nie mehr fort von hier.«

»Die Drachenkönigin ist wahnsinnig. Dafür hat der, den man den Rokubu nennt, schon vor Jahren gesorgt.«

»Hat sie sich geirrt?«

»Was sie gesagt hat, gilt nur für diejenigen, die durch Ertrinken in ihr Reich gelangen. Du kannst in die Welt der Lebenden zurückkehren, wie du es schon einmal getan hast, als du auf den Weg zur Hölle geraten warst.«

Die Erinnerung an Ushii Yakushiji erfüllte sie mit Schmerz, der dem in ihrem verschnürten Körper gleichkam. Sie fragte: »Habe ich den Weg zur Hölle jemals wirklich verlassen?«

»Faß dir ein Herz, Tomoe. Spiel nicht mit dem Gedanken an eine Niederlage. Es ist dir schon einmal gelungen. Du kannst es wieder schaffen.«

Tomoe fühlte sich ermutigt. Sie sagte: »Ich habe mir den Weg aus der Hölle mit Schwertern freigekämpft! Gib mir meine Waffe und sag mir, wen ich töten muß!«

»Du mußt nur deine Ängste töten, Tomoe.« Der Zauberninja entfernte sich und nahm das Schwert dort auf, wo der haarige Mann es zusammen mit der Sakeflasche hingelegt hatte. Als sie sah, daß er Gegenstände wirklich aufheben konnte, fragte sie sich, ob er nun ein Trugbild war oder nicht. Jonozauber überstieg ihr Begriffsvermögen! Er sagte: »Aber du wirst vielleicht in jedem Fall eine Seele brauchen.« Mit diesen Worten steckte er das Schwert samt Scheide in ihren Obi, machte aber noch immer keine Anstalten, sie loszubinden.

Tomoe sträubte sich heftig gegen die Fesseln, aber es war ohne Erfolg. Die Schmerzen in ihren gemarterten Muskeln raubten ihr fast das Bewußtsein. Sie war nun schon so lange gefesselt, und der Schmerz steigerte sich ständig, außer in den Körperteilen, die taub geworden waren. Er fiel ihr schwer zu glauben, daß sie in Einbildung gefangen war. Die haarigen Männer hatten sie schlau gefesselt. Das war nicht zu leugnen.

»Das ist nicht die richtige Art, zu kämpfen«, sagte der Zauberninja.

Sie hörte auf, an den Fesseln zu zerren und blickte erbarmungswürdig zu ihm auf wie ein armer, gefangener Wolf. Er streckte die Hand aus und berührte die Doppelnarbe auf der Stirn der Samurai, dann sagte er: »Konzentriere dich darauf. Leg deinen ganzen Willen in den Mittelpunkt deiner Stirn. Du mußt deinen Körper entspannen wie vor einer Schlacht. Man hat dich gelehrt, deinen Mittelpunkt im Bauch zu finden? Laß ihn die Wirbelsäule hinaufsteigen. Laß ihn steigen, bis er deine Narbe findet.«

»Du bist ein Shintokrieger«, sagte Tomoe, indem sie ihn an Dinge erinnerte, die er ganz gut wußte. »Und du lehrst mich die Kunst des Zen?«

»Ein anderer hat dich Zen gelehrt, nicht ich. Ich helfe dir lediglich, von den Fähigkeiten Gebrauch zu machen, die du dir bereits angeeignet hast, ohne es zu wissen. Shintozauber allein kann dich nicht befreien, denn es ist der Zauber von Naipon, und wir sind weit fort von Naipon. Die Drachenkönigin ist ebenso eine Gottheit in den Himmlischen Königreichen wie auf den Ewigen Inseln; ihr Herrschaftsbereich erstreckt sich um den gesamten Ozean, berührt die Ufer vieler buddhistischer Länder und erstreckt sich bis zu Völkern, von denen wir nichts wissen. Von einigen dieser Länder hat Naipon die Vorläufer von Zen übernommen, daher ist buddhistischer Zauber nützlich im Kampf gegen die Drachenkönigin. Ich werde dir mit Shintozauber behilflich sein, mit Zen mußt du dir selbst helfen. Betrachte es als *Ryobo-Shinto,* die Zwei Wege der Götter, den Glauben des Mikado selbst. Gemeinsam, mit Hilfe deiner und meiner Kraft, können dich die beiden Zauberkünste vielleicht in die nebellose Welt zurückversetzen.«

Seine Augen hielten sie gefangen, Augen, die denen Noyimos auffallend ähnelten. Sie konnte den Blick nicht abwenden, mußte ihm zuhören, als er sprach: »Konzentriere dich! Konzentriere dich!«

Saiminjitsu, die Kunst der Hypnose, gehörte zu den

Fähigkeiten der Jono. Er deutete mit zwei Fingern auf ihre Doppelnarbe. »Konzentriere dich. Konzentriere dich.«

Zuerst sank sie noch tiefer ins Meer, gefangen von dem hypnotischen Singsang des Zauberninja. Dann stieg sie auf, erhob sich durch die Mittelachse ihres Wesens zum höchsten Punkt ihres Rückgrats. Von der Mitte ihres Gehirns aus bewegte sich ihr Bewußtsein auf einen Punkt zu, bis sie durch ein Auge hinauszuschauen schien, von dessen Existenz sie bisher nichts gewußt hatte.

Ein Licht leuchtete auf ihrer Stirn, das heller war als das Antlitz des Jonopriesters, der einer anderen so sehr glich, daß Tomoe den Wunsch verspürte, ihn zu berühren, ihm vollkommen vertraute, zuließ, daß sein Zauber sie umwob und ihr bei dem half, was sie in sich selbst vollbringen mußte. Das Licht begann sich auszuweiten, das Licht, das ein Teil ihrer selbst war, und sie hatte das Gefühl, daß die Narbe sich von ihrer Stirn löste und vor ihrem Gesicht schwebte. Die Narbe – ihr Familienwappen – zwei Wellen im Meer – das Meer, das sie auf einer Insel gefangenhielt – zwei Wellen wie eine Vagina, die größer wurde. Sie konnte den Jonopriester nicht mehr sehen hinter dem sich ausdehnenden, wirbelnden Lichtkreis.

Der Nebelschleier, der sie so lange umgeben hatte, löste sich auf, wurde von den Wellen des Lichts verbrannt. Auch die Seile, die ihre Arme und Beine hinter dem Rücken festhielten, verschwanden wie Nebel. Sie erhob sich langsam auf Hände und Knie, kroch auf das Licht zu, auf das Vagina-Tor, den leuchtenden Trichter ... und als sie ihn hinter sich gebracht hatte, fühlte sie sich von der nur zu vertrauten Kälte des unsichtbaren Weges umgeben. Sie schwebte im Nichts – endlich frei aus der Todesstadt, war sie nun an einen Ort gelangt, der in keiner Weise angenehmer war.

Das Licht, das sich von ihrer Stirn gelöst hatte, verlosch in dem Augenblick, als sie den Weg betrat. Völlige Dunkelheit umgab sie, und das Gefühl der Schwerelosigkeit – ohne unten oder oben – war schlimmer als zuvor. Vorher war es möglich gewesen, auf die Füße zu kommen und zu laufen. Diesmal trat sie mit den Füßen um sich und konnte an keiner Stelle Widerstand finden. Sie machte Schwimmbewegungen und glaubte, sich durch die furchterregende Leere voranzutreiben, war sich aber nicht sicher.

Noch etwas unterschied sich von ihren vorausgegangenen Besuchen hier: die undeutlich gesehenen geflügelten Wesen, die schwatzten, und die taumelnden Bestien, die einen tonlosen Totengesang brummten, waren nicht anwesend. Die Grausamkeit dieser Bewohner hatte dem Ort des Nirgendwo Wirklichkeit verliehen, und ihre Abwesenheit vermittelte Tomoe das Gefühl, jeglicher Sinnesempfindungen beraubt zu sein. Sie versuchte, zu schreien, aber ihren Lungen entrang sich kein Laut. Ein entsetzlicher Gedanke kam ihr in den Sinn: vielleicht *dachte* sie nur, sie bewege sich wie ein Schwimmer. Da sie ihren eigenen Körper nicht spürte, war es möglich, daß sie sich nur einbildete, sie hätte einen Körper, der sich bewegte.

Hätte es länger angedauert, wäre sie vielleicht von Wahnsinn ergriffen worden. Aber es wurde offenkundig, daß sie sich wirklich durch die Leere bewegte, denn am Ende drangen das Schwatzen und der Totengesang doch aus der Ferne an ihr Ohr.

Ihr wurde klar, daß die Körperlosigkeit eine Art Selbstschutz war, den Jonozauber und nicht die Gefahr errichtet hatte. Unter ihr war eine Gestalt in der Dunkelheit zu erkennen, der fette, schmutzige Rokubu. Er hielt die Arme in einer theatralischen Geste des Flehens ausgestreckt, als wende er sich an seine kaum sichtbare Zuhörerschaft, die großen Taumelnden und die winzigen Fliegenden. Sie konnten die Augenzeugin, die über dem scheinbaren Theater des Rokubu schwebte, nicht sehen; denn Tomoe war weniger greifbar als sie.

Sie konnte die Worte des Rokubu nicht hören, doch die Fliegenden und Taumelnden konnten es, denn sie wurden sichtlich erregt. Sie rückten dicht an ihn heran, die Taumelnden wiegten sich zu ihrem Totengesang, die Fliegenden waren wie eine Wolke ängstlicher Schwalben. Der Rokubu lachte tonlos, fröhlich, so daß Tomoe überzeugt war, daß er die Bestien überzeugt und sie für seine Absichten gewonnen hatte.

Der Rokubu wollte die Ungeheuer aus ihrer Höllenwelt befreien, um alle Mitglieder der Jonosippe niederzuschlagen, angefangen bei Noyimos Bruder. Zu diesem Zweck war er auf dem unsichtbaren Weg gewandert, ohne zu altern, und hatte eines der Rätsel gelöst, das die Jono nur erahnten.

Als wäre dieses Wissen der einzige Anlaß gewesen, warum sie Zeuge des Geschehens wurde, fühlte sich Tomoe Gozen in die Wirklichkeit gezogen, schwamm aus dem kalten, schwarzen Loch hinaus. In dem Augenblick als es ihr klar wurde, entkam sie dem unsichtbaren Weg und fand sich auf Holz, nicht dem Stein der Stadt liegend wieder.

Instinktiv legte sie die Hand auf die Doppelnarbe, die geglüht hatte und angeschwollen war, mit deren Hilfe ihr die schließliche Flucht aus Keikos Todesstadt gelungen war. Aber die Narbe war verschwunden, und Tomoe vermißte das glatte Gefühl auf der Stirn. Sie hatte sie wie ein Auge benutzt, und jetzt fühlte sie sich teilweise blind, weil es nicht mehr da war.

Sie lag unter Dachbalken in einem Raum, der viel kleiner war als die Dachkammer im Tempel. Von unten hörte sie den rhythmischen Schlag einer Gebetstrommel und die Stimme einer Frau, die sang. Sie befand sich inmitten eines geheimen Waffenlagers, und ihr fiel ein, daß Toshima erwähnt hatte, daß es zwischen Decke und Dach des falschen Bauernhauses einen Übungsraum und eine Waffenkammer gab.

Der unsichtbare Weg hatte sie zurück zu Toshima geführt.

Sie sah sich nach einer Falltür um, entdeckte sie und schob sie geräuschlos beiseite. Unten saß Toshima vor einem kleinen Schrein, schlug die winzige Trommel und sang selbstvergessen ein Gebet gegen die Vernichtung einer Freundin oder Geliebten. Einen Augenblick lang glaubte Tomoe, den Totengesang der Taumelnden noch zu hören, erkannte aber bald, daß es das Grollen des Vulkans war, das die Ursache von Toshimas Besorgnis darstellte.

Aber Tomoe brachte der Anblick der Dame mehr aus der

Fassung als das Grollen des Berges. Toshima war es, vor der Tomoe geflohen war, wenn ihr auch ihr Verstand vorgaukelte, sie sei aus Furcht vor Zauberei davongelaufen.

Die Dame war schöner, als Tomoe je wahrgenommen hatte, obgleich sie immer die oberflächliche Schönheit vor Augen hatte. Dame Toshima hatte sich während der Abwesenheit ihrer Samuraigeliebten auf wunderbare Weise verändert. (Und wie lange war Tomoe fort gewesen? Die haarigen Priester hatten gesagt, daß sie jeden der drei ein dutzendmal erschlagen hatte, aber es war nur einer am Tag gewesen. Tomoe hatte also vierzig Tage unter Geistern geweilt.) Es würde schwierig sein, sich jemals wieder vorzustellen, daß diese neue Toshima ein tapferes Wesen hinter versteckten Anspielungen und kindlicher Geziertheit verbarg.

An den Höfen von Naipon würde man Toshimas Verwandlung vielleicht nicht gutheißen. Die Dame war ein wenig wettergehärtet, ihr Haar lang und glatt und mit einem Tuch zurückgebunden, anstatt auf ihrem Kopf aufgetürmt. Ihre Verbrennungen waren längst verheilt, aber sie würde nie wieder die vornehme Blässe erreichen, die beim weiblichen Adel so hochgeschätzt war. In der Abwesenheit ihrer Gefolgsfrau war sie stark, unabhängig und selbstlos geworden. All das sah oder hörte die Samurai in dem Gebet. Vor dem kleinen Schrein kniete eine Frau, von der Tomoe sich gut vorstellen konnte, daß sie nach Naipon zurückkehrte und das reiche Bauernland in Shigenotal wieder zu Wohlstand führte.

Die Samurai flüsterte: »Toshima. Ich bin zurückgekehrt.«

Toshima fiel überrascht zurück von den Knien und hob den Blick zur Decke. Tomoe lächelte schüchtern und sagte: »Komm herauf zu mir und such dir Waffen aus. Zwei Zauberer werden sich in den Ruinen zur Schlacht begegnen, ein Jono und einer der aussieht wie ein Rokubu, der aber sehr mächtig ist. Wir müssen dem Jonopriester helfen. Er weiß nicht, daß die Wesen des unsichtbaren Weges seinem Gegner beistehen werden.«

Toshima erhob sich, und viele Fragen drängten sich auf ihre Lippen, aber sie verlangte weniger nach genauen

Erklärungen als nach raschem Handeln. Sie hatte sich wirklich verändert und hieß die Notwendigkeit von Geheimnis und Gefahr willkommen. Sie streckte sich nach Tomoes Armen, die sich ihr entgegenreckten und sie auf den Dachboden hinaufzogen. Tomoe sagte: »Ich hatte recht, Geister zu vermuten, denn es gibt sie im Überfluß, und Ungeheuer dazu. Aber der eigentliche Feind ist ein Mann, der in unser Schicksal eingegriffen hat, um uns hierherzubringen, nur um einen Jono in die Falle zu locken. Wenn du Messer ebensogut werfen kannst, wie ich dich einst Haarnadeln habe schleudern gesehen, können wir in dem bevorstehenden Kampf vielleicht von Nutzen sein. Mir ist gesagt worden, daß wir nichts gegen den Rokubu ausrichten können, aber ich weiß aus eigener Erfahrung, daß sich Ungeheuer erschlagen lassen.«

Toshima war bereits im Begriff, Dolche auszuwählen, die sie in ihren Obi oder in den Kimono gleiten ließ. Die weiten Ärmel des Kimono band sie in Erwartung des Kampfes zurück. Sie entdeckte eine schöne, lange *Naginata*-Hellebarde, die sie nahm und mit geübter Schnelle und Präzision zweimal um den Kopf sausen ließ. Es war eine traditionelle Waffe der Frauen, selbst Hofdamen wurden in ihrem Gebrauch unterwiesen, da man von ihnen erwartete, daß sie ihre Schlöser und ihre Tugend verteidigten. Es hätte Tomoe nicht überrascht, zu erfahren, daß Toshima geschickter damit umgehen konnte als viele andere.

Tomoe spannte einen Bogen und befestigte einen Köcher mit Eisenpfeilen neben dem Bogen auf dem Rücken. Das Schwert von Okio steckte in ihrem Obi, in den es der Zauberninja freundlicherweise hineingeschoben hätte. Daneben zwängte sie einen guten Dolch. Dann nahm sie in jede Hand einen *Yari*-Speer, prüfte das Gleichgewicht und nickte beifällig.

Gemeinsam stiegen die Dame und die Samurai vom Dachboden herunter und verließen das Haus in Richtung auf die Ruinen, die hinter dem Hügel lagen.

Von den Toren der Ruinenstadt aus erblickten Tomoe und Toshima folgendes:

In der Luft wirbelte etwas, das aussah wie eine Wolke von Fledermäusen, sich aber bei näherem Hinsehen als eine Schar kleiner fliegender Affen entpuppte, deren schmale Gesichter von großen Nachtaugen beherrscht wurden. Sie umschwirrten den Kopf des Zauberninja, der mit seitwärts ausgestreckten Armen erstarrt dastand, die eine Handfläche dem Rokubu zugewandt, die andere nach oben gerichtet. Die mit Reißzähnen bewaffneten Flieger wurden von einer unsichtbaren Barriere auf Abstand gehalten und waren wütend darüber, so zur Hilflosigkeit verdammt zu werden.

Um ihn herum hatte sich ein Kreis von größeren Bestien gebildet. Sie hatten ungewöhnlich breite Schultern, sehr schmale Hüften, verhältnismäßig kurze Beine und dicke Schwänze, die bis zum Boden reichten und wie die von Eidechsen hinterherschleiften. Ihre Köpfe waren so niedrig und breit, daß es schien, als hätten sie überhaupt keine Köpfe, sondern lediglich Höcker mit geröteten Augenschlitzen. Aus diesen Augen floß ein unaufhörlicher Tränenstrom.

Die Flieger zischelten wütend, da sie unfähig waren, die Barriere durch ihren Angriff aus der Luft zu durchbrechen. Die Taumelnden standen Schulter an Schulter und hielten den Zauberninja in ihrer Mitte. Sie wiegten sich von einer Seite zur anderen und summten ihren klagenden, grausigen Totengesang.

Auch dies erblickten die beiden Frauen, bevor sie das bogenförmige Eingangstor durchschritten: einen fetten, schmutzigen Rokubu, der die Arme mit gespreizten Fingern über den Kopf gestreckt hielt und durch den Austausch von Zaubersprüchen ebenso erstarrt war wie der Jonopriester. Sein Gesicht war eine verzerrte Maske der Fröhlichkeit; er sah aus wie ein glücklicher Buddha. Weder der Rokubu noch der Zauberninja schienen die Anwesenheit der Frauen unter dem Stadttor bemerkt zu haben.

Zerfallene Steinhäuser bildeten den Hintergrund der beiden Männer, die sich auf den gegenüberliegenden Seiten eines Hofes gegenüberstanden. Zweifellos war es ein Kampf auf Leben und Tod, obwohl die Frauen keine Bewegung erkennen, sich die Art des Kampfes nicht vorstellen konnten.

Der Kreis der Taumelnden schien die Sperre, die der Zauberninja errichtet hatte, langsam zu durchbrechen. Den Fliegern gelang es ebenso langsam, sich tiefer und tiefer hinunterzusenken, Zähne und Krallen begierig ausgestreckt.

Toshima handelte als erste. Sie warf in rascher Aufeinanderfolge drei Dolche. Drei Flieger prallten auf die Barriere und glitten zu Boden wie über die Rundung eines glockenförmigen Glases. Sie schlugen unbeholfen mit den Flügeln, die kleinen Körper von Messern durchbohrt. Die Wolke von Fliegern über dem Zauberninja stob augenblicklich davon. Zuerst schien es, als würden sie fliehen, aber sie kreisten in der Luft, um nach der Frau Ausschau zu halten, die drei von ihnen getötet hatte. Über Toshima zogen sie ihre abscheuliche Versammlung wieder zusammen.

Der Blick des Rokubu schweifte nicht ab. Seine Aufmerksamkeit war an dem Zauberninja festgenagelt, der Tomoe und Toshima ebensowenig wahrnahm. Durch die Fixierung der beiden Zauberer aufeinander blieben die Frauen unbemerkt; oder aber die Zauberer waren so gefangen in der Macht des anderen, daß der Rokubu ihr Eingreifen nicht verhindern und der Zauberninja es nicht unterstützen konnte.

Tomoe hob einen der beiden Yarispeere. Die lange, gerade Waffe traf eines der klagenden Ungeheuer in den Rücken, so daß ihr Kreis aufgerissen und ihr Vormarsch gegen den Zauberninja aufgehalten wurde. Die Hälfte der Klagesänger wandte sich Tomoe zu. Sie duckten ihre häßlichen Gesichter in die Schultern, die verzerrten Züge waren ein Hohnbild der Trauer, und aus den Augen floß ein nicht abreißender Strom trauriger dicker gelber Tränen.

Toshima beschrieb weite Bögen mit der Naginata, die eine ebenso wirkungsvolle Sperre bildeten wie der Zauber des Jono. Ihr Kampfstiel umfaßte ein- und zweihändige Schläge. Die Flieger mühten sich, diese ausgezeichnete Abwehr zu durchbrechen. Bei ihren Versuchen trennte

Toshima ihnen die Flügel ab oder schnitt sie in der Mitte durch.

Einer von ihnen war mit abgetrennten Flügeln zu Boden gestürzt, rannte aber auf kleinen Füßen, aufrecht wie ein Mensch, genau auf Toshima zu. Sie nahm rasch einen der Dolche zur Hand, warf ihn mit tödlicher Treffsicherheit und heftete das winzige Ungeheuer am Boden fest. Es fuhr fort, sie mit großen, boshaften Augen anzustarren und scharrte mit winzigen Messerkrallen in der Luft, bis es starb.

Die Taumelnden griffen Tomoe nicht sofort an. Sie hatten sich in zwei Gruppen aufgeteilt. Die erste Gruppe fuhr in dem Bemühen fort, die Barriere des Zauberninja zu durchbrechen, die zweite reihte sich Schulter an Schulter zwischen Tomoe und dem Rokubu auf.

Der zweite Speer ging ihrem Angriff voraus und durchbohrte den Bauch eines Taumelnden. Die Reihe war durchbrochen. Dann stürmte sie mit dem Schwert in der Hand durch ihre Formation, in der Absicht, nur die notwendigste Kraft auf sie zu verwenden und anstatt dessen gegen den Rokubu zu kämpfen. Als sie sich ihm näherte, erkannte sie, daß er, ebenso wie der Zauberninja, nicht atmete. Die Zauberer hätten beide tot sein können.

Da die Taumelnden unbewaffnet waren, boten sie ihrem Schwert wenig Widerstand. Bald war Tomoe dem Rokubu nah genug, um einen Schlag gegen seinen reglosen Körper zu führen.

Okios Schwert traf auf Widerstand, mehr noch, etwas an der Barriere schlug nach Tomoe aus und warf sie zurück. Sie wurde durch die Luft geschleudert und landete schmerzhaft auf ihrem Köcher. Ihr Schwert hatte sie verloren. Rasch blickte sie sich um, konnte aber nicht sehen, wohin die Waffe gefallen war. Wieder auf den Füßen, kämpfte sie mit der Schwertscheide und dem Dolch, konnte aber mit diesen unbedeutenden Waffen die starken Ungeheuer nicht töten. Sie waren in einer primitiven Art des Jiu Jitsu bewandert, diese breitschultrigen Wesen des unsichtbaren Weges, und wandten ihr rohes Können mit eigensinniger Beharrlichkeit an, um Tomoe zu Fall zu bringen.

Toshima kämpfte noch immer in der Nähe des Tores. Sie hatte alle Dolche geworfen, und winzige Körper übersäten den Boden zu ihren Füßen. Dennoch war ein ansehnlicher Schwarm übrig, der sich anschickte, die Verteidigung ihrer Naginata zu durchbrechen.

Eines der winzigen Ungetüme konnte den Griff der langen Waffe mit den Füßen umklammern wie ein Vogel auf der Stange. Dame Toshima fuhr fort, ihre Waffe im Kreis zu schwingen und hieb in den Schwarm hinein. Der festgeklammerte Flieger begann, am Schaft der Waffe hinunterzuklettern, auf Toshimas Hände zu. Sie konnte ihn nicht abschütteln. Riesige Augen glotzten sie aus dem schmalen, affenartigen Gesicht an. Als das Ungetüm seine spitzen Zähne zeigte, hätte sie schwören können, daß es grinste ... dennoch blieb ihr nichts übrig, als in die Luft zu schlagen, um sich gegen die anderen zu verteidigen.

Unerwartet tötete ein Messer den Feind, aber Toshima wagte nicht innezuhalten, um Tomoe zu danken, nicht einmal, sich umzuschauen, um zu sehen, aus welcher mißlichen Lage die Samurai den rettenden Dolch geworfen hatte.

Durch die List, mit der Tomoe Toshima gerettet hatte, stand sie nur noch mit der leeren Scheide als Waffe da und hatte nun weder Schwert noch Dolch. Der Schwanz eines Taumelnden zischte wie eine Peitsche durch die Luft und traf ihre Finger, aber sie ließ die Schwertscheide nicht fallen. Sie faßte den Peitschenschläger am Arm, und er warf sie über die Schulter. Aber Tomoe hatte dem Taumelnden einen Schlag auf den flachen Kopf versetzt und landete sicher auf den Füßen.

Inzwischen hatte sie entdeckt, wohin die ungeheure Kraft des Rokubu ihr Schwert geschleudert hatte. Aber es standen zu viele Ungetüme zwischen ihr und ihrer guten Klinge. Dagegen gelang es ihr, zu dem Leichnam eines Taumelnden vorzudringen, dem sie einen Yari entwand. Sie warf die Schwertscheide beiseite und schlug sowohl mit der scharfen als auch mit der stumpfen Seite des Yari zu, trieb die angreifenden Taumelnden zurück und tötete sie zu beiden Seiten. Als es offenkundig wurde, daß sie alle niederstrecken würde, wandte sich die zweite Gruppe von dem erstarrten Zauberninja ab, um gegen Tomoe zu kämpfen.

Einer der Taumelnden blieb stehen, beugte sich nieder und nahm Tomoes Schwert an sich. Sein dicker Schwanz schlug aufgeregt, und er eilte, das Schwert auf unwürdige Weise schwingend, mit wankenden Schritten voran.

Dame Toshimas Kräfte ließen nach. Die Flieger waren wesentlich zahlreicher als die Taumelnden, und sie hatte bereits großen Tribut unter ihnen gefordert; dennoch waren sie noch wie ein dichter Mückenschwarm über ihrer kreisenden Naginata. Die Dame keuchte und spannte sich und kämpfte gut, aber ihr fehlte die Ausdauer des geübten Samurai. Die zwergigen, fliegenden Bösewichter kicherten entzückt, als sie die Ermüdung ihres Gegners erkannten.

Tomoe kletterte auf den Trümmerhaufen eines zusammengefallenen Gebäudes. Sie stand auf dem riesigen Steinhaufen, verteidigte sich gegen ihr eigenes Schwert und stach nach den Taumelnden, die versuchten, hinaufzuklettern und sie zu ergreifen. Sie hatte die meisten von ihnen verwundet oder getötet, und die meisten hatten sich zurückgezogen, um zum Klang ihres eigenen Grabgesangs zu sterben. Als sie bemerkte, in welcher Gefahr sich Toshima befand, machte Tomoe einen gewaltigen Satz, der sie aus der Mitte der wenigen, sterbenden Ungetüme hinaustrug, und zugleich dem Schlag des Schwertes von Okio entriß.

Sie landete auf der Stadtmauer, wo die Taumelnden sie nicht erreichen konnten. Sofort legte sie den Bogen an. Sie schickte die Pfeile einen nach dem anderen davon, und jeder fand das Herz oder das Gesicht des Fliegers. Dame Toshima stieß einen Freudenschrei aus und kämpfte um so besser, als die Flieger aus der Ruhe gebracht waren. Der Boden war mit ihren winzigen Körpern übersät, manche von ihnen wanden sich in Schmerzen oder Todeskrämpfen. Ihre Zahl am Himmel verringerte sich rasch dank Bogen und Naginata.

Dann hatten die Taumelnden einen unerwarteten Glückstreffer zu verzeichnen. Der erste Yari, den Tomoe geworfen hatte, war aus dem Ungeheuer, das er gefällt hatte, herausgezogen worden ... von einem anderen Ungeheuer herausgezogen. Es warf den Yari von einem Winkel aus, den Tomoe nicht überschauen konnte. Beim Geschnatter der Flieger und dem Grabgesang der beiden letzten Taumelnden konnte sie das Zischen nicht hören, als der Speer auf ihren Rücken zuflog. Sie wurde sich seiner Existenz erst bewußt, als die Speerspitze sich durch ihre Rippen bohrte, nachdem er mitten am Rücken eingedrungen war.

Sie wankte nicht. Sie fuhr fort, Pfeile auszusenden, bis ihr keine mehr blieben, erst dann begann sie, zu schwanken. Unter ihr standen die beiden noch lebenden Taumelnden, der eine, der den Speer geworfen hatte und derjenige, der ihr Schwert trug. Sie warteten, daß sie fallen würde, schienen sich ihres Sieges aber nicht zu freuen. Gelbe Tränen strömten aus ihren roten Augen, Augen, die aus den Höckern auf ihren Schultern lugten. Sie wiegten sich vor und zurück, als wollten sie Tomoe Gozen betrauern.

Tomoe empfand erstaunlich wenig Schmerz, obwohl der Yari ihren Körper durchbohrte. Der Schaft ragte aus dem Rücken, die blutige Spitze bohrte sich unter dem Herzen aus ihren Rippen hervor. Wie durch ein Wunder hatte er keine lebenswichtigen Organe getroffen, aber das schien eher eine Laune der Schicksale als ein Glück zu sein, denn es würde ihren Tod durch Blutverlust nur hinauszögern. Sie besaß noch immer den zweiten Yari und hob ihn mit behender, rachdurstiger Hand ... stieß ihn in das flache, stierende Gesicht des Taumelnden, der sie so schwer verwundet hatte. Er fiel auf die Knie und stürzte dann auf den Rücken, so daß am Ende nur noch einer der Ungetüme am Leben war und summte.

Blut strömte ihr über Rücken und Brust. Bald war sie zu schwach, um ihre erhobene Stellung zu halten. Als sie fiel, war ihre einzige Waffe der Bogen, für den sie keine Pfeile mehr übrig hatte. Sie landete auf den Füßen, und der Aufprall verursachte ihr große Schmerzen, da der Schaft, der ihren Körper durchbohrte, erschüttert wurde. Der Taumelnde schwang das Schwert; Tomoe wehrte es mit dem Bogen ab. Die Bogensehne zersprang mit einem lauten Knall. Tomoe verteidigte sich und versuchte, mit der Spitze des Bogens die Augen zu treffen, aber sie war sehr geschwächt.

Überall um sie herum lagen verdrehte Körper. In der Nähe des Tores sprang Toshima umher und tötete mit lauten Schreien die Flieger. Sie hatte die furchtbare Verwundung der Samurai noch nicht bemerkt. In dem Hof hatten sich die beiden Zauberer immer noch nicht bewegt, standen sich noch immer in tödlichem Kampf gegenüber. Aber etwas Neues ereignete sich:

Der Jonopriester verlosch und erschien wieder wie eine flackernde Kerze. Vielleicht versuchte er, zu entkommen, wurde aber von dem Rokubu, der nicht mit den Augen zwinkerte, im Bann gehalten. Tomoe war mit ihrem getrübten Bewußtsein kaum in der Lage, diese Entwicklung zu verfolgen. Sie war auf die Knie gefallen und wehrte das Schwert mit dem Bogen aus Holz und Metall ab. Der Bogen wurde entzweigehackt. Hätte Toshima nicht in diesem Augenblick den letzten Flieger getötet und sich voller Siegesfreude zu Tomoe umgewandt, wäre die Samurai wahrscheinlich durch die Hand des Taumelnden umgekommen.

Dame Toshima kam, ohne zu schreien, ohne den geringsten Laut von sich zu geben, herbeigerannt, und die Naginata fuhr durch die Wirbelsäule des Taumelnden. Er ließ Tomoes Schwert fallen, kippte nach vorn auf die Samurai und spießte sich selbst auf der Spitze des Yari auf, der aus ihrem Körper ragte. Sie stieß das Ungeheuer von sich und blieb auf den Knien sitzen, wobei sie sich sowenig wie möglich bewegte.

Plötzlich war sie von Geistern umringt. Die Nebel von Keikos Stadt des Todes erschienen wieder und trübten ihren Blick. Ein Geist insbesondere verneigte sich und katzbuckelte auf unterwürfige Weise. Es war Ya Hanada, und er sagte: »Du bist zurückgekehrt! Wir haben dich vermißt und möchten dir danken, daß du die haarigen Schlächter vernichtet hast. Ach, das Leben ist jetzt angenehmer! Unsere Stadt wird dir jetzt besser gefallen!«

Auf seinem verschwommenen Gesicht erschien ein Lächeln, und er hielt Tomoe eine Sakeflasche entgegen, die sie nur zu deutlich erkannte. Sie wußte, daß sie sich erheben konnte und frei sein würde von dem Speer und der von ihm verursachten Verwundung. Statt dessen blieb sie auf den Knien sitzen, warf dem Geist einen finsteren Blick zu und keuchte: »Ich werde nicht sterben. Ich will noch nicht sterben.«

Hanada glitt enttäuscht in den Nebel zurück. Der Nebel und die Geister lösten sich auf. Der einzige Mensch, der noch vor Tomoe stand, war Dame Toshima, die von Entsetzen gepackt wurde, als sie den Yari sah, der aus Tomoes Körper ragte.

»Toshima.«

Die Dame kniete an der Seite ihrer Gefolgsfrau nieder. Um sie herum lösten sich seltsame Körper im Hof auf, wurden auf den unsichtbaren Weg zurückgezogen.

»Toshima.«

Toshima unterdrückte die Tränen. Sie sagte: »Was kann ich tun?«

»Faß den Speer«, erwiderte Tomoe. »Zieh ihn heraus.«

Dame Toshima legte die Hände vor den Mund und hätte am liebsten in kindlichem Unvermögen Zuflucht gesucht. Aber sie war zu erwachsen geworden. Zitternd erhob sie sich und stellte sich hinter Tomoe. Sie faßte den Schaft des Yari mit beiden Händen.

»Zieh in gerade heraus«, wies Tomoe sie an, »sonst zerreißt er mein Inneres.«

Die Samurai weigerte sich zu schreien, so wie sie sich weigerte zu sterben. Tomoes Kinn zitterte, und ihre Augen sanken in die Höhlen, als der dicke Schaft sich löste. Ein abstoßendes, schmatzendes Geräusch war zu hören, als Toshima mit aller Kraft zog. Die Samurai stöhnte, atmete in tiefen, schweren Zügen, verlor aber nicht das Bewußtsein.

»Die Blutung muß aufgehalten werden«, sagte Toshima, indem sie den blutroten Yari beiseite warf. Sie löste ihren Obi und öffnete dann Tomoes Kimono. Sie mußte gegen den Drang ankämpfen, den Blick von den furchtbaren Wunden auf Brust und Rücken abzuwenden. Tomoe bewegte sich sowenig wie möglich, während ihr Oberkörper fest in den Gürtel der Dame eingewickelt wurde. Als das geschehen war, zog Toshima der Samurai den Kimono über die Schultern und flüsterte ihr zu: »Die Zauberer bewegen sich.«

Der Zauberninja begann sich zu beugen, sein Körper knickte nach hinten. Noch immer löste er sich in rascher Folge auf und erschien wieder. Das Gesicht des Rokubu war nun nicht mehr fröhlich, sondern von Wut erfüllt. Der Haß stärkte ihn. Tomoe und Toshima erkannten, daß der Rokubu im Begriff war zu siegen. Das Gesicht des Zauberninja lag hinter dem Tuch verborgen, das um seinen Kopf gewunden war. Aber seine Augen waren sichtbar und noch immer ohne Furcht. Tomoe stieß rauh hervor: »Sein Rückgrat wird brechen.«

Sie war zu schwach, sich zu bewegen, hatte zu große Schmerzen, es zu versuchen, und konnte Toshima nicht auffordern, einzugreifen, wo Zauberei im Spiel war. Sie sagte: »Wir können nichts tun.«

Es war grausam, anzuschauen, wie der Jono zusammenklappte, ohne sich zu beklagen, bis der Kopf das Gesäß berührte und die Wirbelsäule mit laut vernehmlichem Knacken entzweibrach. Als diese Tat vollbracht war, erwachte der Rokubu zum Leben und schrie in den Himmel hinauf: »Noyimo! Ich habe deinen Zwillingsbruder getötet!«

Dunkle Wolken ballten sich über dem Kleineren Berg zusammen und überschatteten den Himmel mit drohenden Gestalten und Gesichtern. Der Kleinere Berg grollte aus tiefstem Inneren, wie ein Löwe aus der Tiefe der Kehle knurrt, wenn er sich vorbereitet, aufzubrüllen, zu springen und sein Opfer in Stücke zu reißen.

Niemand hatte ihr Kommen bemerkt, doch plötzlich stand Noyimo über ihrem Bruder. Sie beugte sich über ihn, und wenn ihr das, was sie sah, Kummer bereitete, so war es hinter ihrer Maske verborgen. Sie blickte zu dem Rokubu hin und formte ein seltsames Zeichen, indem sie die Finger verschränkte, und dieses geheimnisvolle Gebilde richtete sie gegen ihren Feind.

Um Noyimo und ihren ermordeten Bruder entstand die Barriere von neuem, stärker als zuvor, schimmernd, durchscheinend, bronzefarben und hellrot. Die Barriere hatte die erkennbare Form einer Tempelglocke.

Der Rokubu streckte die Finger aus, schlug heftig damit durch die Luft und schleuderte Noyimo einen Zauber entgegen. Die halb sichtbare Glocke läutete heimtückisch, und es war offenkundig, daß der Laut furchtbar für Noyimo war. Doch sie hielt die verschlungenen Finger vor sich und hockte neben ihrem Bruder wie eine schützende Katze.

Was nun geschehen wäre, wird niemand je erfahren, denn im Tor der Ruinenstadt erschien eine alte, blinde Frau; ihre Augen waren so weiß wie Knochen.

»Er ist zurückgekehrt«, knurrte Keiko, ihr Kopf wackelte von einer Seite zur anderen, ihr Gesicht war eine unvorstellbar verzerrte Maske des Hasses. In der Ferne stieß der Kleinere Berg Rauch aus und spie flüssiges Gestein.

Verschwunden war die schwachsinnige Freundlichkeit der boshaften Alten, die Tomoe früher kennengelernt hatte. Verschwunden war das Kind im Körper einer Greisin. Sie sprach mit der Stimme der Verachtung und der Wut und befahl: »Sag mir, daß es wahr ist! Er ist hier!«

»Sie kann nicht sehen«, flüsterte Toshima. Keiko wandte das blinde Gesicht der Stelle zu, an der die beiden Frauen knieten, die eine durch ihre Wunden dem Tod nahe, die andere von Kummer erfüllt.

»Die Liebe machte mich blind«, sagte Keiko. »Aber jetzt sehe ich nur zu klar.«

Tomoe erwiderte, obwohl sie dazu alle Kraft zusammennehmen mußte: »Dann sieh dort deinen Mann, alte Keiko.«

Ihr Kopf wandte sich langsam herum, die Ohren tasteten den Hof ab. Es kostete sie keine Anstrengung, ihn zu hören, denn der Rokubu brach in Gelächter aus.

»Alte Frau!« rief der Rokubu selbstgefällig. »Ich danke dir für die mannigfaltigen Bemühungen zu meinem Besten! Heute beweise ich, daß ich der mächtigste Zauberer der

Erde bin. Selbst das Meer mit sieben Gezeiten ... selbst die Drachenkönigin beugt sich meinem Willen.«

Er schleuderte einen glühenden Wurfstern nach der blinden Frau. Der Metallstein glänzte und glitzerte und bohrte sich in Keikos Kehle. Es war eine tödliche Wunde. Als Toshima sich entsetzt abwandte, beschwichtigte Tomoe die Dame, indem sie ihr mit rauher Stimme zuflüsterte: »Der Rokubu ist verrückter als die wahnsinnige Alte. Wenn eine sterbliche Göttin getötet wird, erlangt sie ihre Unsterblichkeit wieder.«

Keiko veränderte sich. Ihre Augen wurden klar. Die Falten auf Gesicht und Händen glätteten sich. Ihr wildes graues Haar und der feine weiße Schnurrbart wurden glänzend schwarz. Ihre jungen, starken Hände fuhren an die Kehle, und schlanke Finger zogen den Wurfstern heraus und warfen ihn zu Boden.

Die Göttin begann zu wachsen, bis sie alles im Hof überragte. Ihre Kleider hatten sich aus Lumpen in etwas Glänzendes und Prachtvolles verwandelt, halb Hochzeitskimono, halb den Gewändern der Hofdamen in den Himmlischen Königreichen ähnlich. Sie hätte eine gefeierte Schönheit sein können, die Riesin über ihnen, nur waren ihre Augen flach und lidlos wie die eines Fisches. Sie blickte hinunter auf die kleinen Menschen: den toten Jonopriester und die klagende Jonopriesterin und die erstarkte höfische Dame ... aber ganz besonders blickte sie hinunter auf den Rokubu, der jetzt vor der riesigen Frau zurückwich. Er zitterte vor Angst und bat noch heftiger um Gnade, als er zuvor geprahlt hatte.

»Törichter Mann«, sagte die gewaltige Göttin, und ihre Stimme ließ die Insel erbeben. Der Kleinere Berg spie Asche.

Tomoe schenkte dem Schauspiel weniger Beachtung als Noyimo, die sie mit einem rätselhaften Ausdruck betrachtete. Noyimo ließ die rosaglühende Barriere verblassen, und mit ihr verschwand ihr Bruder; denn Zauberninja kannten keine Begräbniszeremonien, und ihre Körper wurden durch Zauberkraft aufgelöst. Es war ein Teil ihres Glaubens und ihrer Gebräuche, daß sie ihre Identität über die Grenzen eines Lebens hinaus geheimhielten. Als die Barriere gänzlich verschwunden war, eilte Noyimo um die Füße der riesigen Göttin herum zu Tomoes Seite. Einen Augenblick lang begegneten sich die Blicke einer Dame und einer maskierten Zauberninja über einer Samurai, und eine Vielzahl widerstrebender Gefühle ging zwischen ihnen hin und her: Eifersucht verwandelte sich in Verstehen, Mißtrauen in Friedfertigkeit, Neid in Bewunderung, Zorn in Besorgnis.

»Sie braucht Hilfe«, sagte Noyimo, und Toshima nickte. Noyimo wandte sich an Tomoe: »Tomoe, ich kann dir für kurze Zeit Kraft geben, bis wir dich zu den *Onna-no-miko* bringen können – hoffentlich rechtzeitig genug, um dich zu heilen.«

Tomoe blickte von einer Frau zur anderen und sah keine von beiden direkt an. Ihre Stirn war schweißnaß, doch ihr Körper wurde von Kälte geschüttelt. Sie sagte: »Ich bin zu gut zum Sterben.« Noyimo legte eine Hand unter Tomoes Brüste, die andere auf den Rücken und sprach einen Zauber aus, der die größten Schmerzen, die Blutung, den Kräfteverlust und die Verschlimmerung ihres Zustandes aufhalten sollte. Dann sagte sie: »Wir müssen uns beeilen. Keiko holt ihre Insel ins Meer zurück.«

Die Samurai richtete sich mühsam auf den Knien auf und nahm ihr Schwert von der Stelle auf, an der der Taumelnde es fallen gelassen hatte. Toshima brachte ihr ihre Schwertscheide. Zu beiden Seiten von den beiden anderen Frauen gestützt, stand Tomoe unsicher auf merkwürdig flüssigen Beinen. Sie liefen auf das Stadttor zu und nahmen sich keine Zeit, einen Blick auf den Ort zurückzuwerfen, an dem sich der Rokubu noch immer zu Füßen der Göttin duckte und um Erbarmen flehte.

Unter dem rauchverhängten Himmel erreichten die drei Frauen die Spitze eines Hügels. Darunter sahen sie, daß das angebliche Bauernhaus bereits vom Meer verschlungen wurde. Noyimo war besorgt und sagte: »Das war unser Fluchtweg. Ich könnte auch so entkommen, aber ihr beiden müßt durch eine Tür gehen, um auf den unsichtbaren Weg zu gelangen.«

Das Haus fiel in sich zusammen, als riesige Wellen es in weißen, schaumigen Wassermassen begruben. Die Frauen blickten zu der Ruinenstadt zurück, sahen die zerfallenen Gebäude in der Ebene, sahen, wie die hereinbrechende See das Tal überschwemmte, sahen sogar die winzige Gestalt des Rokubu vor der riesengroßen Drachenkönigin.

Keiko veränderte sich erneut. Sie verwandelte sich in einen aufgerichteten Drachen. Feuer stob aus ihren Nüstern, und sie verbrannte den Rokubu mit einem einzigen Atemzug zu Asche. Dann warf der Drache den wilden Kopf herum und heulte in einer Art Bedauern auf. Sie schlug mit dem Schwanz um sich und zerstörte die Gebäude, die noch nicht zu Schutt geworden waren.

Der Kleinere Berg grollte unzufrieden, und Toshima übertönte den Lärm: »Es gibt einen zweiten Zugang zum unsichtbaren Weg. In Keikos Höhle.« Sie deutete zum Größeren Berg hinauf, wo der Schlund einer Höhle hoch am Hang zu erkennen war.

»Wirst du es schaffen?« wandte sich Noyimo an Tomoe, die unbeteiligt nickte und noch immer keiner der beiden Frauen ins Gesicht sah.

Sie hielten auf den höheren Gipfel der Insel zu. Hinter ihnen hatte die Drachenkönigin die Mauern ihrer Stadt eingerissen, und die Wasserflut stürzte herein. Sie zog den Schwanz hinter sich her und lief auf das bewaldete Gebiet zwischen den beiden Gipfeln zu. Lava strömte aus der Krone des Kleineren Berges, und der Boden spaltete sich unter dem Beben. Die Drachenkönigin krümmte sich, als zwänge sie einen unsichtbaren Feind in die Knie, und die Wellen der See stiegen höher, drangen in den Wald, löschten die Feuer, bis Dampf aufstieg. Das Meer leckte mit liebevoller Ergebenheit an den glänzenden, regenbogenfarbenen Schuppen der Drachenkönigin.

Die Insel versank schnell.

Sie kämpften sich nach oben, klammerten sich an Felsen und Buschwerk fest. Toshima beklagte sich nicht, obwohl sie nicht geübt war im Klettern und sie zahlreiche Abschürfungen davontrug. Noyimo bewegte sich mit der geringsten Anstrengung voran und zog die beiden anderen mit ihrer dunklen, greifbaren Kraft mit sich. Tomoe bewegte sich mit schwerfälliger Langsamkeit und hemmte ihr Vorankommen auf dem steilen Weg.

Die Samurai sprach kein Wort. Noyimos Zauber hatte den Schmerz ausgelöscht und die Verschlechterung ihres Zustandes aufgehalten, aber er hatte keine heilende Wirkung. Er stärkte sie nur durch die Einbildungskraft; und Tomoes Fleisch, wenn auch nicht ihr Geist, wußte, daß es verloren war. Darum war die Samurai gezwungen, ihre gesamte Aufmerksamkeit auf die Bemühung zu richten, über der steigenden Wasserlinie zu bleiben. Neben diesem einfachen Ziel existierte kaum etwas für sie, und sie zog sich voran.

Keiko hatte ein Seil am Eingang ihrer Höhle herunterhängen lassen. Es hing über den steilsten Felsvorsprung. Mit Hilfe dieses Seiles erreichten die drei Frauen den Höhleneingang, gerade bevor das Wasser zur gleichen Höhe angestiegen war. Der Kleinere Berg war bereits unter der Wasseroberfläche verschwunden und arbeitete weiter unter den dampfenden, brodelnden Wellen. Der Größere Berg war nur noch eine kleine Insel, selbst unvermeidlich dazu bestimmt, unterzugehen. Von Keiko, der Drachenkönigin, war keine Spur mehr zu sehen. Auch sie war in das Land namens Neinya, ihre Heimat am Meeresgrund, zurückgekehrt.

Steine türmten sich im Hintergrund der Höhle, wo Keiko in ihrer sterblichen Gestalt den unsichtbaren Weg versperrt hatte. Dame Toshima und die Jonopriesterin wuchteten und schoben die Steine aus dem Weg, aber Tomoe Gozen stand nutzlos da und schwankte auf unsicheren Füßen. Sie war sich der Anwesenheit der beiden anderen kaum bewußt.

Ein dünner Wasserstrom drang in die Winkel der Höhle ein, während draußen das Meer brodelte und toste und einen furchtbaren Lärm machte. Tomoe fühlte, wie sie von wohlwollenden Händen ergiffen und an den Schultern an einen kalten, dunklen, unbehaglichen Ort gezerrt wurde. Darin herrschte Schweigen.

Noyimo allein konnte sie führen. Es war ein zeitloser Ort, so daß keiner von ihnen mit Sicherheit sagen konnte, wie lange sie auf dem unsichtbaren Weg gewandert waren. Noyimos dunkles Gewand schien zu leuchten wie unbegreifliches schwarzes Eis. Toshima folgte diesem bläulichen, geheimnisvollen Leuchten. Sie zog Tomoe mit sich.

So, wie der Rokubu niemals gealtert war, solange er sich auf dem unsichtbaren Weg befunden hatte, war Tomoe Gozen besser gegen ihre entsetzliche Wunde geschützt als durch Noyimos vergänglichen Zauber. Wenn es wahr war, daß sie, wie es später schien, viele Tage auf dem Weg zugebracht hatten, so war das nicht weiter schlimm, denn sie hatten kein Verlangen nach Essen oder Trinken und ermüdeten auch nicht. Aber für Tomoe war es auch nicht von Vorteil.

Es war ein eintöniges Unternehmen, die Gleichförmigkeit des leeren Universums wurde nur zweimal unterbrochen. Die erste Unterbrechung ereignete sich an der Stelle, an der der Rokubu geheime Türen in dem von Keiko erbauten Haus eingerichtet hatte. Das Haus war vom Meer zerstört worden, aber die seltsamen Türen des Rokubu waren noch nicht vernichtet. Das Meer drang an diesen Stellen in den unsichtbaren Weg ein und verströmte grünliches Licht, konnte aber nicht vollständig hineinfließen. In diesen eindringenden Wellen schwammen merkwürdige, abscheuliche Fische mit grinsenden Lippen und Lampen auf der Nase. Das zweite Ereignis, das eine Unterbrechung der Eintönigkeit bedeutete, war eine Stelle, die mit einer großen Anzahl von Leichen übersät war: die erschlagenen Taumelnden und Flieger, die nach dem Tod an ihren Nirgendwo-Ort zurückgekehrt waren, und der verbrannte, verkrümmte Leichnam des Rokubu. Noyimo führte sie vorsichtig durch diese schwebenden, schwerelosen Körper hindurch und vermied geschickt, die Fäulnis zu streifen, die sie umgab.

Über diese beiden Beobachtungen hinaus sahen sie nichts, spürten nur die Kälte. Aber zumindest Noyimo schien sich des Weges sicher zu sein. Eine unermeßliche Zeitspanne war vergangen, als sie schließlich stehenblieb, sich umwandte, indem sie ihr leuchtendes Gesicht enthüllte und zu den anderen beiden sagte: »Hier hindurch geht es zu einem Jonotempel, der auf dem Nogoshihügel steht und Kamakura überblickt.«

Sie deutete auf eine Stelle, und obgleich dort nichts zu erkennen war, schwang Überzeugung in ihrer Stimme. Tomoes benommenes Bewußtsein tauchte bei dem Versprechen, Naipon zu betreten, an die Oberfläche. Toshima führte Tomoe zu der Stelle, die Noyimo bezeichnet hatte, und im nächsten Augenblick waren die drei Frauen vom unsichtbaren Weg verschwunden.

Irgendwo in Tomoes verdecktem Bewußtsein entstand ein Gelöbnis: das Gelöbnis, den unsichtbaren Weg niemals wieder zu betreten, ob sie nun noch ein langes Leben oder nur noch einen einzigen Tag vor sich hatte. Aber sosehr ihr auch der Weg zuwider war, so war sie doch glücklich, daß er sie heimgeführt hatte.

Vom Nogoshihügel aus konnte sie Kamakura unter sich liegen sehen, das sich vom Hochimanheiligtum im Norden bis zum Yuigahamaufer erstreckte. Am Strand lagen Kriegsdschunken vor Anker; und doch hätte niemand geahnt, daß die blumengeschmückten Straßen Kamakuras einer Militärherrschaft Zuflucht boten. Die Stadt war zu schön. Die langgestreckte, schmale Stadt füllte das flache Tal mit ihren großzügig gebauten Schlössern und etwas engeren Herrschaftshäusern, die menschenleere Straßen säumten. Selbst die bescheidenen Hütten waren das Werk von Handwerkern; denn selbst die Ärmsten von Kamakura waren bekannt für ihren Prunk und Glanz und ihr herrisches Auftreten. Der Shogun legte großen Wert auf äußere Schönheit, auf Friedlichkeit und Wohlbehagen. Nur die Macht fand keine Erwähnung.

»Folgt mir«, sagte Noyimo.

In der Nähe stand ein schwarzer Tempel. Noyimo sagte: »Kein anderer als ich könnte euch im Jonotempel Zuflucht gewähren; gewöhnlich verläßt niemand einen solchen Ort, bevor er nicht im Jonoglauben voll unterrichtet ist. Manche verlassen ihn auch niemals. Selbst ich muß mich mit bestimmten Beschränkungen abfinden, um euch mit hineinnehmen zu können. Ihr müßt mir vertrauen. Ich werde euch mit verbundenen Augen an einen Ort bringen, der euch Bequemlichkeit bietet, und ihr werdet ihn nicht ohne mich verlassen, sonst kostet es euch das Leben. Was immer ihr hört, was immer ihr riecht, was immer ihr spürt oder fürchtet, gebt keinen Laut von euch. Nehmt das Tuch nicht von euren Augen. Unsere Geheimnisse schützen mehr als nur uns selbst ... ihr dürft daher niemals diesbezügliche Fragen stellen.«

So ernst diese Wahrnehmungen ausgesprochen wurden, brauchte Tomoe schließlich doch keine Augenbinde. Die Wirkung von Noyimos Zauber hatte nachgelassen, und die Samurai brach auf Grund des Blutverlustes zusammen.

Sie träumte von Sicherheit.

Epilog
Das Duell in Schloß Heiji

Drei Tage lang wurde Tomoe Gozen von Onna-no-miko, heilbringenden Frauen, gepflegt. Sie kauten Heilpflanzen und spien den ätzenden Saft in ihre Wunden. Sie legten die Haut von Moorfischen auf die Wunden auf Brust und Rükken. Sie zwangen sie, eine suppenähnliche Substanz zu schlucken, die zum Teil von Vögeln vorverdaut war. Sie beieinflußten Muskeln, Organe, Kreislauf und die acht Sinne, indem sie die Fingerspitzen auf bestimmte Stellen des Körpers legten. Diese Heilverfahren und andere mehr wurden von alters her von Mutter zu Tochter vererbt; ein großer Teil ihres Könnens war ein Geheimnis, nicht, um ihre Stellung zu verteidigen, sondern, weil ihr Wissen hätte mißbraucht werden können.

Nach diesen drei Tagen war der Gesundheitszustand der Samurai zufriedenstellend, und die Wunden waren gut verheilt. Aber Tomoe Gozen erwachte die ganze Zeit über kein einziges Mal, und die Onna-no-miko wollten herausfinden, warum das so war.

Dazu war es notwendig, daß eine der Heilkundigen in Tomoes Geist eindrang und mit ihr in ihren paradiesischen Träumen wandelte. Wenn eine solche Traumgängerin der Träumenden beweisen konnte, was falsch war und was wirklich, würde Tomoe endlich die samtene Dunkelheit der Kammer als Wirklichkeit und das sonnenhelle Tal ihrer Bewußtlosigkeit als Traum erkennen.

Weil das Land ihrer Träume angenehm war, war es schwer für die Träumende, es zu verlassen. Tomoe gab den sonnigen Hügeln und Wiesen den Vorzug vor dem düsteren Raum im Jonotempel. Der Tempel war erfüllt von furchterregenden Lauten und schwarz vermummten Novizen mit ungeheuer strengem Gesichtsausdruck, während über dem Tal, das sie sich in Gedanken erschaffen hatte, zirpende Insekten, singende Vögel und eine beflügelte Friedlichkeit schwebte.

Tomoe saß allein am Hang eines grünen Hügels und lächelte Amaterasu töricht zu, die in diesem Land nie unterging.

Unvermittelt gesellte sich eine der Onna-no-miko zu ihr, ließ sich neben ihr nieder und sagte: »Man hat mir gesagt, daß du einst in den Truggebilden einer geisterhaften Steinstadt gelebt hast.«

»Ja, das stimmt«, bejahte Tomoe.

»Man hat mir gesagt, daß du dir einst den Weg aus der Hölle erkämpft hast.«

»Oder hinein, wenn ich einer buddhistischen Nonne Glauben schenke.«

»Mir ist gesagt worden, daß du in dem Traum von Izanami gegen Oniteufel gekämpft hast.«

»Auch das ist wahr.«

»Dann mußt du mir helfen, zu verstehen, warum du nicht gelernt hast, Trugbilder zu entlarven und zu überwinden.« Die Onna-no-miko deutete mit einer weit ausholenden Handbewegung auf das grüne Land.

Tomoe sah diese eindringliche Frau an, die kaum älter als ein Kind war. Zu jung, dachte Tomoe, um eine gute Heilkundige und Traumgängerin zu sein.

»Es ist ein angenehmer Traum«, erklärte Tomoe. »Und im Gegensatz zu den anderen, die du erwähnt hast, ist dieser hier mein eigenes Werk. Warum sollte ich es zerstören? Würden die Götter Naipon zerstören?«

»Es wird alles ungeschehen gemacht, wenn dein Fleisch dem Tod übergeben wird. Dein Körper liegt fiebernd im Sterben. Deine Organe sind verletzt und geschädigt, aber es ist nichts, das nicht durch Mut geheilt werden kann.«

Tomoe blieb ungerührt.

»Wenn du es schon nicht für dich selbst tust, Samurai, denk an andere«, fuhr die junge Heilkundige fort. »Denk an eine Jonopriesterin, der dein Leben teuer ist. Denk daran, daß du Dame Toshima, der Erbin des Herrn Shigeno, die Treue geschworen hast. Denk an den Samurai des Shogun, der sich nach einem ebenbürtigen Gegner sehnt. Denk an eine sehr junge Onna-no-miko, die sich selbst bestrafen wird, wenn sie versagt.«

Die Samurai wandte den Blick ab und sah in die Ferne, wo Hügel sich erhoben und senkten wie sanfte Wellen. Sie sagte: »Ich würde gerne wissen, was hinter jedem dieser Hügel verborgen liegt.«

Ihr Blick schweifte glücklich über ihr Traumland.

Die Onna-no-miko konnte ihre Verärgerung nur schwer verbergen, sie erhob sich und ging davon. Tomoe blickte ihr nicht nach.

Toshima befand sich in ihrem Traum. Nein, das stimmte nicht. Sie befand sich in dem schwarzen Samtzimmer. Um sie war Wärme. Wohlbehagen. Aber da war auch eine abstoßende Fremdheit: die eigenartigen Gesänge der Jononovizen in den angrenzenden Kammern. Einige von ihnen würden vielleicht nie das Tageslicht vor den Mauern des Tempels erblicken, wenn es ihnen nicht gelang, die erforderlichen Jonokünste zu erlernen ... Das Kommen und Gehen verschiedener Menschen durch Ein- und Ausgänge, die unvorstellbar waren ... Der atmosphärische Lärm formeller Zauberkünste und zauberischer Kataanordnungen, von eifrigen aber unbeholfenen Zauberlehrlingen ausgeübt, so wie Samuraikinder sich mit Bambusstöcken übten ... Das Schnarren von Bestien und das Rasseln von Ketten in den verwunschenen Kammern hinter jeder Mauer ... Aber am meisten brachte der Laut von Toshimas Weinen Tomoe aus der Ruhe. Tomoe versuchte, in die Süße des Traumes zu fliehen, weil ihr Körper schmerzte und weil sie nicht ertragen konnte, Toshima weinen zu hören. Eine kranke Samurai spürte, wie Tränen auf ihre bleichen, verschlungenen Finger fielen; und sie blinzelte unmerklich.

Eine alte Heilkundige hielt sich in der Nähe auf, nicht das junge Ding, das zuvor in Tomoes Traum eingedrungen war. Die reife, belehrende Stimme erteilte einer aufgewühlten Toshima Ratschläge: »Das Leben ist von zarter Natur«, sagte sie. »Der Faden einer schlanken Seidenraupe ist alles, was uns an ein Leben bindet und von einem anderen trennt. So stark Seide auch sein kann, ein scharfes Messer schneidet sie allemal.«

Toshima fühlte sich durch diese Worte nicht beruhigt. Sie wand ein: »Tomoe Gozen ist stärker, als du annimmst.«

Die schwere Last des Kummers lag in der Stimme der Heilkundigen, als sie erwiderte: »Nur wenige Leben gleichen dem Leben der Samurai an Zerbrechlichkeit.«

Toshima gab nach und gestand: »Ich habe bereits vermutet, daß sie zerbrechlich ist.«

»Es ist in Wahrheit so«, sagte die Heilkundige. »Dinge, die zerbrechlich sind, bleiben am Leben. Wenn Tomoe Gozen Angst vor dem Leben hat, dann liegt das daran, daß sie nicht dienen kann. Ein Samurai braucht einen Herrn, sonst beugt er sich keinem.«

Eine verhüllte Jononovizin erschien auf geheimnisvolle Weise in dem samtenen Raum und legte der Heilkundigen ein Tuch um die Augen, und sie sagte: »Die Onna-no-miko können nichts mehr ausrichten. Wir werden nicht mehr kommen.« Ruhig ließ sie sich hinausführen. Toshima blieb an Tomoes Seite zurück. Nach einer Weile beugte sie sich vor und flüsterte der Samurai zu: »Die Heilkundigen sagen, daß Mut deine Wunden heilen kann. Ich weiß, daß du mutig bist. Warum erwachst du nicht?« Die Augen bewegten sich hinter geschlossenen Lidern. Toshima fuhr leise fort: »Wir haben uns auf der Insel der Drachenkönigin Freiheiten herausgenommen, als uns das Schicksal von einem zauberkundigen Rokubu unter den Füßen fortgerissen wurde. Jetzt müssen wir uns auf unsere Stellung besinnen. Ich bin Herrin einer Samurai. Über nichts anderes will ich Herrin sein als über das Shigenotal. Es wird schwer sein, mein Land wiederaufzubauen und zu erhalten, aber ich habe eine starke Gefolgsfrau, die eine Heldin ist, und andere werden sich uns anschließen. Ist es nicht so? Du kannst nicht ohne meine Erlaubnis sterben. Du kannst nur für deinen Herrn sterben.«

Tomoes fest verschlungene Finger lösten sich, aber ihre Augen öffneten sich noch immer nicht.

Tomoe blickte noch einmal über das grüne Tal, das sich in etwas weniger Vollkommenes zu verwandeln begann. Die Felder wurden zu Schlammlöchern, mit dem Blut eines Bauernvolkes und von achttausend Samurai und dem zähflüssigen Saft der Dämonen getränkt. Inmitten verwüsteter Bäume standen die skelettartigen Überreste eines verbrannten, verkohlten Gutshauses.

Das Traumland war zum zerstörten Shigenotal geworden. Hatte sie die Herrschaft über ihren vorher so angenehmen Traum verloren, oder war dies immer das Ziel ihrer innersten Suche gewesen?«

Es war ein furchtbares Tal, aber das war es nicht immer gewesen. Es mußte nicht so bleiben. Ein Schloß konnte an der Stelle erbaut werden, an der das Gutshaus gestanden hatte. Ein Graben konnte darum gezogen werden, der breiter war als die Flugweite eines Pfeiles. Brücken konnten über den Graben und die Flüsse, die ihn speisten, geschlagen werden. Wenn in Naipon kein Frieden einkehrte, mußten die Kriegsherren ihre Behausungen befestigen. Das Shigenotal verlangte eine Befestigung von offenkundiger Stärke, eine Burg, deren Zinnen sich mit den entfernten Berggipfeln maßen, um gegen den tausendfachen Verrat, der an einem »schwachen« Herrn geübt wurde, zu bestehen.

Dame Toshima war nicht schwach, aber das mußte erst bewiesen werden. Angesichts ihrer ausgefallenen Art würde sie ihren Besitz niemals durch eine vorteilhafte Heirat sichern. Die Klugheit der Dame reichte zweifellos aus, das gesetzte Ziel zu erreichen. Aber ohne eine Vielzahl starker Samurai würden die besten Anweisungen schwer durchzuführen sein. Tomoe Gozen war zum Anführer dieser Samurai auserwählt worden.

Bei diesem Gedanken senkte sich Dunkelheit über das einst sonnige, einst grüne Land. Amaterasu war schließlich doch untergegangen.

Die Augen der Samurai versuchten, die sternlose Nacht zu durchdringen. Als erstes erblickte sie das Gesicht Toshima Shigenos, dann wurde die Dunkelheit zu einem samtenen Raum. Toshima lächelte und sagte zufrieden: »Hast du dich entschlossen zu leben, Samurai?«

Tomoe setzte sich mühsam auf. Die Wunde, die durch ihren Körper verlief, schmerzte, war aber nach nunmehr vier Tagen gut verheilt. Sie hustete, spuckte ein wenig Blut in ein Tuch und sagte: »Ein Traum ist so gut wie der andere. Ich habe diesem die Treue geschworen.«

Hinter Toshima stand die Jonopriesterin, düsterer denn je. Es war ihr erster Besuch, seitdem sie geholfen hatte, die bewußtlose Tomoe in den samtenen Raum zu tragen. Es war, als hätte die Zauberin gewartet, bis Tomoe sich zwischen dem Traum der Bewußtlosigkeit und der Wirklichkeit entschieden hatte, aber sie zeigte keine Freude über Tomoes Entscheidung.

»Vor einigen Tagen«, erklärte Noyimo, »ist eine der Onna-no-miko von einem Heuchler entführt worden. Durch Folter – über deren Art wir hier nicht sprechen wollen – haben Feinde erfahren, daß eine Dame und ihre Samurai aus dem Exil zurückgekehrt sind. Der Shogun hat die Jonogemeinschaft angewiesen, keine Kriminellen in ihren Schutz zu nehmen; daher blieb mir nur eine annehmbare Wahl. Auf dem Hauptplatz der Stadt wurde eine Ankündigung angebracht: Tomoe Gozen und Ugo Mohri werden sich in Schloß Heiji im Kampf gegenüberstehen. Der Kampf wird in zwei Tagen stattfinden.

Toshimas Atem stockte. »Sie ist noch nicht bei Kräften!«

Tomoe hatte sich, tief Atem schöpfend, auf die Knie erhoben. Sie sagte: »Zweifellos blieb kaum eine andere Wahl, wenn uns der Shogun nicht zuvorkommen soll.« Es war seltsam, Worte auszusprechen, die so dicht am Verrat lagen! Tatsächlich war der einzige Weg, eine verräterische Handlung – und eine hoffnungslose dazu – zu verhindern, der kampf mit dem Schwertmeister des Shogun.

»Ugo Mohri wünscht den Zweikampf«, sagte Tomoe mit fester Stimme. »Und ich ebenfalls.«

»Es ist zu früh!« warf Toshima händeringend ein.

Die Samurai widersprach ihr. Sie sagte: »Ich brauche Nahrung. Ich brauche mein Schwert. Ich brauche zwei Tage, um zu üben und meine Muskelgeschmeidigkeit wiederzuerlangen. Mit Kraft ist Ugo Mohri nicht zu besiegen.

Nur Schnelligkeit und Können sind dazu angetan, ihm gefährlich zu werden.«

»Ich könnte dir helfen«, sagte die Jonopriesterin, und böse Gedanken verdunkelten ihr strahlendes Gesicht.

Tomoe sah sie scharf an und erwiderte: »Das könntest du nur gegen meinen Willen tun. Welche Ehre würde es für mich, wenn Ugo Mohri durch Zauberkünste sterben würde? Ich werde ihm Büschel wilden Knoblauchs senden, um dich von ihm fernzuhalten. Denn wenn du dich einmischst, wäre ich gezwungen, dich zu töten oder es zumindest zu versuchen, auch gegen meinen Willen, und dann müßte ich mich, wenn wir nicht zusammen sterben, selbst umbringen.«

Dame Toshima erhob sich. Sie trat an Noyimos Seite, die ihre Besorgnis nur zu gut verbarg. Die Dame legte der Zauberninja die Hand auf den Arm, damit sie nichts weiter sagte und keinen Zorn hervorrief. Was sich zwischen den beiden abspielte, erstaunte Tomoe, und sie wußte nicht genau, ob sie frei von Eifersucht war. Einen Augenblick lang ruhten die Blicke der Zauberin und der Dame aufeinander, dann sagte Toshima: »Wenn du helfen möchtest, besorge feine Kleider für Tomoe Gozen, damit sie nicht schäbig aussieht neben Ugo Mohris Glanz.«

»Zwei Tage«, sagte Tomoe bei sich und erhob sich auf unsicheren Beinen. Das Blut stieg ihr in den Kopf. Sie verlor um ein Haar das Bewußtsein. »Legt mir die Augenbinde an«, forderte sie, denn sie konnte diesen Raum nur mit verbundenen Augen verlassen. »Bringt mich in den Hof, damit ich üben kann.«

»Eigensinnige Samurai«, schalt Toshima, indem sie die kindliche Stimme annahm, die Tomoe seit längst vergangenen Tagen nicht mehr gehört hatte, damals, an einem Tag in einem Teegarten, als Toshima die Liebe als Zwischenspiel vieler Abenteuer für sich und Tomoe betrachtet hatte. Sie sagte fast spöttisch: »Ungeduldig spielst du mit dem Tod.«

»Ungeduldig«, pflichtete ihr Tomoe bei.

Die Ankündigung blieb sechs Tage lang in der Stadt angeschlagen. Sie lautete, in senkrechten Reihen von gemalten Zeichen:

Ugo Mohri
der Meisterkämpfer des Shogun
und Tomoe Gozen
Samurai des Mikado selbst
werden sich in Schloß Heiji
im Kampf auf Leben und Tod gegenüberstehen
zur Mittagszeit
am Tag des gelben Bambus
X
Heimin sind eingeladen

Es war eine alte Sitte, die Bauern einzuladen, aber es erstaunte nicht wenige, daß in diesem Fall die Sitte nicht umgangen wurde. Tatsächlich hätte der Shogun ein solches Plakat nicht anbringen lassen. Er hätte es vorgezogen, Tomoe Gozen als Verräterin und nicht im Zusammenhang mit dem Mikado genannt zu sehen. Es gab viele, die die Verbannung des Mikado nicht verstanden oder nicht guthießen; wie leicht konnte es geschehen, daß sie in dem bevorstehenden Zweikampf das sinnbildliche Aufeinandertreffen größerer Mächte sehen würden.

Spione berichteten dem Shogun umgehend von dem Plakat. Samurai – insgesamt vier, als erwarte man, auf Schwierigkeiten zu stoßen – wurden ausgeschickt, um das Plakat durch ein dem Shogun angenehmeres zu ersetzen. Auf welche Weise sie scheiterten, war seltsam!

Sie nahmen die hölzerne Tafel herunter, murrten und fragten sich, wer sie wohl angebracht haben mochte. Im nächsten Augenblick wurden sie von einer Gruppe ungewöhnlich tölpelhafter Gaukler umringt. Die Straßenkünstler zogen sich augenblicklich vor den starken Samurai zurück und baten um Verzeihung. Sie wurden mit Tritten verjagt. Als sich die kurze Verwirrung gelegt hatte, fuhren die Lehnsmänner fort, das eine Plakat zu vernichten und das andere aufzuhängen, bemerkten aber zu spät, daß sie die Tafel des Shogun zerstört und die ursprüngliche wieder aufgehängt hatten.

Die Gaukler waren inzwischen davongeeilt; ohnehin kam es den vier Vasallen nicht in den Sinn, daß die ungeschickten Gaukler die Ursache ihres Irrtums waren. Vielmehr bezweifelten die Samurai, überhaupt einen Fehler begangen zu haben; sie nahmen an, die feinen Pinselstriche aus der Feder des offiziellen Schreibens des Shogun hätten sich von selbst neu geordnet, hätten sich wie Insekten bewegt und durch Zauberkraft die ursprüngliche, unangenehme Botschaft wiederhergestellt.

Als sie noch einmal versuchten, die Holztafel abzunehmen, wurden sie von kleinen weißen Feuerfunken in die Finger gestochen. Daher ließen sie das Plakat schließlich hängen, und wenn es irgendwelche Folgen von seiten eines wütenden Shogun hatte, so hörte doch niemand je davon. Es war vorherbestimmt (war dem Shogun gesagt worden), daß Ugo Mohri alle Zweikämpfe gegen rechtlose Samurai gewinnen würde; was schadete es also (so mochte die Entscheidung des Shogun gelautet haben), wenn Heimin Tomoe Gozen mit dem verbannten Mikado in Verbindung brachten. Wenn Tomoe Gozen fiel, würde das in den Augen der abergläubischen Bauern bedeuten, daß Amaterasus erhabener Sohn zu Recht verbannt worden war.

Der Zweikampf wurde von einem als neutral geltenden Herrn veranstaltet, dessen Schloß eine eindrucksvolle Festung war, wenn auch weniger bemerkenswet als das des Shogun, was bei allen Schlössern (aufgrund einer Verordnung) der Fall sein mußte. Am Tag des gelben Bambus gewährte Herr Hidemi Horota den Bauern Zutritt durch die Tore von Schloß Heiji. Ihnen wurde die Nordseite eines riesigen, umfriedeten Hofes zugewiesen, der nur für derartige Vorführungen angelegt worden war. Dort drängten sich die Heimin neugierig und aufgeregt gegen eine eingebildete (aber respektierte) Schranke.

Herr Hidemi Horota saß inmitten von Prunk, Herrlichkeit und farbenprächtigen Kleidern im Osten des Hofes auf einem erhöhten Podest vor einem großen, quadratischen Tor. Zu seiner Rechten und Linken standen seine Samurai, und ein weiterer saß auf der Treppe, die zu dem Podest hinaufführte. Im Falle einer verräterischen Handlung würde dieser an vorderster Stelle plazierte Samurai aufstehen und jeden Pfeil oder Schlag, der seinem Herrn galt, auffangen.

An der Südseite des Hofes waren viele bequeme Stühle aufgereiht, je nach der Rangordnung der Gäste in Gruppen angeordnet, und dahinter standen die Sänften, die die Adeligen hergebracht hatten. Obwohl der Shogun nicht persönlich erschien (was dem Ereignis ein zu beängstigendes Gewicht verliehen hätte), waren viele Vertreter des höchsten Adels von Kamakura, ja, von ganz Naipon, zusammen mit ihren Ehrengästen und bevorzugten Dienern anwesend.

Die noch verbleibende Seite des Feldes war den Wettkämpfern vorbehalten. Der Westen war die Himmelsrichtung, die mit dem Tod in Verbindung gebracht wurde. Dort waren bemalte Tücher aufgezogen worden, die eine doppelte Einfriedung bildeten, um die Gegner zu trennen. Das Stoffgebilde war nach vorne hin offen, in der Mitte aber unterteilt. Auf der einen Seite der offenen Umfriedung saß Tomoe auf einem Hocker ohne Lehne, die Fäuste in die Hüften gestemmt, die kleine Gefolgschaft hinter ihr aufgereiht. Auf der anderen Seite der Trennwand saß Ugo Mohri mit seinem wesentlich zahlreicheren Gefolge. Er hatte die Arme in seinem farbenprächtig bestickten Kimono verschränkt. Sein Gesicht drückte sorglose Ruhe aus. Er saß auf einem kleinen Hocker, der Tomoes aufs Haar glich und hatte die Beine weit gespreizt.

Sie waren für alle sichtbar, konnten einander aber nicht sehen.

Die Sonne stand hoch am Himmel und brannte heiß herunter, der Himmel war kaum bewölkt, der Hof war moosig grün überzogen; und in seiner Mitte war eine riesige Trommel waagerecht aufgestellt worden. Zu beiden Seiten des Instruments standen Trommler mit hölzernen Trommelstöcken. Sie trommelten in langsam, rhythmischen Schlägen, deren Klang den Hof bis zu den Mauern erfüllte. Nach und nach wurden ihre Schläge komplizierter und schneller. Damit waren sie schon seit geraumer Zeit beschäftigt, während die unterschiedlichen Zuschauer eintrafen und ihre Plätze einnahmen. Einige ungehobelte Bauern zogen ihre Holzsandalen aus und schlugen sie zusammen und trugen so zu dem heftigen Lärm bei.

Schließlich wurde dem Getöse ein Ende bereitet, und die Trommeln wurden fortgetragen. In dem Hof wurde es ebenso still, wie es zuvor laut gewesen war.

Ugo Mohri erhob sich von seinem Sitz und trat vor, ohne einen Blick zurückzuwerfen, bis er vor der Plattform stand, die Herrn Horota trug. Mohri verneigte sich würdevoll, und obgleich Horota selbst den Meister des Shogun nicht anerkannte, erwiderten die Gefolgsleute die Verneigung mit größter Achtung. Als Mohri kehrt machte, glänzten seine Augen beim Anblick Tomoe Gozens, die noch immer unbewegt in ihrem Tuchviereck saß und darauf wartete, daß die Reihe an sie kam. Als sich ihre Blicke trafen, verrieten sie einander nichts.

Er konnte nicht umhin, ihre äußere Erscheinung zu bewundern, die zwar weniger farbenprächtig als sein eigener phantasievoll gefärbter Kimono war, jedoch edel in ihrer Einfachheit. Sie trug eine *Kosode*-Bluse mit langen Ärmeln und *Hakama*-Hosen, die Kosode aus glänzender, weißer Seide, die Hakama aus schwarzer Baumwolle. Ihre Schwertscheide hing locker an einem blauschwarzen Ohi und war nicht, wie es üblich war, durch den Gürtel gesteckt. Sie hatte ein schwarzes Tuch um den Kopf gewunden und die Haare darunter befestigt. Der Pferdeschwanz hing ihr weit über den Rücken hinunter.

Das Tuch hatte sowohl symbolische als auch zweckmäßige Bedeutung. Es sollte verkünden: ich bin auf die Probe vorbereitet.

Ihrem Gesicht fehlte die Heiterkeit, für die Ugo Mohri berühmt war; dennoch ging große Ruhe von ihr aus, eine stille, bescheidene Ruhe, hinter der sich ein heimliches Mitgefühl hätte verbergen können.

Ugo Mohri begab sich zur Mitte des Hofes und verneigte sich nach den drei übrigen Seiten hin. Man erwartete von den Kampfgeistern, daß ein jeder einen kurzen Abriß seines Könnens lieferte. Daher ruhten die Augen aller Zuschauer auf Ugo Mohri, und er genoß es.

Aus einer Tasche an der Seite seiner Schwertscheide zog er ein Stück Seil, das *Sage-o* genannt wurde. Er legte je ein Seilende über die Schultern, zog beide Enden unter den Armen durch und verknotete sie vor der Brust. Dann zog er auf bestimmte Weise an dem Sage-o, bis die Schleife, die er gebunden hatte, sich zur Rückenmitte bewegte. Sie Schnur hielt nun den langen Ärmel seines Kimono von den Unterarmen zurück. Als er damit fertig war, setzte er sich in der klassischen Iai-Jitsu-Haltung auf die Knie. Iai-Jitsu war die Kunst des schnellen Streichs.

Vier seiner Helfer traten aus der Stoffumfriedung hervor. Jeder von ihnen trug einen großen Bogen schwarzen Papiers, jeder Bogen war von unterschiedlicher Farbe: rot, blau, gelb, weiß. Die vier Männer umringten, nur mit diesen Papierbögen bewaffnet, Ugo Mohri.

Heimin auf der einen, Aristokraten auf der anderen Seite, Tomoe in Rücken und ein bedeutender Herr vor ihm ... Ugo Mohri war sichtlich erfreut. Jedermann beobachtete ihn aufmerksam und fragte sich, welche Vorführung er im Sinn hatte, um sie zu beeindrucken. Bisher waren sie eher neugierig als beeindruckt, denn ein Schwert, das Papier besiegte, konnte schwerlich erstaunliche Heldentaten erfordern.

Die vier Männer hoben ihre farbigen Papierbögen. Sie warfen diese Bögen in Ugo Mohris Richtung und sprangen zurück.

Der Iaischlag erforderte vollkommene Konzentration und gesammelte Entschlossenheit, auf eine bestimmte Handlung gerichtet, die mit äußerster Schnelligkeit und ungeheurer Genauigkeit vollbracht werden mußte. Als die Papierbögen auf ihn zuflogen, erhob sich Ugo Mohri auf ein Knie. Sein Schwert fuhr aus der Scheide und schlug in vier Richtungen, während er herumwirbelte. Sein Schwert glitt in die Scheide zurück. Er senkte sich wieder auf beide Knie und blickte nun Tomoe an, anstelle des Herrn Horota.

Acht Bögen Papier, nicht vier, fielen zu Boden.

Die vier Männer traten vor, nahmen die acht Papierbögen an sich und hielten sie in hoch erhobenen Händen. Sie warfen sie noch einmal in die Luft, und Ugo Mohris Schwert fuhr mit noch atemberaubender Geschwindigkeit aus der Scheide, surrte durch die Luft, als er wie zuvor dem Herrn des Schlosses wieder das Gesicht zuwandte und seine sitzende Haltung wieder einnahm. Jedes Papier war erneut in zwei Hälften geschnitten, so daß sechzehn Bögen zu Boden fielen. Die wenigen Zuschauer, die mit den Augen geblinzelt hatten, sahen nicht mehr als Ugo Mohris geheimnisvolle Fähigkeit, erst gen Westen, dann gen Osten zu knien, ohne sichtbar mit einem Muskel zu zucken oder die Haltung zu verändern.

Ein letztes Mal eilten die vier Helfer vor und sammelten die sechzehn Papierbögen ein. Sie sammelten sich zu einer Gruppe und falteten die farbigen Stücke zu einem Ganzen. Sie formten eine gemusterte Papierlampe und übergaben sie Herrn Hidemi Horotas nächtstehendem Samurai, der sie seinem Herrn brachte. Ugo Mohri hatte nicht nur die Papierstücke durchgeschnitten, sondern er hatte sie in bestimmte Formen und Größen zerteilt, so daß die Lampe daraus gefaltet werden konnte. Die Bauern gafften mit offenem Mund. Aristokratische Krieger nickten einander beifällig zu. Ugo Mohri erhob sich, verneigte sich noch einmal vor dem Herrn von Schloß Heiji und begab sich dann mit über der Brust verschränkten Armen in sein abgetrenntes Abteil zurück.

Er schien ein wenig enttäuscht, daß Tomoe Gozens Gesichtsausdruck sich nicht verändert hatte.

Tomoe erhob sich. Sie schritt auf den Herrn des Schlosses zu, in ihren gekräuselten Hosen sah sie krummbeinig und stark aus. An ihrem Gang war etwas Furchterregendes, er glich nicht Ugos Prahlerei, sondern war eher beleidigend als selbstherrlich. Er schien zu sagen: *Ich werde an eurem Zirkus teilnehmen. Aber es bleibt dennoch ein Zirkus.* Sie verneigte sich knapp, und die Samurai zur Rechten und Linken des Herrn erwiderten ihre Verbeugung unbehaglich. Der Samurai, der auf der Treppe saß, richtete sich ein wenig auf, als hätte er etwas Gefährliches in ihrem Gebaren bemerkt, als fürchtete er, sie würde auf das Podest stürmen und seinen Herrn töten.

Sie wandte sich um. Eine Zielscheibe war inzwischen in den Hof gerollt und aufgestellt worden und stand nun Tomoe und Herrn Horota gegenüber. Sie verneigte sich gen Norden, dann gen Süden und zuletzt in Ugo Mohris Richtung. Wie zuvor begegneten sich ihre Blicke, ohne etwas zu verraten. Sie zog das Schwert und stellte sich vor die Zielscheibe.

Wieder waren die Beobachter erstaunt. Die Zielscheibe diente zum Bogenschießen, aber Tomoe Gozen trug eine Daitoklinge. Es war noch verwirrender als Ugos Papier.

Der Junge, der die Zielscheibe herangerollt hatte, druckte sich dahinter, verließ aber nicht den Hof. Tomoe blickte die Zielscheibe mit einem unangemessen finsteren Blick an, als wäre sie ein verhaßter Feind, der ein paar Schritt weit entfernt vor ihr stand. Sie streckte ihr Schwert zur Seite aus und setzte einen Fuß vor den anderen, um sich dem angeblichen Feind zu nähern. Sie war nicht nah genug, einen Schlag zu führen, und es schien ohnehin zwecklos, das zu tun. Ihre Zuschauer waren jedoch, dank der offenkundigen Sinnlosigkeit ihrer Handlung, nur um so gespannter.

Über den Dächern erschienen drei vermummte Gestalten: Ninja! Herrn Hidemi Horotas Samurai stellten sich augenblicklich vor ihn, besorgt darüber, daß Ninja auf den Dächern des Schlosses auftauchten. Die Hälfte der Zuschauer blickte zu der Stelle, an der die Ninja standen, dunkel gekleidet, nur die Augen sichtbar. Diese Augen starrten in den Hof und auf Tomoe Gozen.

Tomoes Aufmerksamkeit war weiterhin auf die Zielscheibe gerichtet, sie bemerkte die Anwesenheit der Ninja nicht.

Die Ninja duckten sich und warfen, einer nach dem anderen, drei übergroße Wurfsterne nach Tomoe Gozen. Drei melodische Klänge ertönten: *Rring, Tsching, Klang,* gefolgt von drei dumpfen Tönen: *Bam-bam-bam.* Die großen Shuriken wurden von dem Schwert abgelenkt und trafen auf die Zielscheibe.

Die Ninja stahlen sich fort und verschwanden.

Der Junge, der sich hinter der Zielscheibe versteckt hatte, erhob sich und drehte sie nach allen Seiten, so daß jedermann sehen konnte, daß die Wurfscheiben ein gleichmäßiges Dreieck in der Mitte der Scheibe bildeten.

Auf Tomoes Gesicht lag keine Spur von Stolz. Sie steckte Okios Schwert in die Scheide, trat wieder vor den Herrn, verneigte sich und kehrte zu ihrem Teil der Stoffumfriedung zurück.

Beifälliges Gemurmel erhob sich am Rande des Hofes, verstummte aber, als der Herr von Schloß Heiji sich erhob. Er ließ den Blick über seine versammelten Gäste schweifen. Ein Diener brachte eine Schriftrolle, aus der Herr Horota eine Anzahl von teilweise subjektiv und übertrieben dargestellten Verbrechen vorlas, die Tomoe Gozen angelastet wurden, keines davon bloße Erfindung, aber nur eines von allen Gesichtspunkten aus betrachtet von Bedeutung: der Tod von achttausend Samurai, ermordet von einem Geisterheer, das von Tomoe Gozen angeführt wurde, die ihrerseits unter dem Einfluß eines fremden Zauberers stand. Diese verräterische Verbindung war es vor allem, die sie zu einer in Ungnade gefallenen Heldin machte, und über das Verbrecherische ihrer Tat würde der Ausgang des heutigen Zweikampfes entscheiden.

Herr Horota beendete die Aufzählung der Anklagepunkte mit dem förmlichen Satz: »Gibt es irgendwelche Einwände gegen diese Punkte?«

Es folgte ein kurzes Schweigen, und währenddessen konnten die Vorwürfe bestritten oder gar Tomoes Recht auf »Ehrenrettung durch Zweikampf« verneint werden.

In diesem Augenblick trat Dame Toshima durch das quadratische Tor hinter dem Podest. Einst höfisch in ihrer Erscheinung, trat sie nun ungeschminkt, ohne Perücken, ohne kostbare Kleider auf. Es waren bereits viele Gerüchte in Kamakura im Umlauf über die berühmte Schriftstellerin, die einst auch eine gefeierte Schönheit gewesen war und nun ein so gewöhnliches Aussehen wählte. Wenn die Erwähnung ihrer Schönheit sie je in Versuchung brachte, zu den Künsten ihres früheren Wesens zurückzukehren, so überwand sie diese Versuchung. Zweifellos gab es einige, die die wohlbekannte Dame für schöner hielten als zuvor, aber wenn die Mehrheit diese Meinung teilte, so weigerten sie sich doch, das zuzugeben.

Toshima stieg von hinten auf die Plattform und stellte sich an Herrn Horotas Seite. Etwas Derartiges hatte sich noch nie ereignet. Der Herr selbst war offenkundig überrascht. Aber seine Samurai gaben der Frau, die mit dem Mikado verwandt und die Herrin von Tomoe Gozen war und darüber hinaus, wie einige behaupteten, die Nachfolgerin Shojiro Shigenos, den Weg frei.

Sie trug eine Schriftrolle, die derjenigen glich, die Herr Horota verlesen hatte, aber diese trug das Zeichen des Mikado: eine Chrysantheme. Sie erbrach das Siegel, strich die Rolle glatt und begegnete nicht nur den Anklagepunkten gegen Tomoe Gozen, sondern fügte eigene Vorwürfe gegen Ugo Mohri hinzu.

»Einst«, begann sie, »hat Ugo Mohri dem erhabenen Sohn Amaterasus gedient. Heute dient er dem Shogun. Ist es möglich, daß der Meister des Shogun mehr an seinem prachtvollen Reichtum als an der Treue zum Mikado hing? Das wird hier und heute auf die Probe gestellt. Aber da ist noch ein weiterer Punkt. Uns wurde von hohen Würdenträgern berichtet, daß der Mikado zu seinem eigenen Besten und dem unseren von seinem geliebten Naipon ferngehalten wird; und wir können glauben, daß es wahr ist, da der Shogun niemals lügt und dem Mikado in allen Dingen treu ergeben ist.« Sie blickte einen Augenblick lang auf und lächelte mit gespielter Unschuld, alter Unschuld. Sie rollte das Schriftstück noch ein wenig weiter auf und fuhr fort: »Aber es ist ebenfalls wahr, daß die Umstände sich verändern und daß wir alle immer gewußt haben, daß der Lebendige Leib der Ewigen Inseln eines Tages zu uns zurückkehren muß. Heute wägen wir nicht nur die Treue oder den Verrat einer in Ungnade gefallenen Heldin gegen die Lehnstreue oder verbrecherische Handlungsweise eines Meisters ab, sondern wir entscheiden auch darüber, ob Naipon bereit ist für die Rückkehr des Mikado aus dem Exil.«

Bei diesen Worten veränderte sich Tomoe Gozens Gesichtsausdruck schließlich doch. Sie war stolz auf Toshimas Formulierung – die Klugheit einer Schriftstellerin. Wie immer der heutige Tag ausging, der Shogun würde das Gesicht wahren. Aber jedes Infragestellen des Antrages oder des Zweikampfes zu diesem Zeitpunkt würde für den Shogun und seine Stellung das Gegenteil bewirken.

Tatsächlich hatte Toshima folgendes sichergestellt: Wenn die Samurai des Mikado den untreuen Scharfrichter besiegte, würde der Mikado nach Kyoto zurückkehren, und Tomoe Gozen würde wieder in Gunst stehen. Wenn Ugo Mohri Tomoe besiegte, würde sie verächtlich auf den Tafeln der Samurai genannt werden, und das Volk von Naipon würde die nächste Anordnung des Shogun erwarten (denn alle waren in dem Glauben, er habe diesen Tag angeordnet), um den Zeitpunkt der Heimkehr des Mikado herauszufinden.

Dame Toshima schloß förmlich: »Gibt es irgendwelche Einwände gegen diese Punkte?«

Widerstand hätte den Shogun bloßgestellt, also erhob sich keiner. Toshimas Spiel beruhte auf der Tatsache, daß der Shogun seine Herrschaft mit dem Auftrag des Mikado rechtfertigte und keine Treulosigkeit gegen Amaterasus göttliches Kind zeigen durfte. Auch ein Shogun konnte in Ungnade fallen, auch wenn das gewöhnlich zum Aufstand führte; daher würde kein Inhaber des Shogunats sich je einen Mangel an Treue anmerken lassen, wenn es um den Mikado ging, wenn auch die Art ihrer Treue noch so heuchlerisch sein mochte.

Als die einzige Erbin ihres Vaters würde sich Toshima durch ihren kühnen Schachzug das Shigenotal sichern. Und sie würde die Unterstützung gewonnen haben, auf deren Grundlage sie den Reichtum des Tals wiederherzustellen vermochte.

Wenn nicht Tomoe unterlag.

Wenn Toshima Samurai der Klinge Ugo Mohris zum Opfer fiel, mochte Toshima sehr wohl in irgendein Burgverlies geworfen werden, und keiner würde je nach ihr suchen.

Dame Toshima reichte ihre Schriftrolle einem der Diener des Herrn Horota. Dann stieg sie die vordere Treppe der

Plattform hinunter, überquerte den Hof und nahm nicht den ihr zustehenden Platz unter dem Adel ein, sondern gesellte sich zu Tomoe Gozens Gefolgschaft.

Herr Hidemi Horota wartete eine angemessene Zeitspanne, wußte aber, daß sich keine Stimme gegen das Gesagte erheben würde. Seine »neutrale« Stellung war nun wirklich neutral geworden, und er war sichtbar erschüttert, da sein persönlicher Reichtum in hohem Maße von der Gunst des Shogun abhängig war.

Horota trat an den Rand des Podests und hielt ein gelbes Tuch auf Armeslänge von sich gestreckt über die Kante. Es war das Zeichen zum Beginn.

Tomoe Gozen und Ugo Mohri erhoben sich, schritten zur Mitte des Hofes und verneigten sich zur gleichen Zeit erst vor dem Herrn, dann vor der Aristokratie, vor den Heimin und schließlich, nach Westen, vor dem Tod. Sie saßen sich, zwei Schritte voneinander entfernt, auf den Knien gegenüber. Die Schwerter steckten noch in der Scheide. Ugos Ärmel waren bereits zurückgebunden, Tomoe zog ihr Sage-o hervor und befestigte die weit fallenden Kosodeärmel. Sie zog das Sage-o herum, so daß sich die Schleife zur Rückenmitte bewegte, bis sie unter dem Pferdeschwanz verschwand. Während sie damit beschäftigt war, wand Ugo ein Tuch um den Kopf, um – wie Tomoe – zu zeigen, daß er bereit war, sich zu messen. Das Tuch berührte seinen Haarzopf nicht.

Sie verneigten sich voreinander, die Hände auf die Erde gelegt, die Stirn vor den Knien auf dem Boden. Als sie wieder aufblickten, bohrten sich ihre Augen ineinander, und keiner wandte den Blick ab.

Die Haltung der beiden Samurai ließ auf einen wechselseitigen Iaischlag schließen. Iai-Jitsu schrieb die eindeutige Beherrschung eines aufeinander abgestimmten, gleichzeitigen Schlages und Gegenschlages vor. Die Schwerter wurden gezogen, und die Gegner steckten sie, ohne ihre plötzliche, tödliche, blitzschnelle Bewegung zu unterbrechen, in die Scheide zurück. Wenn zwei Krieger von gleicher Geschicklichkeit auf diese Weise kämpften, war selten mehr als ein gemeinsamer Schlag notwendig, und darüber hinaus folgte in der Regel der Tod. Tomoes Iaikunst war eine unbekannte Größe im Kampf. Obwohl Ugo Mohri durch seine Vorführung bewiesen hatte, daß er die Kunst des Iai-Jitsu vorzüglich beherrschte, hatte Tomoe etwas Klügeres und weniger Bloßlegendes gezeigt.

Die Blicke der Gegner wichen nicht voneinander. Aus den Augenwinkeln erwarteten sie, das gelbe Tuch aus Herrn Horotas Hand fallen zu sehen.

Das Tuch fiel.

Tomoe erhob sich auf ein Knie, Ugo Mohri ebenfalls; gleichzeitig standen sie auf und gingen einen Schritt aufeinander zu. Bevor das Tuch noch ein Drittel des Weges bis zum Boden zurückgelegt hatte, waren zwei Schwerter gezogen, ein Klirren war ertönt. Die beiden Schwerter beschrieben eine Acht in verschiedenen Richtungen und glitten dann weich in die Scheide zurück. Das war so schnell geschehen, daß auch das geübteste Auge der anwesenden Zuschauer nicht erkannt haben konnte, wessen Schlag der bessere gewesen war.

Tomoe und Ugo standen Rücken an Rücken. Auf seinem Gesicht: jene unermüdliche Heiterkeit. Auf Tomoes Gesicht: Schmerz.

Blut strömte aus Brust und Rücken. Ihr Körper bebte. Sie wankte unter der Wucht des einen Schlages. Die Anstrengung des Iaischlages hatte die halb verheilte Wunde, die sie sich auf Keikos Insel zugezogen hatte, wieder aufbrechen lassen, und es war diese Wunde, die ihre weiße Kosodebluse mit Blut tränkte.

Hinter ihr (sie wandte sich nicht um, konnte es also nicht sehen) fiel Ugo Mohri mit unverändertem Gesichtsausdruck in die Knie. Langsam beugte er sich zurück und hob den Arm weit genug, um eine furchtbare, klaffende Wunde an der Seite zu enthüllen. Blut und Organe quollen hervor. Tomoe wandte sich um, ihr schmerzgepeinigter Blick begegnete seinem heiteren.

Sie knietet neben ihm nieder und flüsterte ihm Worte ins Ohr, die kein anderer verstehen konnte: »Es tut mir leid, daß ich dich getötet habe, mit dem Schwert, das du mir gegeben hast.«

Ugo Mohri erwiderte glücklich: »Es ist der Tod eines Samurai.«

Sie hatte geglaubt, sie würde sich freuen. Sie hatte geglaubt, sie würde ihm sagen, daß er aufgrund seiner Treulosigkeit gegen den Mikado den Tod verdiente; daß, hätte er seine Dienste besser erfüllt, es nie zu diesem Zweikampf gekommen wäre und er am Leben bliebe. Aber jetzt empfand sie keine Abneigung und konnte trotz allem nicht glauben, daß der bemerkenswerte Ugo Mohri wirklich so treulos war, wie die Umstände ihn erscheinen ließen.

Es war natürlich, daß sie über ihren Sieg froh war, und sie war es in vieler Hinsicht wirklich, aber nicht um ihres Lebens und nicht um ihrer Taperkeit willen. Sie war glücklich, weil es dem Mikado und Toshima zugute kam. Sie war glücklich, weil es sie mit dem Weg des Kriegers verband und weil es sie von dem Vorwurf des Verrats gereinigt hatte.

Aber, daß sie einen Helden getötet hatte ... darüber konnte sie keine Freude empfinden.

Ugo sank noch weiter zurück, bis seine Schultern den Boden berührten, die Füße lagen noch unter ihm. Sein Blut färbte den Hof dunkelrot.

Die Zuschauer hatten für diese beiden großen Krieger, die die letzten Worte wechselten aufgehört, zu existieren. Ugo war bereits blind vom Kräfteverlust, aber seine verhangenen Augen zeigten keine Spur von Todesangst. Er konnte kaum sprechen, so daß Tomoe Gozen sich dicht zu ihm hinunterbeugen mußte, um ihn zu verstehen. »Jetzt bist du die vom Schicksal begünstigte Heldin.«

»Du wirst der Held bleiben, der du warst«, versprach sie. »Ich selbst werde die Kodanerzählungen ohne die Vorwürfe Toshimas in Worte kleiden.«

»Du bist gütig; aber laß nichts aus von der Erzählung. Damit du alles weißt und die Geschichte vollständig erzählen kannst, muß ich dir das schnell sagen: es ist das Schicksal, das ich gewählt habe. In ganz Naipon warst nur du mir ebenbürtig. Ich wußte es von dem Tag an, als ich dir befahl, dich vom fremden Kampfstil loszusagen und dich auf unsere entscheidende Begegnung vorzubereiten. Ich mußte herausfinden, wer von uns beiden besser war. Aus diesem Grund habe ich den Mikado verlassen. Um mich deinem Schwert zu stellen, was niemals möglich gewesen wäre, solange wir beide demselben Herrn dienten. Es tut mir nicht leid, daß ich es versucht habe; denn letzten Endes habe ich doch noch dem Mikado gedient und auch mir selbst.«

Sie sah ihn überrascht an, schenkte seinen Worten aber Glauben. Ugos Arm fiel schlaff zu Boden, und Tomoe wußte, daß der sagenumwobene Mann in einem Augenblick tot sein würde und die Sage noch gewaltiger.

Sie sagte: »Leb wohl, Ugo Mohri. Leb wohl, edler Samurai.«

Er schloß die Augen. Seine letzten Worte waren kaum lauter als ein Hauch. »Leb wohl, Tomoe Gozen.«

Und noch einmal öffnete er die Augen, Todesangst stieg aus seinem tiefsten Inneren auf. Tomoe konnte den Gedanken nicht ertragen, daß er ohne die Heiterkeit sterben sollte, die sie einst zu bezwingen versucht hatte. Augenblicklich war sie auf den Füßen. Ihr Schwert lag in ihrer Hand. Sie stieß Ugo Mohri das Schwert zwischen die Rippen, genau ins Herz. Mit diesem schnellen Hieb hatte sie seine Heiterkeit bewahrt, und Ugo Mohri war im Tod ebenso schön, wie er es im Leben gewesen war.

Tomoe Gozen hatte gesiegt.

Katattemo kataraideno sooroo

NEU
DIE GEFÄHRLICHEN ABENTEUER DES JUNGEN ELFENHÄUPTLINGS SCHNITTER UND SEINES KLEINEN STAMMES ZIEHEN JEDEN LESER IN EINEN GEHEIMNISVOLLEN BANN.
Nr.1 · DM 3,80
Abenteuer in der
Elfenwelt
BASTEI ALBUM
AB SOFORT ÜBERALL DA, WO ES ZEITSCHRIFTEN GIBT!
WENDY & RICHARD PINI
SCHRIEBEN UND
ZEICHNETEN DIESE
SPANNENDE GESCHICHTE
AUS DER ELFENWELT.